KB042054

노을은 다시 뜨는가

구효서 소설집

노을은 다시 뜨는가

책세상

●이 책은《노을은 다시 뜨는가》(판, 1990)를 저본으로 삼았다.

작가의 말 | 새로 펴내며

오늘부터 새 소설을 시작할까 했는데

달력 메모를 보니 써 보내야 할 원고가 아직 하나 더 남아 있네요.

내 첫 창작집을 책세상이라는 출판사에서 재출간하기로 했어요.

거기에 실을 '새로 쓰는 작가의 말'을 써야 하는 거예요.

'소설 르네상스'라는 기획으로

작가들의 첫 창작집을 시리즈로 내는 거래요.

7, 80년대가 우리 소설의 르네상스기라고 나름대로 규정하고

소설이 고전을 면치 못하고 있는 요즘

당시의 첫 창작집들을 묶는 게 의미 있다 생각했나 봐요.

취지를 설명하는 장문의 편지도 받았지요.

그렇잖아도 첫 창작집을 세 권밖에 갖고 있지 않아서 잘되었다 싶었지요.

새로 만든, 반짝반짝 빛나는 책을 소장하면 좋잖아요.

그런데 '새로 쓰는 작가의 말'을 쓰기 위해 오래된 그 책을 뒤적거리다가

후회했어요.

이 책은 이대로 국공립 도서관의 서가에서나 낡아갔으면 좋겠다 싶었던 거죠.

새로 출간되어서 서점에 깔린다고 생각하니 낯이 뜨거워지는 거예요.

물론 나만 그러는 건 아니겠죠.

누구나 등단 초기의 작품들을 보면 그러겠죠.

엊그제 발표했던 소설들을 금방 묶은 따끈따끈한 책이라면 모를까,

첫 창작집의 서문을 다시 쓴다는 게 매우 곤혹스럽게 느껴졌어요.

문법적 오류는 차치하고라도 어설픈 비유로 가득한 미숙 찬란한 문장들을 어쩌란 말인지.

하지만 책을 내기로 이미 약속을 했으니 돌이킬 수도 없어요.

교정지를 보내준다니 적당히 손을 보면 되겠다 싶으면서도,

워낙 그런 일에 게을러 벌써부터 꾀가 나고 막 싫어지네요.

어쩌면 그 일——손을 보는 일——이 일 년이 걸려도 끝나지 않을 것이기 때문인지도 몰라요.

그렇잖아요. 고치려고 맘을 먹을 수는 있지만,

맘먹은 대로 되지를 않잖아요.

차라리 새로 쓰고 말지, 고칠 걸 고쳐야지, 고칠 수 없는 거다 이건.

이런 식으로 자포자기하고 마네요.

누구나 한번쯤, 컴퓨터에 익숙지 않아 끔찍한 경험을 했을 거예요.

하루 종일 쓴 원고를——어떤 작가는 일 년치 원고를——고스란히 날려버렸던 일 말이에요.

나도 물론 단편 하나를 감쪽같이 날려버렸던 적이 있지요.

어머니가 돌아가셨을 때도 울지 않았던 나는,

흐느낌도 없는 이상한 울음을 펑펑 울어버리고 말았어요.

원고지에 썼다면 파지라도 있잖아요.

화재로 소실됐다면 재라도 있을 것 아녜요.

컴퓨터에서 날아가버린 원고는 '질량불변의 법칙' 마저 비웃었지요.

밖으로 뛰어나가 하염없이 길 위를 걸으며 눈물을 흘리다 문득,

이러고 있을 때가 아니다 싶었죠.

얼른 집으로 돌아와 다시 컴퓨터를 켜고 기억을 재생하기 시작했어요.

시간이 지나 더 잊어버리기 전에 어서어서 복원하자.

하지만 그때부터가 더 문제였어요.

드문드문 기억은 나는데 완전한 기억일 순 없잖아요.

완전하지 못한 기억은 아예 까맣게 잊어버린 것만 못했어요.

차라리 다 잊자, 잊고 아예 새로운 소설을 쓰자.

그러나 잊히지도 않는 거예요. 기억은 안 나면서 잊히지도 않는 딜레마.

결국 다시 울어버릴 수밖에 없었죠.

이번 소설들은 이십 년 전, 등단해서 삼 년가웃 쓴 것들이에요.

종이에 꽉 박혀 책으로 나와 있으니 날아가 없어질 일은 없죠.

그게 또 문제죠. 빼도 박도 못하게 박혀 있는, 내가 만들어낸 문장들.

새로 책을 내니 좋은 기회다, 고쳐보자, 고 생각해봐요. 고친다고 고쳐지겠는지.

날아가버린 원고를 복원하려 했으나

끝내 복원할 수 없었던 악몽과 같은 거예요.

조금씩, 부분적으로 손질하다 결국은 다 고치고,

그러다 보니 이전의 문장은 어디론가 완전히 사라져버리는 사태.

쪽팔려서 그대로 둘 수는 없고, 어설프게 반쯤만 고치자니 영락없는 불구고,

다 고치자니 전혀 다른 문장이며 얘기.

설령 일 년이고 십 년이고 시간을 들여 흡족하게 고칠 수 있다 한들,

대체 그래야 하는 이유가 뭘지. 없잖아요. 그래야 할 이유가.

다 그냥 놔두기로 했어요.

옛 흑백사진 속의 유치한 나팔바지를 힙합바지로 바꿀 수도 없고,

바꿀 필요도 없는 것이듯이.

나중엔 그 힙합도 맘에 안 들 텐데 뭘.

초판본의 해설 말고 또 다른 누군가가 새로 해설을 써서 붙인다네요.

내 소설을 처음부터 끝까지 찬찬히 읽는 거잖아요.

쥐구멍에라도 들어가고 싶은데,

뭐 어차피 책 나오면 여러 사람들 앞에 노출되는 건데 어쩔 수 없지요.

초판본 소설이라면 오리지널리티〔原物〕로서의 의미가

외려 더 클 수도 있는 것일 테니까요.

그래서 그러기로 했다구요.

아, 그나저나 '새로 쓰는 작가의 말'은 뭐라 쓴다지?

오늘까지 써줘야 하는데…….

2007년 초여름

작가의 말 (1990)

무엇을 할 수 있을까. 난 정말 무엇을 할 수나 있는 것일까.

요즘 머릿속에 무시로 떠올라와 입맛없게 만드는 질문이다. 무엇인가를 하고 싶었다. 할 수 있을 것 같았다. 남들보다 잘할 자신이 있었다. 그림을 그리고 싶었고, 노래를 하고 싶었고, 시를 쓰고 싶었다. 그런데 소설을 쓰게 됐다. 소설도 잘 쓸 수 있다고 생각했기 때문에 시작했다. 재미를 느낄 수 있어서 더욱 좋았다. 등단한 직후에 어느 잡지와의 인터뷰에서는 소설 쓰는 것에 대해 팔자 의식을 느끼고 있노라고 건방을 떨기도 했다. 남들처럼 고생을 하지 않고 비교적 젊은 나이에 등단을 했기 때문에 잘, 그리고 열심히만 하면 좋은 소설 작품을 세상에 남길 수 있다고 생각했다. 그런데 요즘 자나깨나 나를 못살게 구는 것은 다름 아닌, 무엇을 할 수 있을까, 난 정말 무엇인가를 할 수나 있는 것일까라는, 나 자신을 향한 질문이다.

소설 쓰는 일만이 아니다. 모든 것. 차를 타는 일. 계단을 오르는 일. 과일을 사고 거스름돈을 받는 일. 직장동료와 어울리는 일. 보일러 수리를 부탁하는 일. 벽에 못을 박는 일. 조·경사에 참여하는 일……다른 것은 다 못해도 명색이 소설 가니까 소설만큼은 잘 쓸 수 있어야 할 것이 아닌가. 그런데 요즈음은 그 '모든 것' 중에서도 소설 쓰는 일이 제일로 자신이 없다. 이것이 아니었잖을까. 내가 이 세상에 나와 해야 할 일은 다른 것이 아니었을까. 일테면 사주관상을 보아주고 복채를 받는 일 같은.

소설이라는 것이 나를 흥분케 했던 첫째 이유는, 그것이 잘만 하면 세상을 구제할 수도 있으리라는 기대 때문이었다. 물론 그럴 만한 능력의 소유자라면 그런 쪽으로 일정 정도 성과를 올릴 수 있도록 소설을 재주 있게 쓸 수도 있겠다. 그러나 난 그럴 푼수도 못 되는 것 같았고, 더욱이 소설은 그런 거창한 일을 해내기에는 적절한 양식이 못 되는 것 같았다. 그런 사실을 얼마쯤 알고 나서도 내가 소설을 버리지 못한 것을 보면 난 애초에 세상을 구제하겠다는 따위 생각보다는, 그저 소설이라는 걸 써보고 싶어서 소설을 쓰는가 보다고 자위하게 되었고, 그래서 소설다운 소설을 써야겠다는 게 두 번째 소망이 되었다.

소설다운 소설을 쓴다는 일은 그러나 세상을 구제하겠다는 생각만큼이나 쉬운 일로 보이지 않았다. 보이지 않고 들리지 않고 잡히지 않고 냄새도 없는 그것을, 보일 듯 들릴 듯 잡힐 듯 냄새 날 듯 써나가야 한다는 게 또 내겐 애초부터 불가능했던 것처럼 보였다. 결국 지금 내 곁에 와 있는 질문은, 넌 과연 무엇을 할 수 있는가, 과연 소설이라는 것을 쓸 수나 있겠느냐는 것뿐. 그러다 보니 이런 오기가 안 생기는 것은 아니었다. 소설이라는 게 대수로운 것이냐. 소설이라는 것이 꼭 '이런 것' 이어야 한다는 무슨 약속 같은 것이라도 있는가. 소설은 그 무엇도 아닌 동시에 그 전부이며, 전부인 동시에 아무것도 아닐 수 있는 것. 그러니까 무엇이든 다 소설이 될 수 있다는 생각.

소설은 창작물로 일컬어지고, 따라서 작가는 종종 창조자, 즉 신적인 존재로 비유된다. 나도 작가인 이상 적어도 소설이라는 작품 안에서는 그렇게 군림하는 것이 마땅하겠다. 그러는 것이 소설가가 가져야 할 바람직한 태도일 것이며 독자들이 바라기도 하는 바이겠다. 말하자면 미덕이겠다.

그러나 난 그 미덕을 포기하고 싶다. 신이라고? 우습지 않은가. 난 아들 녀석의 돌사진을 걸기 위해 벽에다 못을 박다가 손가락만 찧고 실패하지 않았던가. 소설도 끝없이 시행착오만 범해오지 않았던가 말이다. 난 앞으로 자신을 신적인 존재로 인식함으로써 감당해야 할 온갖 종류의 강박을 더 이상 인내하고 싶지 않다. 그렇다고 소설을 포기하고 싶은 마음은 아직 없다. 이렇게 다시 한 번 오기를 부리면 될 테니까. 즉, 소설이란 신의 영역이 아니라, 자유롭기를 원하고 재밌기를 원하는 인간의 영역이다. 따라서 소설은 반드시 완벽함만을 추구할 필요는 없는 것이며, 오히려 이 복잡하고 정신없는 세상을 살아가면서 왜곡되고 변질된 개인의 의식을 드러내면 되는 것이 아니겠느냐고.

작가가 완전자이고 독자는 계몽되어야 할 대상이어야 했던 시대는 이미 아니잖은가. 이젠 다수의 독자가 차라리(응당히) 분석자이고, 작가는 그 분석자 앞에 자신의 증상을 성실하게 진술하는 신경증 환자 이상이 아니라고 말해도 되지 않겠는가.

여기에 묶는 것들은 나의 두 번째 소망, 즉 소설다운 소설을 써야겠다는 염치없는 생각을 채 버리지 못했을 때 발표된 것들로, 역시 지나치게 작위적이어서 오히려 소설의 자율성을 손상시키고 있음을 감추지 못하고 있다. 부족한 작품을 선뜻 한 권의 책으로 묶어준 출판사에 감사를 드린다.

1990년 초여름

구효서

구효서 소설집 노을은 다시 뜨는가

차례

공무도하가

1987년 오월 십구일 화요일. 날씨는 쾌청하다 못해 눈알이 아릴 정도였다. 오전 내내 흐리고 곳에 따라 비가 오리라던 중앙기상대의 예보는 오늘도 텔레비전 뉴스처럼 믿지 못할 것이 돼버렸다.

세브란스 병원 앞에서 택시를 내린 나는, 느닷없이 눈 안으로 들이닥친 매운바람 때문에 황망히 시야를 닫아야만 했다. 최루가스였다. 시야를 닫음으로써 상대적으로 크게 열려진 귀 안으로는, 육차선 도로를 질주하는 자동차의 소음들이 캐터필러의 그것만큼 자라 크르릉거리며 달려들었다.

발을 내딛기 위해 뜬 눈 안으로, 이번에는 세브란스 병원 정문의 편편한 시멘트 바닥으로부터 반사된 햇빛들이 희번덕이며 몰려들었다. 나는 다시 한 번 진저리를 치며 눈을 지르감았다. 그러자 왼쪽 뺨 위로 허망한 눈물이 한 줄기 찍 흘러내렸다. 나도 모르는 사이였다. 내키지 않는 성금을 내고 돈이 아까워 신경질이 날 때, 혹은 시간을 벌기 위해 예비군 교육장에서 헌혈을 할 때와 비슷한 기분이었다. 남자의 눈물이 보잘것없어지는 순간이었다.

병원 안내도 앞에서 영안실의 위치를 확인하면서도 난 주책없이 자꾸 눈물을 흘렸다. 오히려 잘된 일인지도 모르지——. 사실 나는 세브란스 병원 영안실로 향하기 위해 택시를 잡아타면서도 혹시 한 방울의 눈물도 나오지 않으면 어쩌나, 그게 적잖이 걱정되었었다. 그래서 오늘만큼은 바람에 묻어 있는 최루가스의 잔재가 그리 얄궂지만은 않게 느껴졌던 것.

한창 피어나는 스물여덟의 나이로 그가 요절했다고 해서 무턱대고 슬플 수도 없는 일이었다. 생전에 서너 번, 그것도 남남이라는 분명하고도 완강한 거리를 두고 얘기를 나누었던 상대였던 만큼, 나의 눈물은 오히려 과장된 제스처거나 마지못해 내보이는 조문(弔問)의 예의랄까 하는 정도의 것이 분명할 터였다. 그러나, 그렇다고는 해도 명색이 조문객인 주제에 또 어찌 야바위 구경꾼처럼 민숭민숭할 수만 있겠는가. 눈물까진 흘리지 않더라도, 적어도 영안실 분위기에 어울리지 못하고 배돌기만 해서는 안 될 노릇이었다.

그러고 보면 갑작스럽게 안구를 파고들어 다짜고짜 재주 좋게 눈물을 쑥 빼놓는 최루가스의 잔재는 두 가지 고민을 한꺼번에 해결해주는 뜻밖의 귀인(?)이었다.

어제. 그러니까 오월 십팔일 오후였다. 양평동 롯데제과 옆에 있는 동아서적 인쇄소에서 산더미처럼 전사지(轉寫紙)를 쌓아놓고 《월간문예》 OK를 놓다가 전화를 받았다. 박형〔고인이 된 스물여덟의 그는 이름이 박형(朴亨)이었다. 그래서 나는 그를 박 형(朴兄)이란 의미까지를 뭉뚱그려서 박형으로 불렀다〕이 죽었다는 전화였다. 내게 전화를 걸어온 건, 박형의 애인이자 내가 근무하고 있는 잡지사 근처 단골카페 '하가(霞歌)'의 여주인인, 성애 씨의 여동생이었다.

"박형 아저씨가 죽었어요."

성애 씨의 여동생은(그녀의 이름이 성미였던가 성희였던가 거기까지는 잘 기억되지 않는다) 곧 형부가 될 뻔한 박형을 여전히 '박형 아저씨'라고 불렀다.

"아니, 어떻게 여기 전화번흘 알았죠?"

박형이 죽었다는 사실보다, 내가 나와서 일하고 있는 인쇄소의 전화번호를 그녀가 알고 있다는 게 더 신기해서 나는 눈치 없게도 그렇게 되물었다.

"내일 오후 한 시 발인이에요. 세브란스 병원……."

그녀는 나의 되물음 따위는 아랑곳하지 않고 급한 전보를 쓰듯 일방적으로 자기 할 말만 했다.

"죽어요? 대체 어쩌다가?"

눈치 없음을 뒤늦게 눈치 챈 나는 놀람을 과장하며 호들갑을 떨다시피 했다. 수화기 저편에서 들려오는 성애 씨 여동생의 목소리는 여전히 감정이 배제된, 착 가라앉은 채였다.

"그럼, 이만 바빠서……."

그녀는 역시 급한 전보 문구에 종결부를 찍듯 일방적으로 전화를 끊어버렸다. 아마도 그녀는 전화통에 매달려 전화번호 수첩이나 명함책 따위를 넘기며 자동화기 방아쇠를 당기듯 바쁘게 전화를 걸어대는 모양이었다.

세심한 주의와 긴장을 요하는 최종 OK 교정 작업 중이었으므로 전사지를 집어 들자마자 난 방금 전의 길지도 않은 전화 내용을 깡그리 잊어버릴 수밖에 없었다.

한 무더기의 전사지를 처리하고, 다시 쏟아져 나올 새 전사지를 기다리는 동안 나는 동료들과 함께 빵과 우유를 먹었는데, 그것들을 다 먹고 불러나온 배를 툭툭 치다가 비로소 성애 씨 여동생의 그 무미건조한 음성을 떠올렸다.

그러나 난 선뜻 그 영안실이란 델 가고 싶지 않았다. 작업량이 밤 열 시나 열한 시는 되어야 끝날 정도로 엄청난 분량이기 때문이기도 했지만, 박형과는 별로 가깝지도 않았던 사이인데 굳이 갈 필요가 있겠느냐는 생각이 사실은 먼저였다. 만일 내가 그곳에 가기로 마음을 먹는다 하더라도 그건 어디까지나 나와 성애 씨와의 관계 때문이지 고인이 된 박형과의 관계 때문은 결코 아닐 것이었다.

편집 후기와 판권 교정까지를 다 마쳐 제판과에 올려놓고 크림 향기 가득한 양평동의 롯데제과 골목을 걸어나올 때까지도 나는 내일 병원에 들러봐야 하는 건지 말아야 하는 건지 갈피를 잡지 못하고 있었다. 성애 씨를 생각해선 꼭 가봐야겠지만, 달리 생각해보면 꼭 그럴 것도 아니다 싶었다. 양가에서는 이미 반허락이 떨어져 그들의 결혼은 시간문제였다고는 해도 어쨌거나 처녀 총각으로서의 사별(死別)이니만큼 차마 제 눈 뜨고는 안타까워 서로가 못 볼 노릇이 아니겠는가.

그러다가 내가, 옳지, 그러면 되겠구나 하고 걷던 걸음을 우뚝 멈추어 선 것은 공중전화 부스 앞에서였다.

신월동 집으로 전화를 걸기 위해서였다. 상가(喪家)엘 가도 되겠느냐고 어머니한테 물어볼 작정이었다. 아내가 첫 임신을 했다는 사실을 요즘 알고 나서부터 나는 매사를 사전에 어머니에게 묻는 버릇이 생겼던 것이다. 아나고를 먹고 싶다는데 사다줘도 될까요? 그럼 뻰데기는요? 자꾸 허벅지가 쑤신다는데 왜 그럴까요? ──일테면 이러한 질문들이었는데, 따지고 보면 거의가 상식적인 물음임에도 불구하고 난 어머니의 대답을 듣지 않고는 아무 일도 스스로 할 수 없었다. 아내를 위하는 마음에서일까, 아니면 이세를 위해서일까 하는 문제는 차치하고서라도, 나는 요즈음 나의 줏대를 야금야금 갉아먹는 터무니없는 민간 전래 신앙과 금기 따위를 내 의식 한편에 주렁주렁 매달고 다녔다.

"가두 돼여. 대신 시신은 보지 마아."

어머니의 말이 끝나기가 무섭게 난 또 나의 우행을 스스로 비웃었다. 상갓집 가는 일을 손바닥에 침 튀겨 갈 길을 정하듯 하다니. 어쨌든 공중전화 부스에서 나올 때의 나는 어느새 내일 오전 중으로 박형의 장례식에 당연히 가는 걸로 고스란히 생각이 바뀌어 있었다.

영안실에는 이십여 명의 건장한 청년들이 낮고 음울한 목소리로 노래를 부르고 있었다.

검푸른 바아닷가에 비이가 내리며언——.

노랫소리는 전체 병원 규모에 비해 왜소하기 짝이 없는 영안실을 그득 메우고 흐르다가 벌려진 현관문 틈 사이로 천천히 빠져나갔다.

무엇이 산 것이고 무엇이 죽었소오——.

박형의 영정 앞에 머리를 숙인 건장한 청년들의 노랫소리가 어찌나 비장하고 엄숙했던지 영안실 안의 다른 상가들조차 잠시 곡을 멈추고 옷깃을 여몄다.

달리는 기이차 바퀴가 대답하려나아——.

노래가 끝나고, 영정 옆에서 줄곧 고개를 숙이고 있던 회갈색 잠바 차림의 사내가 고개를 들어 추도식의 폐회를 선언했다. 그러자 그때까지 무겁게 가라앉았던 영안실의 공기가 자지러지는 듯한 날카로운 여인의 울음소리에 산산이 깨어져 내렸다.

성애 씨였다. 그녀는 친구로 뵈는 네댓 명의 여인들에게 둘러싸인 채 필사적으로 사지를 버르적거리고 있었다. 아무도 그녀를 만류하지 않는 다면 그녀는 조화(弔花) 뒤에 누워 있는 박형의 관 뚜껑을 사납게 열어젖 히고 염습된 시신을 부둥켜안을 것만 같았다. 그녀의 청록색 바지와 흰 블 라우스는 밤샘을 하느라 때가 묻고 구겨져 있었지만 얼굴을 가린 그녀의 손등은 여전히 백옥처럼 희고 투명했다. 결혼을 목전에 둔 사랑하는 연인 을 사별한 그녀가 안쓰러워 보이기 이전에, 나는 저리도 곱고 착한 여인이 그렇게 발악적으로 울어야만 한다는 사실이 못내 마음이 쓰렸다.

나는 영정 앞으로 다가가 만수향 끄트머리를 촛불에다 대었다. 풀린 실 타래처럼 뽑혀 나온 만수향 연기가 영정 앞을 느리게 선회한 뒤 보일러 배 관이 어지럽게 얽혀 있는 영안실 천장으로 치솟았다. 핼쑥한 모습으로 어 디 먼 곳을 망연히 바라보는 듯한 박형의 모습에서, 불현듯 다가오는 친숙 함의 정체에 나는 흠칫 놀랐다. 그것은 우리가 한 번도 만나보지 못한 김 구(金九)의 초상에서 아버지나 할아버지 같은 따숩고 정다운 느낌을 받는 것과 같은 경우랄 수 있을까. 안 돼! 안 된다구! 난 어떡해, 어떡하란 말야 아──성애 씨의 울음이 영안실 공기를 비틀며 다시 한 번 자지러졌다. 나는 비닐 돗자리에 이마를 대고 엎드렸다.

명치께로부터 격하게 북받쳐 오르는 뜨거운 기운에 치여 내가 휘청거 린 건 박형의 동생처럼 보이는 어린 상주와 조문을 나눈 바로 다음이었다. 알 수 없는 감정의 덩어리가 폐 속으로부터 궐기하듯 일어섰다. 나는 고개 를 들지 못하고 허겁지겁 영안실 밖으로 뛰쳐나오고 말았다. 눈자위가 잠 시 뜨겁게 후끈거리더니 이내 눈물이 핑 돌며, 아리고 뻑뻑하기만 하던 눈알이 조금 부드러워지는 것 같았다.

영안실 밖에는, 청년들의 노랫소리를 듣고 모여든 사복 경찰들이 해저의 연체동물들처럼 오월의 화창한 햇빛 속에서 흐느적거리며 배회하고 있었다. 나는 회양목이 줄지어 자란 화단 가장자리에 앉아, 강렬한 햇빛 때문에 더욱 느물거려 보이는 사복들을 무심히 바라보았다. 그러다가 한순간, 그들이 총탄에 놀란 뜸부기처럼 긴장하며 동작을 딱 멈추는 게 내 실눈에 들어왔다. 그들은, 박형의 영정 앞에서 추도식을 마치고 우르르 몰려나오는 이십여 명의 건장한 청년들을 목격한 모양이었다.

그러나 얼마 안 있어 사복들은 햇빛 속에서의 그 나태한 배회를 다시 시작했다. 영안실로부터 몰려나온 청년들이 성가신 일을 벌이지 않을 것이라고 그들 나름대로 판단한 모양이었다. 아닌게아니라, 영안실에서 나온 이십여 명의 청년은 포플러 그늘에 주저앉아 전날의 밤샘으로 피로해진 몸을 제 주먹으로 두드려 풀고 있을 뿐이었다.

내가 박형을 알게 된 것은 성애 씨로 인해서였다. 알게 됐다고는 해도, 내가 그에 대해 정작 알고 있는 것은 이름 두 자와, 그가 문예창작학과라는 독특한 전공을 이수했다는 것, 그리고 신장이 일 미터 육십 센티도 채 못 되는 왜소한 체구의 병약한 사내라는 것 이상은 알지 못했다.

제발 마지막 직장이기를 바라며(난 졸업 후 일 년 반 동안 무려 네 차례나 직장을 옮겨야 했으며, 그 주된 이유는 한 달 봉급을 가지고 보름을 채 견디지 못했기 때문이었다) 내가 인사동에 있는 지금의 문학 잡지사 《월간문예》로 자리를 옮겼을 때에도 난 그 고질적인 식후 식곤증을 여전히 해결하지 못한 채 점심시간만 되면 커피를 찾아 목마르게 이 다방 저 다방을, 순례라도 하듯 전전해야 했다.

그러다가 식곤증을 달래기에는 최고 최적의 분위기라고 희짜를 부르며 찾아들기 시작한 곳이 바로 성애 씨가 경영하는 '하가'라는 카페였다. 돈으로 실내를 떡칠해댄 여느 카페와는 달리 하가는 주인 혼자 안간힘을 다해 꾸몄다는 인상이 너무도 빤히 드러나는 그런 커피점이었다. 액자도 없이 걸려 있는 유화 습작품들하며, 때 묻은 벽들이 벌리고 있는 빈궁한 아가리를 막기 위하여 허겁지겁 걸어놓은 건화(乾花) 다발들……그리고 재떨이와 휴지통 대용으로 드문드문 비치해놓은 옹기뚜껑 등이, 제 모습을 전체 분위기에 어울려 빼앗기기 싫은 듯, 낯설음을 한껏 뽐내며 서로의 눈치들만 보고 있었다.

　그런 분위기였으니 스피커에서 울려 나오는 브람스의 음악이 나쁜 냄새처럼 귀에 거슬리지 않을 수 없었다. 마치 분위기의 촌스러움을 고급스런 음악을 틂으로써 억지로라도 상쇄해보려는 의도처럼 보였던 것이다.

　그러나 하가의 실내를 온통 뒤덮고 있는 커피향 하나는 가히 일품이었다. 굳이 커피를 마시지 않더라도 홀 안에 가득 차 있는 커피 향으로 해서 사람들은 오히려 온몸으로 커피 맛을 즐길 수 있었다. 게다가 주인인 성애 씨의 천진한 미소와, 무어라고 형언할 수 없을 정도의 청아한 음성은, 실내의 어색한 분위기마저 독특한 아름다움으로 보이게 하는 마력을 지니고 있었다. 그녀가 곧잘 우스갯소리로 말하는 '변증법적 아름다움'도 따지고 보면 결코 우스갯소리만은 아닌 듯싶었다. 그래서 그런지 커피점으로서는 목이 썩 좋지 않은 후미진 곳임에도 불구하고, 카페 하가에는 손님들이 심심찮게 몰려들었다. 그들은 거의가 단골인 듯했다.

　아주 가끔씩 그녀는 손님들의 간청에 못 이겨 수줍게 웃으며 가곡을 부르곤 했는데, 그녀의 소프라노는 먼 강 건너에서 들려오는 사이렌 소리처럼 신비한 데가 있었다.(그녀는 성악을 전공했다는 소문이었는데 단골 중에 알 만한 사람은 이미 다 알고 있는 사실이었다. 사람들 중에는 그녀가 야간 대학원엘 나간다고 말하는 이도 있었지만 그런 것 같아 뵈진 않았다. 그러나 그녀의 아버지가 을지로에서 복사 가게를 해 번 돈의 일부를 하가에 투자했다는 말은 어느 정도 사실인 것 같았다.)

나와 성애 씨는 금방 가까워질 수 있었다. 하루에 한 번씩은 반드시 들르겠다는 조건하에 커피값을 오백 원 균일로 하자는 내 제의를 일말의 망설임도 없이 선뜻 받아들인 성애 씨의 태도가 나는 마음에 썩 들었고, 그녀는 내가 하가와 맞붙은 건물에 있으면서 필요할 때마다 자신을 거들어주는 게──일테면 그녀가 식사를 할 때 잠시 가게를 봐준다거나, 이상이 생긴 전기배선을 수리해주는 일 따위──싫지 않았던 모양이었다. 하루는 그녀에게서 이런 전화까지 왔었다.

"어떡하면 좋죠?"

수화기를 집어 들고 "예, 월간문예삽니다" 소리가 채 끝나지도 않았는데 그녀는 내 목소리를 알아차리고 대뜸 숨넘어가는 소리를 했다.

"뭘 어떡해요?"

"다람쥐가 도, 도망을 했어요. 친구가 설악산에서 자, 잡아다준 거란 말여요."

다람쥐가 도망간 게 마치 내 탓이라도 된다는 투였다. 그러나 난 왠지 마음이 급해오질 않았다. 오히려 그녀의 안달이 퍽 재미있었다. 더욱이 그녀의 말씨에 자주 등장하는 종결어미 '~여요'가 나를 더 늑장부리게 했다. 일반적으로 '~예요'나 '~이에요'로 쓰이는 구어체 종결어미를 그녀는 발음도 정확하게 '~여요'라고 하는 버릇이 있었다. 급박한 상황에서 튀어나오는 그녀의 '~여요' 는 그래서 이상하리만치 어떤 매력까지 있어 보였다.

"올 거여요, 안 올 거여요?"

"지금 갈께요. 내가 갈 때까지 출입문을 절대로 열어선 안 돼요."

기어코 난 그녀의 그 '~여요' 를 두 번을 거푸 즐기고 나서야 수화기를 내려놓았다. 그리고 하가에 다람쥐가 있었다는 사실을 상기해낸 건 전화를 끊고 한참이나 지난 뒤였다.

내가 하가에 도착했을 때 그녀는 넘어진 의자 밑을 엉금엉금 기어다니고 있었다.

"무얼 하는 거여요, 좀 도와주잖고."

무릎이 더러워지는 것도 아랑곳 않고 젖먹이처럼 바닥을 벌벌 기어다니는 그녀가 일견 어이없어 보이기도 하고 또 한편으로는 귀엽기 짝이 없어서 난 그냥 멍하니 서 있었는데 그녀는 그런 나에게 투정을 부렸다.

"그 날랜 놈을 손으로 잡을 수 있을라나?"

난 마지못해 그녀의 곁으로 다가가 그녀와 똑같이 무릎을 꿇고 엎드리면서도, 맨손으로 다람쥐를 잡으리라고는 꿈에도 생각하지 않았다. 그렇다고 해서 그녀에게 그 날래고 작은 몸집의 날다람쥐를 영 못 잡고 말 거라는 얘기는 입 밖에 낼 수 없는 일이었다. 그랬다가는 그녀가 금방 눈물을 쏟고 울어버릴 것만 같았기 때문이었다.

얼마나 시간이 흘렀을까. 넘어진 의자와 테이블 밑을 휘저으며 한바탕 북새통을 떨어댄 그녀와 나는, 콧잔등이에 송골송골 맺힌 땀방울을 마주 보며 다람쥐 잡기를 포기하고 말았다.

"난 몰라이."

적절한 위로의 말 한마디를 때맞춰 해주지 않는다면 그녀는 당장 으아
——하고 울음을 빼어물 것처럼 입술을 비죽 내밀었다. 그러나 나는 그녀
의 희고 투명한 뺨에 땀과 함께 엉겨붙은 머리카락이 사뭇 선정적으로 보
여, 아무 말도 못해주고 마냥 어쩌지 못했다.

바로 그때였다. 마른 안개꽃 한 다발이 뭉텅 꽂혀 있는 옹기 속에서 바
스락거리는 소리가 났다. 그때 난 보았다. 그녀의 벙싯 벌어지는 입술 속
에 드러나는 분홍빛 잇몸을. 나도 모르게 그녀를 왈칵 끌어안아버리고 싶
었다. 그 앙증스러워 오금이 다 저릴 듯한 분홍빛 잇몸을 손이 아닌 혀끝
으로 만져보고 싶었다. 그러나 난 엉뚱한 테이블 모서리를 부여잡고 부르
르 정체모를 진저리만 칠 수밖에 없었다.

내가 그녀의 뺨에 붙은 머리카락과 연분홍빛 잇몸을 보고 순간적으로
느꼈던 일단의 감정들은 결코 성적인 충동으로부터의 것이 아니라고 자
신할 수 있었다. 결혼 날짜가 확정된데다 혼인 예물까지 이미 다 장만했던
당시의 내가 다른 여자에게 그런 감정을 느낀다는 것은 아직은 야비함이
었고 죄악이었다. 난 단지 성애 씨의 가장 아름다운 부분을 나의 가장 예
민한 부위로 감촉하고자 했을 뿐이었다. 설령 내가 사랑하는 사람도 없고
약혼 같은 것도 하지 않은 숫총각이라 할지라도 난 감히 그녀를 성(性)의
대상으로 바라볼 수 없지 않았을까 싶다. 그만큼 그녀는 흑심이나 꿍심을
가지고 범접해서는 안 될, 성스럽기조차 한 순수함을 지니고 있는 것처럼
내게는 늘 보였다.

그렇게 천진난만하고 귀엽기 짝이 없는 웃음으로 나와 가깝게 지내던
그녀가 더러 얄밉고 바보스럽게 보이기 시작한 것은 박형과 내가 정식으
로 인사를 나눈 다음부터였다.

"인사하세요. 여긴 나의 노비아 박형 씨구요. 저긴 월간문예사 편집부에 근무하는 주 기자님……."

그녀는 어디서 둘을 포개놔도 사람 키 하나가 될까 말까 한 비쩍 마른 사내 하나를 내 곁에 데리고 와선 무턱대고 인사를 시켰다.

백짓장 같은 얼굴에다가, 나이에 어울리잖는 겉늙은 주름살을 잔뜩 바른 사내가 꾸벅 고개를 숙인 데 대해, 주대섭입니다, 하고 맞인사를 던지면서도 나는 떨떠름한 입맛을 떨칠 수 없었다. 세상에 어쩌면 저리도 안 생겼을까. 조막만 한 얼굴에 툭 불거져 나온 광대뼈하며 양 볼에 칼자국처럼 깊게 팬 주름살은 언뜻 보기에 미라를 연상케 했다. 그러나 따지고 보면 나는 그를 처음 보는 게 아니었다. 퇴근길에 친구와의 약속 때문에, 혹은 기획 특집 따위의 일로 주간(主幹)과 한바탕 신경전을 벌인 날은 으레 하가의 커피로 가슴속의 부아를 식히곤 했는데, 그럴 때마다 난 가끔씩 홀 한구석에서 서너 명의 그 또래들과 심각한 표정으로 대화를 나누던 그를 몇 차례 보았던 것이다. 그때는 그저 시도 때도 없이 심각해하고 토론하기를 즐기는 엄숙주의자 타입의 손님일 거라며 대수롭잖게 보아 넘겼었다. 그러나 그녀가 노비아(모르긴 해도 어느 나라 말 중에 연인이란 뜻의 그런 단어가 있는가 보다) 운운하며 내 코앞에서 그를 소개했을 때는 공연히 맘에 켕기도록 그가 유난히 탐탁잖아 보였다. 기분 나빠. 그렇게 속으로 중얼거리면서, 나는 나의 실망에 찬 그 중얼거림이 박형이라는 대단히 건방진 이름을 가진 사내에게로 향한 것이었는지, 아니면 그렇게 못생긴 사람을 애인이라고 가진 성애 씨의 형편없는 안목에 대한 실망 어린 푸념이었는지 잘 알 수 없었다.

어쩌면 후자의 것이 나의 솔직한 심정이었을지도 몰랐다. 적어도 성애 씨 정도의 미모와 심성을 가진 여자라면, 최소한 그런 왜소하고 병약한 주름쟁이만큼은 당당하게 거부할 수 있어야, 아니 마땅히 거부되어야 할 것이라고 믿고 싶었기 때문이었다.

"형두 문창과를 나왔어요. 소설 전공이어요."

그러나 성애 씨는 박형의 가냘픈 왼팔에 매달려 방싯거리며 그 아까운 연분홍빛 잇몸을 사정없이 내보였다. 그녀는 박형을 형이라고 불렀는데, 그것이 요즘 여대생들 사이에서 오빠뻘의 남학생을 부를 때 사용되는 유행어인지 아니면 그의 이름 그대로 형(亨)이라 부르는 건지 나로서는 알 수 없는 노릇이었다.

"소설을 쓰시는가 보죠? 참 좋은 학과를 나오셨습니다."

말은 그렇게 했지만 난 사실 다른 걸 물어보고 싶었다. 일테면, 당신의 집에선 당신의 형님이나 부모도 당신을 형, 또는 형아라고 부릅니까, 낄낄, 동생 많아서 좋겠수, 하는 따위의 좀 비아냥거리는 투로 묻고 싶었다. 어쨌든 난 그가 싫었다.

"쓰려야 쓸 수가 없습니다. 쓰고자 하는 걸 쓸 수 없는 시대니까요. 다시 말하면 오늘의 작가들은 자기기만과 비굴함에 대한 자책감을 담보로 글을 쓰고 있다고 해야 할까요. 그럴 경우엔 쓴다는 사실보다, 마음 놓고 쓸 수 있는 상황 조성을 위해 문학 외적인 노력을 우선해야 하지 않을까요?"

엄숙주의자들이 다 그렇듯, 그는 그저 형식에 지나지 않는 나의 인사치레 질문에 필요 이상으로 진지해지며 대답이 길어지기 시작했다.

"민족문학이란 엄격히 말해서 통일 이전에는 존재할 수 없습니다. 통일이 되지 않는다면 적어도 통일된 것과 다름없는 절대자유의 언론, 표현의 자유가 보장되어야 문학다운 문학이 이루어지지 않을까요……."

그가 열을 올렸지만 난 박형의 곁에서 그 천치 같은 웃음을 거둘 줄 모르는 성애 씨를 불만스럽게 건너다보고 있었다.

나에겐 박형의 말들이, 능력의 한계를 느낀 작가 지망생의 자기변명 내지는 공소한 넋두리로밖에는 들리지 않았다. 그것은, 왜소하기 이를 데 없는 그의 몸집과 더불어, 변성기도 겪지 않은 듯한 가늘고 작은 목소리를 감추기 위해 일부러 점잖고 낮은 목소리를 내려고 자주 큼큼거리며 기침을 해대는 그의 행동만 보아도 쉽게 눈치 챌 수 있는 일이었다.

비굴한 작가 얘기를 끄집어내면서 그는, 그 비굴한 작가들의 글을 청탁하여 책을 꾸미는 일을 업으로 삼고 있는 나를 은근히 무시하려는 의도까지 보이기도 했다. 그러나 그의 그런 얄은꾀에 말려들 내가 아니었다.

좀 더 나중에 알게 된 사실이지만 박형은 이른바 무슨 운동권 청년연합의 중요한 직책을 맡고 있었다. 성애 씨의 얘기에 따르면, 박형은 대학을 졸업하는 데에도 무려 십 년이란 세월을 필요로 했을 만큼 학창시절을 시위와 정학과 구속으로 다 '날려버린' 사람이었다. 대학 사 년과 군복무 삼 년을 더해 빼면 그는 삼 년이란 시간을 정학과 구류, 구속으로 일관한 셈이었다.

대학을 겨우겨우 졸업한 박형은 청년연합 조직책으로서의 임무를 소홀히 하지 않기 위해, 비교적 낮 시간을 넉넉히 활용할 수 있는 전자 사무기기 회사 영업 파트에 입사를 했다고 했다. 조직 내에서 그가 주로 하는 일은 소위 청년연합북부지역평의회 지역 조직 관리였는데, 틈틈이 시간을 내서 신입 회원에 대한 이념 교육까지 맡고 있는 터라 데이트 한번 하려면 장마철에 별 구경하는 것보다 더 어렵다고 성애 씨는 자랑인지 불만인지 모를 모호한 웃음을 지었었다.

"구속된 동료들 영치금 문제가 뭐니 뭐니 해도 제일 골치여요. 그게 생각처럼 잘 걷히지 않는가 봐요. 어떤 땐 커피 떼올 돈까지 싹싹 긁어간다니까요."

그녀의 말투는 분명 그런 박형이 대단히 못마땅하다는 투였으나, 일면 그런 박형을 퍽 자랑스러워하는 눈치였다.

그래. 허황된 경도야. 정의의 의미도 잘 모르면서 그녀는 그들과 함께 가까이서 호흡하고 있다는 착각에 아주 낭만스럽도록 빠져드는 거야. 유행에 휩쓸리듯이. 바보. 난 성애 씨에게, 커피 사올 돈까지 영치금에 보태는 낯 두꺼운 짓을 용인하는 당신의 처사가, 무슨 위대한 과업에 동참하는 것인 줄 아느냐고 대들고 싶었으나 말이 되어 입 밖으로 나오진 않았다.

사실 나는 박형이 하는 일에 대해서 이러쿵저러쿵 말할 계제도 아니었고, 그럴 주제도 못 된다는 걸 알고 있었다. 단지 예쁘고 귀엽고 사랑스러운 성애 씨가 하필이면 그 자라다 만 주름쟁이를 좋아하게 되었을까, 그게 복장이 터지도록 안타까웠고, 그래서 그녀에게 듣기 싫게, 그러나 악의는 없는 말로 바보, 바보라고 퍼붓고 싶었던 것이다. 아무리 잘 봐주려고 해도 내겐 그들이 어울리는 구석이라곤 한 군데도 없는 쌍처럼 보였다. 어울리기는커녕 그들 둘이 나란히 앉아 웃고 있는 모습을 보면 대뜸 개 발에 편자, 사립문에 돌쩌귀, 고양이 수파 쓴 것 같다는 속담만 머릿속에 줄줄이 떠올랐던 것이다. 그러니 눈이 어찌 된 바보가 아니고서야 어떻게 성애 씨를 온전한 여자로 볼 수 있겠는가.

친구들의 부축을 받으며 영안실을 나오는 성애 씨는 거의 탈진한 상태였다. 그녀는 넋이 나간 눈빛으로 플라타너스 신록 위에 부서지는 오월의

해사한 햇발을 두리번거렸지만, 내 생각에는 그녀의 그러한 동공 속 망막에는 현실의 어떠한 피사체도 정상적으로 인화되지 않을 것만 같았다. 그녀에겐 눈앞의 현실이 허상으로만 보일 터이고, 기억 저편의 이야기들이 오히려 생생하게 되살아나 그녀 의식의 전부를 점령하고 있을 것처럼 보였다.

초점 없이 두리번거리던 그녀의 눈이 어느 한 순간 나와 마주치면서 경련하듯 부풀었다. 나를 반기는 기색으로 얼굴을 움직여 조금 웃어 보이려던 그녀는 그러나 내 앞에 당도하기도 전에 허리를 꺾으며 헉, 울음을 토하기 시작했다. 격렬하게 흐느낄 때마다 그녀의 쇄골 윗부분이 심하게 파여들었고, 목줄기의 투명한 피부 위론 검푸르게 드러난 핏줄이 지렁이처럼 꿈틀거렸다.

그녀가 허리를 굽힌 채 얼굴을 감싸고 격렬하게 흐느꼈으므로, 영안실 입구에 꽁무니를 들이대는 장의차를 그녀는 의식하지 못했다. 햇빛은 여전히 강렬하게 대지 위에 내리 꽂혔고, 장의버스는 야행성 동물처럼 그 강렬한 햇빛을 피해 비척비척 그늘 속으로 뒷걸음질쳤다.

난 그녀의 들먹거리는 어깨 위에 가만히 손바닥을 올려놓았다. 박형의 사체가 장의차에 무사히 운구되기까지 난 그녀를 안정시켜야 한다고 생각했다. 섬뜩하도록 붉은 빛깔의 천이 덮인 관을 그녀가 보게 된다면 그녀는 아까처럼 발악적이면서도 절망적인 울음을 다시 한 번 쏟아낼 것 같았기 때문이었다.

박형의 사체는 벽제 화장터를 들러 곧바로 장지로 향하게 되어 있었다. 그가 한 줌의 뼛가루로 변하여 묻힐 곳은 그 어느 산기슭도 아니었고 그렇다고 바람 부는 강가도 아니었다. 그가 사 년 동안, 아니 십 년 동안 젊음을 바쳐 외치고 노래하던 흑석동 중앙대학 교정이 그의 마지막 장지였다. 이 땅에 멀쩡히 살아남아 팔자 좋게 대기를 호흡하는 것을 부끄럽고 죄스럽게 여긴 그의 동료·후배 들이 학교 측과 고인의 부모와 상의해 어렵게 허락을 받아낸 모양이었다.

내 손바닥이 등에 닿자 그녀의 격렬했던 흐느낌은 다소 누그러드는 듯 보였다. 그러나 몇 년이 가도 쉽게 가라앉지 않을 그녀의 벅찬 서러움이고 보면 무력하기 이를 데 없는 내 손가락 따위야 어찌 그녀의 아픔을 만분지 일이라도 쓸어줄 수 있겠는가. 그녀는 고개를 천천히 흔들면서 오열을 씹어 삼킨다고 삼켰지만, 이따금씩 입술 사이를 비집고 나오는 울음 묻은 신음은 내 콧등을 쌩하게 스치곤 했다.

난 그녀의 그러한 울음을 언젠가 한번 본 기억이 있었다.

언제였던가. 그날도 난 기분 나쁜 포만감을 주체할 수 없어 빵빵한 뱃가죽을 쓸어안고 허겁지겁 하가의 좁은 계단을 뛰어오르고 있었다. 늘 하던 버릇대로 하가의 통나무 문 앞에 선 나는 발소리를 죽이고 새끼손가락을 곧게 펴 가만히 문을 안으로 밀었다. 통나무 문 안쪽에 달린 요령을 건드리지 않고 바람처럼 스며들어 성애 씨를 놀라게 하는 것이 내가 하가에 들르는 한 방식이었다.

그러나 그날 나는 하가의 통나무 문 앞에서 얼어붙듯 멈춰 서야만 했다. 홀 안쪽으로부터 성애 씨의 성애 씨답지 않은 악다구니가 느닷없이 튀어나왔기 때문이었다.

"나가! 나가란 말야. 꼴두 보기 싫어. 자기 여자 하나 건사하지 못하는 주제에 무슨 놈에 애국이고 애족이야?"

난 꿈에도 없던 둔기로 뒤통수에 된매를 얻어맞은 기분이었다. 성애 씨의 입에서 그렇게 거칠고 야만스런 목소리가 터져 나오다니, 나로서는 도저히 납득이 가지 않았다.

그녀의 발악적인 외침에 얼마나 놀랐던지 나는 그 대상이 누구일까를 생각하는 것조차 까맣게 잊고 있었다. 잠시 후 매우 속상한 표정의 박형이 하가의 통나무 문을 열고 황망히 나서는 것을 보고서야 역시 그였었군, 했을 뿐이었다.

문 밖에 서 있던 나를 보았는지 못 보았는지, 박형은 눈썹을 찌그려 모은 낯을 떨군 채 좁고 가파른 계단을 타박타박 내려가고 있었다. 그의 표정은 배곯은 위궤양 환자의 그것처럼 잔뜩 일그러져 있었지만 그런 그의 얼굴은 또, 성애 씨에 대한 자신의 인정머리 없음이 당분간은 어쩔 수 없는 일이잖느냐는 어떤 비장함까지를 내포하고 있는 것이었다.

테이블 위에 얼굴을 묻고 있는 성애 씨의 긴 머리가 몹시 헝클어져 있는 것으로 봐서 그녀는 오랫동안 몸부림을 치며 흐느꼈던 모양이었다.

"진정해요. 어제오늘 일도 아닌데……."

내깐에는 위로랍시고 한 말이었지만, 내심으로는 성애 씨를 이토록 엉망으로 흐트러지게 한 그 박형인가 박 씬가 하는 주름쟁이 사내에 대해 끓어오르는 분노와 적개심을 스스로 부추기고 있었다.

"안 돼요. 형은 지금 위험한 상태라구요. 요양을 해두 나을까 말까 한데 허구한 날 숨차게 뛰어다니니……자기 몸부터 살려놓구 무슨 일을 해도 해얄 거 아녜요? 최루탄을 먹은 날은 여지없이 각혈을 해댄다구요, 흑흑……."

폐결핵이란 얘기였다.

난 성애 씨의 울음이, 자신의 여자는 돌볼 생각도 않고 운동에만 매달리는 한 인정머리 없는 남자에 대한 원망이든가, 아니면 결혼 일정만 잡아 놓고 도무지 실행에 옮길 맘은 추호도 없는, 못 믿을 사람에 대한 성토인 줄로만 알았다.

"대학 때 함께 나섰던 동료들조차 이제 다들 손 끊고, 게다가 영치금 모금하러 다니는 형을 무슨 못자리논에 각다귀 보듯 하는데, 한 푼 자길 위해 쓸 돈도 아니면서 왜 구걸하듯 저러고 다니는지. 몸은 자꾸 망가져가는데……물론 형의 마음 모르는 건 아니어요……."

그녀의 눈자위에 묻은 눈물에서 반짝 여린 절망의 빛이 스쳤다. 나는 박형이 심한 폐결핵 증상에도 불구하고 남들이 마다하는 영치금 모금에 발벗고 나섰다는 데 대해 그가 장하다고 느껴지기는커녕, 오히려 왜 멀쩡한 성애 씨가 안팎으로 형편없이 망가져 있는 그를 죽자고 좋아하는 걸까, 그런 방정맞은 생각이 먼저 들었다. 성애 씨도 내 앞에서는 박형이 하는 일을 반 자랑삼아 떠들곤 했지만 역시 그녀도 내심은 오래전부터 박형으로서는 무리인 그 일을 간곡히 만류하고 있었던 게 분명했다.

"도대체 그런 사람을 뭣 때문에 좋아하는 거예요?"

아, 나는 이렇게 물어놓고 나서 소스라치게 놀랐다. 어떻게 그런 말을 할 수 있었을까. 나는 당장이라도 하가를 뛰쳐나가고 싶었다. 그러나 뛰쳐나간다고 해서 이미 내 입을 떠나 그녀의 두 귀로 흘러들어 가버린 그 말이 어떻게 되는 것은 아니었다. 난 그저, 성애 씨 쪽만을 생각하다 보니까, 그래서 성애 씨의 그 눈물과 흐느낌이 너무 안쓰럽게 느껴지다 보니까, 염치없이 그런 실수를 저지르고 만 것이라고 자위하면서, 그런 내 심중의 일단을 성애 씨가 헤아려주기만을 바랄 수밖에 없었다.

"그래두 좋은 걸 어떡해요. 사랑은 이유 없이 좋은 거 아니어요?"

그러나 다행스럽게도, 성애 씨는 자신의 입으로 말한 '사랑'이란 말이 쑥스러웠던지 '어요?'란 종결어미가 끝나자마자 배시시 웃어주었다. 나는 휴, 안도의 숨을 내쉬면서도 한편으로는 공연한 심사가 났다. 남의 장례식에 가는 것마저도 일일이 어머니에게 그 여부를 묻고서야 간신히 결정을 내리는 나 같은 주변머리에 비하면, 사랑하는 이의 간곡한 만류를 가슴 아프게 생각하면서도 의연히 자신의 신념을 실천해나가는 박형이 성애 씨에겐 열 배 백 배 남자다운 멋쟁이로 보였을 것이므로.

박형이 중증의 폐결핵을 무릅쓰고 구속된 동료들을 위해 숨 가쁘게 거리를 뛰어다닌대서 내가 그를 대수롭게 본 건 아니었다. 내가 그를 다르게 보기 시작해서 결국 박형(朴兄)이라는 존경이 담긴 호칭을 붙이기 시작한 건 우연한 일로 인해서였다.

월말만 되면 나는 익월호 《월간문예》를 시내 유수 기업체에 배본하느라 무척 바빴는데, 그 바쁜 틈에도 하가에 들러 배본 사원 하나 없는 출판사 형편을 한탄하며 커피를 마시는 일은 결코 잊지 않았다. 87년 이월호였던가. 사십여 권이나 되는 《월간문예》를 서소문에 있는 칼빌딩까지 가져가는 게 엄두가 나지 않아, 에라 모르겠다 일단 커피나 한잔 마시고 보자는 식으로 하가에 들렀었는데, 그녀는 내가 서소문에 간다는 얘길 듣고 부탁을 한 가지 했던 것이다. 부탁이래야 별건 아니었다. 지금 박형이, 위장취업으로 입건된 대학 동창의 일차 공판을 방청하러 서울지방법원에 가 있을 터인데 가는 길에 잠깐 들러서 공판이 끝나는 대로 평택 박형의 집으로 전화를 넣어달라는 내용이 전부였다. 그러면서 그녀는 그 심부름의 대가로 맛있는 커피를 공짜로 타 내겠다고 호들갑을 떨었다.

물론 그까짓 부탁쯤이야 우정 가는 것도 아니고 이왕 가는 길이니 잠깐 들러 전하기만 하면 되는 것이어서 힘들고 자시고 할 것까지야 없었다. 그러나 난 성애 씨가 그런 부탁을 해놓고 기껏 커피로 그 대가를 치르겠다고 의기양양해하는 게 여간 야속하지 않았던 것이다. 심부름의 대가로서 커피 한 잔이 싸대서가 아니었다. 내가 하가에 들르는 것이 순전히 커피 때문으로만 아는 성애 씨의 태도가 마땅치 않았던 것이다.

성애 씨에 대해 갖고 있던 나의 순수한 감정들이 순간적으로 외면을 당했다는 생각이 들자 갑자기 오기가 솟구쳐 올랐다. 까짓것 못 들어줄 부탁도 아니지. 그렇게 속으로 뇌까리면서 나는 굳이 커피값을 내느라 실랑이를 벌였다. 우격다짐으로 커피값을 내밀 때 그녀는 평소에 잘 하던 대로 곱게 눈을 흘겨 보였는데 그날따라 그녀의 눈흘김이 참 얄밉게 보였다.

공판정에 들러 박형을 찾는 데는 그리 오랜 시간이 걸리지 않았다. 그는 방청석 맨 앞줄 가운데 자리에 오도카니 앉아서 재판 과정을 진지하게 바라보고 있었던 것이다.

판사와 검사의 얼굴을 번갈아 뚫어지게 바라보고 있는 그의 곁으로 다가가 나는 성애 씨의 말을 귓속말로 전했다. 시선을 법대에다 고정시킨 채 고개만 끄덕거리는 그의 반응이 아무래도 맘에 안 놓여서 싫은 걸 참으며 성애 씨가 전한 말의 뜻을 부연하려고 하자, 재판정의 정리가 일어서며 나에게 위압적인 눈빛을 노골적으로 쏟아부었다. 왜 앞에서 얼쩡거리느냐, 당장 꺼지지 못하겠느냐는 투였다. 난 그만 찔끔 기가 질려 부랴사랴 방청석 가운데로 난 통로를 헤집고 나와 뒤쪽 의자에 아무렇게나 일단 앉았다. 정리가 앉는 것을 기다렸다가 그의 시선을 피해 눈치껏 공판정을 빠져나갈 생각이었다.

그러나 정리가 돌아가 앉고, 나에게 더 이상의 위압적인 눈빛도 주지 않게 되었는데도 난 그 자리에 그대로 앉아 있었다. 재판정의 분위기가 왠지 재미있게 돌아가는 것처럼 보이기 시작했던 것이다.

귀찮고 따분하고, 한편으론 찜찜하고 맘 켕기는 듯한 표정이었던 검사의 신문과는 달리, 변호인의 신문과 변론은 공판정이 쩡쩡 울리도록 당당하고 힘 있어 보였다. 주민등록증을 위조 변경한 건 공문서위조에 해당되므로 명백한 범죄행위로 인정되지만, 그들이 주민등록증을 변경한 이유는 생산직 근로자로의 정상 취업이 불가능했기 때문이 아니었겠느냐고 변호인은 힘주어 말하면서, 도대체 대학 졸업자가 생산직에 종사할 수 없다는 법이 세상에 어디 있느냐고 호통을 쳤다. 더구나 그들이 주민등록증을 위조하면서까지 열악한 노동환경과 저임금의 생산직에 근무하려 했던 것은 바로 그 형편없는 노동조건과 터무니없는 저임금에 시달리는 노동자들의 권익을 앞장서 옹호하고 개선하려는 자기희생적인 처사가 아니었겠느냐며 판사 쪽을 향하여 대들었다.

장시간 변호인의 변론이 진행되는 동안 방청석에서는 이따금씩 옳소, 내지는 박수 소리가 터져 나왔고, 그럴 때마다 판사와 정리가 방청석을 흘끔거렸다.

당당하고 의기양양하기로는 세 명의 피고도 마찬가지였다. 그들은 진술에 앞서 노동현장에서 기계에 잘린 손가락을 내보인다든지, 아니면 '이 자리에 계신 판·검사님도 직접 현장에 가 보고 들으면 생각이 달라지실 테지만──' 하는 따위로 서두를 떼곤 했다. 세 명의 피고 모두가 박형과 함께 문예창작을 전공한 학사 출신이었던 만큼 한 마디 한 마디의 말이 사람의 가슴을 저리게 했다.

넉넉한 환경에서 편안하게 최고 학부까지 다닐 수 있었던 지성인으로서, 사회의 구조적 모순을 타파하고 정의로운 부의 재분배를 위한 투쟁에 앞장선다는 것은, 저들에게 진 빚을 떳떳하게 갚는다는 의미로서도 자연스럽고 당연한 일이 아니겠느냐고 그들은 열변을 토하였는데, 좌측 단상에 어깨를 꺾고 있는 검사는 너희들이 아무리 그래봤자 죄가 덜어질 것 같으냐, 어림없을걸 하는, 해볼 테면 해보란 태도로 눈만 껌벅껌벅거렸다.

내가 그 주름투성이의 박형을 멋있는 남자로 보기 시작한 건, 피고인의 진술이 세 편의 장시(長詩) 낭송으로 끝나고 검사의 구형이 시작되던 때부터였다.

"크게 말해! 안 들려!"

맨 앞자리에 앉았던 박형이 느닷없이 일어서며 검사에게 삿대질을 한 것이었다. 일순 공판정 안은 물을 뿌린 듯 조용해지며 모든 시선이 그에게로 날아가 박혔다.

그러자 그때까지 말 한마디 없이 검사와 변호인에게 눈짓으로만 논고와 변론을 지시하던 판사가 점잖고 낮은 목소리로 박형을 향해 말했다.

"지금 한 말을 다시 반복해보시오."

"크게 말하라고 그랬소. 엄연히 공개재판이고, 그래서 각 테이블마다 성능 좋은 마이크가 비치되어 있는데 무슨 의도로 방청석에는 하나도 들리지 않게 판사에게만 속삭이듯 하는 거요. 물어보시오. 방청객 그 누가 구형량을 들었는지, 만일 내가 가만히 있었다면 판사도 그냥 지나치려 했을 것이오. 듣지 못했으니 다시 크게 말하게 하시오."

판사는 판사 나름대로, 한껏 위압적인 눈길로 박형의 입을 다물게 하려 했는데, 박형은 오히려 더욱 카랑카랑한 목소리로 할 말을 끝까지 해버렸던 것이다. 그러자 방청석에서는 옳소, 맞아, 똑바로 해, 못된 것들……하

며 일시에 야유가 터져 나왔다. 판사는 한동안 입을 꾹 다물고 방청석 쪽을 응시한 후에,

"다시 한 번 큰 소리로 소란을 피웠다가는 퇴정시키겠소"라고 한 뒤 곧이어 검사에게 큰 소리로 말하라고 마지못해 지시했다.

박형이 재판정 방청석에서 팔을 걷어붙이며 판사에게 대든 행동이 썩 잘한 일이라고 나는 생각지 않았다. 그런 격앙된 어조가 아니더라도 얼마든지 자신의 의견을 내세울 수도 있지 않았을까. 그러나 당시엔 그런 박형이 그렇게 맘에 들 수가 없었다. 성애 씨와의 커피값 실랑이도 까맣게 잊어먹을 정도였다. 나야 사회의 구조적 모순이라는 걸 피부로 느끼는 그런 푼수도 못 됐고 이른바 의식 있는 운동권 학생들의 세계를 잘 아는 것도 아니었으므로, 큰 소리로 외치거나 목에 핏줄을 그어대는 투의 항의는 아예 체질적으로 싫어하던 터였다. 그러나 그날만큼은 왠지(정말 왠지 모른다) 박형의 그런 행동이 속이 후련하도록 시원하게 보였던 것이다.

그 이후로 나는 전과 같이 그를 박형이라고 불렀지만 심중으로는 형(亨)자에다 형(兄)자를 바꿔 끼우고 있었다. 그리고 그가 피를 토하면서까지 구속된 동료의 영치금을 위해 동분서주하는 모습이 안쓰러우면서도 장하게 보이기 시작했던 것이다. 물론 나 또한 나의 박봉의 일부를 박형의 구속된 동료들을 위해 기꺼이 지출하기도 했지만.

화장터를 다녀오는 차 안에서, 성애 씨는 넋이 나가버린 건지, 아니면 울 수 있는 울음을 모조리 퍼내어 더 이상 울 수가 없게 된 것인지, 의자에 구겨진 채로 앉아 망연히 창밖의 풍경을 바라보고 있었다. 가끔씩 그녀의 친구들이 음료수잔과 사과 조각을 내밀곤 했지만 그녀는 고개를 저어 그것들을 거절했다. 그럴 때마다 그녀의 친구들은, 기운을 내야지, 죽은 사

람은 죽은 사람이고 산 사람을 살아얄 것 아니니, 하며 지청 섞인 위로를 하느라 그들대로 바쁜 모습이었다.

버스가 제1한강교를 지날 때쯤 해서야 성애 씨는 오랜만에 입을 열어 아, 참 물빛이 고와, 하며 차창 밖 한강의 물결을 물끄러미 바라다보았다. 그녀가 말을 하기 시작하자 그녀의 친구들은 아주 조심스럽게 그녀의 말을 받았고, 몇 마디 묻기도 했다. 어제와 오늘, 울음을 제외하곤 한 마디도 입 밖으로 내지 않던 성애 씨가 어쩌다 한마디 했다 해서 좋아라 달려들어 주책없이 이런저런 말을 마구 지껄여대는 호들갑스런 친구들은 다행히 아니었다. 성애 씨보다 친구들이 훨씬 침착하고 조용해 보였다.

"남빛이야."

친구 하나가 성애 씨의 목소리만큼 작게 대답했다. 그러자 곁에 있던 다른 친구가 대화가 끊어지는 것을 막기 위해 끼어들었다. 그녀의 목소리도 역시 차분하게 가라앉아 있기로는 마찬가지였다.

"한강이 저렇게 남빛으로 보이는 날은 드물대. 물론 저 물빛은 매일 같은 색깔이겠지만, 보는 사람의 그날 기분에 따라서 빛깔이 달라 보인단 뜻이겠지. 참 고와, 오늘은, 그치?"

가능한 한 자극적인 말을 삼가려고 애쓰는 친구들을 둘러보면서 성애 씨는 아주 엷게 웃었다.

성애 씨의 웃음을 보고 나는 한숨을 조심스럽게 몰아쉬면서 차창 밖에 너울거리는 물빛에 시선을 던졌다. 갑자기 담배가 피우고 싶어졌다.

교문 주변에 깔려 있는 최루 분말을 풀풀 날리며 버스가 중앙대학교 안으로 진입했을 때 캠퍼스는 설핏 기울어진 오후의 햇살 속에 무척 평온한 모습으로 가라앉아 있었다.

영안실에서는 북받쳐오르는 설움을 주체할 수 없어 행동이 처지고 파행적이던 가족, 친지, 친구, 후배 들은 어느새 어느 정도쯤의 슬픔은 가셨는지, 버스에서 내려 제단을 차리는 절차는 순식간에 해치웠다.

작고 흰 상자 하나로 줄어든 고인의 유해로 인해 훨씬 초라하고 을씨년스러워진 제단 뒤쪽으로는 분수가 무심하게 그 물줄기를 하늘로 솟구쳐 올리고 있었다. 모인 사람들의 마음을 또 한 번 숙연하게 만드는 장문의 추도사가 끝나고 나자, 고인의 친구이며 시인인 이승하 씨가 상기된 어조로 조시를 낭독했다.

조시가 낭독되는 동안 난 성애 씨의 곁에서, 추도식의 진행을 맡고 있는 회갈색 잠바 차림의 사내와 박형의 아버지가 성애 씨의 헌작(獻爵) 여부를 놓고 주고받는 얘기를 듣고 있었다. 그들의 이야기를 자세히 듣기에는 좀 먼 거리였으므로 난 그들의 표정과 손짓으로 얘기의 내용을 짐작할 수밖에 없었는데, 그들은 성애 씨가 처녀라는 것 때문에 헌작에 대하여 약간의 이견이 있는 모양이었다. 그러나 이내 회갈색의 잠바 차림이 성애 씨 곁으로 다가와 잔 올릴 준비를 하라고 일렀고, 절은 큰절로 네 번을 반복해야 한다는 것까지 가르쳐주었다. 총각의 몸으로 세상을 떠난 자식의 영전에 남의 집 처녀를 데려다 잔을 올리도록 한다는 것이 면목이 없었던지 고인의 아버지는 고개를 돌려 하늘 한쪽을 비스듬히 올려다보았다.

성애 씨가 헌작 권유를 묵묵히 받아들이고 있다는 사실이 내게는 적잖은 충격이었다. 처녀의 몸으로, 고인이 된 총각에게 헌작을 한다는 엄청난 의미 때문에 물론 그랬겠지만, 만일 그녀가 그런 의미를 전혀 모른 채 헌작을 받아들이고 있는 것이라면 나의 놀람은 더욱 커질 수밖에 없었다. 그렇다고 해서 성애 씨를 불러놓고 헌작의 의미를 아느냐 모르느냐 새알네 알 주책없이 물을 수도 없는 노릇이어서 난 그저 안타깝게 속으로만 조를 비비고 있을 수밖에 없었다.

그러나 나의 그러한 맘 졸임이 기우에 지나지 않는 것이라고 느끼기 시작한 건 그녀의 울음을 들으면서부터였다. 그녀의 비통한 울음은 그 어떤 말보다도 확실한 대답이었다. 난 그녀의 애끊는 울음을 들으면서, 저런 애틋한 사랑이 요즘에도 진하게 남아 있었구나 하고 감동할 따름이었다.

조시 낭독이 끝나고 성애 씨가 제단 앞에 깔린 돗자리 위로 신을 벗고 올라서면서부터 그녀의 울음은 시작됐다. 네 번의 큰절을 계속하면서 그녀는 높고 구슬픈 울음을 길게 길게 늘였다. 마치 긴 강을 건너오는 사이렌 소리처럼 그녀의 울음소리는 구성지면서도 고왔고, 오월의 하늘로 퍼져 올라가면서는 신비하고 아름답게 들리기까지 했다. 한 번도 들어본 적이 없는 선율의, 슬픔과 기쁨이 분리되지 않은 원초적 감정의 응어리가 바람처럼 흐르는 것만 같았다. 성악으로 잘 훈련된 그녀의 목으로부터 흘러나오는 힘 있고 높디높은 소프라노는 캠퍼스 안의 대기를 떠다니며 사람들을 끌어모으고 있었다. 그녀의 사배가 모두 끝났을 때는 제단 주위에 수백 명의 군중이 모여들었고, 그들의 입에서도 한결같이 고른 파장의 높은 음성이 끊임없이 튀어나왔다. 그 인파는 박형의 유해가 뿌려지는 캠퍼스의 여기저기를 물결처럼 따라다니다가 마침내는 전투경찰들이 인의 장막을 굳게 치고 선 교문 쪽으로 천천히 흐르기 시작했다.

마디

    그는 앉아 있었다. 앉아 있고 싶었다. 몇몇 아낙이 환희담배를 빨며 수다를 떨다 가버린 긴 나무의자 위에 그저 앉아 있었으면 싶었다. 무심히, 아니면 멍청하게라도 앉아 있고 싶었다. 실어증 환자라도 되고픈 마음이었다.

    대합실을 메우고 북적대던 한 무리의 아낙들이, 보퉁이를 이고 시외버스로 오른 뒤, 대합실 안은 큰 바람이 지난 들판처럼 사뭇 괴괴하기조차 했다. 그는 때가 전 나무의자에 앉아 초조하게 다리를 번갈아 꼬며 시외버스 유리창 속 아낙들의 가짓빛 웃음들을 쓸쓸하게 바라보았다.

    아낙들이 대합실 바닥에 아무렇게나 주저앉아, 검고 번들거리는 얼굴을 늘이며 깔깔거릴 때는 일부러라도 그들의 희극적인 모습에 관심을 쏟을 수가 있었으므로, 지금처럼 애써 안절부절못할 필요까진 없었다.

    승객들을 터질 듯 태운 시외버스가 움찔 몸서리를 치고서 정류장을 빠져나가자 마른 흙먼지가 회오리바람을 일으키며 대합실 유리창에 와 부딪쳤다. 그들과 함께 탔어야 하는 건데……그는 손아귀에 쥐어져 있는 차표를 내려다보며 속으로 중얼거렸다. 구겨진 차표는 약간의 손땀이 묻은 채로 파르르 떨었다.

그는 꼬았던 다리를 풀었다간 다시 꼬았다. 머릿속을 휑하니 비워내고자 하는 그의 의지와는 상관없이, 아니 비워내려고 하면 할수록, 오히려 머릿속을 파고들어오는 미혹의 한 편린은 집요하고 끈질겼다.

그는 자리에서 벌떡 일어나 쥐고 있던 승차권을 사납게 구겨 바닥에 팽개쳤다. 그리고 일부러 발소리를 내어 텅 빈 대합실을 맴돌았다. 그러나 벽에 부딪쳐 되돌아오는 공명음은 뒤숭숭한 그의 머리를 더욱 어지럽혀 왔다. 아낙들이 까먹고 버린 감귤 껍질들이 대합실 구석구석에서 숨을 죽인 채 그의 행동을 엿보고 있었다. 그것들은 마치 그의 뇌리 속에서 일고 있는 미혹의 소용돌이를 하나도 빠짐없이 알아내고 말겠다는 듯 보였다.

그는 다시 제자리로 돌아와 머리를 조아리고 앉았다. 그렇게 앉아 있고 싶었다. 아무 생각 없이 한 두어 시간 무엇에겐가 넋을 빼앗기고 싶었다.

다행이야. 그녀가 날 알아보지 못한 것만이라도 참 다행이야. 그러나 그녀가 날 알아보지 못한 게 무슨 소용이람. 문제는 내가 그녀를 처음 보았을 때 한눈에 그녀를 알아볼 수 있었다는 사실 아닌가. 언제는 뭐 그녀가 나를 알아본 적이 있었던가. 아, 여섯 살이라던가, 그녀의 한 손에 잡힌 그 사내아이 녀석의 눈빛은 또 어찌하나. 나를 바라보던 그 눈빛이 그저 도회의 어느 낯선 사람에 대한 막연한 호기심이었을지도 모른다고 자위하기에는 내 가슴에 너무 선연히 날아와 박히는 것이었어.

그는 어머니의 유해를 고향에 묻고 돌아오다가 마을 어귀에서 김장 배추를 머리머리 인 동네 아낙 둘을 만났다. 그는 그녀들을 그냥 지나치려고 했다. 고향이라고는 하지만 그건 생전에 어머니가 하던 말이었고, 그에게는 기실 생면부지의 낯선 땅이었다. 그가 그곳에서 태어나지는 않았어도, 적어도 잉태되기는 하였으리란 추측을 가능케 했던 것도 최근에였고, 그가 어머니를 찾아 그곳을 처음으로 내려와본 것도 80년 여름 무렵이었다.

"오메, 이게 누구다여?"

그녀들을 지나쳐 몇 걸음 떼어놓았을 때 한 여인의 놀란 외침이 그의 꼭지 뒤에 매달렸다.

"경수 아닌가벼. 맞지라? 경수……."

그는 걷던 걸음을 멈추고 뒤돌아보았다. 거기 앙상한 가지만 하늘로 뻗쳐 올린 미루나무 아래 싱싱한 배추를 한 함지박 인 아낙 하나가 자신의 추측이 확실하다는 듯 웃음 반 놀람 반의 얼굴로 서 있었다. 그녀의 늙고 꺼칠한 피부가 머리 위의 푸릇푸릇한 배추와 묘한 대조를 이루고 있었다.

그가 그녀를 알아본 것은 그녀의 얼굴을 보고서가 아니었다. 그를 분명하게 알아볼 만한 사람이 이 마을에 있다면 그건 두말할 것 없이 장흥댁 하나뿐일 것이라고 그는 생각했고, 그렇게 생각하고 나자 과연 육 년 전 팔월의 장흥댁 모습이 그의 눈에 오롯이 들어왔던 것이다.

"아……안녕하셨어요, 아주머니……."

그는 허리를 어정쩡하게 굽히며 인사를 했다. 그러자 장흥댁은 머리에 이었던 밤색 플라스틱 함지박을 미루나무 아래에다 황망히 부려놓으며 그에게로 달려왔다.

"어쩐 일이여, 이렇게 기별도 없이……그래, 어무니는 잘 있는 게라우?"

그의 손을 덥석 잡은 장흥댁의 손바닥이 까칠했다.

그는 그녀의 눈을 똑바로 쳐다보지 못하고 말았다. 어머니의 유해를 마치 몹쓸 것이라도 되는 양 소리 소문 없이 들여와 마을 뒷산에다 묻어버렸다는 것이, 산을 내려올 때까지도 그의 마음 한자락을 무겁게 짓누르고 있었는데, 공교롭게도 장흥댁을 만나 어머니의 문안을 듣고 보니 과연 어머니의 유해를 유기해버리고 말았구나 하는 죄책감이 차마 얼굴을 못 들게 한 것이었다.

"그동안 어떻게 지냈소, 그래. 몇 년이 지났는디도 얼굴이 그대로구만 그랴. 장가는 갔겠제?"

"아직 못 갔습니다."

"무슨 소리여? 쉬 가야제. 가서 각시 데리고 어무니헌테 효도해야 하잖겠어? 나이가 몇인디그랴 시방……"

장흥댁은 연방 까칠한 손바닥을 그의 손등 위에다 비벼대며 반가운 낯빛을 삭이지 못했다. 그녀는 더 이상 어머니의 안부를 물어오지 않았으므로, 어머니의 유고를 마음속으로만 망설이던 그는 일단 말하기를 유보하기로 했다.

그가 장흥댁과 손을 맞잡고 얘기를 늘이는 동안 장흥댁의 동행이던 이십대 후반의 여인은 미루나무 아래서 혈육인 듯한 사내아이와 무어라고 작은 소리를 주고받았다.

장흥댁이 얼핏얼핏 어머니에 관한 말들을 다시 내비치려 했지만 그의 시선은 이미 미루나무 아래의 모자(母子)에게로 달려갔다.

그들 모자는 채소 함지박에서 꺼낸 무를 칼도 없이 엄지손가락으로 뚝 뚝 껍질을 벗겨내고는 번갈아가며 투명한 무살을 입으로 떼어 물었다.

"누굽니까?"

장흥댁의 호들갑을 중간에서 자르고 미루나무 아래서 무를 벗겨 먹고 있는 이십대 후반의 여인을 그가 눈짓으로 가리켰을 때는 이미, 그의 눈에 하늘과 땅이 맞닿을 정도였던 그해 여름의 장맛비가 가득 내리고 있었다. 풀잎 사이사이로 뱀처럼 기어다니던 우연(雨煙)과 자지러지던 맹꽁이 울음. 그리고 지금 그녀가 베어 물고 있는 무처럼 희고 투명했던 살결. 꽃바람, 그녀는 분명 꽃바람이었다.

"누구? 으응……저그 쟈? 거 왜 있잖았어, 한때 실성했던……."

그의 귀에는 장흥댁의 말이 들려오지 않았다. 그의 발은 그의 의지와는 상관없이, 홀린 듯 미루나무 아래로 끌려가고 있었다. 와삭거리며 무를 씹던 두 모자는, 넋이 나간 사람처럼 다가서는 그를 보자 입놀림을 멈추었다. 꽃바람. 그녀는 그를 전혀 알아보지 못했다. 그저 낯선 사람이 갑작스럽게 접근하자 앉은 채로 슬며시 몸을 돌릴 뿐이었다.

"너, 며……몇 살이지?"

그는 아이에게 다가가 손을 덥석 움켜쥐었다.

"여섯 살……."

흠칫 놀라며 손을 빼려던 아이는 완강한 그의 손아귀를 빠져나가지 못하고 엉덩이만 잔뜩 뺀 채 얼결에 대답했다.

여섯 살…….

잡았던 손을 놓고 그가 아이의 머리를 쓰다듬으려고 하자 아이는 빠르게 몸을 피하며 돌아앉아 있는 꽃바람에게로 달려가 그녀의 가슴에 납작 붙었다. 아이의 눈빛은 두려움과 낯가림으로 푸르게 빛나고 있었다.

"아줌마, 나 먼저 갈라요……."

낯선 사내의 심상치 않은 태도가 언짢았던지 그녀는 내려놓았던 함지박을 부랴부랴 들쳐 이고 아이의 손목을 낚아채 마을 쪽으로 돌아섰다.

"그려……곧 따라갈께이."

"맞죠? 꽃바람……."

"그려……시방 손에 딸려가는 조것을 난산하는 통에 정신이 되돌아오긴 했지만 이젠 옛날의 그 꽃바람이 아니어……. 내 집에서 시방 외롭고 해설랑 저것 둘허고 같이 살고 있지라……."

그는 멀어져가는 두 모자의 뒷모습을 물끄러미 바라보았다. 아이는 가끔씩 고개를 돌려 그와 장흥댁 쪽을 바라보았지만 꽃바람, 그녀는 걸음걸이에 한 치의 흐트러짐도 없이 길게 휘어진 마을길을 걸어 들어갔다. 그녀가 걸어 들어가고 있는 길의 소실점에는 그의 어머니가 묻힌 청태산이 그 남빛 특유의 자태를 드리우고 이등변 삼각형으로 솟아올라 있었다.

다른 시외버스 한 대가 정류장 안마당으로 들어오며 마른 먼지를 대합실 창문에 끼얹었다. 창문에 부딪친 부연 먼지바람이 공중으로 흩어지고 난 뒤, 흡사 거대한 왕잠자리의 눈 같은 버스의 앞 차창이 그가 내다보고 있던 대합실 유리창 밖에 우뚝 와서 멈추었다. 광주·하순·능주……. 앞 차창에 나붙은 행선지들을 두루 거쳐 먼 길을 달려온 버스는 피로에 지친 차체를 툴툴거리며 몇 차례 진저리를 치더니 이내 숨을 가라앉혔다. 운전석 비상구에서 튀어나온 배불뚝이 기사가 휘파람으로 유행가를 부르며 구내매점 쪽으로 사라졌다.

그는 구겨서 팽개쳤던 승차권을 다시 주워들었다. 버스가 떠난 지 채 십 분도 되지 않았으므로, 그는 한 시간은 족히 더 기다려야 지금 막 도착한 버스가 정비를 마치고 다시 출발하리라는 것을 알고 있었다.

그는 아까 앉았던 나무 의자에 다시 주저앉았다. 마른 흙먼지가 날리던 정류장 안마당에는 어느새 초겨울의 햇볕이 곱게 깔려 있었다.

누구를 닮았을까. 그는 꽃바람의 앞가슴에 찰싹 붙어 그를 바라보던 아이의 눈빛을 떠올렸다. 아니야, 분명 나를 닮은 데라곤 한 군데도 없었어. 톡 소스라진 이마하며 길고 가는 목, 그리고 치켜 올려진 눈초리가 낯설게만 느껴졌어. 그 앤 내 애가 아니야. 내가 이렇게 과민하게 반응하는 것은 공연한 자격지심에 불과해. 난 그저 그 여름, 억수로 퍼붓던 장맛비에 흘려 온전치 못한 정신의 그녀를 우발적으로, 정녕 우발적으로 범했다는 자책만으로 족해. 우발적으로…….

그는 마음속으로, 괜찮아, 그럴 리가 없을 거야. 쓸데없는 생각이야, 설마, 설마를 되뇌었다. 그러나 그가 그렇게 자신을 다독이며 위로하는 동안, 그의 의식 뒤편에선 길고 검은 의혹 덩이가 그의 키를 넘어 자라고 있었다. 그는 일부러 큰 동작으로 한쪽 다리를 들어 다른 다리의 무릎에 걸쳤다. 그 바람에 그가 앉아 있는 의자가 좌우로 흔들리며 삐걱거렸다. 그는 입고 있는 점퍼 속으로 자꾸만 머리를 조이려 넣으며 눈을 감았다.

육 년 전, 그러니까 80년 여름은 긴 장마만큼이나 어머니의 가출이 길었다.

어머니의 가출은 그가 철이 들기 훨씬 이전부터 있었던 일로, 일 년에 두어 차례 주기를 갖고 있는 것이었으므로 가출이라는 말은 어울리는 것이 아니었다. 그러나 그가 어머니의 그러한 행위를 가출로 치부하는 데는 또 그럴 만한 이유가 있었다.

그의 어머니가 집을 비울 때의 모습은, 자상하고 인정이 많다는 주위 평판이 무색해질 만큼 막무가내였던 것이다. 언제부터 언제까지 어디서 무얼 하고 돌아오겠다는 귀띔 하나 없이 어느 날 증발해버리듯 홀연 자취를 감추는 게 어머니의 가출 방식이었다. 그것은, 이웃 간에 인심 좋고 매사에 확실한 것을 좋아하는 사람이라며 그의 어머니를 칭찬해 마지않던 많은 이들에 대한 배신이었고, 그에게는 이 세상에 하나밖에 없는 의지처가 흔들린다는 데 대한 불안과 외로움으로 다가왔다. 그가 나이를 먹으면서, 어머니의 가출에 대한 궁금증보다는 단지 어머니의 말 못 할 사정——그것은 고통일 터이므로——을 이해해보려고 여러 번 대화를 시도해보았으나, 그때마다 어머니는 횡설수설 고향과 청태산 이야기로 얼버무리든지, 아니면 단호한 침묵의 벽 속으로 도피하기 일쑤였다. 자상하기 이를 데 없는 어머니, 평소 인정이 많기로 소문난 어머니에게 그러한 일들이 가능하다는 게 믿어지지 않았다. 그러나 엄연한 사실 앞에서 그는 자주자주 놀랐고, 어떤 숙명적인 슬픔 같은 게 감지되었다.

그러나 그런 것들은, 이미 오래전, 어머니가 지니고 있는 어둠의 그림자 안으로 그가 한 발짝도 들여놓지 못하리라는 것을 깨닫고서부터, 다시는 어머니의 가출을 궁금해하지 않겠다는 스스로의 다짐 속에 묻어버린 것들이었다. 이젠 그저, 어머니의 가출 직전에 보이는 그녀의 미열증세를 눈치 채고, 멀지 않아 있을 돌연한 증발을 예비하면 그만이었다.

그러나 그해 여름. 어머니의 가출은 예상했던 것보다 훨씬 길어지고 있었다. 대개는 삼사 일이 지나면 깊은 잠에서 깨어나 방금 안방에서 나온 듯한 부스스한 얼굴로 돌아오곤 하던 어머니가 오 일이 지나고 일주일이 다 되도록 돌아오지 않았다.

어머니의 길어지는 가출로 인해, 그의 내면에 깊숙이 잠자고 있던 의혹의 덩어리는 딱딱한 각질을 후드득 털어내며 꿈틀거리기 시작했다. 그것은, 반드시 의혹이라기보다는 어머니의 신변에 무슨 사고가 있을지도 모른다는 우려 쪽에 가까웠다. 어쨌든 때맞춰 여름휴가를 얻은 터여서 그는 어렵잖게 어머니로부터 말로만 들어 알고 있는 고향이라는 델 가보기로 마음먹었다. 어머니가 반드시 고향엘 갔다고 볼 수는 없는 일이었지만 그가 찾아가볼 수 있는 곳이란 그곳 말고는 달리 떠오르는 데가 없었다.

그가 고향에 머무는 동안 일주일 내내 비가 내렸다.

대문 밖으로 바라다보이는 개울 하류는 하루에 한 번씩 시뻘건 물을 한 길 위로 넘쳐 흘렀다. 라디오에선 연일 도로 유실과 피해 복구 상황을 방송해댔다. 장흥댁은 그가 도착하던 날 밤부터 짚도롱이를 쓰고 고슴도치처럼 뛰어다녔다.

비가 쏟아질 때면 그는 꼼짝없이 대청마루에 앉아 뒤꼍의 달개비 무더기에 뿌리는 빗줄기를 바라다보았다.

그가 앉아 있는 집이 바로 그의 어머니가 고향을 떠나기 전까지 살던 집이라는 사실을 장흥댁한테서 들어 알고 나서부터, 그는 집 구석구석은 물론 들창문을 통해 보이는 청태산 정상의 먹구름까지를 유심히 바라보는 버릇이 생겼다. 분합문의 녹슨 문고리나 때 묻은 문지방들이 어느 순간 옛 주인의 얘기를 두런두런 꺼낼 것만 같았다. 어머니의 입에서 얼버무려지던 청태산도 훨씬 명료한 모습으로 그에게 다가와 말을 걸 듯했다.

그가 어머니로부터 평소에 들었던 고향이라는 말은, 용해되지 않는 기름처럼 그의 머릿속에서 추상적인 관념 정도로 떠다니던 것이어서, 그는 솔직히 고향이란 말에 대해 그다지 애착 같은 것을 느끼지 못하고 있던 터였다. 그러나 청태산의 푸른빛이나 개울 상류에 무성하게 자란 싱싱한 부들꽃들이, 그의 어머니가 늘 바라보고 스치던 것들이라는 데 생각이 미치자 고향은 사뭇 구체적인 감동으로 와 닿았다. 그것은 원초적인 어떤 그리움과의 만남이면서 한편으로는 비밀스런 영역의 한 발견이랄 수도 있었다.

그러나 비가 아니더라도, 그가 그곳에 오랫동안 머무를 수 있었던 것은, 장흥댁이 둘도 없는 어머니의 친한 벗이었으며 공교롭게도 같은 해에 함께 청상이 되었다는 사실 때문이었다.

"경수 어무닌 그저 맘 약헌 게 탈이었지라. 허기사 뭐 세상 잔잔허고 하늘 맑을 때는 그보다 더 좋은 게 뭐 있었소. 그래서 인물 훤허고 성실했던 고 순경 맘에 쏘옥 들어부렀든 것이제."

물어물어 찾아온 그를 장흥댁은 햇감자 깎던 물 묻은 손으로 덥석 잡아 반기면서 툇마루에 앉혔었다. 그리고 그녀는 깎다 만 감자를 박박 소리가 나게 씻어서는 플라스틱 이남박에 옮겨 담았다.

"글씨……. 이 마을 뱀골만신이 죽은 뒤로는 한 번도 들르지 않았고만이라. 보자, 벌써 한 해가 다 돼가능가베……. 어쨌거나 대청으로 올라가 차분히 좀 앉아 있으쇼잉. 내 후딱 감자 삶아올 텐게……. 어째 그래 한 번도 고향을 찾아보지 않으요? 몇 십 년이 다 되도록……."

"이곳에서 태어나지도 않았는데요 뭘……. 저희 어머닌 그럼 이곳에 그 뱀골만신인가 하는 사람을 만나러 다니셨는가 보죠?"

"암만이라……."

"뭐 하는 사람이었습니까?"

"무당이제 뭐……. 영험깨나 있었제……."

장흥댁은 감자가 든 이남박을 들고 부엌으로 사라졌다. 그녀가 부엌으로 사라진 뒤 부엌 쪽에서는 무쇠 솥뚜껑 여닫히는 소리가 간헐적으로 들려왔다.

그는 검은 태깔로 반들거리는 대청에 발을 뻗고 앉았다. 버스에서 내려

십여 리 산길을 걸은 피로가 그의 다리 끝에 무겁게 매달려 있었다.

"옛날에 이 동네가 두어 번 발칵발칵 뒤집혔던 때가 있었는데, 경수 어
무니처럼 심성이 잔약헌 사람은 견디기가 여간만 고생이 아니었제. 나 같
은 년이야 원체 모지락스러워서 이렇게 거뜬허지만 말시……."

장흥댁은 어느새 김이 모락모락 피어오르는 햇감자를 양푼에 받쳐들고
그의 곁으로 다가왔다. 그녀는 마치 오래전부터 알아왔던 사람을 대하듯
그 앞에서의 행동거지가 퍽 허물없어 보였다. 그녀는 육이오 때, 어느 쪽
에서 지른 것인지도 모를 불에 남편과 일가족이 몰살당하던 일과 구사일
생으로 자신이 살아나던 이야기를, 무슨 남의 집 나무에 대추 열린 얘기
하듯 건성건성 떠벌렸다. 아닌게아니라 그녀는 귀 밑에서부터 턱과 목에
이르는 부위에 화상으로 일그러진 흉한 상처들을 지니고 있었다.

"뭣 하러 그 뱀골만신이라는 무당을 찾았을까요?"

"뱀골만신을 혼자 볼일로 찾은 것이 아니고 그 만신이 굿을 하는 날을
용케 알고 찾아 내려오곤 했었제……. 본인의 말로는 그저 몸이 편찮고
찌뿌드드해서 한바탕 대오름을 헐랴고 그런다구 하지만, 그 뱀골만신이
공수를 내리퍼부을 때는 얼굴이 놋그릇마냥 퍼래져서 깍깍 숨이 넘어가
곤 했지라. 허기사 한바탕 그러고 나면 훨씬 좋은 낯빛이 되어 돌아가곤
했지만 말시……."

큰비만이라도 피하고 떠나리라고 마음먹은 그는 생면부지의 마을에서
딱히 갈 곳이 마땅치 않았다. 아침을 먹고 장흥댁이 물꼬를 보러 나간 빈
집을 하릴없이 지키고 앉았다가 가끔씩 빗발이 가늘어지면 비닐우산을
들고 개울 상류를 서성이는 것이 고작이었다.

볼품 있게 빼어나지는 않았지만 흰구름띠를 머리에 인 청태산을 바라

보고 있노라면, 장흥댁으로부터 세상이 뒤집히던 당시의 이야기를 듣고 앉았을 때 느꼈던 격정들이 조금씩 사그라지는 것 같았다.

아버지가 경찰이었었다는 건 어머니에게서도 듣지 못했던 사실이었다. 어머니는 그가 아버지에 대해 물을 때마다 대답을 피했었다.

아버지는 어찌해서 젊은 목숨을 청태산에 묻게 되었을까. 장흥댁마저 자세한 이야기를 모른다 하니 그로서는 나름대로 이런저런 추측을 되작거려보는 수밖에 없었다. 인민군 한 무리가 그의 집을 습격해 무고한 어머니만 족쳤다니, 그때 아버지는 이미 집으로부터 멀리 자취를 감추었으리라. 그는 그의 어머니가 그날 옷이 갈가리 찢긴 채로 방구석에 만신창이가 되어 구겨박혀 있었다는 말을 장흥댁으로부터 들었을 때 피가 거꾸로 흐르는 것 같은 충격을 맛보았다. 그때 그는 거의 반사적으로 자신의 나이와 그 일이 있었던 해를 계산해보았다. 설마. 그러나 설마라는 느낌은 사실을 애써 부인하고자 하는 쪽의 의지가 훨씬 클 때 일어나는 심리작용이었다. 그는 정확히 서른이었던 것이다.

그는 비닐우산을 쓰고 부들이 뭉쳐 자란 개울가를 거닐면서 줄곧 청태산을 바라보는 일로 시간을 보냈다. 청태산의 푸른 자태가 어떨 때는 아버지가 입었음직한 제복의 빛깔로 다가와 그를 껴안으며, '넌 내 아들이다'라고 속삭이는 것 같기도 했다.

그가 꽃바람을 만난 것은 바로 그 무렵이었다. 그가 자주 개울가를 거닐면서, 어쩌면 어머니의 가출 행각이 장흥댁이 말한, 그 세상이 까무러치며 뒤집히던 당시의 일과 깊이 관련되어 있을지도 모른다는 생각을 키우고 있을 때였다.

그가 비닐우산을 들쳐쓰고 개울가를 무심히 오르내릴 때마다 그는 누구로부터 미행을 당하고 있다는 느낌을 뿌리칠 수가 없었다. 그래서 그는 거의 반사적으로 고개를 돌려 그의 뒤를 살피곤 했는데, 그때마다 그는 웬일로 비를 홀딱 맞고 잔뜩 겁에 질려 서 있는 한 처녀를 발견할 수 있었다.

그녀는 대개 맨발이었다. 비에 젖은 머리카락은 두 뺨과 이마에 엉겨붙어 있었으나 그녀의 오똑한 콧날은 그녀가 만만찮은 미모의 소유자라는 사실을 쉽게 깨닫게 했다.

그녀가 걸치고 있는 비에 젖은 여름옷은 살갗에 찰싹 붙어서 그녀의 비교적 균형 잡힌 몸매를 그대로 드러내고 있었다. 그와 눈길이 마주칠 때면 그녀는 그 자리에 붙박인 듯 서서 서서히 파랗게 질려가곤 했다. 그녀가 무슨 이유로 쏟아지는 비를 개의치 않고 그의 뒤를 밟는 것인지 그로서는 쉽게 납득이 가지 않는 일이었다. 게다가 그녀는 그의 시선과 맞닥뜨리면 번번이 주저앉을 정도로 겁을 먹으며 젖은 몸을 부들부들 떨어대곤 했다.

"안됐지. 젊은 나이에 그 꼴을 당헐지 누가 알았겠소……."

연일 물꼬 관리에 정신이 없던 장흥댁은 그가 개울가에서 만났던 처녀 이야기를 꺼내자 오랜만에 짚도롱이를 벗어 던지며 누구인지 알겠다는 투로 혀를 찼다.

"글씨, 공부도 너무 심허게 허면 예부터 못쓰는 법이라고 하잖았겄소……. 아, 오죽허면 꽃바람이란 이름이 붙었겠소……."

"꽃바람요?"

"허제. 어렸을 적부터 하도 계집애가 똘똘맞고 옹골차서 동네 사내녀석들 무시로 주눅들게 바람을 일으켰제. 국민핵교 댕길 때는 물론이고 읍내 고등핵교 댕길 때도 허다헌 사내덜 제쳐놓고 무슨 무슨 회장이다 허는 자리를 독차지했었은께……. 광주로 대학 간 것이 이 마을 생긴 후로 여자로선 처음 있는 일이었제. 그래도 고것이 거만떨지 않고 인사성이 확실해서 미워허는 사람이 고을에 하나도 없었구만이라. 암, 없었고말고. 오히려 귀여움을 한몸에 받았었제. 그 애 덕분에 어쨌든 동네 아낙들까지도 덩달아 기죽지 않고 살 수 있었으니께. 이 마을에 한바탕 여자 바람을 몰고 온 장본인이어. 몇몇 시샘허는 녀석들이 오죽허면 꽃바람이라는 별명을 붙였을까……."

"그런데 왜 그렇게 되었을까요?"

"낸들 아요? 누구는 뭐 너무 공부를 해쌓다 보니까 그만 머리가 헤까닥 돌아부렀다고 허고, 누구는 연애허다 실연을 당했을 거라고 허고, 누구는……."

"누구는요?"

"거 왜 있지 않았소? 올봄에 이웃 도시에서 큰 난리 터졌을 때, 그때 어딜 다쳐도 크게 다친 모양이라고……."

장흥댁은 더 자세한 이야기는 해봤자 안타까울 뿐이라는 듯 말꼬리를 흐리며, 그리도 똑똑하던 것이, 그리도 해사하던 것이……라는 소리만 연신 중얼거렸다.

그날도 그는, 갑자기 불어난 맹꽁이들로 요란한 개울가 상류를 거닐며 어머니의 대올림을 생각하고 있었다. 맹꽁이의 불규칙한 울음들이 그의 귀청을 어지럽히면 어지럽힐수록, 길지와 소나무 간짓대를 잡고 미친 듯 춤추는 어머니의 환상이 눈앞에 어른거렸다. 그렇게 혼신의 힘을 다해 춤을 춤으로써 어머니가 풀어내고자 했던 응어리는 과연 무엇이었을까. 가장 아팠던 과거를 들추어내 잔인할 정도로 포함을 주는 무당의 말을, 파랗게 숨이 넘어가면서까지 얻어먹어야 직성이 풀렸던 건, 그럼 자학이 아니라 일종의 정화였던가.

먼 과거의 처참했던 기억이 시간을 타고 생활 속에 켜켜로 되살아나 어찌할 수 없을 만큼 크게 부풀면 어머니는 허위허위 그 뱀골만신인가 하는 무당한테로 달려와, 과거의 처참한 기억에 버금가는 대리 아픔을 맛봄으로써 허탈로 이어지는 얼마 동안의 평온을 얻어보려고 했던 건지도 모른다. 아, 어머니. 그는 자기도 모르게 입술 사이로 비어져 나오는 신음 소리에 놀랐다.

얼핏 정신이 돌아온 그의 귀에는 뒤쪽에서 나는 인기척과 함께, 자지러지다 한꺼번에 멈춘 맹꽁이 울음소리의 여음이 멍멍하게 남아 있었다. 그는 걷던 걸음을 멈추었다. 극성스럽게 울어대던 맹꽁이 소리가 딱 그치고 나자 작은 풀잎에 부딪치는 빗소리조차 역력히 들려왔다.

그가 고개를 돌렸을 때 거기엔 여느 날과 다름없이 온몸이 비에 젖은 한 처녀가 입을 벌린 채 붙박여 있었다. 꽃바람이라고 했던가. 그러나 그의 눈앞에 질려 있는 그녀는 어느모로 보나 무슨 바람을 일으킬 인물로는 보이지 않았다. 초췌해 보였으나 수려하게 빠진 턱선이, 그나마 장흥댁이 말하던 그녀의 옛모습일까? 그러나 그에게는 그녀가 정신 이상자로밖엔 비치지 않았다.

그는 그녀가 붙박여 서 있는 쪽으로 발 하나를 떼어놓았다. 그러자 그녀는 목 깊은 곳에서 억, 하는 미묘한 비명을 토해내며 그 자리에 털썩 주저앉아버렸다. 그녀가 주저앉은 자주 개밀 숲에서 흰뱀처럼 기어다니던 우연이 화드득 놀라며 풀잎 사이를 빠져 달아났다.

모를 일이었다. 그의 눈빛과 마주칠 때마다 그녀는 공포에 질려 매번 돌처럼 굳어가면서도 그가 개울가에 모습을 나타내면 영락없이 뒤를 밟아왔던 것이다.

 그는 그녀가 과연 어떻게 반응할 것인가 싶어 주저앉아 있는 그녀 앞으로 한 걸음 한 걸음 다가갔다.

 그녀는 구석에 몰린 고양이처럼 고개를 외로 틀며 극단의 두려움으로 움츠러들었다. 점점 빗방울이 굵어지면서 그가 잡고 있는 비닐우산에서도 우닥탁툭탁 빗소리가 요란해갔다.

 반은 넘어진 채 잔뜩 겁먹은 모습으로 움츠리고 있는 그녀에게로 그가 더 가깝게 다가가자 그녀는 비로소 억억, 소리를 속으로 삼키며 쓰러진 자주 개밀을 움켜 뜯었다. 뚝 끊어졌던 맹꽁이 소리들이 굵은 빗방울에 놀라 다시 기승을 부리기 시작했다.

 그녀의 수려한 콧날에서 떨어져 내리는 빗방울들이 열려진 입 안으로 그대로 흘러들어가고 있었다. 그가 그녀의 발끝께까지 접근하자 그녀는 간지럼에 굴복당한 개처럼 사지를 허공에 내뻗고 버르적거렸다. 그때 그는 그녀의 희디흰 허벅살을 보았고 그 허벅살 깊은 곳에 보이지 않아야 할 것을 보고 말았다. 그녀는 기이하게도 속옷을 입고 있지 않았던 것이다.

 그는 갑자기 양 무릎에 힘이 빠지는 걸 느끼면서 느닷없이 부푼 그의 아랫도리를 붙잡고 그녀 위에 고꾸라졌다. 더욱 세차게 내려 쏟기 시작한 빗줄기는 그의 뒷덜미와 등허리에 살처럼 내려와 박혔다. 갑자기 커졌던 맹꽁이들의 울음소리가 고꾸라진 그의 귓전에서 아득히 멀어져갔다.

 멀어졌던 맹꽁이 소리들이 그의 의식을 아귀아귀 다시 파고들기 시작했을 때, 그는 자신이 돌이킬 수 없는 엄청난 일을 저지르고 말았다는 사실을 깨달았다. 이렇게 우발적으로 짐승이 될 수도 있다니. 그는 눈을 뜨지 못하고 가늘어진 빗줄기를 오랫동안 얼굴 가득히 맞고 있었다.

그가 자신의 우발적인 행위를 괴롭게 씹고 있었음에 비하여 꽃바람이라는 여자는 오히려 평온한 얼굴로 부스스 일어나 아무 일도 없었다는 듯 개밀 숲을 빠져나가고 있었다. 그녀의 발걸음은 지극히 자연스럽고 경쾌하기조차 했다.

그 후로 그는 그 개울가에서 그녀를 몇 번 더 마주쳤지만 그때의 그녀는 이미 그의 출현을 믿어지지 않을 정도로 태연하게 받아들였다. 전처럼 뒤쪽에서 미행하듯 따라붙지도 않았고, 그와 정면으로 맞부딪쳐도 놀라는 기색 하나 없이 그녀는 덜 핀 부들꽃을 천연덕스럽게 자르곤 했다.

장흥댁의 말대로라면 그녀는 정신 이상자이어야 했다. 하기야 정신 이상자라고 해서 성적 욕구가 아주 없지만은 않을 것이다. 그러나 그녀가 보여준 행동들을 성적 욕구로 판단하기에는 석연치 않은 점이 많았다.

그녀가 그와 마주칠 때마다 까무러치듯 파랗게 질리던 것도 그랬고, 그가 그녀에게로 다가갔을 때 마치 불가항력에 떠밀리듯 주저앉아 버르적거리던 것도 그랬다. 그녀가 사지를 하늘로 뻗치고 흰 살결의 허벅지를 내보일 때는, 비트에서 기어나오는 적군 포로의 치켜올린 두 팔에서나 느낄 수 있는 체념과 투항의 떨림이 역력했었다.

누가 보더라도 그것은 그의 일방적인 겁탈이었다. 그 스스로도 자신이 범한 동물적인 행위를 괴롭게 곱씹고 있었던 것이다.

그런데 정작 석연치 않았던 점은, 그 일이 있은 후로 그녀의 행동이 전과는 전혀 달라져 있다는 데 있었다. 그와 눈빛만 마주쳐도 예민하게 반응하던 그녀가 아무렇지도 않다는 듯, 아니, 마치 그의 존재를 이제는 아예 의식하지조차 못하는 듯 부들꽃을 뜯는 데만 열중하고 있었으니까.

"마음에 둘 것 읎어, 갸는 타지 사람헌테는 다 그런께. 내버려두면 별일 없을 것이여……."

그가 장흥댁에게 꽃바람 얘기를 슬쩍 비치자 장흥댁은 신경쓸 일 아니라는 듯 가볍게 넘겨버렸다.

"겁을 내면서도 뒤따라오던데요……."

"거참, 요상헌 병이여. 누가 그러는디 한바탕 혼구녁을 내놓으면 담부턴 안 그런다고 허등만. 똑 제발 나 좀 혼내줍쇼, 허고 졸졸 따라다니는 것 같지 않습디요? ……재주 있으믄 한번 그래보구랴……."

장흥댁은 말끝에 소리 없는 웃음을 달았다. 피해망상. 그는 그녀의 미행 행위가 타지의 낯선 사람이 자신을 괴롭힐 거라는 망상에 집착함으로써 비롯되는 것인지도 모른다고 생각했다. 언젠가는 꼭 괴롭히고 말 거라는 기대적 망상에서 헤어나지 못하다가 그 망상이 과연 현실로서 드러난 다음에야 그녀는 마음을 놓게 되는 것일지도 모른다고.

그녀에 대한 기억은, 그가 장마 끝을 따라 서울로 올라온 후 도시의 잡답에 파묻히면서 시나브로 잊혀져가기 시작했다.

서울에 도착해서 어머니의 귀가를 확인하긴 했지만, 그는 오랜 가출에서 돌아온 어머니의 낯빛에 예전과는 달리 우울한 그림자가 늘 떠나지 않고 있는 것을 깨달았다.

결국 어머니는 그 길었던 가출 이후로 세상을 떠날 때까지 다시는 집을 비우지 않았다. 어머니는 병색이 짙어져가면서 가끔씩 알아듣지 못할 말들을 중얼거리곤 했는데 그 소리들은 누구에겐가 사정하는 듯한, 아니면 사죄하는 듯한, 그러다가 이내 저주하는 듯한 소리로 바뀌면서 신열을 돋우곤 했다.

어쩌다 어머니의 몸에서 열이 내리면, 어머니는 봄 창가에 와 닿는 햇볕에 야윈 몸을 쬐면서 그에게 말하곤 했다.

"요즘은 만신 찾기가 수월치 않아……"

어머니의 말에는, 그해 여름의 긴 가출 동안 뱀골만신을 대신할 만한 무당을 찾아 헤맸으나 그게 여의치 않았다는 암시가 묻어 있었다.

"만신은 왜요. 어머니……"

그는 어머니의 말을 그저 건성으로 들은 듯, 또한 그렇게 건성으로 되묻는 척했다. 그러면 어머니는 그의 얼굴을 아득히 바라보다 다시 봄볕이 따스한 창밖으로 시선을 돌리며 가늘게 한숨을 내쉬었다.

"그러면 신명은 어데서 잡누……"

누구에게랄 것도 없이, 어머니는 가늘게 내쉬는 한숨 끝에다 그 말을 달았다.

그는 어머니에게 아무것도 더 묻지 않았다. 어머니에게 어떤 말들을 더 듣지 않더라도 그는 고향에 다녀온 것만으로도 어머니의 심정을 이해할 수 있을 것 같았기 때문이었다. 다만 그는, 어머니를 짓누르는 어둠이 평생을 지배할 만큼 크고 무겁게 보인다는 게 안쓰러울 따름이었다.

고향의 뱀골만신을 잃은 후로, 과거의 처참했던 기억을 되살려줄 적당한 만신을 찾지 못한 어머니는 해가 갈수록 눈에 띄게 심신이 쇠약해져갔다.

어머니가 세상을 떠나기 몇 주 전쯤 해서는 아예 혼수상태의 늪에서 헤어나질 못했다. 늘 땀으로 얼룩진 이불 속에서 어머니는 혼수의 늪 저편에서 벌어지는 악몽으로 시달렸다.

일가친척 하나 없는 그는, 그의 전부를 의지해왔던 어머니의 상실 위기에 놓이면서, 문득문득 그의 등을 때려오기 시작한 무거운 외로움에 치여 비틀거렸다. 그러다가 그가 실로 하늘이 무너지는 절망을 맛본 것은, 줄곧 혼수상태로 무너져 있던 어머니가 세상을 하직하기 직전 잠시 동안 의식을 회복했을 때였다. 어머니는 마치 저세상에 다시 태어나 처음으로 눈을 뜨는 것인 양, 그렇게 조심스럽게 호기심까지 가득한 눈빛으로 사방을 한 바퀴 휘둘러보았다. 그러더니 이젠 이미 이승에서의 애증은 다 가신 듯한 시선을 그의 얼굴에 고정시키고는, '난……평생, 네가 네 아부지를…… 하나도 닮지 않은 게……원망……스러웠다……' 며 다시는 뜨지 못할 눈을 영영 감아버리고 만 것이었다.

닮지 않았어. 닮지 않았어……. 그는 대합실 밖에서 시동이 걸리고 있는 시외버스의 엔진음을 들으며 재우쳐 몸을 흔들었다. 그가 앉은 의자가 다시 삐걱거리며 그의 머릿속 상념들을 쫓았다. 그러나 여섯 살짜리 사내아이의 똘망똘망한 눈은 그의 뇌리에서 떠나지 않고 각다귀처럼 달려들었다. 검은 피부에 톡 소스라진 이마, 가늘고 긴 목, 그리고 귀 위로 죽 찢겨 올라가 고집스럽게 보이던 눈……. 날 닮지 않았어. 그럼 대체 누굴 닮은 아이란 말인가.

그는 자리에서 벌떡 일어났다. 갑자기 일어나는 바람에 무겁게 느껴지던 뇌가 통째로 목줄기를 타고 내려가 명치에 턱 걸리는 듯했다. 머릿속이 휑해지며 아뜩한 현기증이 일었다. 그는 잠시 중심을 잃고 비틀거렸다.

그는 그녀가 꽃바람인 것을 알아차리고 이내 도망치듯 그 자리를 떠나온 것이 수치스럽게 느껴졌다. 그는 걷잡을 수 없는 자기 모멸감으로부터 벗어나려고 억지로 발걸음을 떼어놓았다. 그러나 그는 채 두 걸음도 못 걷고 크게 휘청거렸다. 마을 안으로 멀어져가던 두 모자의 뒷모습을 보면서 슬그머니 뒷걸음질을 치다니. 그는 다시 나무의자에 무너져 내렸다. 더 물어봤어야 했다. 비록 그것이 자신에겐 더없이 고통스러운 질문이 될망정,

장흥댁에게 그녀가 언제 아이를 낳았는지, 그리고 공부하러 떠난 그 도시에서 그녀에게 무슨 일이 일어났었는지 자세히 알아봤어야 했다.

그는 두 다리에 힘을 주려고 안간힘을 썼다. 자신이 아버지를 전혀 닮지 않음으로 해서 시달려야 했던 어머니의 평생 괴로움들이 대합실 천장으로부터 한꺼번에 쏟아져 내려 그의 양 어깨를 무겁게 찍어누르는 듯했다. 그리고 그의 눈앞에는 두 모자의 영상을 감싸안은 육중한 자태의 청태산이 떡 가로놓여 있었다.

그는 앉았던 자리에서 결연히 일어나 잠바 속에 묻었던 목을 뺐다. 그러고는 천천히 대합실 문을 나섰다. 그가 앉았던 나무의자 밑에는 꼬깃꼬깃 구겨진 승차권이 유리창을 뚫고 들어온 초겨울 햇볕을 쬐고 있었다.

폐어(肺魚)

별스럽게 붉던 노을이었다.

오월.

늦봄의 노을은 늘 비에 곯은 고추 빛깔로 흐치흐치 물들다 스러지게 마련이었다. 그러나 그날의 노을만큼은 치자 물을 끼얹은 듯 온 동네의 담장을 온통 담홍빛으로 물들이며 피어오르고 있었다.

고갯길 너머로 지는 노을이 강렬했기 때문에 창가에 서게 된 것은 아니었다. 그저 나는 경대 위의 티슈로 코를 풀고 아무 생각 없이 창가로 다가섰을 뿐이었다. 그러다가 마침 별스럽게 붉은 노을을 보게 되었고, 그 노을 한복판에서 뭔가가 꼬물꼬물 기어나오는 걸 보기 전까지는 웬 봄날의 노을이 저다지도 붉단 말이냐고 코웃음을 쳤을 따름이었다.

코 푼 휴지를 버리는 것도 잊고 내가 창가에 붙박였던 것은, 바로 그 붉디붉은 노을이 막 어떤 생명체를 분만하고 있었기 때문이었다. 처음엔 노을 속의 아주 작은 흑점이었던 것이, 태양이 점차 빛을 여의며 더욱 붉어지면서부터는 성큼성큼 몸집이 자라나 하늘과 맞닿은 고갯길 위로 훌쩍 뛰어내리던 것이었다.

나는 무엇에 홀린 듯, 그 검은 물체의 움직임에 시선을 고정시키고 손에 든 휴지를 꼬옥 움켜쥐었다. 고갯마루에 내려서서 노을을 등진 채 이쪽을 향하여 걸어 내려오는 검은 물체는 어느 정도 시간이 지나자 천천히 두 개의 몸으로 분리되면서 완연한 사람의 모습을 갖추었다.

천상에서 내려온 사람답지 않게 그들의 행색은 초라하기 그지없었다. 어머니로 보이는 오십대 여인은 때 묻은 보퉁이를 머리에 이고 있었고, 그녀의 손에 잡힌 스물두엇 돼 보이는 사내는 그나마 걸음걸이조차 자유롭지 못하여 심하게 몸을 흔들어댔다.

흔들이.

이제 동네사람들은 그를 모두 그렇게 불렀다. 사람들은 그를 뇌성마비에다 좀 모자라는 금치산자로 다투어 업신여기기 시작했지만 난 쉽게 그리되질 않았다. 그가 우리 동네에 나타날 때의 다소 환상적인 기억은 나로 하여금 그가 천상의 나라에서 온 사람일지도 모른다는 착각 속에 오랫동안 머물게 했던 것이다.

"누가 쳐들어오나?"

아내에게 짜증 섞인 소리를 했다.

저녁 찬거리를 보아 온 아내는 채소가 든 비닐 보퉁이를 내려놓지도 않은 채 현관문부터 잠그기에 바빴던 것이다. 하나도 모자라서 두 개씩이나 매달아놓은 현관문의 잠금장치를 아내는 참 정성스럽게도 잠갔다. 찰칵, 하고 잠기는 소리에 나는 매번 깜짝깜짝 놀랐다. 짤막한 면회를 마치고 독

64

방에 돌아오면 간수는 일부러 큰 소리를 내어 자물쇠를 잠그곤 했었다.

죄수를 바깥 사회와 격리·단절시키던 그 소리는 정수리로부터 똥끝까지의 신경줄을 뻣뻣하게 경직시켰었다. 아내가 현관문을 잠글 때도 나는 내 몸에 미세하게 이는 경련을 감지할 수 있었다. 두 개의 쇠고리가 견고하게 걸리면서 내지르는 금속성은 방음장치가 안 된 연립주택의 계단을 따라 내려가며 무슨 총성 끄트머리 같은 여음을 끌었다. 그럴 때마다 나는 설사 때 느끼는 저릿저릿한 통증을 아랫배에 느끼곤 했다.

"세상이 어떤 세상인데요?"

문을 잠그는 일에 대해 번번이 짜증을 내는 나에게 아내는 늘 그 대답이었다. 아내는 친지들의 생일이나 우환은 남의 나라 일인 듯 태평하게 생각하면서도, 절도나 강도 사건은 저 먼 제주도에서 일어난 일일지라도 담박 피부로 느끼며 치를 떨었다. 실제로 동네에서도 희한한 절도를 당한 세대가 있긴 했다. 아내의 말에 의하면, 절도를 당한 집은 은행원 신혼부부인데 맞벌이를 하느라고 신혼 초부터 집을 비웠다는 거였다. 어느 날 한 무리의 인부들이 시댁식구라는 사람들과 함께 트럭을 몰고 와서 급히 이사를 해야겠다며 신혼살림을 몽땅 들어내 갔는데, 그것이 요즘 새로 등장한 '싹쓸이'라는 절도였다는 것이다.

아내는 절도보다 더 무서운 것이 강도라고 했다. 강도라는 것들은 단순히 무엇을 훔치기만 하는 것이 아니라, 잔혹하게 사람을 죽이는 등 무자비한 폭력을 휘두르는 것 자체를 즐기는 금수만도 못한 것들이라고 했다.

"우리 집이야 뭐 훔쳐갈 것도 없는데……."

아파트나 연립주택의 문들은 한결같이 두꺼운 철판으로 되어 있어서 일단 닫기만 하면 벽보다 더 견고한 벽이 된다는 사실이 내겐 늘 답답하고 싫었다. 게다가 나의 의견을 묻지도 않고 내가 감방에 있을 동안 자기 뜻대로 집을 옮긴 아내의 고집에 대한 불만도 없지 않았다.

"모르는 소리 마세요. 요즘 불량배들이 뭐 꼭 훔치려고만 사람을 해치나요?"

아내는 철저하게 바깥을 못 믿겠다는 투였다. 적어도 집 안으로 들어와 두 개의 자물쇠를 톡톡 잠글 때만큼은 그랬다. 그럴 때마다 나는 아내마저 나를 죄인 취급하는 것 같은 착각 속으로 나도 모르게 문득문득 빠져들곤 했다.

"아유, 언제나 문 활짝활짝 열어놓고 대명천지를 누리려나?"

아내는 큰 소리로 그렇게 떠들면서 문에 대한 나의 까탈을 툴툴 떨어냈다. 그러는 그녀의 행위에는, 오랫동안 밀폐된 공간에서 무릎 시린 시간을 견뎌야 했던 나의 영어생활을 이해 못하는 게 아니라는 뜻이 없지 않았다.

그러나 난 아내가 요즘 들어 어째서 전보다 더 현관을 지성스럽게 잠그는지 알고 있었다. 흔들이 때문이었다. 어느 날인가 흔들이가 바로 아래층 101호의 열어진 문을 밀고 들어가 거실에 온통 흙 묻은 발자국을 찍어놓고 주방의 수돗물을 있는 대로 다 틀어놨었던 모양이다. 난 그 사실을 목소리 큰 101호 여자가 이웃 아낙들한테 떠드는 얘기를 들어 알고 있었다.

오월의 어느 날 저녁, 붉게 타오르던 노을을 등지고 동네에 나타난 흔들이 모자는 담뱃가게가 딸린 4동(棟)의 지하실 방에 사글세로 들었다는 소문이 돌았다. 연립의 각 동마다에는 가구수만큼 창고로 쓰기 위한 지하실이 있었는데, 모두들 그걸 방으로 개조해서 사글세로 놓고 있었다. 그곳에서 나오는 월세로 이십 년 장기주택부금을 갚아가려는 집주인의 계산은 빨랐지만 정작 사람이 들어 살기에는 문제가 많은 방이었다. 우선 출입

66

통로가 비좁은데다, 하나 있는 창문이라는 것이 딱 손수건만 한 것이어서 통풍이 잘될 리가 없었다. 어쩌다 생선을 굽거나 음식을 기름에 튀길라치면 온 방 안에 연기가 가득 차서 지하실 사람들은 아예 연기 나는 음식을 해먹지 않는다는 얘기였다. 게다가 늘 츱츱하게 서려 있는 습기는 신경통 있는 노인에게는 이만저만 해로운 것이 아니었고, 가구와 옷가지조차 오래 견뎌내지 못하는 형편이었다. 단지(團地)를 오가며 지하실 방에 사는 사람들을 가끔 볼 때가 있는데, 그럴 때마다 나는 게가 갯벌의 게구멍 속을 들락거리는 점잖지 못한 상상을 하곤 했었다. 어쨌든 그들은 분명하게 지하 일이 미터 아래에서 생활하는 처지였고, 그래서 그런지 지하실 생활자들은 지상에서 사는 사람들과는 어딘가 모르게 달라 보였던 것이 사실이었다.

그중에서도 연립단지 지하실 방으로 이사 온 지 얼마 되지 않은 흔들이 모자는 더욱 표나게 지하실 방 사람 분위기를 풍겼다. 흔들이 어머니는 이사 오던 그 다음 날부터 시장으로 바구니 장사를 나다녔다. 아직 정식 허가가 나지 않은 동네 시장은 막 시장의 모양을 갖추어 가는 단계여서 난장이나 마찬가지였다. 흔들이 어머니는 커다란 밤색 플라스틱 함지박에 달래며 호박순, 쪽파, 풋고추, 가지, 마늘, 도라지, 고사리 따위를 담아 팔고 있었는데 차려입은 몸뻬며 저고리에는 늘 때꼽재기가 자르르 흘렀다. 게다가 그녀는 거의 매일 막걸리를 한 양푼씩 먹고 곱지도 않은 목청으로 노래를 부르기 일쑤였다.

너무도 가난해서 염치마저 없어진 모습을 바로 그녀에게서 볼 수 있었다. 마을 사람들을 길거리에서 만나면 그냥 지나치는 법 없이 과장된 인사말로 호들갑을 떤다든지, 이제 더 이상 가난해지고 자시고 할 것도 없으니까 뱃속 편타는 식의 너털웃음 따위가 그랬다. 그녀는 누구를 만나서 무슨 얘기를 하더라도 손해 볼 것 하나도 남아 있지 않다는 투로 아무하고나 이야기꽃을 피웠다. 그러다가 기분이 좋게 돌아간다 싶을 때는 때 묻은 소매를 치켜올려——어허, 청산 가아자. 청산 가. 일월이 함께 뜨는 청산 가세, 청산 가아——를 가락장단으로 뽑아대며 춤 한 사위도 마다하지 않는 성격이었다. 담뱃가게 앞을 지나다가 어쩌다 보게 되는 그녀의 춤은 아닌 게아니라, 욕심을 완전히 버린 수행승이 법열에 떨며 추는 승무인 양 제법 유현한 맛까지 풍기곤 했다.

흔들이는 그의 어머니처럼 표를 내지는 않았지만 그의 몸에 묻어 있는 지하실 분위기는 훨씬 더 무겁고 눅눅해 보였다. 그는 아침 햇살이 퍼지는 열 시쯤이면 지하로부터 어리덕어리덕 기어나와 담뱃가게 옆에서 해바라기를 했다. 정결치 못한 머리카락 때문에 그의 얼굴은 더욱 창백해 보였다. 담뱃가게 담벼락에 쭈그리고 앉아 있는 그를 보면 마치 지하실 습기로 펑하게 젖은 옷을, 입은 채로 말리는 것 같기도 했고, 밤새 건물의 무게에 짓눌린 육신을 쉬게 하고 있는 것처럼 보이기도 했다.

내가 그의 행동을 비교적 자세히 관찰할 수 있었던 건, 내 몸과 마음에 보이지 않는 줄로 얽혀 있던 집행유예라는 너울 때문이었다. 행동의 자유를 완전히 박탈당하던 금고형(禁錮刑)으로부터 급작스럽게 석방됨으로써 다가온 의식의 공백 상태를 나는 덧없이 창가를 배회하는 것으로 메우고 있었다. 동공의 조리개를 방기한 채 그저 들어오는 대로 모든 피사체를 보아내는 것. 그것이 이즈음 내가 할 수 있는 것의 전부였다.

흔들이의 하루 행동반경은 참으로 좁기 짝이 없었다. 언덕 아래쪽의, 쌀가게를 겸하는 공인중개사 사무실로부터 언덕 꼭대기 바로 못 미처 나타나는 간이 어린이 놀이터까지가 전부였다. 그러나 그는 날마다 행동반경의 최대 범위를 다 섭렵하는 것은 아니었다. 그는 거의 매일이다시피 담뱃가게 주위만을 맴돌았고, 어쩌다가 한 번씩 공인중개사 사무실까지 내려가거나 간이 어린이 놀이터가 있는 언덕 위쪽까지 올라갈 뿐이었다.

그가 하루를 보내는 방법은 단순하면서도 특이했다. 그는 늘 삼십 센티 자[尺]만 한 부러진 밀대 자루를 쥐고 다니면서 소리 나는 물건을 때렸다. 그가 주로 때리는 물건은 그중에서도 철제였다. 철제 대문, 버려진 깡통, 전봇대에 꽂힌 발받침쇠, 세워놓은 자전거 핸들, 맨홀 뚜껑, 연립주택 동과 동 사이의 철책, 놀이터의 철봉, 미끄럼틀, 그네 기둥들이 그가 때려대는 대상이었는데, 가끔씩 손을 뻗어 남의 집 베란다의 가스통까지 두드리는 경우도 있었다.

그의 두드림은 그러나 연립단지 사람들이 우려할 정도는 아니었다. 철제를 찾아 막대로 두드리는 그의 행동은 몹시 신중하고 조심스러운 것이기 때문이었다. 정신과 육체가 모두 정상이 아니었으나 두드리는 행위만큼은 섬세하다고까지 말할 수 있을 정도였다. 두드리는 물체에 귀를 가까이 대고 그는 천천히, 조금 세게, 좀 더 세게 두드리며 조율사 같은 진지한 표정을 지었다. 그의 그러한 표정은 처음 보는 이에게는 충분히 정상인처럼 보일 만한 것이었다. 그러나 자신이 두드리던 여러 소리 중에 어느 한 부분이 매우 흡족한 소리라고 판단됐을 때 웃는 그의 모습은 동네 사람들의 말대로 영락없는 뇌성마비였고 어디엔가 많이 모자라는 금치산자였다. 싯누런 이빨을 희죽 내보이며 일그러지는 그의 웃음을 볼 때마다 나는 나도 모르게 고개를 젖히며 쓴 입맛을 다시곤 했다. 스무 살이 넘었을 나이에 영아 같은 천진스런 웃음을 웃는다는 것도 아무리 좋게 생각하려 해도 자꾸 우울해질 뿐이었다. 나중에는 방에 누운 채로 철책 두드리는 소리만 들어도 그의 치매스런 웃음이 저절로 떠올라 나는 몸을 뒤채곤 했다.

흔들이가 그의 하루 행동반경을 점차 넓혀가기 시작할 무렵, 나는 급작한 환경 변화로부터 비롯된 의식의 공백 상태를 어느 정도 극복해가고 있었다. 새집의 시멘트 냄새에도 점점 이력이 났고 아내의 하루 일과를 통해 시간의 흐름도 확실히 감지할 수 있었다. 보이는 것, 들리는 것, 그리고 느껴지는 것들이 하루하루가 다르게 명료해져갔다.

그러다 보니 내게는 직장에 다니던 때나 교도소에 갇혀 있던 때와는 다른 현상들이 일어나기 시작했다. 일상 하나하나가 새삼스럽게 보인다는 사실이었다. 이제 와서 새삼스럽게 보이는 그러한 일상들은 따지고 보면 내 곁에 있어온 것들이었다. 그런데 일련의 강도 심한 정신적인 혼란과, 그것으로 인한 일정 기간의 의식 공백 상태가 결국은 내 인식 작용에 정화를 가져온 게 아닐까 싶다. 모든 것이 새삼스러웠다. 그것들이 스스로 신기하게 느껴지기도 했고 많은 경우에는 고통스러움으로 다가왔다. 아내가 집안일 때문에 거의 하루 종일 서서 지낸다거나, 수업 시종을 알리는 인근 국민학교의 차임벨 소리가 베토벤 곡이라는 사실이 신기한 축에 들었고, 질 나쁜 스피커로 채소와 과일·달걀을 고래고래 외치며 지나가는 트럭이 적어도 삼 분에 한 대 꼴이 된다는 사실은 여간 고통스러운 것이 아니었다.

국민학교 이학년인 아들이 등교하는 모습을 본다는 것은 그 애가 태어난 후로 실로 처음이 아니었을까. 놀랍도록 기쁜 발견이었다.

"학교 끝나면 곧장 집으로 돌아와야 해!"

엄마가 말하면

"예."

하고 나의 아들은 대답했다.

"길에서 누가 말을 붙여도 절대로 대답하거나 따라가지 말고, 늘 다니던 길로만 다니고, 한눈팔지 말고 곧장 집으로 와야 한다."

어미의 좀 지루하게 이어지는 나날의 당부에도 아들은 전혀 짜증스런 기색 없이 꼬박꼬박 '예'라고 대답했다. 아닌게아니라 아이는 학교가 파하는 대로 쏜살같이 달려와 엄마가 가르쳐준 대로 현관문을 찰칵, 찰칵 걸어 잠그고 남은 하루를 할 일 없는 아비의 친구가 되어주었다.

맑게 닦인 나의 오관에 보다 확실하고도 지속적으로 관찰되기 시작한 것은 다름 아닌 흔들이였다. 4동 지하실 방으로 이사를 한 지 한 달이 조금 넘자 그의 하루 행동반경은 확실히 넓어져 있었다. 그것도 단순히 넓이로서만의 영역 확대가 아니었다. 그는 이따금씩 남의 집 장독대에 다가가 곰팡이 슬지 않게 열어놓은 장독 뚜껑을 모조리 덮어버리기도 했고, 계단을 따라 이층까지 올라와 층계의 난간을 두드리기도 했다. 그가 우리가 살고 있는 1동의 101호에 들어가 거실에 어지러운 흙발자국을 찍고 주방에 수돗물을 틀어댄 것도 그즈음의 일이었다.

"거실에 수돗물이 흥건히 찼더랬나 봐요. 오죽 속이 상했겠어요? 근데 그뿐만이 아닌가 봐요 글쎄."

아내가 말을 이었다.

"그뿐이 아니라면?"

"그 흔들이가 마침내 도둑질까지 시작했대요. 101호 아저씨 모범운전사 정복 저고린가 뭔가를 훔쳐다가 글쎄 포럼처럼 갈기갈기 찢어놨다지 뭐예요. 101호 아줌마가 직접 보여주더라니깐요. 아닌게아니라 걸레가

다 됐더라구요."

"설마, 그자가 그렇게까지 했을라구?"

"글쎄, 모르면 그런가 보다구만 알고 있으면 돼요."

"101호 아줌마가 가만있었어?"

"가만히 있을 리가 있었겠어요. 당장 4동 지하실 방으로 달려갔었죠. 흔들이 엄마는 펄쩍 뛰면서 처음엔 극구 부인을 하더니만, 나중엔 물어주겠다고 제발 소문만 내지 말아달라고 설설 빌드래요. 뭐 자기 아들이 그래봬도 대학까지 공부한 사람이라나 어쨌다나, 외려 101호 아줌마를 붙들고 막걸리 썩는 냄새로 이 얘기 저 얘기 흰소리를 늘어놓으며 신세 한탄을 하더래요. 울며 웃으며 하는 넋두리가 듣기 싫어서, 물어줄 필요까진 없고 앞으로 이런 일이 다시는 없도록 잡도리 좀 단단히 하라고만 일렀대요."

난 아내의 말을 쉽게 이해할 수 없었다. 허풍쟁이인 101호 아낙의 말을 전하는 것이니 더욱 그랬는지도 모른다. 지금까지 내가 죽 보아온 바로는 흔들이는 결코 그런 공격적 성격이 아니었던 것이다. 아무리 사람 속은 알 수 없는 것이라지만 흔들이는 속이고 겉이고 없었다. 그만큼 그는 자신의 내부 감정이나 느낌 등을 있는 그대로 드러내놓았고, 또 그럴 줄밖에 몰랐던 것이다.

흔들이에 대한 그러한 나의 생각들을 거듭 확인할 수 있었던 건 유월 어느 날 오후였다.

아내와 1동 아낙들이 작당을 하듯 야유회를 떠난 날, 난 할 일 없이 화단까지 나와 녹슨 기타줄을 튕기고 있었다. 평소 같았으면 감히 엄두도 못 낼 일이었다. 가뜩이나 실업자 신세인데다 형이 확정된 '죄수'여서 그렇잖아도 말이 많은 터에, 청승스럽게 화단에 쪼그리고 앉아 기타를 친다면 얼마나 꼴불견이었겠는가. 그러나 그날만큼은 1동 전체가 텅텅 비어서 나를 꼴사납게 볼 아낙들은 아무도 없었다. 모두들 생명의 감로수 세례라도 받으려는 것처럼 우르르 '바깥바람 좀 쐬러' 떠나버렸던 것이다.

건물 준공 검사 때 심은 것으로 보이는 무화과나무 아래서 기타를 튕기고 있는데 혼들이가 다가왔다. 그는 여섯 줄이 달린 소리 나는 물건을 유심히 들여다보다가 놀랍게도 나의 노래를 따라 불렀다. 발음이 잘 분절되지 않았고 고저장단이 제멋대로였지만 그는 분명히 노래를 따라 부르고 있었던 것이다.

뱃길 삼십 리
오가는 배도 없지예
산길 삼십 리
오가는 차도 없지예
구불구불 육십 리
읍내로 가는 길은 멀지예
바다는 울먹이고
섬은 죽고 싶고
어미 등에 업힌 아기
파도가 와서 눈을 뜨게 한다.

그가 입을 열어 소리를 내다니——그가 여섯 줄 달린 소리 나는 물건을 신기하게 여기는 것만큼이나 신기하게 나는 그를 바라보며 기타를 튕겼다. 싯누런 이빨을 내보이며 헤실헤실 벌어질 줄만 알았던 그의 입에서 불

완전하지만 어쨌든 노래가 흘러나온 것이었다. 평소엔 '어'와 '에' 밖에 발음하지 못했던 그가 유난히 초롱초롱한 눈망울로 열심히 내 입놀림을 따라할 때, 난 그가 남의 집에 널어놓은 빨래를 훔쳐다 찢어버렸다고는 도저히 상상할 수 없었다. 작은 표정의 변화와 눈빛만으로도 삿됨 없는 그의 내면을 투명하게 읽어낼 수 있었던 것이다.

그의 모습이 어찌나 천진스럽고 순순해 보였던지, 나는 그가 따라 부른 나의 노래가 감방에 있을 때 귀너머로 배운, 세상에는 흔치 않은 노래였다는 걸 나중에서야 깨달았을 정도였다.

"내 말 알아듣겠어?"

"……."

"노래는 어디서 배웠지?"

"……."

"이름이 뭐야?"

"……."

노래가 끝나고서 내가 일부러 천연스럽게 질문을 던졌으나 그는 내 말을 듣는 기색이 전혀 아니었다. 그는 아주 조심스럽게 내게로 다가와 더러운 손으로 기타줄을 튕겨보고 나서 성대가 파열된 농아처럼 꺽꺽 웃으며 좋아라 뛸 뿐이었다. 남들이 모두 경계하는 그가 이 정도라면 난 오히려 그의 친구가 되어줄 수 있을 것 같았다.

지루하고 우울한 우기(雨期)가 계속되고 있었다. 하늘은 연일 탄촌(炭村)의 하늘처럼 시커멓게 내려앉았다. 물을 잔뜩 머금은 해면인 양 툭 건드리기만 해도 하늘은 빗물을 좌악좌악 쏟아 부을 것 같은 기세였다.

74

중부 지방에 내린 집중호우로 부여, 서천, 논산 지방이 하루아침에 물바다가 돼버렸다는 뉴스가 매시간 TV 화면을 어지럽혔다. 붉은 바다가 된 농경지, 학교 교실로 대피한 수재민, 그리고 군청 앞에서 수문 관리 책임과 보상 책임을 외치는 농민들이 날마다 늘어나고 있었다.

우기가 시작되면서 거의 하루도 거르지 않고 주간한테서 전화가 걸려왔다. 그의 음성은 마치 물에 불은 것처럼 낮고 음울했다──이 차장, 움직여야지? 주간의 목소리에는 아직도 교도소 벽의 칙칙한 색깔들이 그대로 묻어 있는 듯했다. 책 한 권 출판으로 인해 나와 함께 창졸간에 국가 보안사범이 된 그는 짧은 기간 동안 상당한 오기를 키우고 있었던 모양이었다. ──글쎄요. 내 대답이란 늘 이토록 시큰둥한 것이었다. 해직 언론인과 출판사 편집장급 이상이 모여 복권과 복직을 탄원하는 궐기대회라는 것이 썩 내키지 않았던 것이다. 문제는 개인에 대한 복권과 복직이 아니라 이 다음에라도 기사 한 토막이나 책 한 권으로 인해 생업을 잃고 인신을 구속당하는 어처구니없는 경우가 없어져야만 한다는 데 있었다.

──바로 그런 문제로 움직이자는 거야. 주간의 종용은 끈질겼다. 그러나 그의 끈질김은 나를 그 모임에 입회토록 하자는 데 있는 것처럼 보이진 않았다. 그는 그저 전화를 통하여 자신과 꼭 같은 처지의 내 음랭한 목소리를 확인하고 위안 받으려 했을 따름이었다.

여기저기 높은 목소리로 궐기하는 모임들이 급속히 늘어가는 여름이었다. 그러나 나는 집 안에만 틀어박혀 있었다. 집행유예로 묶여 있는 처지는 차치하고서라도, 난 당최, 압력의 기세가 조금 엷어지기만 하면 고개를 처드는 나약하고 공허한 외침들이 탐탁잖게 여겨졌다. 그러한 외침들이란 압력의 기세가 다시 시작되면 자취도 없이 목을 사리는 속성을 가지고 있게 마련이었다. ──강력하고 지속적으로 활동하는 모임이야. 주간은 방 안에 가만히 앉아서 비를 홀딱 맞은 사람처럼 목소리가 평하게 젖어 있었다. ──알곤 있어요. 허지만 우리의 모임과 외침이 역으로 남 좋은 일만 시키는 수도 있잖을까요. 봐라, 이제는 자유로운 집회와 시위가 저렇게 보장되고 있지 않은가…….

우기가 시작되면서 아내는 잠깐씩 다녀오는 걸 제외하고는 일절 바깥 발길을 끊었다. 그녀가 바깥출입을 마다하고 일부러 자신의 생활을 열일곱 평짜리 비좁은 연립주택 안에다 묶은 것은, 그렇잖아도 답답하고 우울한 내 마음을 부채질하는 것이었다. 밖에는 거의 매일이다시피 비가 내리고 있어서 딴은 외출을 하기도 퍽 번거로운 일이었을 것이다. 그러나 아내의 두문불출은 우기가 시작되기 훨씬 이전부터 있어온 것이었다. 정확하게는 1동 아낙들이 작당을 하듯 우르르 '바깥바람 좀 쐬러' 야유회를 다녀온 후부터였다.

바깥바람을 '쐬러' 들인지 산으론지 나갔다가, 그들은 오히려 바깥바람에게 된매를 '맞고' 후줄근하게 돌아왔던 것이다.

"세상이 온통 도둑놈들뿐이야."

아내는 밖에서 쓰고 온 몇 푼 안 되는 돈을 분하게 여겼다. 분명히 자신의 의지로 써놓고는 왠지 빼앗긴 기분이 들었던 모양이다.

"다시는 나가나 봐라."

그저 하는 소리려니 여겼던 아내의 말은 그러나 철저하게 지켜지고 있었다. 워낙 바깥출입의 기회가 적었던 생활이긴 했겠지만 난 아내가 한 달을 내내 집 안에서만 생활하는 것을 보고 놀라지 않을 수 없었다. 그녀는 별로 답답해하지도 않았다.

그녀의 두문불출——그것도 어느 정도 돈과 관계된——은 직장을 잃고 지금까지 돈 한 푼 벌어다준 일이 없는 나에 대한 일종의 시위로 내게는 비칠 수 있었다. 그러나 그녀의 나에 대한 태도를 주시해보면 딱히 그런 것만은 아니었다. 그녀는, 속마음이야 어쨌든 나와 아이에게만큼은 불친절하거나 퉁명한 편은 아니었다. 난 그녀가 일상의 단조로움과 답답함 따위를 점점 느끼지 못하는 정신적 차원의 환자가 되어가는 것이 아닐까 문득문득 겁이 나기도 했다. 그러나 연립단지 내의 모든 아낙들이 아내와 별로 다를 것 없는 생활을 하고 있다는 사실을 알고부터는 이내 조금씩 마음이 놓였다.

아내의 두문불출과 주간의 계속되는 전화가 우기의 내 우울한 기분을 좀처럼 놓아주지 않고 있었으나, 정작 나의 기분을 짓누르고 있었던 건 요즘 들어 자주 목격하게 되는 흔들이의 발작이었다.

흔들이는 하루걸러 쏟아지는 호우성 비를 도무지 참아내질 못했다. 비가 내리는 날이면 그는 행인이 뜨막한 연립단지 안을 휘젓고 다니며 섬뜩한 괴성을 질러댔다. '어'와 '에'라는 소리밖에 낼 줄 모르는 그가 내 기타에 맞추어 노래를 불렀듯이, 비가 쏟아지기 시작하면 그의 입에서는 방언 같은 불분명한 외침들이 쉴 새 없이 튀어나왔다. 비가 내리는 날은 그의 눈빛도 예사롭지 않았다. 철책을 통통 두드리며 벙싯벙싯 벌어지던 입도 그때는 앙다물어졌다. 천진스럽고 순수하기 짝이 없어 뵈던 그의 눈빛은 공포와 증오가 뒤섞여 핏발을 보이기 일쑤였고, 얼굴 근육은 내부에서 끓어오르는 어떤 고통으로 사납게 일그러졌다. 그뿐만이 아니었다. 걸을 때마다 몹시 흔들거리던 몸뚱어리마저 비가 쏟아지는 날은 거의 정상인처럼 날쌔졌다. 게다가 그의 손에는 평소에 가지고 다니던 부러진 밀대 자루 대신 녹이 벌겋게 슨 무슨 칼자루가 쥐어져 있었던 것이다. 아무래도 누구에겐가 큰 해를 입히고야 말 것 같은 그를 사람들은 문을 꼭꼭 걸어 잠그고 방충망이 붙은 창 밖으로 내다보았다.

우기가 시작되면서 흔들이의 어머니는 잠시도 단지를 떠나지 않았다. 그녀는 흔들이 곁을 그림자처럼 따라다니면서 그의 소매를 끌어당겼다. 그러나 그녀의 나약한 힘은 원인 모를 분노로 용트림하는 흔들이를 당해내지 못하였다. 그녀는 당장에라도 무슨 사단을 내고 말 기세로 동네를 휘젓고 다니는 아들의 뒤를 속수무책 따라다닐 뿐이었다. 그녀의 얼굴은 흙빛이었다. 넉살 좋은 웃음과 염치없는 말참견으로 생전 근심이라곤 털끝만치도 없는 것처럼 보이던 그녀는 두려움과 속상함으로 반주검의 낯빛이었다. 취기 오른 몸을 뒤채며 만만찮은 노랫가락으로 춤사위를 돋우던 그녀의 모습은 어디에서도 찾아볼 수 없었다. 빗물 같은 신세한탄만 줄줄 흘리며 흔들이의 뒤를 따라다녔다.

"이년의 팔자 왜 이리 세고 센가. 사내살이 끼었는가. 지아비에다 자식새끼꺼정 차례로 내 뼈를 갉아묵네. 징그러운 시상 비라도 멈추거라. 빙신된 새끼보담 빗물이 더욱 무섭구나. 저승 간 못난 위인은 먼저 간 하늘에서 무얼 허나. 하나밖에 없는 자식 돌보잖구 무얼 허나……."

그녀의 길고 청승맞은 넋두리는 빗소리에 끊기며 이어지며 연립단지를 맴돌았다.

그러나 하루걸러 비가 그치는 날이면 흔들이는 언제 그랬냐는 듯 어리덕어리덕 지하실 방을 기어나와 전처럼 어린이 놀이터의 철봉과 그네 기둥을 두드리며 놀았다. 천치처럼 벌어지는 입술 사이로 드러나는 싯누런 이빨. 어어에……어에……단조롭고 어눌한 목소리. 철제 파이프를 두드리는 섬세한 손길이 여전했다. 감쪽같이 그전 모습으로 돌아온 흔들이를 보고 사람들은 전날의 엽기적인 기억과 앞으로 또 닥쳐올 끔찍한 일들을 잊은 채 끌끌거리며 연민의 혀를 찼다.

생각해보면 흔들이의 그러한 발작은 내겐 어느 정도 예상되었던 일이었다. 기타와 노래로써 그의 천진무구함을 가까이에서 확인할 수 있었던 나는 그를 데리고 한강변으로 낚시질을 갔던 적이 있었다.

초여름의 하늘이 높쌘구름을 피워 올리던 맑은 날이었으나 왠지 가슴 속에 응어리져 들어차 있는 답답함은 쉬이 풀리지 않을 것 같은 날이기도 했다. 실로 오래간만에 동네를 빠져나온 명색 외출이었음에도 흔들이와 나는 어둡고 지루한 그늘 속을 빠져나온 두 마리의 딱정벌레처럼 기를 펴지 못했다.

드높은 창공과 시원한 강바람이 좋았다. 그러나 그것들이 내가 누려도 좋을 자유인지는 금방 가리사니가 서질 않았다. 지금 당장 내 눈을 시리게 하는 하늘과 나의 옷섶을 스치는 바람이 왠지 주인이 따로 있을 것만 같았고 우리와는 인연이 먼 것으로만 여겨졌다. 탁 트인 한강가에 나와서도 어쨌든 나는 그동안 나를 구속하고 있던 어떤 굴레로부터 쉽게 자유스러워질 수 없었다. 한강교를 내달리며 웅웅거리는 차량들의 소음조차 부쩍 전화가 잦아진 주간의 음성으로만 들렸다.

낚싯대를 풀어놓고 떡밥을 뭉치려다가 나는 내 주위에 흔들이가 없다는 사실을 깨달았다. 내동 잘 따라왔던 그였다. 여의도 광장을 가로질러 고수부지로 내려설 때까지만 해도 흔들이는 나와 함께 높쌘구름이 뜬 하늘을 쳐다보았다.

왔던 길을 급하게 되짚어가다가 나는 한 떼의 농악대 무리 속에서 곧 그를 발견할 수 있었다. 그는 눈에 잘 띄었다. 저녁에 진행될 야외 쇼 무대를 꾸미느라 분주한 사람들 곁에서 그는 엉덩이를 쑥 빼고 허공으로 팔을 내두르며 희한한 춤을 추고 있었기 때문이었다. 쇼 무대에 출연할 농악대 무리들은 거의 완성되어가는 무대 곁에서 리허설에 열중하고 있었던 터였다.

내 손에 이끌려 무리 가운데서 빠져나오면서도 그는 불편한 몸을 들썩이며 어허, 어쩌구 알아듣지 못할 사설을 주어섬겼다. 내 기타 연주에 신이 나서 길길이 뛰던 때보다 그는 더 흥분해 있는 듯했다. 그의 입에서 튀어나오는 사설 중에 오로지 내가 알아들을 수 있었던 것은 어허와 얼쑤 두 마디 뿐이었다.

"춤을 어디서 배웠어?"

"……"

"없어져서 깜짝 놀랐잖아. 그거 탈춤 같던데 맞지?"

"……"

그는 소리를 분명히 들을 줄 알았고, 입을 놀려 무슨 말인가를 할 줄도 알았지만 묻는 말에는 영락없는 귀머거리에 벙어리였다.

농악대의 연습 놀이에 신이 나 있던 그가 대뜸 사시나무 떨듯 온몸에 경련을 일으키며 하얗게 질리기 시작한 건 고수부지가 끝나고 눈앞에 가득 강물이 펼쳐지면서부터였다. 흥겨움으로 들떠 있던 그의 눈빛은 순식간에 변하여 공포와 분노의 빛을 발하기 시작했다. 게다가 그의 입에서는 엄청나게 큰 괴성들이 덩어리져 쏟아져 나왔다. 놀란 낚시꾼들이 일제히 우리 쪽을 향해 짜증스런 눈길을 보냈다. 나는 그 돌발적인 사태에 어찌할 바를 몰라 쩔쩔매고 있다가 우선 몸으로 그의 시야를 가리며 엉겁결에 그를 쓸어안았다. 그의 몸은 무거웠다. 전신이 마비된 듯 꿈쩍하지 않는 그를 안고 고수부지 잔디밭 안쪽 깊숙이까지 끌어들일 수 있었던 힘이 어디서 나왔는지 나도 알 수 없었다.

　잔디밭 위에서 탈진한 몸을 추스르는 데는 공연한 외출이었다는 후회가 겹쳐 더욱 오랜 시간이 걸렸다. 그의 몸이 안정을 되찾은 것을 확인하고 자리에서 일어났을 때 높쌘구름은 자취를 감추었고 곧 우기가 닥치리라는 기상대의 예보대로 하늘은 온통 잿빛으로 물들어 있었다. 나는 흔들이를 데리고 그 우울한 하늘 밑을 지나 집으로 돌아왔다. 그리고 집에 거의 다 와서야 낚싯대를 강가에 그대로 버려두고 왔다는 사실을 깨달았다.

　그 끔찍스런 일이 터진 것은 안타깝게도 우기가 끝나던 날이었다.

　"학교가 끝나는 대루 곧장 집으로 와야 한다아."

　그날 아침에도 아내는 집을 나서는 이학년짜리 아들에게 날마다 이르는 당부를 반복했다.

　"예."

　"한눈팔지 말구, 늘 다니던 길로만 다니구우."

　"예."

　아들의 대답은 늘 반사적이었다. 그리고 아들이 귀가하는 방식도 늘 반사적이었다. 학교를 파한 뒤 칠 분 후면 정확히 초인종을 눌러대는 녀석이었다.

　"누가 말을 붙이걸랑 대꾸하지 말고 모른 척하고 와야 한다아."

　"예."

　아내는 매일 같은 말을 하고 매일 같은 대답을 들으면서도 매일 못미더

위했다. 그날은 아침나절부터 비가 부슬부슬 내렸으므로 아내는 우산을 들고 일층까지 배웅을 나갔다.

배웅을 나갔던 아내가 돌아와 현관문을 찰깍찰깍 걸어 잠그고 늘 하던 대로 아침 커피를 끓이기 위해 가스레인지에다 물주전자를 올려놓을 때까지는 아무 일도 없었다. 아내와 내가 소스라치게 놀란 것은 물주전자의 물이 소리를 내며 끓기 시작했을 때였다.

아랫집 101호 아주머니가 돌연 급소가 끊어지는 비명을 내지르며 심상 찮은 울음을 꺼꺽꺼꺽 토해냈던 것이다. 나와 아내는 동시에 자리에서 솟구치듯 일어섰다. 아내는 금세 표정이 하얗게 굳어지며 어찌할 바를 몰라 했다.

"무슨 사고가 일어난 모양이군. 하지만 우리 앤 아닐 거야. 앤 이미 학교에 도착해 있을 시간이거든. 내가 나가볼게."

아내를 안심시키고 나는 그때까지 잠옷바람이었다는 사실도 잊은 채 밖으로 뛰어나갔다. 가랑비가 부슬부슬 내리고 있는 밖에는 어깨를 꺾은 채 격렬하게 흐느끼는 101호 아낙과, 피투성이의 사내를 지나던 용달에 끌어 싣고 있는 두 남자의 모습이 보일 뿐 연립단지에서 나처럼 비명 소릴 듣고 뛰쳐나온 사람은 아무도 없었다.

피투성이의 사내는 모범운전사 제복을 말끔히 차려입은 101호 주인 남자였다. 견장에는 흰색 호루라기 줄이 매어져 있었고 평소에 쓰지 않던 모범모자까지 썼던 걸 보면, 아마도 이따금씩 비번근무 때 돌아오곤 하는 아침 교통 봉사를 나가던 참이었던 모양이었다.

처음엔 교통사고인 줄만 알았다. 그러나 난 곧 피 홍건한 길바닥 위에서 낯익은 물체를 발견할 수 있었고, 이어 시선을 들어 사방을 휘둘러보았다. 역시 흔들이가 몸을 되우 흔들어대며 4동 쪽으로 황급히 사라지고 있는 것이 보였다. 피 흥건한 길 위에 떨어져 있던 것은 흔들이가 비 오는 날이면 들고 설쳐대던 녹슬고 무딘 식도였던 것이다.

"사람 잡아먹는 귀신이 든……귀신이 든……악마야."

101호 아낙은 부들부들 몸을 떨며 소리소리 질렀다. 피투성이 남편을 태운 용달이 쏜살같이 언덕길을 곤두박질쳤다. 용달차 뒷모습을 바라보는 그녀의 눈은 새빨갛게 충혈되어 있었다.

"옷 훔쳐다 발기발기 찢을 때 알아봤다, 이눔……알아봤어. 이눔…… 네놈을 내 손으로 꼭 죽이고 말 거야. 악마 귀신 붙은…….."

그녀는 용달차가 사라진 언덕 아래쪽 방향으로 비척비척 걸음을 옮겼다. 그녀가 점점 멀어져갈수록 그녀의 모습은 내리는 부슬비로 희미하게 지워져갔다. 연립주택 아낙들은 길가까지 나오진 못하고 흔들이의 발작을 내다볼 때처럼 방충망 쳐진 창틀을 빼꼼 열고 혀들을 찼다.

101호 주인 남자가 중태이긴 해도 생명에는 지장이 없다는 이야기가 돌기 시작한 것은 두 명의 경찰이 마을에 나타난 그날 오후였다. 오후 다섯 시가 지나면서부터, 십수 일간 암막처럼 껴 있던 하늘의 검은빛이 빠른 속도로 벗겨지고 있었다. 서쪽 하늘부터 생살처럼 내비치기 시작한 푸른 빛은 지상의 나뭇잎들을 설레게 하면서 조금씩 마른바람을 몰아왔다. 피부에 와 닿는 바람의 감촉이 '아, 이제 비는 끝났구나' 라는 말이 절로 나오게 할 정도였다. ──이젠 우기가 아주 끝나려나 봐. 주간도 내게 전화를 걸어 자신의 느낌을 확인하는 걸 잊지 않았다.

연립단지에 나타난 사복과 정복 차림의 두 경찰관은 극히 의례적인 수사를 폈다. 수사라고 하기에는 너무 싱거웠다. 가해자가 도주의 우려조차 없는 정신 이상자라는 사실을 이미 알고 온 그들은 평소에 101호 남자가 가해자한테 무슨 원한 살 만한 일이라도 있었느냐고 묻는 것이 고작이었다. 연립단지 안의 주민들은 너나없이 고개를 가로저었다. 그들의 도리질을 경찰은 그럴 만한 일이 없었다는 뜻으로 받아들이는 듯 보였으나, 내게는 그들의 도리질이 그런 일이 있었는지 없었는지조차 모르겠다는 뜻으로 비쳤다. 바깥세상에 관심이 없는, 관심이 있다고 해도 그런 일이 왜 일어나야만 했던가를 일일이 챙겨서 따질 정도는 전혀 아닌 그들은, 경찰의 질문에 당연히 도리질을 칠 수밖에 없었던 것이다.

흔들이의 어머니가 흔들이를 데리고 담뱃가게 앞에 모습을 드러냈을 때 하늘은 연한 콩기름빛으로 개어 있었다. 보름 가까이 하늘을 덮고 있던 검은 장막의 구겨진 잔해가 하늘 여기저기에 구름 뭉치로 떠 있을 뿐이었다.

흔들이 모자는 질척거리는 어두운 터널을 밤새워 지나온 사람들처럼 초췌하고 지친 모습이었다. 우기가 시작된 이래로 줄곧 검은빛이었던 흔들이 어머니의 낯은 여전 흙빛으로 굳어 있었고 제대로 빗지 못한 머리는 이마와 목덜미에 어지럽게 늘어져 붙어 있었다.

흔들이를 연행하는 과정에서는 그러나 약간의 실랑이가 있었다. 카빈 소총을 오른쪽 어깨에다 멘 정복의 순경이 그들 모자에게 접근을 하자 흔들이는 반사적으로 몸을 사리며 괴성을 질렀던 것이다. 흔들이가 정신 이상자에다가 치매 상태라는 사실을 이미 알고 있는 정복의 순경은 일부러 부드러운 표정과 손짓으로 그를 얼러보았으나 흔들이는 막무가내였다. 흔들이는 막다른 골목에 다다른 고양이가 등뼈를 세우며 파열음을 내지르듯 사뭇 그 태도가 공격적이었다. 여러 차례 접근을 다시 시도해보았으나 카악카악 식육동물의 포효처럼 내뱉는 흔들이의 괴성에 순경은 번번이 뒷걸음질을 쳤다.

"어이, 정 순경!"

그때까지 흔들이의 태도를 유심히 지켜보던 사복이 순경을 불러 저만치 있게 하고 자신이 직접 나섰다. 그는 흔들이의 거친 몸짓이 정 순경의 정복 차림 때문이란 사실을 간파해냈던 것이다.

"자, 이리 와, 괜찮아. 자 자⋯⋯."

사복경찰이 흔들이의 어깨를 다독이자 흔들이는 선선히 불편한 걸음을 떼어놓았다. 그는 사복경찰이 팔을 걸어 부축하는 대로 말 잘 듣는 어린아이처럼 언덕을 향해 천천히 걸어 올라가기 시작했다. 카빈 소총을 멘 정복 차림의 순경은 그들과 한참 거리를 두고 털레털레 뒤따라갔다.

오랜만의 노을이었다. 흔들이 모자가 이 동네에 처음 모습을 나타내던 때처럼, 우기의 끝을 알리는 언덕길 위의 노을은 별스럽게 붉고 아름다웠다. 흔들이와 사복경찰은 야울야울 타오르는 그 노을 속으로 한 점 검은 물체가 되어 가물가물 녹아들고 있었다.

그들이 언덕 너머로 완전히 모습을 감추었을 때, 담뱃가게 앞에 서서 망연히 노을을 바라보던 흔들이 어머니는 느닷없이 팔을 뻗쳐 흐늘흐늘 춤을 추기 시작했다.

──어허, 청산 가아자 청산 가. 일월이 함께 뜨는 대명천지 청산 가세. 청산 가아⋯⋯.

그녀의 가락 장단은 온통 치자빛으로 물든 연립단지 건물 주위를 냄새처럼 떠돌았다. 헝클어진 머리를 흔들며 점점 자신의 춤사위에 취해가기 시작한 그녀의 흙빛 얼굴은 묘한 웃음기까지 떠오르며 처용(處容)의 탈처럼 검게 빛났다.

──사람들아, 죽잖고는 세상지옥 못 면하네. 청산이나 가세. 청산 가
아, 손잡고 청산 가세…….

난 그녀의 돌발적인 춤타령 앞에서 망연자실 넋을 잃고 있었다. 목청이
갈기갈기 찢기도록 무슨 소린가를 간절히 외치고 싶었지만 난 전류에 감
전된 듯 꼼짝할 수가 없었다.

나는 아무도 없는 길바닥 위에 털썩 주저앉고 말았다. 연립단지 아낙들
이 방충망이 달린 창문을 빠끔 열고 내다보고 있었다.

부자(父子)의 강

　동묵이 아저씨에 대한 나의 기억은 고향에 관련한 그 어떤 기억보다 선명한 편이었다. 엄밀히 말하면 그는 동묵이 '아저씨'가 아니었다. 나는 그를 동묵이 '형님'이라고 불러야 맞았다. 나보다 일곱 살 위인 나의 맏형과 그는 강화도 화점면·내가면·양사면을 통틀어 하나밖에 없는 강호(江湖) 중학교 동기동창이었으니까.

　그러나 내 기억 속에 그는 형님이 아닌 아저씨로 자리하고 있었다. 나와 함께 밤서리 다니고 콩무지를 해먹던 동네 조무래기들이 모두 그를 아저씨라고 불렀는데 나만 그를 동묵이 형님이라고 부를 수는 없는 일이었다.

　그에 대한 나의 기억이 아무리 선명한 편이라고 할지라도, 내가 국민학교 육학년을 마치고 부모님을 따라 상경을 하면서부터는 그를 잊었던 게 사실이었다. 나의 삶에서 그를 새삼 떠올려볼 그 어떤 계기도 있을 수 없었거니와, 명절과 방학을 맞아 고향에 들를 때도 그는 형님의 친구였지 내가 챙겨서 찾을 인물이 아니었던 것이다. 게다가 그가 살고 있는 곳은 내

고향 마을에서 장바 서너 기장은 떨어져 있는 바닷가 막촌(幕村)이라는 곳이어서 어쩌다 고향에 들러도 그를 만나기란 쉽지 않았으니까.

고향에 관한 여러 가지 내 기억들 중에 그에 대한 것이 비교적 선명한 편에 속한다는 사실을 새삼 깨달은 것도, 이번에 집안 어른의 회갑연에 형님과 함께 다녀오다가 그가 결혼을 한다는 소식을 듣고 읍내의 다복 예식장인가 행복 예식장인가에 들르게 되면서부터였다.

"어째 장가갈 생각을 했을까?"

쉬는 회사차를 잠깐 몰고 내려온 형님은 차머리를 읍내로 돌리면서 혼잣말로 중얼거렸다. 형님의 올해 나이 서른아홉. 그런 형님과 중학교 동기 동창이었으니 동묵이 아저씨도 나이 사십은 잘 된 셈이었다.

다른 친구들은 자식을 중학에 보낸다느니, 이젠 딸을 간수해야겠다느니, 만나기만 하면 서로 세치를 견주어가며 늙는 소리를 하는 마당에 재혼도 아닌 총각장가라니.

동네 사람들은 그가 영영 장가를 안 가고 말 사람으로 여겼었다.

그가 애초부터 그런 맘을 먹었던 건 물론 아니었지 싶다. 그에 관한 잊을 수 없는 기억 하나를 떠올려봐도 그는 외려 그 또래의 청년들보다 장가를 쉬 가리라는 확신을 주었던 장본인이었으니까.

그는 자기 또래의 다른 친구들보다 훨씬 성숙해 보였다. 고깃배를 부리는 집안의 장손이라서 그는 어릴 적부터 바닷바람을 남보다 많이 쏘였을 터였다. 도토리빛으로 번들거리는 피부에 때군때군한 목소리, 어글어글한 눈빛에 능청스러운 입담이 그를 형님이 아닌 아저씨로 보이게 했으리라.

그에 관한 잊을 수 없는 기억 하나란, 바로 그런 그가 비석거리 얼굴빛 흰 옥분이와 연애하는 장면을 우리에게 들켰던 일이다. 옛날에 풍광사라는 절이 있다가 빈대가 나서 헐었다던 절터 보리밭에서였다.

우리가 그 보리밭에 은밀히 기어든 것은 그곳에 동묵이 아저씨와 사기 보시기처럼 살결이 흰 옥분이가 연애를 하고 있다는 사실을 전혀 모른 채였다. 나는 깨복쟁이 친구 두 놈과 담배를 피우러——나는 그때 국민학교 사학년이었다——그곳에 숨어들었었다. 내가 그 나이에 담배피우는 데 맛을 들였던 까닭은, 이십 리가 넘는 등하굣길을 매일같이 꼭 같은 놈들과 오고가야 하는 따분함과 권태로움을 알지 못하면 이해하기가 퍽 힘들 것 같다. 뱀 한 마리만 발견해도 그놈이 지칠 때까지 요리조리 몰고, 지쳐서 또아리를 틀면 대가리를 톡톡 건드려 독 오른 놈의 눈빛을 감상하고, 그것도 심심하면 회초리로 놈의 길고 징그러운 몸뚱어리를 사정없이 내려조기고, 급기야 축 늘어져 뻗으면 껍질을 벗기고, 마지막엔 사금파리의 날카로운 모서리로 가래떡 썰듯 토막토막 내어 냇가에 버리는 걸 유희로 삼았던 우리들에게, 보리밭에 숨어들어 담배를 피우는 것 정도야 보통 있을 수 있는 놀이였다. 특히 내게 있어선 맛들린 재미였다. 하굣길의 심심하고 따분함을 달래려고 무심코 주워모은 담배를, 역시 별 저어함 없이 신문지에 둘둘 말아 보리밭에서 빨아봤더니 하늘이 뱅뱅 돌고 오금이 말을 안 들었다. 힘이 없고 어지러워요. 책보를 봉당에 내던지고 툇마루에 쓰러지자 어머니는 기력이 없어서 그러는가 보다고 꿀물을 타다 먹였다. 할아버지만 약으로 먹는 토종꿀이 아니던가. 꿀단지 변죽에도 얼씬거리지 못했던 나에게 꿀물이라니. 식도를 느끼하게 발라주는 토종꿀의 시큼하고 달착지근한, 그 환장할 맛을 느끼며 난 기필코 매일같이 담배를 주우리라 다짐했던 것이다.

어쨌든 우리는 그날도 보릿대 구수한 냄새를 맡으며 풍광사 절터의 보리밭으로 깊숙이 기어들어갔다. 이건 금잔디, 이건 아리랑, 이건 명승……
담배의 명칭을 하나하나 외우며 신문지에 싸쟁이던 우리는 멀지 않은 곳에
서 산비둘기의 구르르거리는 배앓이소리를 들었던 것. 산비둘기다. 말을
입 밖에 내어 외치진 않았지만 나와 두 동무는 서로의 반짝이는 눈빛에서
그 외침을 확인할 수 있었다.

우리는 너나없이 조선감자만 한 돌멩이 하나씩을 주워 들고 소리 나는
쪽으로 기어갔다. 돌멩이를 던져 새를 잡아본 적은 우리 셋 누구에게도 없
었지만 우리는 새를 보기만 하면 늘 돌멩이를 내쏘았다.

누릿누릿한 보릿대 사이사이로 내비친 것은 산비둘기가 아니었다. 때
절은 홍두깨빛의 동묵이 아저씨와 비석거리 옥분이가 나란히 누워 산비
둘기 배앓이소리를 흉내 내고 있었던 것이다.

저런 걸 연애라 하는 것이다.

보리밭을 부리나케 빠져나온 우리 중의 누군가가 대단한 발견이라도
한 듯 외쳤다. 연애라. 어른들에게만 있는, 비밀스런 감정에 의해 이루어
진다는 그 연애는 동묵이 아저씨와 옥분이의 경우를 목격하기 이전까지
는 막연한 짐작으로만 우리들의 머릿속에 있었던 셈이었다.

"동묵이 아저씨는 동묵이 아저씨는, 옥분이허구 옥분이허구, 연애건대
여 연애건대여."

돌멩이로 산비둘기를 퉁기듯 우리는 그렇게 동네방네 왜장을 치고 다
녔다. 우리의 철없는 폭로가 그 두 남녀에게 장차 어떠한 영향을 줄 것이
며, 우리는 앞으로 그 두 남녀와 마주칠 때 그 민망함을 어떻게 모면할 것
이냐는 따위의 생각을 그때로서는 할 깜냥이 아니었다.

아닌게아니라 그 일이 있은 후 삼사 일이 지나서 난 동묵이 아저씨와

단둘이 정면으로 맞부닥친 적이 있었다. 아버지 심부름으로 막소주를 사러 바닷가 막촌의 주점에 들렀다가 그곳에서 횟감을 다듬던 그와 맞닥뜨린 것이다.

"일루 와, 임짜식!"

그의 손에는 시퍼렇게 날이 선 회칼이 들려 있었다. 저걸로 날 어떻게 하려는 건 아닐까. 난 긴장해서 하마터면 됫병짜리 막소주병을 땅바닥에 떨어뜨릴 뻔하였다.

그는 저미다 만 농어를 한 손에 움켜쥐고 내게로 다가왔다. 나는 됫병 모가지를 죽어라 틀어쥐고는 눈을 꼭 감았다. 발바닥이 땅바닥에 달라붙어 떨어지질 않았다. 그러나 그가 날 어떻게 했어도 충분히 했을 시간이 흘렀는데 내겐 아무 일도 일어나지 않았다. 감았던 눈을 살그머니 떠보았다. 내 눈앞에는 투명하게 속살이 내비치는 농어 반 마리가 대롱대롱 달려 있었고, 그 뒤로는 동묵이 아저씨의 거대한 배가 느린 속도로 부풀었다 꺼져들곤 했다.

"아부지 갖다드려!"

나는 얼떨결에 피가 흐르는 농어 반 마리를 받아들고는 냅다 줄행랑을 쳤다. 나중에 알게 된 사실이지만 우리들의 철없는 폭로로 인하여 동묵이 아저씨네와 옥분네 어른들 사이에 정식으로 혼담이 오가게 되었다는 거였다.

우리들을 혼내기는커녕 동묵이 아저씨는 그 후로 우리들에게 무척 우호적이었다. 그만큼 옥분이와의 일이 잘되어간다는 증거였다.

그러나 그 해 마을 앞바다에 들이닥친 폭풍과 해일은 그만 동묵이 아저씨를 삼켜버리고 말았다. 보리베기가 막 끝나갈 무렵이었다. 아무도 그를 목격하지 못했다. 석 달 열흘이 지나도록 소식이 없었다. 마을 사람들은 물론 읍내 경찰에서도 그의 생존에 대해 기대를 갖지 않게 되었다. 간만의 차가 심하고 해류의 흐름이 빠른 경기만에서 그가 탔던 목선의 잔해를 찾는다는 것도 쉬운 일은 아니었다.

"옥분인가 하는 그 사람일까요?"

달리는 차 안에서 내가 물었다. 동묵이 아저씨의 아내 될 사람으로 떠올릴 수 있는 인물이란 그녀 말고 또 누가 있을 수 있겠는가.

"글쎄."

그러나 형님의 대답은 의외였다.

"형님도 모르세요?"

"그동안 통 연락이 됐었어야지. 나도 오늘 아침에서야 그 친구가 결혼한다는 소식을 들었으니까……."

고향 마을에서 읍내까지는 승용차로 이십 분이 채 못 걸렸다. 이북을 지척에 둔 최전방이라 오래전부터 작전도로가 발달되어 있었기 때문이었다.

예식장 이름은 행복도 다복도 아닌 행운 예식장이었다. 시골 읍내의 휴일 예식장 역시 부부를 대량으로 생산해내는 공장에 다름 아니었다. 예식이 끝난 집안의 하객들과 이제 막 시작하려는 집안의 하객들이 계단과 복도와 화장실 입구에서 시끄럽게 섭슬리고 있었다.

형님과 내가 맨 먼저 만난 사람은 신랑 되는 사람의 부친이었다. 마을에서는 그냥 '동묵이 아부지'로 불리는 그는 이미 콧잔등이 꽃빛으로 물들어 있었고 기분이 한껏 상기되어 있었다.

동묵이 아버지는 내겐 특별히 맘씨 좋은 사람이었다.

마을 앞바다에서 풍어제가 열리거나 시선(柴船)뱃놀이 잔치가 끝날 참이면 주위 삼동네에서 모여든 조무래기들이 악머구리 끓듯 하며 떡시루에 달려들었는데 그대로 놔뒀다간 떡시루가 가루가 되고도 남을 판이었다.

그때마다 육척 장신인 동묵이 아버지가 시루를 머리에 이고 콩버무리 흰떡을 한 줌씩 쥐어 제비새끼 부리 벌리듯 내미는 조무래기들의 손아귀에 골고루 나눠주었던 것. 그러나 키가 작고 선병질인 나 같은 애에게는 결코 공평한 것도 아니었다. 키 크고 드센 아이들의 팔꿈치에 치이고 떼밀려 매양 엉덩방아만 제일로 찧고 허공만 헛집다가 울음을 터뜨리기 십상이었으니까. 그러나 맘씨 좋은 동묵이 아버지는 울음을 터뜨릴 때까지 내버려두지 않았다. 어느 해였던가. 키 작고 선병질인 나에게 그가 한 가슴 안겨준 콩버무리 흰떡은 두고두고 잊을 수 없는 은총 같은 걸로 지금도 기억되고 있다.

동묵이 아버지는 또한 문자를 잘 써서 유명했다.

시선뱃놀이 잔치의 주역으로서 그가 서해 용왕에게 올리는 기원문을 들어볼라치면, 해중용왕이니 태평강녕이니 함포고복이니 하는, 알아들을 수 없는 말들이 무시로 쏟아져 나왔는데 그중에서도 그는 어부지리라는 말을 즐겨 했다. 사람들은 그 말을 '어부에게 이득이 되는 것'으로 알고 있었고 동묵이 아버지도 그렇게 알고 사용했다. 그래서 그는 걸핏하면,

"용왕님, 용왕님, 그저 고기만 많이 잡히고 태풍이 없으면 그야말로 어부지리가 아니겠사옵니까……."

하면서 축원을 올렸던 것이다.

"그동안 격조했어. 어서 와, 고마우이."

동묵이 아버지는 형님의 손을 그러잡으며 반가워했다.

"그동안 찾아뵙지도 못하구, 죄송스럽습니다. 늦었지만 며느리를 보시

게 돼서 기쁘시겠어요."

"두말하믄 사족이지. 저기 복도 끝에 동묵이 친구덜이 모여 있드구만.
우선 그리루 가 있게……"

동묵이 아저씨가 앞바다에서 풍랑을 만나 행방불명되었을 때 나이에
어울리지 않게 징징 짜고 다니던 것도 동묵이 아버지였다. 아내를 일찍 여
의고 제 손으로 키운 자식이어서 더 그랬을까.

그도 그랬을 터이지만 동묵이 아버지의 성격에 워낙 감상적인 데가 있
었다.

동묵이 아저씨가 풍랑을 만나 소식이 두절되던 그때 동묵이 아버지는
이미 몇 년 동안 자신의 생업을 잃고 실의에 빠져 있었던 상태였다. 그래
서 아들을 잃은 슬픔이 더했으리라.

"동묵아아, 동묵아아."

술을 한잔 먹는다거나 유난히 파도가 높은 날은 날이 새도록 아들의 이
름을 부르며 그는 서러워했다. 은빛 밤바다를 배경으로 산 쪽으로 산 쪽으
로만 쏠리던 키 큰 오리나무. 그 오리나무 밑에 웅크린 움막 안에서 나이
든 남자의 흐느낌 소리가 매일같이 밤기운을 음산하게 돋우었었다.

군사분계선이 강화도 북쪽, 하필 동묵이 아버지의 시선배가 드나들던
뱃길에 그어지면서부터, 그는 이미 삶의 의지 같은 것이 어느 정도는 꺾여
있던 참이었다.

밭뙈기 두어 뼘이 그의 농사 전부였던 터에 장작을 해다 한강 마포나루
와 예성강 배천온천에 내다 파는 일이 그에겐 절대 소중한 일이 아닐 수
없었다. 그 일을 못하게 되고, 십여 년 전부터는 갯가에 민간인을 통제하
는 철조망까지 생겨 허가 없이는 고기잡이를 할 수 없게 되자, 해마다 열

리던 시선뱃놀이 잔치조차 없어지게 되었고, 자연 시선뱃놀이에서의 그의 역할이 없어지게 되었던 것.

그는 막촌 대대로 이어져 내려오는 시선뱃놀이의 선창꾼으로서 제주로서 뱃놀이의 총연출자로서 없어서는 안 될 인물이었다. 타고난 목청과, 배움 없이도 문자를 주워섬기는 그의 탁월한 입심이 시선뱃놀이를 흐벅지고 거나한 흥으로 이끌었던 것이다.

어린 동묵이가 다행히도 옹골진 뱃사람으로 자라 연평도와 백령도까지 오가는 기운찬 삶을 살아내지 못했던들 동묵이 아버지는 실의에서 영영 헤어나지 못했을지도 몰랐다.

그에게 있어 아들 동묵이는 그만큼 대견스러운 희망이요 기둥이었던 셈이다. 언젠가는 아들로 인해 신명나게시리, 아이 아범아 빨리나 저어서 아차차 도루루 행주참을 대야겠네, 하며 시선뱃노래를 다시 부를 날이 올 줄로 그는 믿고 있었다.

그런 아들이 하루아침 물벼락으로 백 일이 다하도록 소식이 없으니 아비 된 그의 심정 오죽했으랴. 바닷바람에 밤마다 산 쪽으로 쏠리는 키 큰 오리나무 밑, 그 샛집 움막에는 여섯 달 동안 사내의 울음이 그치지 않았었다.

비석거리 옥분이는 어땠었겠는가. 동묵이 아저씨와의 혼사가 면 내에 좌르르 퍼질 만큼 퍼져 있었던 터였잖은가. 그것도 중신에 의해서가 아닌 풍광사 절터 보리밭 사랑이라는 소문으로.

몇 달은 잘 견디는가 싶었다. 문밖출입을 삼가고 집에 들어앉아 바느질만 한다는 말이 오래도록 마을에 나돌더니 결국 그녀는 풍광사 절터 황량한 보리밭을 넘어 어디론가 사라졌던 것. 부모님에게만큼은 무어라 한마디 언질이 있었을 법도 한데, 옥분네 식구들은 동묵이네 어른들을 보기가 송구스러웠던지 그냥 그년이 오밤중에 도망질을 놨다고만 변명을 해댔다. 동묵이 아버지도 그런 옥분이를 원망할 수만은 없었다. 자기 자신부터 아들 동묵이가 이젠 죽었구나 하는 생각이 들었을 테니까.

그러나 동묵이 아저씨는 살아 있었다.

그의 생존을 전해준 건 타관의 어느 떠돌이도 아니었고 뱃길로 먼 아랫녘을 저어 다녀오곤 하던 뱃사람들도 아니었다. 그가 살아 있다는 소식을 전한 건 라디오였다.

하루 종일, 가난한 어부의 삶과는 동떨어진 소리만 내리 쏟아내던 라디오가 하루는 신기하게도 막촌 갯마을 박동묵이 이름을 뜬금없이 내뱉었던 것이다.

뉴스를 직접 들은 사람은 그나마 막촌엔 없었다. 이십 리도 더 떨어져 있는 면사무소 강 서기가 점심을 까먹다 그 소리를 들었다는 거였다. 먹던 도시락을 팽개치고 자전거를 몰아 막촌에 당도한 강 서기는 댓바람에 기별을 전한다는 것이 오히려 동묵이 아버지의 심기를 더치게 했다.

"글쎄 동묵이가, 시방 이북에 있대여! 이북에……."

무슨 말인가. 배를 몰고 월북을 했단 말인가.

"차근차근 자초와 지종을 말해봐, 이 사람아!"

아들의 소식을 전한다는 것이 고작 이건가. 동묵이 아버지는 버럭 화를 내는 경중에도 문자를 썼다.

"아 글쎄, 배가 풍랑을 만나 북쪽으로 밀렸대지 뭐이꺄? 판문점을 통해서 명단이 내려왔대여. 저쪽 강원도 사람덜 이름허구 겉이……."

"그럼 은제 귀환한다던?"

"글쎄 그건 잘 모르갔구만여……그게……."

"것두 모르구 그걸 소식이라구 전해? 이 반거충이 겉은 인사야!"

제깐에는 한참 잘하는 일로 알고 한숨에 달려와 기별을 전한 강 서기는, 공연히 머쓱해져서 자전거를 탈 맛조차 안 났던지 손으로 끌고 돌아갔다.

강 서기가 다녀간 후로 동묵이 아버지는 토막만 한 라디오를 끼고 별립산에 올라 이북을 바라다보는 것이 일이었다. 특히 초여드레와 스무사흘 날은 동묵이가 건너올 것 같다며 새벽부터 산에 오르곤 했다. 조수가 가장 낮은 조금인 그날은 임진강·예성강 하구의 개펄이 편편하게 드러나며 이북과 뭍으로 잇닿아지는 날이었던 것이다.

"저건 죽은 강이여, 죽은 바다 사해라니까. 고깃배두 시선배두 드나들지 못하는 물이 어데 물이던가? 물에는 그저 배가 떠 있어야 물이지……."

죽어 나자빠진 강 하구를 굽어보면서 한때 힘차게 시선배를 저으며 그 물살을 거슬러 오르던 젊은 날의 자신을 그는 수없이 되새기곤 했으리라. 아이 아범아 빨리나 저어서 마포에 들어가 좌정이나 하세, 아차차 도루루에이야. 정말 그의 시선뱃노래는 얼마나 구성졌었던가.

날이면 날마다 별립산에 올라 이북바라기를 하면서 주워섬기던 그의 기원이 서해 용왕에게 먹히기라도 한 듯 마침내 그해 십이월 동묵이가 막촌으로 돌아온다는 기별이 왔다. 이번 기별은 동묵이 아버지가 매일같이 옆구리에 끼고 다니던 라디오를 통해서가 아니었다. 저들의 대남 스피커를 통해서였다.

"경기도 강화군 하점면 창후리 막촌 부락 주민 여러분. 그동안 조선민주주의인민공화국에서 안전하고 편안하게 보호하고 있던 막촌 부락 주민 박동묵 동무를 오는 십이월 이십칠일 남조선 당국에 평화적으로 인도하기로 하였습니다. 경애하는 수령 김일성……."

원한에 사무쳐 칼을 가는 사람의 목청처럼 왠지 늘 드세고 딱딱하기만 하던 저들의 대남 방송이 그날만큼은 퍽이나 부드럽고 다정다감한 여자 아나운서의 목소리를 흘려보냈다. 마을 비상 스피커보다 훨씬 성능이 좋고 가청성이 높은 저들의 스피커가 고향 마을 전 주민을 감동시킨 것은 휴전 이후 처음 있는 일이었다.

그러나 동묵이 아저씨는 십이월 이십칠일이 지나 해가 바뀌어도 마을로 돌아오지 않았다. 포항 영해상에서 인도됐다는 얘기만 라디오를 통해서 한 차례 들렸을 뿐이었다. 건강진단이 끝나는 대로 곧 귀가시키겠다던 정부 당국의 약속이 점점 길어지면서 동묵이 아버지는 불안해지기 시작했다.

"모두 건강한 모습으루 인도됐다드만 무슨 놈의 건강진단이 그리 길어 그래? 일각이 여삼춘데……."

그는 그때부터 동구 밖에 나가 하루를 서성이는 일이 일이었다. 아침부터 두툼한 솜바지를 끼어입고 눈이 오건 바람이 불건 상관치 않고 장승처럼 버티고 서 있었다. 동묵이가 돌아오면 미리 연락을 주겠노라고 경찰 서장이며 면장들이 나와 다짐을 주어도 허사였다.

"내가 허고 잡은 일을 자유의사루 허는데 웬 상관덜이 그리 많으이까?"

그리고 그는 중얼거렸다. 속 편한 인사들. 그럼 나보고 집구석에 틀어박혀 그놈이 올 때까지 등이나 지지고 있으란 말인감.

동묵이 아저씨가 마을에 나타난 건 해가 바뀌고도 보름이나 지나서였다.

우리 마을에서 막촌에 이르는 장바 서너 기장은 될 법한 연도에는 마을 사람들로 장사진을 이루었다. 길가에 그렇게 많은 사람들이 붐비던 것도 꽤나 오랜만이었다. 육이오 전에는 해마다 칠월칠석날이면 동묵이 아버지의 연출하에 성대하게 베풀어졌던 시선뱃놀이 잔치를 보러 삼동의 주민들이 모두 모여들었었던 것이다.

아무래도 동묵이 아버지는 그 구성지고도 힘 있는 시선뱃노래를 한바탕 불러젖히고 말 기세였다. 죽은 줄로만 알았던 아들의 귀환. 게다가 그때의 칠월칠석날을 방불케 하는 인파들이 모였으니 신명의 심지에 불이 안 붙고 배길 수 없었으리라. 여기저기 마을사람들까지 그를 부추겼다. 오랜만에 한 곡조 허시겨. 이런 때 안 허면 은제 허이꺄?

그때 동묵이 아버지는 상기된 낯으로 앞앞이 목례를 하면서 어쨌든 두고만 보라는 식으로 웃었었다.

그러나 끝내 그의 시선뱃노래는 불리어지지 않았다. 마른바람을 일으키며 달려온 경찰 지프차에서 내리는 동묵이 아저씨의 모습은 죄수의 모습에 가까웠던 것이다. 수갑이나 오라를 받고 있었던 것은 아니나 그의 처진 어깨며 망연하게 열려 있는 눈빛하며가 한눈에 그를 그런 사람으로 보이게 했다.

신명의 심지에 막 불을 댕기려던 동묵이 아버지의 상기됐던 낯은 일순에 식어버리고 연도에 모여 섰던 마을 사람들도 씁쓸한 입맛을 다시며 발걸음을 돌렸다. 환한 낯으로 기뻐하며 축하의 소리로 호들갑을 떨었던 것은 오히려 경찰서장과 면장뿐이었다.

때군때군한 목소리와 서글서글하던 눈, 능청스러운 입담으로 사람을 무시로 웃기던 동묵이 아저씨 입이 경칩 못 지난 개구리 입처럼 딸깍 달라붙은 건 옥분이 때문이 아니었을까. 어디서 이미 옥분이의 소식을 들어 알고 있었던 건 아닐까.

옥분이도 옥분이였겠지만, 그가 사람 다르게 변한 이유는 그가 늘 감시를 받고 있다는 데서 연유한다는 사실을 마을 사람들은 점점 깨닫기 시작하였다.

이북이라는 델 여섯 달 동안 다녀왔으니 사람들은 그의 말이 얼마나 궁금했겠는가. 아무렇지도 않은 말조차 감칠맛 나게시리 재구성할 줄 알았던 그의 입담을 얼마나 그리워했던지. 특히나 황해도가 고향인 순복이 아버지하며 정구네 아버지는 아예 저녁만 되면 동묵이 아저씨네로 마실가는 게 일이었다.

그러나 사람들의 그러한 노력은 다 허사였다. 그는 꿀 먹은 벙어리가 되어 있었던 것. 동묵이 아저씨의 별명은 그때부터 '정구네 테레비' 혹은 '언묵이'가 되었다.

정구네 형님이 꼬박 이 년 동안 월남에 가서 달랑 하나 벌어온 텔레비전 수상기는 전기가 들어오지 않았던 당시로서는 겉딱지밖에 볼 수가 없었다. 시커먼 어항 같기도 하고 잘생긴 낚시 광주리 같기도 한 그놈의 물건은 동네 조무래기들의 성화와 안달에도 야박스럽게 침묵만 지키고 있었는데 동묵이 아저씨가 똑 그 꼴이었다. 언묵이는 입이 얼어붙었다고 해서 형님 친구들이 붙인 별명이었다.

"또 날 찾아오는구만……."

동구 밖에 지프차의 모습이 나타나면 동묵이 아저씨는 남의 집 논에 피사리품을 팔다가 말고 맨발인 채 한길로 나서곤 했다. 발을 닦고 자시고 할 것도 없었다. 어떤 땐 정강이에 거머리를 그대로 붙이고 차에 오르기도 했다.

한번 그렇게 불려가면 꼬박 하루 정도는 걸렸다. 오후에 불려 들어가면 다음 날 아침나절에 나왔고, 아침 일찍 지프차를 타면 저녁에 나왔다. 가서 무슨 말을 듣고 나오는지는 그가 당최 얘기를 하려 들지 않으니 알 수가 없는 노릇이었다. 다만 그에 대한 그러한 형태의 임의동행이 계속되자, 마을 사람들은 세상이 어수선할 때라든가 정가의 움직임이 심상치 않을 때는 영락없이 지프차가 길마재고개를 넘어온다는 사실을 알아냈고, 한번 불려갔다 오면 동묵이 아저씨의 말수가 표나게 줄어드는 현상을 눈치챘을 뿐이었다.

동묵이 아저씨는 배를 타지 않았다. 바다에서 변을 당했었으니 바다라면 좌기부터 났으리라. 그러나 그런 것만도 아닌 듯했다. 이따금씩 개간지 둑에 앉아 철조망 너머 바다 위에 떠 있는 다른 고깃배들을 바라다보는 그의 눈빛을 보면 그가 얼마나 바다를 그리워하고 있는지 대번에 알 수 있었다. 그는 어떤 다른 이유로 인해, 배를 안 타는 게 아니라 못 타고 있는 것처럼 보였다.

동네 사람들은 그가 영영 장가를 안 가고 말 사람으로 여겼다.

옥분이의 이향. 생업인 고기잡이를 포기하고 남의 집 논품앗이나 하며 세월을 보내던 그가 나이 삼십을 말없이 훌떡 넘기자 중신도 끊겨졌던 것. 세월이 가도 변함이 없었던 건 걸핏하면 길마재고개를 넘어오던 지프차의 엔진 소리뿐이었다.

"저 나이에 처녀장가라니, 쌔끼 운도 좋은 놈이야……"

동묵이 아저씨의 결혼을 축하해주러 온 친구들이 어느새 형님 주위에 몰려들었다.

"샥시두 이제 겨우 서른이라는구만, 글쎄……."

동묵이 아저씨의 신부 되는 사람은 옛날의 그 옥분이가 아니랬다. 사기 보시기처럼 뽀얗던 비석거리의 옥분이. 아무것도 모르던 열두 살 그때에도 그녀의 희디흰 살결은 공연히 나의 요의를 자극하곤 하지 않았던가. 나는 사실 읍내로 오는 차 안에서 그녀를 다시 한 번 볼 수 있을지도 모른다는 설레는 기대를 갖고 있었다.

　"요즘도 찝차가 오냐?"

　형님이 한 친구에게 물었다.

　"찝차는 무슨. 요즘은 연락할 거 있으믄 전화 한 통화루 다 되는 시상인데……."

　하기야 북한의 곡괭이·망치 그려진 붉은 깃발이 텔레비전 화면에 가득 물결치는 세상이고, 때려잡자 김일성 하던 것을 김일성 주석 귀하 어쩌구 칼럼도 쓰는 판국이니 본의 아니게 이북 한 번 넘어갔다 온 게 이제 와서 뭐 그리 대수이겠는가. 무슨 그룹의 총수는 이북 가서 김일성도 만나고 오는 세상이 아니던가. 조기·명태 같은, 먹는 음식조차 북으로부터 믿고 사들이는 요즈막에, 김일성 선집이 버젓이 대형 서점의 진열대 위에 등장하는 요즈막에, 동묵이 아저씨 같은 일개 순진한 촌부를 더 주시할 필요가 있었겠는가.

　"동묵이, 개 활발해졌어. 우리 중학교 다닐 때 그 익살스럽던 동묵이루 되돌아왔다니깐……."

　동묵이 아저씨의 근황에 어두운 형님에게 친구들이 말했다.

　동묵이 아저씨는 귀환 후 배를 타지 못했었다. 갈매기 울음소리 쏟아지는 개간지 둑방에서 그저 넋 나간 사람처럼 바다를 바라보았을 뿐이었다.

　그런 동묵이 아저씨가 언제부턴가 다시 배를 타기 시작했더란다. 개펄을 따라 흉물스럽게 둘러쳐진 철조망을 넘어들어가 배를 띄워야 했던 동묵이 아저씨의 심정은 어떤 것이었을까.

동네 사람들은 지프차의 내왕이 점차 뜸해지면서부터 상대적으로 동묵이 아저씨가 활동적으로 되어간다는 사실을 깨달았던 것. 허락에 의하지 않고, 자신의 노력과 서장과의 끈질긴 싸움 끝에 철조망 너머에 배를 띄우는 데 성공하게 된 동묵이 아저씨는, 지난해엔 안골 사람들과 국회의사당 앞까지 몰려가 고추를 전량 수매하라는 시위까지 주동했었다는 것이다. 지금의 신부를 만난 것도 다름 아닌 그 고추 시위 때였다고 했다.

그랬었구나. 그에게 늘 따라붙던 사찰의 눈길이 이젠 어느 정도 사라진 모양이로구나. 세상은 비로소 화해와 화합의 시대로 들어선 모양인 게지. 내 생각은 형님의 생각과 다르지 않은 것이었다.

"북방 정책이니 민족 화합이니 하는 말들이 그저 매스컴에서나 떠드는 건 줄 알았는데 니 얼굴을 보니까 참 실감이 난다야!"

흰 실크장갑을 끼고 목련을 가슴에 단 동묵이 아저씨가 희색이 만면해서 친구들이 모여 있는 곳에 나타났을 때 형님이 한 말이었다.

"어? 이 새끼 니가 웬일이냐? 깜빡 잊고 너한텐 연락을 못 했는데…… 어때? 서울살이는 견딜만 허냐? 모르긴 해두 죽을 맛일 거다, 그놈의 서울에서도……."

그의 목소리는 예식장이 다 울릴 정도로 컸다. 무척 상기되어 있었다.

"어쨌든 축하헌다. 장가두 가구 배두 다시 타게 되었다니 말야. 정말이지, 그놈의 찝차가 동구에 딱정벌레처럼 나타나면 공연히 내 밑이 졸밋거렸었다니깐……."

"찝차가 없어져서 배두 타구 장가두 가구 허는 거 아니다 너. 찝차 대신 전화라는 게 새루 생겼잖냐? 엔장헐. 집구석에 갇혀 살믄서 걸핏하면 오라가라 하는데 가만히 생각해보니깐 영 억울하구 분해서 견딜 수가 있어야지. 내 인생 이대루 마감헐 수 없다. 씨발 거 내가 솔직히 뭐 잘못헌 거 있나, 어떤 놈이 뭐라든 내 인생을 난 찾고야 말겠다아, 말하자믄 그거였지, 허허허……."

그의 과장된 웃음이 다시 한 번 예식장 대합실을 울렸다. 도토리빛 검은 얼굴에 건강한 주름이 접혔다.

"그래? 난 또 놓여났는 줄 알았지……하두 요즘 화합 어쩌구 하니까……."

"화합? 허허허. 아무리 그래두 저들의 본질까지야 변하겠냐?"

본질? 나는 동묵이 아저씨의 말을 곁에서 들으면서 동묵이 아저씨도 그의 아버지처럼 이제 문자를 쓰기 시작하기로 한 건 아닐까 하는 엉뚱한 생각을 했다.

"여하튼 배두 타구 장가두 가게 됐으니깐 이제 원이 없겠구나?"

"있지, 또 하나……."

동묵이 아저씨의 대답은 신랑 입장 준비를 독촉하는 식장 안의 사회자의 성화로 끊겼다. 그는 종종걸음으로 식장 쪽을 향하면서 말했다.

"야! 폐백 끝날 때까지 기다려들! 이따만 농어 다섯 마리 잡아놨으니깐!"

그는 종종걸음을 치다 말고 이쪽을 향해 돌아서서는 팔뚝을 들어 농어의 크기를 표시해 보였다. 그러다가 그는 발이 접질려 하마터면 뒤로 엉덩방아를 찧을 뻔하였다.

까르르 웃는 하객들의 웃음 속으로 그가 사라지고 난 뒤, 모여 서 있던 형님의 고향 친구들이 말했다.

"앞바다에다 시선배를 띄우겠다는 거야, 하나 남은 원이란 것이."

"시선배라니? 장작을 싣고 예성강이나 임진강을 드나들겠단 말야? 이미 장작을 패다 때는 시대는 아니잖아? 휴전선이 풀리려면 아직도 천 년 세월일 텐데."

형님이 물었다.

"장작을 팔려고 노를 젓겠다는 건 아니구, 얼마 남지 않은 아부지 여생에 시선뱃노래나 실컷 부르시라는 뜻이겠지. 올 칠월에 시선뱃놀이 잔치를 기어코 할 모양이야. 안 된다구 딱 잡아떼기만 하던 서장한테서 허락두 이미 받아났다는구만. 그때 한번 내려와. 이왕 할 거 한번 뻑적지근하게 하자구 우리 청년회에서두 벼르구 있걸랑."

올 칠월에는 콩버무리 흰떡을 먹을 수 있겠구나. 형님 친구들과 팔뚝만한 농어가 있다는 연회장으로 향하면서 나는 칠월의 고향 바람을 벌써부터 몹시 그리워하고 있다는 걸 깨달았다.

등 뒤에서는 서투른 솜씨의 결혼 행진곡 피아노 반주음이 들려왔다.

부적

 이것도 대물림이란 말인가, 젠장. 학교에서 아이의 담임선생이 좀 보잔다는 전갈을 아내로부터 전해 들은 나는 대뜸 짜증부터 냈다.

 "그런 덴 당신이 가는 거 아냐? 꼭 내가 갔다와야겠어?"

 아이가 밖에 나간 틈을 타서 나는 아내에게 심통을 부렸다. 반지하 단칸 셋방살이에서 부부가 다툼을 벌이려면 아무래도 아이가 밖으로 나갈 때를 기다려야 했다.

 "난 못 가겠어요. 며칠 전 반장 아줌마 따라 학교에 갔다가 경철이 담임선생님과 맞부닥쳤는데 당최 얼굴을 들 수가 없더라구요……."

 "글쎄 쓸데없이 왜 그런 덴 휩쓸려서 따라다니느냔 말야. 그러니까 지금처럼 정작 가봐야 할 일이 생길 때는 못 가게 되는 거 아냐."

 며칠 전 아내는 교원 노조 결사반대 학무모 집회에 반장 아주머니와 주위의 다른 어머니들과 함께 아이가 다니는 국민학교에 들렀던 적이 있었다. 아이의 담임선생이 교원 노조에 가입한 교사인지 아닌지는 아이도 모르고 아내도 잘 모르겠다고 했다. 그러나 학교에서 아이의 담임선생을 우연히 만나자 아내는 낯이 뜨거워져서 얼굴을 들 수 없었노라고 했다. 공연히 선생님한테 삿대질하며 따지러 온 것처럼 보이지 않을까 무척 맘이 졸여지더란 것이었다. 그렇다면 무엇 하러 몰려갔단 말인가. 그게 '결사' 반대하러 간 사람의 자세랄 수 있겠는가.

"어쨌든 이번엔 당신이 좀 가보세요. 난 말주변머리두 없구, 선생님이 애 아부지를 오라구 했다기두 허구……."

못 갈 것도 없었다. 애 교육에 관한 문제라면 굳이 에미 애비를 따질 필요가 있겠는가.

그런데도 난 자꾸 짜증이 났다. 부모를 오라는 이유가 애 공부 잘한다는 말 하려는 것도 아니고, 아니 차라리 애가 성적이 형편없으니 앞으로 각별한 관심과 지도를 바란다는 부탁의 말을 전하려는 것이라면 거기까지는 상관없겠다 싶었다. 그러나 그것도 저것도 아니었다. 애 담임선생이 나를 보자는 덴 그런 성적 문제와 같은 거와는 전혀 다른 사정이 있다는 것이었다.

"쟤가 어떤 아이 운동화를 어떻게 했다나 봐요. 훔친 건 아니구 감췄다나, 망쳐놨다나……."

"그게 그거지 뭐!"

나는 말을 뱉으며 뒤돌아 앉았다. 재떨이의 담배꽁초를 집어 들며 어떻게 해야 하나 궁리를 했다. 담배 맛이 씁쓸하고 기분이 영 개운치 않았다. 하필 일거리가 이럴 때 떨어질 게 뭐람. 새벽부터 나갈 공사판이라도 있었더라면 아내한테 이번 일을 미룰 수 있는 건데…….

가서 그저 무조건 잘못했다고 싹싹 빌고서, 앞으론 그런 일이 절대 없

도록 애 잡도리를 단단히 하겠다고 적당히 둘러대고 빠져나오려고만 맘
먹으면 그리 어려울 일도 아니었다. 그런데 난 그렇게 쉽게 발걸음을 할
수가 없었다. 애와 아내는 모르고 있는, 나만이 간직하고 있는 내 유년의
어두운 기억이 내 뒤통수를 아리게 치고 들었기 때문이었다.

국민학교 육학년 때였으니까 열서너 살쯤이었나 보다. 난 나에게 무척
우호적이었던 한 아이의 연필깎이를 훔치고 들통이 나서 선생님한테 된
통 경을 친 일이 있었던 것이다.

가난이야 죄 되는 게 아니니까(정말 그럴까) 어쩔 수 없이 대물림해도 별
수 없겠노라 체념하고 있는 바이지만, 어쩌면 그런 것까지 아비를 닮는단
말인가. 이제 이학년밖에 안 된 녀석이. 그것도 대물림이란 말인가, 젠장.

쓴 담배 연기를 콧구멍으로 내뿜으면서 나는 자꾸 시계를 흘끔거렸다.
열한 시가 되려면 한 시간이 좀 넘게 남아 있었다.

가서 무슨 얘기를 어떻게 늘어놓는단 말인가. 내가 열세 살 적, 친구의
연필깎이를 훔쳤다는 이유로 선생님께 된통 경을 칠 때에도 난 나의 잘못
을 끝까지 인정하려 들지 않았던 악동이 아니었던가. 세월이 지났어도 그
때의 일이 별로 잘못한 일로 여겨지지 않고 있는 지금, 자식의 일이라고
해서 선생님 앞에 쉽게 용서가 빌어질까 그게 영 자신이 없었던 것이다.

고향에서 국민학교 오학년을 마칠 때까지 난 공부를 잘하는 축에 들었
다. 잘하는 축이 다 뭔가. 사실은 해마다 우등상장을 따는 당상처럼 척
척 받아내던 수재라면 수재였다. 그곳이 학년당 한 학급씩밖에 없는, 전교
생 다 합해보았자 겨우 이백사십 명 남짓한 산골 분교라는 것과, 내 위로
이 년 터울로 줄줄이 형님 누나가 있어서 시험문제 정보은행 역할을 톡톡
히 해주었다는 사실을 감안할 깜냥은 그때로선 없었다. 그저 너 공부 잘한

다, 참 똑똑하구나 칭찬하는 말에만 허파가 불러 하늘 높은 줄 모르고 거만을 떨 줄 밖에 몰랐던 것이다.

나의 그러한 거만이 우물 안 개구리의 자발없음에 지나지 않았다는 사실을 뼈저리게 느끼기 시작했던 건 노쇠한 부모를 따라 상경을 하면서부터였다.

서울에선 사지만 멀쩡하면 입에 풀칠은 할 수 있다더라는 허황된 소문만 믿고, 농사일에 기력이 부친 부모는 무작정 상경을 시도했었던 것이다. 소작 부치던 땅은 주인에게 되돌려주고, 자작하던 논밭 겨우 열 마지기 모개로 흥정하여 서울 끝동네 구로동에 정착했을 때, 우리는 고향집 삼분의 일도 못 되는 규모의 두 칸짜리 집에서 굼벵이처럼 기어다니며 살아야 했다. 도시 빈민들을 위해 박정희 대통령이 특별히 지어주었다는 그 집은, 왜 그리 문 이마마다 낮고 천장마다 내려앉았던지, 이 방에서 저 방을 들락거리거나 부엌을 나다니자면 식구들은 모두 곱사등이처럼 허리를 굽히고 기어다녀야 했다. 벽돌 쌓아놓듯 언덕배기에 촘촘히 들어앉힌 그 주택은 창문은 있어도 빛이 들지 않아서 늘 어두컴컴했다. 그나마 그것도 돈 주고 산 우리 집이 아니라 전세로 얻은 집이라는 걸 나중에서야 알았다.

서울 사람이 된 나는 이사 온 첫날부터 조만간 얼굴이 희어지게 될 일을 생각하며 자다가도 흐뭇해서 웃곤 했다. 얼굴 희어지는 비결은 수돗물에 자꾸 세수를 해야 한다더라는 누나의 말을 믿고 나는 하루에 꼬박 세 번을 씻었다. 방학 때 희어진 내 얼굴을 고향 친구들에게 자랑할 꿈에 젖어 하루하루가 신이 났으면서도 난 한편으론 그즈음 우울하기 짝이 없었다.

성적 때문이었다. 고향에서는 줄곧 일이 등을 다투던 내가 서울로 전학을 해서 치른 첫 기말 시험에서 오십삼 등을 한 것이었다. 육십 명 중에 오십삼 등이면 내 뒤로 일곱 명밖에 없었다는 얘기다.

　나로선 치욕이 아닐 수 없었다. 공부 잘해서 똑똑하다는 말 듣던 수재가 하루아침에 꼴찌에서 맴도는 신세가 되어버리다니. 난 우물 안 개구리였다. 국민학교를 마치자마자 곧장 공단의 산업 역군으로 달려가지 않으면 안 되었던 형님이나 누나들도 더 이상 나의 시험문제 정보은행 역할을 해줄 수 없었던 것이다.

　나나 누나들이나 서울 생활을 하면서 점점 얼굴이 희어진 것은 사실이었으나, 속맘까지는 쉽사리 희어지진 않았다. 매일 먹장구름이었다. 시골에서는 느끼지 못하던 기분이었다. 시골에서도 남의 소작이나 부치며 근근이 하루하루를 견디는 신세였긴 해도, 다 그렇고 그런 사람들만 보고 살아왔던 터여서 고향에서의 삶은 그렇게 우울하게만 생각되어지는 것은 아니었었다.

　나는 나대로 누나들은 누나들대로 우리의 궁기 어린 삶의 때를 벗겨보려고 무진 애를 썼다. 나는 우선 열심히 공부를 해야겠다는 각오로 그 노력을 대신했다. 교과서를 읽고 또 읽고, 잠을 쫓으려 책상 위에 송곳을 박아놓고 공부를 했다. 서울 애들은 참고서와 과외와 사설 학원을 이용하여 성적을 올린다는 사실을 나는 상경 일 년이 지나도록 알지 못했다. 설령 알았다 할지라도 우리 형편에는 국정 교과서 이외의 것은 엄두도 못 냈을 테니 모르고 있었던 게 어쩌면 다행이었는지도 모른다.

　누나들은 자신들이 '공순이'가 아님을 내보이기 위해 팝송을 외우고 불렀다. 중등 교육조차 받지 못한 그들이 영어를 알 리 만무였다. 그러나 그들은 라디오에서 흘러나오는 팝송을 귀신같이 한글로 받아 적어 그것을 왔다. 그렇게 일주일을 끙끙거리고 나면 비슷한 노래가 됐다. ──선데

이 모닝 업 위뤄락 씽크일 테이커 워큰 더 팍 헤이 헤이 헤잇서 뷰리풀데이……

죽어라 공부를 해보아도 성적은 오르지 않았다. 누나들도 영어 제대로 하는 남자들로부터 프러포즈를 받지 못했다. 누나들은 다방에서 비싼 커피를 마셨다는 이유로 다 큰 나이에 어머니에게 종아리를 얻어맞기 일쑤였다. 당시 유일하게 나의 우울증을 달래주던 건 자장면이었다. 공부에도 취미를 잃고 친구도 없이 등하교를 해야 했던 나에게, 문래동 철길 옆의 이십오 원짜리 자장면 사 먹는 재미까지 없었다면 중학교도 마치지 못하고 곧장 공사판으로 뛰어들었을지도 모른다.

대충 하루치의 버스비를 아끼면 한 그릇의 자장면을 사 먹을 수 있었다. 나는 등교할 때만 버스를 탔고 집으로 돌아올 때는 먼 길을 걸어서 왔다. 그런 식으로 등하교를 하면 격일로 자장면의 환장할 맛을 즐길 수 있었던 것이다.

내 공부가 하도 시원치 않으니까 선생님은 공부 잘하는 아이하고 짝을 지어주었다. 순전히 나를 위해서 그랬다기보다는 반 전체 성적을 올리려는 담임선생의 전략이었던 것이다. 나뿐만 아니라 내 근처에서 빌빌거리는 친구들도 성적이 상위권인 학생들을 한 명씩 배당받게 되었다. 순전히 나만을 위한 것이 아니었달지라도 난 선생님이 고마웠다. 내 짝이 되어준 용현이는 공부 잘하는 다른 애들과는 달리 거만하거나 까다롭지 않았으며, 무엇보다 외로웠던 나에게 무척 우호적이었으니까.

선생님이 지어준 짝은 학교에서만 적용되는 것이 아니었다. 방과 후의 활동이며 시험 공부를 하는 데도 적극적인 협조 관계를 유지하라는 뜻이었다.

난 자연스럽게 용현이네 집을 자주 들렀다. 용현네는 부자였다. 아버지가 알루미늄 주물 공장을 경영한다고 했다.

용현네 집에 처음 가서 놀란 게 한두 가지가 아니었으나 지금 구체적으로 내 기억에 남아 있는 것은 그 집의 벽지였다. 불그스름한 모란꽃 무늬가 연속 사방으로 줄지어 선 우리 집 벽지하고는 너무나 달랐다. 문양을 따라 입체적으로 드러나는 그 집의 벽지는 종이가 아니랬다. 때가 낀다거나 더러워질 경우 물걸레로 한 번만 훔치면 언제나 새로 도배한 것처럼 빛이 난다는 것이었다. 좌변기, 거실의 양탄자, 소파, 수족관, 그 모든 것들이 날 놀라게 했지만 그중에서도 그 희한한 벽지가 날 자꾸 주눅 들게 했다.

그의 집에 들러 내가 보고 듣게 되는 것은 공부에 관한 것이 아니었다. 그가 가지고 있는 장난감이며, 집 안에 꽉꽉 들어차 있는 각종 전자 제품의 성능들에 끊임없이 놀라는 일이었다. 그것들을 능숙하게 다루는 용현이의 태연함을 나는 싫어하지 않았다. 그는 내 앞에서 자신의 부유를 호들갑스럽게 자랑하지 않았다. 용현이는 그저 조용하게 그 모든 것들을 보여주기만 했다. 그저 보여주기만.

그의 집에 몇 차례 들렀을 때까지만 해도 난 절망까지는 하지 않았다. 적어도 그의 어머니가 시켜준 자장면을 먹기 전까지는 그랬다. 시험이 가까워져서 나는 좀 늦게까지 그의 집에 머물렀다. 그의 덕분으로 다만 몇 점이라도 점수를 올릴 수 있기를 바라며 그가 공부하는 모습을 흉내 내고 있었던 것이다. 그의 어머니가 시켜온 자장면을 무심코 먹었다. 그 자장면을 먹을 때만 하더라도 그저 조금 맛이 다르구나, 아니 참 맛있구나 할 정도의 느낌밖엔 없었다. 그 자장면 값이 얼마였는지 어디서 시켰는지 내가 알 리는 만무했다.

내가 절망 비슷한 감정의 기류 속으로 속수무책 빠져들기 시작했던 건 그의 집에서 자장면을 먹은 지 정확히 이틀이 지나서였다. 난 그날도 이틀치의 다리품을 팔아 버릇처럼 문래동 철길 옆 이십오 원짜리 자장면 집에 기어들었던 것인데, 급기야는 그 자장면을 다 못 먹고 뛰쳐나올 수밖에 없었다. 늘 먹던 자장면이었는데 용현네 집에서 맛있는 자장면을 한번 맛본 후로 문래동 철길 옆 자장면에서는 구린내가 났던 것이다.

그때 무슨 조화였던가. 내 머릿속에는 퍼뜩 그런 생각이 떠올랐다. 용현이와 나와는 사람의 종자가 본래부터 다른 것이 아닐까 하는.

그는 변함없이 나에게 우호적이었고 모든 면에서 잘해주었지만 난 처음처럼 그를 심상하게 대할 수 없었다. 저 녀석이 분명 내숭을 떨고 있는 것이다. 찢어지게 가난한 이 가난뱅이를 곁에다 두고 자신의 여유 있음을 즐기는 것이다. 비열한 놈이다.

난 그의 우의를 배신으로 갚아버리고 싶었다. 배신이라기보다는 질시라는 표현이 더 어울릴지 모른다. 내가 학교에서 그의 연필깎이를 훔친 것은 그를 골려주기 위한 것도 아니었고, 내가 그것을 갖고 싶어서 그랬던 것은 더욱 아니었으니까. 내가 그의 일본제 연필깎이를 훔친 것은 왜 너만 그런 좋은 것을 독차지해야만 하느냐 하는, 일종의 질투요 시기가 아니었을까. 난 아버지의 생선 칼로 무디게 연필을 깎고 있는데, 왜 너만 요술 상자와도 같은 기막힌 최신식 연필깎이를 가지고 있어야만 하느냐 하는.

순간적인 질투와 시기심으로 그의 연필깎이를 훔쳤지만 쉽사리 그에게 돌려줄 수는 없었다. 이미 용현이가 선생님께 분실 신고를 냈던 것이다. 이미 분실 신고가 된 이상은 그것을 말없이 가져간 사람은 영락없는 도둑놈으로 찍힐 테니까.

조용히 선생님을 찾아가 되돌려주는 것도 어려운 일이었다. 사실은 훔친 게 아니고 이렇고 저렇고 해서 이런 맘으로 한번 저래본 건데 어쩌구저쩌구, 내 맘을 조리 있게 표현하지도 못할 것 같아서였다. 조리 있게 말할 자신도 없으면서 대뜸 찾아가기부터 한다면 십중팔구는 도둑놈으로 몰릴 지경이었다.

난 하루를 견뎌보았다. 이왕 일이 어렵게 되었으니 곰곰이 대책을 마련해보자는 심산이었다.

선생님 집은 우리 집에서 그리 멀지 않았다. 내가 선생님 집을 찾아간 것은 무슨 대책이 떠올라서가 아니었다. 조마로운 맘을 하루 종일 꿍치고 있자니 답답해서 견딜 수가 없었다. 선생님은 내가 범인이라는 사실을 알고 계실지도 모르지. 아니 어쩌면 전혀 모르고 계실지도 몰라. 어쨌든 선생님을 찾아가서 선생님의 표정만이라도 한번 봐야겠어. 그러지 않고는 단 한 시간도 견딜 수가 없는걸. 내가 선생님 집을 저녁나절에 찾아갔던 것은 도둑이 제 발이 저려 안달을 못한 격이었다.

선생님 집 대문 앞에 도착했을 때 난 선생님을 찾아오길 참 잘했다고 자위했다. 선생님 집 대문은 우리가 살고 있는 집의 그것과 별다르지 않았기 때문이었다.

"네가 웬일이니 다 저녁에. 어쨌든 어서 들어오너라!"

"저희 집이 여기서 멀지 않은데도 그동안 찾아뵙지 못해서 죄송해요."

난 능청을 떨었다. 선생님 집 안으로 발을 들여놓고 나서부터는 더욱 여유가 생겼다. 선생님 방에 도배되어 있는 벽지가 신기하게도 우리 집 안방의 그것과 똑같은 것이었다. 불그스름한 모란꽃 무늬가 연속 사방으로 줄지어 선 그런 벽지였던 것이다.

"그래, 시골서 갓 올라와서 서울 생활에 적응하기가 어렵지? 나도 처음엔 그랬단다. 난 고등학교를 마치고 상경을 했는데도 여간 힘들지가 않더구나."

"선생님도 시골이 고향이세요?"

"그렇단다. 선생님의 고향은 강원도 봉화라는 곳이지."

다행이다 싶었다. 뭔가 통할 수 있을 것 같다는 예감이 나를 흥분시켰다.

"선생님은 왜 이런 곳에 사세요? 꼭 홀아비 같아요."

난 농담까지 할 수 있는 여유를 보였다.

"내가 대학 다니면서 줄곧 자취를 하던 집이라서 정이 들었기 때문이지. 게다가 난 아직 결혼을 안 했잖니. 그리구 아직 좋은 집에서 살 형편이 못 된단다. 하하……."

"선생님도 가난하세요?"

내 당돌한 질문에 선생님은 '가난' 하고 되묻더니 이내 표정을 일그러뜨리며 웃었다.

"그래, 선생님도 가난하단다. 시골의 식구들까지 어느 정도는 책임을 져야 하니까. 하하……."

별다를 게 없었다. 우리 집 생활이나 선생님의 삶이나 그게 그거였다. 퀴퀴한 홀아비 냄새, 쥐오줌 지린 싸구려 도배벽에 걸려 있던 칙칙한 잠바며 바지, 흠집투성이의 앉은뱅이책상과 헐렁한 서류 가방이 나를 무한히 안도케 했다.

동류의식 같은 걸 확인했달까. 어쨌든 난 그날 저녁 선생님 집에서 나와 한결 가벼운 발걸음으로 집으로 돌아올 수 있었다.

선생님도 나와 같이 시골이 고향이고, 혼자서 상경하여 고생을 해보았다면 누구보다도 내 맘을 잘 헤아려줄 수 있겠지. 중요한 건 느낌이라구. 이심전심이라던가? 내가 용현이의 연필깎이를 슬쩍해야만 했던 이유를 아무리 조리 있게 얘기한다손 치더라도 선생님께서 오해하면 그만일 테니까. 그런 면에서 선생님의 고향이 시골이고, 나처럼 상경한 처지이며, 선생이라는 직업을 가졌어도 지금껏 가난을 벗어나지 못하고 있다는 사실은 상당히 중요한 거라구.

이럴 경우 나의 설명에 다소 조리가 없고 표현이 모자라더라도 선생님은 나보다 더 내 마음을 잘 이해하실 거야. 선생님도 나와 같은 마음 상태를 분명 여러 번 경험하셨을 테니까.

수업이 모두 끝나고, 자랑스럽고 자신 있는 발걸음이 아니었지만 난 아무런 부담감 없이 교무실까지 들어설 수 있었다. 잘한 일은 못 되니까 최소한 반성하는 빛은 보여야겠다는 각오를 다지면서.

"선생님 저, 이거……."

난 주머니에서 용현이의 일본제 연필깎이를 꺼냈다. 그리고 가만히 선생님의 책상 위에다 그것을 올려놓았다. 그런 후 내가 왜 그걸 용현이의 가방에서 꺼내야 했으며, 왜 이제서야 선생님 앞에 나타나야만 했는가를 설명드릴 참이었다. 나의 설명에는 물론 용현네 집의 벽지며 소파, 양변기, 수족관 따위에 대한 소견을 덧붙일 참이었고, 자장면에 대한 절망적인 기억과, 가능하다면 우리 집 벽지와 선생님 자취방의 벽지가 신통하게도 같더라는 얘기까지를 곁들일 작정이었다. 그러나 내 입이 벌어지기도 전에 선생님은 면상을 구기며 나를 삼킬 듯 노려보았다.

"너 이 녀석! 순진한 놈인 줄 알았더니 순 못된 놈 아냐? 공부 잘하라고 우등생을 붙여주었더니 너 은혜를 이렇게 배신으로 갚을 수 있어? 도적질이라는 게 얼마나 무서운 범죄인 줄이나 알아? 세 살 적 버릇이 여든까지 간다는 말 못 들었어? 바늘 도둑이 소 도둑 된다는 말도 못 들었냔 말야. 우리 학교 교훈이 뭐야? 정직과 질서 아냐? 너 하나 때문에 우리 학급이 모범반이 못 돼도 좋단 말이냐? 안 되겠어. 너 이리 좀 따라와봐!"

난 그날 생활실에 끌려들어가 종아리와 엉덩이에 피멍이 맺히도록 매를 얻어맞았다. 이를 앙다물고 아픔을 참는 나에게 선생님은 끝없이 매질을 하며 으르렁거렸다.

"지금껏 너희들에게 바르게 살라고 가르쳐온 나에게 이게 무슨 배반이냐. 교장 선생님과 내가 너희들에게 틈날 때마다 강조해온 도덕심이란 게 뭐냐? 입이 있으면 대답을 해봐 이 녀석! 너 같은 놈이 커서 사회 질서를 어지럽히고 국법을 어기는 거야! 쥐꼬만 놈이 벌써부터 남의 것을 훔치면 장차 어쩌겠다는 거냐? 남의 물건을 존중할 줄 알아야지, 남의 물건을!"

엉덩이와 종아리가 떨어져 나가는 것처럼 아팠지만 난 울지 않았다. 울수가 없었다. 울어버리면 선생님의 말을 모두 수긍하는 것밖엔 안 되었다.

나를 매질하던 선생님은 제풀에 지쳐 사납게 몽둥이를 내동댕이치고는 나에게 당장 꺼지라고 큰소리쳤다. 선생님은 선생님대로 괴로웠던 모양이다. 애들을 가르친다는 게 갑작스럽게 회의스러워졌던 것일 테지. 내가 생활실에서 뛰쳐나와 땅거미가 지기 시작한 운동장에 섰을 때도 선생님은 생활실에서 나오지 않았다. 어깨를 꺾은, 창문 너머의 추레한 뒷모습만 나의 부연 시야에 잡힐 뿐이었다.

나는 교문을 나서서야 한 움큼 흘러내리는 눈물을 소매로 훔쳤다. 한번 쏟아지기 시작한 눈물은 좀처럼 멈추지 않았다. 나는 버스도 타지 않고 문래동 철길 위를 내달으며 소리를 질렀다.

"병신, 쪼다! 선생이면 다야? 왜 때려? 애들 마음도 모르는 게 무슨 선생이야! 자기두 지지리두 가난하면서 맹추같이 가난한 사람의 마음을 그리두 몰라? 그래. 고따위로만 살아라. 그러다가 말라비틀려 죽어라. 있는 사람들 물건이나 지켜주는 개같이……."

누구한테 왜 맞았느냐고 묻는 어머니에게 난 대답하지 않았다. 깡패한테 얻어터진 것보다 몇 배 더 억울하고 분했다. 난 커서도 절대 선생 같은 건 안 하겠다고 맹세했다.

내가 누구에게 무엇 때문에 맞았다는 대답을 아무에게도 하지 않았음에도, 어머니는 이튿날 그 사실을 알아냈다. 누나의 말에 따르면 그날 낮 어머니는 부랴부랴 깔깔이 한복을 다려 입고 학교엘 다녀오더란 것이었다.

어머니가 학교에 다녀오던 날 저녁. 나는 어머니로부터 또 한 차례의 닦달을 받아야 했다. 어머니는 비싼 커피 마셨다고 누나들을 때리던 그 능숙한 솜씨로 나의 등판대기를 후렸다.

연 이틀을 얻어터진 나는 내 책꽂이 위에 붙어 있던 좌우명을 찢어버렸다. 용현이 책상 위에 붙어 있는 좌우명과 똑같은 글씨체, 똑같은 내용으로 흉내 내어 써붙였던 좌우명 '성실 근면──하면 된다'였다. 그것을 써붙일 때만 하더라도 나는 조만간 용현이처럼 성적이 오를 수 있을 것이라고 굳게 믿었었다.

"어떡허실 거예요, 열한 시가 되려면 이제 삼십 분밖에 남지 않았는데……."

아내가 애 담임선생과의 약속 시간을 상기시켰다.

"어떡허긴, 가봐야지……."

맹세했던 대로 난 선생이 되지 않았다. 그러나 난 지금처럼 공사판의 인부가 되기를 맹세했던 것도 아니었다. 어차피 둘 다 원한 것이 아니었을 바에야 선생 쪽이 훨씬 나았을 것을. 그러나 선생이 됐었기를 바란다는 것은, 되지도 않을 좌우명을 부적처럼 써붙여놓고 성적이 오르기만 기다렸던 내 어린 날의 어리석음과 무엇이 다르랴.

담배를 눌러끄고 집을 나섰다. 옷이라도 갈아입고 가라는 것을 모른 체 뿌리치고 나왔더니 한낮의 햇빛에 바지의 구김살이 선명하게 드러났다.

비로소 한 세대가 갔다는 기분이었다. 삼십대에 그런 기분을 느낀다는 것은 참으로 서글픈 일이 아닐 수 없었다. 그러나 난 이제 학부모가 되어, 옛날의 나의 어머니가 그랬듯이 자식의 잘못으로 학교에 들르게 됐지 않은가. 나의 세대가 갔다는 것은 반드시 그런 것에만 이유가 있는 것이 아닐 수도 있었다. 아무리 발버둥을 쳐도, 아무리 용빼는 재주를 부려도, 나의 삶은 이미 노가다판 인부에 월 팔만 원짜리 단칸 월세방으로 규정되어 있다는 것, 내가 육십이 되고 칠십이 되어도 그러한 사정은 별로 달라지지 않을 것이라는 암울하면서도 자연스런 예감이, 나의 세대는 이것으로 끝장이구나 하는 서글픈 생각으로 이어졌던 것일 게다.

아직도 나에게 남은 꿈이 있다면 문 이마에 아내가 붙여놓은 부적을 믿는 것밖엔 없었다. 사시사철 우리 가정에 재물과 복이 쏟아져 들어오게 한다는 그 누리끼리한 부적은 내 머릿속에서는 어린 날의 좌우명처럼 찢긴 지 이미 오래였다.

그러나 난 손을 뻗쳐 그 부적을 직접 뜯어낼 수는 없었다. 아내도 그 부적을 믿고 있는 것 같지는 않아 보였다. 부적을 믿느니 차라리 복권을 믿는 게 훨씬 실현 가능성이 높을 일이었다. 우리 부부는 문 이마에 알 수 없는 문양의 부적을 매달아놓고 날마다 가슴을 쓸어내리고 있는 셈이었다.

부적은 우리의 꿈이 아니라, 꿈이 없는 우리의 자기 위안의 대상물에 다름 아니었다.

정작 우리의 꿈은 경철이었다. 이제 아홉 살인 그에게는 무한한 미래가 있었다. 자식에게 꿈을 기댄다는 것 역시 지난 세대가 갖는 공통된 심리이긴 하지만 경철이를 바라볼 때만큼은 서글픈 생각이 들지 않았다. 적어도 학교에서 애 담임선생이 나를 오라고 했다는 얘기를 듣기 전까지만 해도 경철이는 나에게 얼마나 커다란 부적이었던가.

그러나 쓴 물이 나는 꽁초를 빨다 구겨진 바지 그대로 한낮의 햇빛 아래 나선 내 마음은 여간 착잡한 것이 아니었다. 한때 수재 소리를 듣던 내가, 성공은커녕 부모의 가난함만 고스란히 이어받은 것처럼, 경철이도 나의 이 구차하고 궁벽스런 삶을 그대로 상속받는 것이 아닐까 하는 생각이 학교에 가까워질수록 더해졌던 것이다. 내가 학교의 애 담임선생을 찾아가고 있는 이 일 자체가 벌써 그러한 미래를 암시하고 있는 것이 아니던가. 연필깎이를 훔친 일로 어머니가 나의 담임선생을 만나러 갔던 일과, 지금 내가 학교를 향해 걷고 있는 일이 무엇이 다르단 말인가. 단지 그때의 어머니는 깔깔이 한복을 곱게 다려 입고 갔었고 나는 지금 어제 입던 작업복 차림이라는 점만 다르지 않은가. 연필깎이 도둑이 그 어머니의 가난함을 고스란히 이어받았듯, 운동화 도둑이 그 아비의 삶을 그대로 상속받을 것이 아니겠는가.

하필 열한 시에 오라고 했을까. 만나서 두어 마디 얘기를 나누다 보면 곧장 점심시간이 닥칠 텐데. 하다못해 설렁탕 한 그릇이라도 대접을 해야 할 것 아닐까. 난 미리 주머니 속의 형편을 점검해보았다. 바지 주머니에는 어제 십장으로부터 받은 일당이 그대로 들어 있었다.

세상에 우리나라 국민학교처럼 멋대가리 없는 건물도 있을까. 교문을 들어서자마자 난 뜬금없이 그런 생각을 했다. 교문과 운동장과 휑뎅그렁한 건물 두 채. 열차를 타고 달리며 보아도 우리나라 국민학교는 서울, 충청도, 전라도, 경상도가 다 그 모양이었다. 건물 앞쪽에는 세종과 이순신과 이승복의 조악한 시멘트 조소가 퍼런 페인트를 뒤집어쓰고 있었다. 흙먼지가 안개처럼 자욱한 운동장에는 공놀이하는 아이들의 외침이 따가웠다.

담임선생을 찾아온 학부형은 나 혼자였다. 교무실 앞 복도에서 오랫동안 지싯거리다 숨을 가다듬고 문을 열었다. 그때까지 난 아이의 행동에 대해 변명할 그 어떤 말도 준비하고 있지 못했다.

"경철이 아버님이십니까?"

조금 웃어 보이는 선생님의 얼굴에 수심이 가득했다. 머리는 반백이었다. 내게는 큰형님뻘 되는 나이였다.

생각보다 일이 심각한 게 아닐까 나는 가슴이 철렁 내려앉았다. 선생님의 얼굴은 수척했고 유난히 눈이 커 보였다. 눈동자에도 생기가 없었다.

그러나 그러한 현상은 경철이 담임선생님에게만 나타나는 것이 아니었다. 교무실 여기저기에 앉아 있는 많은 수의 남녀 선생들이 탈진한 모습이었다. 그들은 한껏 이완된 자세로 제각각 의자에 몸을 기대고 있었다.

나는 그제야 선생님들의 가슴에 달려 있는 작은 노란 리본을 볼 수 있었다. 리본에는 '투쟁 없이 쟁취 없다' 라고 쓰여 있었다.

"경철이가 말이죠, 성적도 상위권이고 비교적 성실한 편에 드는 학생입니다. 그런 학생이 남의 물건을 고의적으로 못쓰게 만들어놓았다는 건 쉽게 이해가 되지 않는 일이죠."

아, 이 선생님도 내 어릴 적 담임 선생과 같은 말을 하려고 하는구나.

이럴 경우 나는 어떻게 해야 하는가. 문래동 철길을 내달으며 선생을 저주했던 옛날처럼, 교문 밖을 나서며 애 담임선생에 대해 허텅지거리를 뱉어 버리는 것으로 오늘 일을 마무리짓고 말 것인가. 아니다. 이제는 한 아이의 부모가 된 이상 하고 싶은 말을 할 수 있어야 한다. 그러나 애 담임선생 앞에서 내 목은 자꾸 기어들어갔다. 난 내 바지 주머니의 주름을 물끄러미 내려다보고만 있었다. 난 내 속을 말로 드러내는 것에 도무지 숙달되어 있지 못했다.

"애한테 너무 나무라지 마십시오. 나무랄 일이 아닙니다. 사치스러움에 중독이 돼서 근면이라든가 성실 따위의 교육 덕목이 먹혀들지 않는 애들과 사회가 더 문제거든요……. 그러나 이번 일은 분명히 경철이의 실수였다는 사실은 아버님께서도 아셔야 할 겁니다. 동기야 어떻든, 아직은 그 결과에 따라 사람의 잘잘못이 규정되는 세상이니까요, 아직은……."

선생님은 말하는 것조차 힘들어했다. 악성 간염 환자 같은 얼굴을 하고 어떻게 애들을 가르칠 수 있을까. 선생님의 말이, 애한테나 나한테나 잘못에 대한 추궁은 아닌 것 같다는 생각이 들면서 나는 다시 고개를 들었다.

"책임은 두 학생 모두에게 있고 두 부형 모두에게 있다고 생각됩니다. 물론 선생인 저에게 가장 큰 책임이 있는 것이지만 말입니다. 저쪽 부형도 만나봤습니다……. 경철이 아버님께 제가 말씀드리고 싶은 것은 경철이에게 참을성을 심어주십사 하는 것입니다. 경철이도 이제 세상을 보는 눈이 생겨나기 시작했습니다. 따라서 이제 세상의 많은 문제점들을 볼 수 있게 된 것이죠. 그 문제점들에 의연히 대처해나가야 한다는 것입니다. 아직은 자기가 반 친구의 운동화를 못 쓰게 한 동기에 대해서조차 제대로 인식하지는 못하고 있는 상태니까, 세상의 문제점들을 나름대로의 철학을 가지고 이해하기 전까지는 참고 견딜 필요가 있다는 것입니다. 조급하게 나서면 상대에게 빌미와 명분만 주게 되거든요."

선생님의 말을 속속들이 알아듣기는 힘들었지만, 경철이의 그러한 행동에는 분명 그럴 만한 이유가 있었음을 인정하고 있는 것임엔 틀림없는 사실이었다. 그리고 그 이유라는 것도 경철이 하나만 닦달한다고 해서 개선될 문제는 결코 아니라는 말 같았다.

"저……선생님의 고향은 어디십니까?"

선생님의 말씀이 황송스러워서 나는 엉뚱한 말을 했다.

내 말에 반백의 노교사는 얼굴의 주름을 접으며 그건 왜 묻느냐는 뜻으로 웃었다. 말이 잘못 흘러나왔음을 깨닫고 나는 부랴부랴 다른 말로 얼버무릴 수밖에 없었다.

"저……식사시간인 것 같은데 밖에 나가셔서 설렁탕이라도 한 그릇……."

그 말을 뱉어놓고 나는 또 후회했다. 굳이 설렁탕이란 구체적인 음식의 이름까지 꺼낼 필요가 있었을까.

"하하……이거 죄송합니다. 지금은 음식을 먹을 수가 없습니다. 이틀째 아무것도 먹질 않았습니다. 이 리본을 뗄 때까지 모든 선생님들과 밥을 안 먹기로 약속을 했거든요."

이 양반들이 그러고 보니까 단식을 하는구나. 그래서 눈들이 퀭하고 축 늘어져 있는 것이로구나. 경철이 담임선생도 교원 노조에 가입한 교사임에 분명했다. 오늘 나는 선생님 앞에서 황송해하고 있는데 애 엄마는 '목숨을 걸고' 이 선생들을 반대하러 몰려왔던 것이다.

교문 밖을 나서면서 나는 근자에 들어 처음으로 세상에 대해 어떤 기대

같은 것을 다시 가질 수 있었다. 그동안 나는 모든 것은 대물림된다는 편협된 사고에 묶여 얼마나 좌절해왔던가. 그러나 오늘 만난 경철이 담임선생님은 분명 나의 옛 담임선생의 대물림은 아닌 것 같았다.

집으로 돌아오는 길에 설렁탕집을 지나칠 때마다 밥을 굶고 있는 경철이 담임선생님이 자꾸 떠올랐다. 반백의 나이가 되도록 그는 참고 견뎌왔단 말인가. 이제는 저렇게 나서도 결코 조급하지 않은 것이란 걸 스스로 확신하고 있단 말인가. 어쨌든 난 그런 생각을 하며 집으로 돌아왔다. 투쟁도 좋지만 밥은 먹어야 힘이 나지 않겠냐는.

고문관

내가 군대에 있을 때…….

사람들은 그렇게 이야기를 꺼내곤 한다. 사람이라 함은 물론 남자를 일컫는 말이다. 남자 중에서도 제대를 한 지 십 년 안쪽의 젊은이들을 지칭하는 말이겠다. 제대를 하고, 못다한 공부가 있었다면 그걸 다 마치고, 결혼을 하고, 직장생활 하며 애를 낳아 기르다 보면 군대 얘기도 점점 시들해지는 법이니까.

제대한 지 십 년. 전시에 현역으로 편성돼서 전선에 투입된다는 동원예비군 대상자에서도 이미 빠지게 됐고, 비상시엔 그저 마을이나 지키라는 이른바 향토방위 일반예비군이 된, 따지고 보면 군인으로서도 퇴물일 수밖에 없는 내가 왜 지금 와서 새삼스럽게 군대 얘기를 하려는가.

나는 이때껏 내 군 시절 이야기를 아무에게도 하지 않았다.

술자리에 몇몇 모여 앉게 되면 여자 얘기와 '고도리' 판으로 들어가기 전에 으레껏 하는 얘기가 군대 얘기라지만, 난 입을 열어 끼어들지 않았다. 친한 동창 사이면서도 군 생활만큼은 서로 공유하지 않았다는 이유로 한껏 과장해대는, 그 허황되고 믿지 못할 이야기들이 싫어서가 아니었다. 오히려, 술좌석에 질펀하게 넘쳐흐르는 흐벅진 분위기를 깨지 않기 위해서라도 몇 마디 함께 거드는 게 도리라고 생각한 적이 한두 번이 아니었다. 얘기를 안 했던 것이 아니라 못 했던 것이라고 하는 편이 훨씬 옳은 말이리라.

남들과 달리 어떤 특수부대에서 근무했던 것도 아니고, 다른 친구들이 겪지 못했던 유별난 추억거리가 있어서도 아니었다. 그 흔한 군사 이급비밀취급인가증도 신원 부적격자라는 이유로 발급받지 못했었으니 지켜야 할 군사기밀 같은 것도 있을 수 없었던 것이다.

그런데도 난 군대 얘기를 할 수 없었다. 자꾸 부끄러워지는 것 같아서였기 때문이랄까.

남들이 말하는 대로, 난 신성한 국방의 의무를 삼십삼 개월 동안 성실하게 근무해냈다. 졸병이라고 별로 서러워하지 않았고, 고참이 되었을 때도 요령을 피우거나 하급자를 막 다루지도 않았었다. 그야말로 '모범장병'이었다.

군 생활이 부끄러울 건 하나도 없었다. 지금의 생활이 그렇게 느껴진다는 것뿐이다. 묘하게도, 부끄럽지 않던 군 시절이 회상되면 될수록 지금의 내가 한없이 부끄러워졌다. 그것이 군 시절을 말하지 못하는 이유라면 이유였다.

그 시절을 회상함으로써 자꾸 부끄러워지기가 싫었던 것이다. 감추어버리거나 아예 잊어버리고 싶었다. 그러나 감추거나 잊으려고 애쓴다고 해서 맘처럼 쉽게 그리 되지는 않았다. 더구나, 직장생활을 오래하면 할수록 직장이라는 사회에 점점 적응하지 못하고 겉으로 배돌기만 하는 자신을 발견할 때마다 나는 자꾸 내 젊음의 한 부분에 각인된 삼십삼 개월이라는 기간을 반추하게 되었던 것이다. 군대 얘기를 하지 않았던 것. 그것은 나의 부끄러움을 스스로 드러내지 않겠다는 일종의 자존심이었던 것이다. 부끄러움을 느낄 줄 알아야 사람이라던가. 난 내 부끄러움의 정체를 스스로 확인하기 위해서 처음으로 군대 얘기를 하려는 건지도 모른다.

여러 사람 앞에, 감추려고 했던 얘기들을 털어놓음으로써 난 무엇을 기대하는 걸까. 사람? 진정한 자존심? 침묵했던 옛 일을 까발림으로써 잠시 맛볼 수 있는 후련함을 위해서? 직장과 사회에 대한 나의 부적응증이 정당한 것일 수 있다는 위안을 얻기 위해서? 아직은 모르겠다.

말했지만, 나에겐 유별난 추억거리가 있는 것이 아니다. 난 다만 한 병사 얘기를 조금 했으면 할 뿐이다. 그 긴 군대 생활 삼 년을 다 얘기할 수도 없는 일이고 할 필요도 없는 것이 아니겠는가. 아니, 난 첨서부터 그 병사 얘기만 하려고 했는지도 모른다. 현재의 나를 부끄럽게 하고 있는 건 바로 그 고성만이라는 이름의 병약했던 병사니까.

고성만 일병——난 그를 기억할 때 일병이라는 계급을 상기하게 된다. 그도 다른 병사들과 마찬가지로 이등병에서 병장에 이르는 계급장을 달았었을 것이다 그러나 왠지 그의 이름 석 자 뒤에는 일병이라는 계급이 어울렸다. 일병이 아닌 다른 계급, 즉 상병이나 병장이라는 계급은 고성만이란 개인의 인물 됨됨이에 썩 어울리지 않았다.

그는 이른바 고문관이었다. 마침 그의 성이 고(高)가였던지라, 멍청하고 어딘가 덜 떨어져 뵈는 그는 임지에 전입되자마자, 어렵잖게 그 별명을 얻어 달 수 있었다.

엠60 탄약수로 전입 온 그가 서울의 모 대학에서 철학을 공부하다 입대한 대학생이라는 말을 들었을 때 나는 기분이 여간 언짢지 않았다. 대학생이라는 게 별 주변머리도 없으면서 괜히 많이 아는 척만 하고 고참 알기를 우습게 여기는 구석이 있었기 때문이었다.

대학 다니다 왔대서 모두 그런 건 물론 아니었다. 내 조수로 전입 온 그에게 내가 미리부터 터무니없는 적의를 느낀 것도 사실은 그의 학력에 비해 나의 배움이 표 나게 적다는, 일종의 열등감 비슷한 것이 명치를 아릿하게 스쳤기 때문이었다.

그러나 나는, 그가 내무반에 나타나 전입신고를 할 때 그 모든 씁쓸하고 불쾌한 기분들을 떨쳐버릴 수 있었다.

"신고합니닷……."

신입들이 으레 그러듯, 그도 세련되지 못하게 거수경례를 올려붙이고 부동자세를 취했다. 그리고 그만이었다. 누가 언제 어디로 어떻게 전입을 명받았노라고 바락바락 외쳐야 할 새카만 졸병이 에미 잃은 송아지 마냥 눈만 꿈쩍꿈쩍거리고 있었던 것이다. 그럴 경우 대개는 격투기로 단련된 발길들이 무차별하게 날아가 아주 가루로 만들어놓기 예사였으나 그날은 그 누구도 먼저 나서지 않았다.

"인물 났네."

다들 기가 막힌다는 표정들이었다. 겁먹은 눈망울을 디룩디룩 굴리며 멍청하게 서 있던 신입은, 자신의 실패를 만회하고야 말겠다는 듯 다시 손바닥을 올려붙이며 신고합니닷, 소리를 질렀다. 그러고는 또 그만이었다. 나도 그 순간만큼은 웃음을 참지 못했다. 그때의 내 웃음은 웃음이 아니라, 대학생 조수에 대해 일시적으로 가졌던, 유쾌하지 못한 긴장감의 해소, 즉 자기위안의 표정에 다름이 아니었을 것이다.

고문관이란 말이 어떠한 어의 변화 과정을 거쳤기에 멍텅구리, 골칫덩어리, 사고칠 놈, 천덕꾸러기, 반거들충이 같은 뜻으로 정착이 되었는지는 몰라도, 어쨌든 고성만은 명실상부하게 군대말로 고문관이었다.

그는 각개 병사가 숙지하고 있어야 할 소위 병숙지 사항을 암기하지 못했다. 신고 요령도 '신고합니닷' 만 겨우 알고 있었던 것처럼 전투수칙, 군인정신, 차렷자세의 정의, 경례의 정의, 국군의 이념, 국군의 사명 같은 것도 앞대가리만 겨우 더듬거릴 뿐이었다.

그가 전입을 온 후로 일석점호는 늘 불안했다.

피곤한 육신을 누이기 바로 직전에 고달픈 하루를 마무리하는 일석점호는 인원점검의 의미밖에는 없는 것이었다. 그것은 하나의 절차에 지나지 않았고, 그것으로 인해 사병들이 얼차례를 받는 경우도 드물었다. 주번 사관이 두어 사람을 지적해서 외우기 쉬운 암기 사항을 묻는 것도, 그것을 가지고 까탈을 잡겠대서가 아니었다. 암기 상태가 양호하다는 명분을 주어 얼른 잠자리에 들게 하려는 주번 사관의 배려였던 것이다. 사병들 또한 그러한 주번 사관의 뜻을 배반하지 않았다. 지적받은 병사는 방아쇠 당겨진 엠60 경기관총처럼 다다다다 속사로 쏘아댔으니까.

그러나 고성만이 전입 온 후로는 일석점호 받는 것이 늘 살얼음 위를 걷는 기분이었다. 이건 도대체가 한 문장으로 이루어진 국군의 이념, 국군의 사명 같은 것도 끝까지 외워내지 못했으니 말이다.

"박 상병! 너 이누무 새끼, 니 조수 그따구로밖에 못 키우겠어? 오늘두 밤새 뺑뺑이쳐봐?"

주번 사관은 자신의 배려가 배반당했다고 생각했다.

그는 고성만이 암기 사항을 숙지하지 못하고 있는 책임을 모두 나에게 뒤집어씌웠다. 졸병 하나 건사하지 못하는 고참에게 문제가 더 많다는 거였다.

"전쟁이 터졌다구 생각해봐! 일개 병사의 사소한 실수가 전 부대의 전멸을 초래할 수 있다는 사실을 왜 모르나?"

전쟁이 터졌다구 생각해봐. 전쟁이 터졌다구 생각해봐.

얼차례가 시작되기 전에 전주곡처럼 나오는 게, 그 전쟁이 터졌다구 생각해보라는 전가의 보도였다. 사소한 실수를 침소봉대하여 엄청난 징벌을 가하는 데는 그저 전쟁이 터졌다고 생각해보라는 단서만 매달면 그만이었다. 언제 터질지 모르는 전쟁을 위하여 시퍼런 청춘들이 삼백육십오일 황량한 바라크에 갇혀 사람 죽이는 연습에만 골몰해야 한다는 것은 비극인가 자랑인가. 만약 전쟁이 영영 안 일어나면 내 청춘 보상할 거야? 씨발새끼……. 고성만으로 인해 야밤에 완전군장을 하고 연병장에서 땀을 내던 한 병사가 씨부렸다. 고성만이가, 암기하고 있어야 할 사항들을 못 외우고 있었다는 데 대해 나뿐만 아니라 내무반원 전원도 책임을 면할 수 없었던 것.

점호 끝, 취침이라는 지시가 떨어지느냐, 아니면 그 지긋지긋한, 전쟁이 터졌다고 생각해보라는 얼차례의 전주곡이 시작되느냐는 종이 한 장 차이였다. 그날 일석점호에 고성만이가 지적을 받느냐 안 받느냐에 달려 있었으니까.

대학생이라 하여 잘난 척하고 아니꼽게 굴까 봐 내심 속이 상했던 내가 어처구니없게도 못나고 멍청한 대학생 졸병을 맞아 속을 썩이다니, 이럴 바엔 차라리 좀 눈꼴사납더라도 똑똑한 편이 나았을 것을……. 나는 그때 그 녀석이 어디로 멀리 좀 떠나주었으면 하는 간절한 바람 같은 걸 속 절없이 갖고 있었다.

그런데 마침 고 일병이 우리 곁에서 떠나게 되었다. 중대장의 박달나무 지휘봉으로 정수리를 정통으로 얻어맞고 그대로 뻗어버린 것을 연대 의무실로 실어가버렸던 것. 증세의 차도에 따라 다시 원대 복귀될 가능성도 없진 않았으나, 어쨌든 그의 돌연한 입실에 내무반원들은 맘속으로 여러 가지 복잡한 계산들을 하기에 이르렀던 것이다.

중대장이 고성만 일병의 정수리를 세차게 내려치게 된 사정은 무엇이었던가. 그 얘기가 아마 내가 하게 될 군대 얘기의 전부일지도 모른다.

사건이란 것의 발단이 과연 어떤 것에서부터인지 정확하게 소급할 수 있는 성질의 것은 아니지만, 난 일단 고성만의 입실 사태가 그해 겨울(80년이었던가) 정신교육의 날 선포 기념 웅변대회 건에서 비롯되었다고 보고 있다.

그해의 웅변대회도 다른 해와 마찬가지로 푸짐한 상품(이래봤자 다 합쳐 읍내 문방구에서 돈 천 원이면 장만할 수 있는 것들이었지만)과 포상휴가가 걸려 있는 이른바 기획행사였다. 그러나 주최측이 아무리 구미가 당기는 상품을 걸어놓고 참여를 독려해도 병사들에겐 오수에의 욕구가 더 간절했다. 원고를 쓰고 외우고 연습을 하고 포상휴가를 가느니 그 시간에 어느 막사 귀퉁이에 처박혀 잠이나 자두는 게 훨씬 보신에 유리하리라 여겨졌던 것이다.

"느그들 맘대로 군대 생활 헐라고 허믄 뭣 땀시 군대를 오냐 요것들아!"

내무반장 조 하사가 가만히 있을 리 만무였다. 다들 나가는데 7중대만 안 나가면 꼴이 뭐냐. 좋은 말 할 때 자발적으로 나서기도 하고 서로서로 추천도 해서 적당하게 한 명을 만들어봐라. 그래야 포상휴가도 갈 수 있을 것 아니냐.

포상휴가 좋아허네, 씹새끼. 좌중 후미에서 듣고 있던 내 동기 중의 하나가 구시렁거렸다. 군대에서 포상휴가란 잘했대서 주는 상이 아니라, 하기 싫어도 억지로나마 참여했다는 증표 같은, 말하자면 포상휴가란, 상급 부대로부터 지시된 또 한 건의 기획행사를 무사히 치러냈다는 대대장의 자기위안의 표시에 다름 아니었던 것이다.

내무반장 조 하사의 성화에도 좌중은 내내 조용했고 급기야는 그날 밤이 온전치 못했다.

"군대 생활 하루 이틀 허냐? 우리 중대만 안 나가봐라 잉, 그 지랄 겉은 중대장 새끼가 가만있겠냐? 앞엣 놈부터 엎드려!"

취사장 뒤편의 어둠은 밤늦도록 몽둥이질 소리에 화들짝화들짝 놀랐다. 내무반장 조 하사의 몽둥이질이 누구에게 더 세게 그리고 더 많이 떨어져 내렸는가를 안다는 것은 그리 어려운 일이 아니었다. 그 지난해에도 한번 웅변대회에 참가한 바 있는 내 동기 천 상병 엉덩이 위에서 두 개째 몽둥이가 쪼개져 내리고 있었던 것이다.

천 상병은 '자랑스런 대한의 국군'이란 제목으로 결국 정신교육의 날 선포기념일을 맞았고 웅변대회는 별 탈 없이 끝났다. 물론 천 상병은 육박 칠 일의 포상 기간이 박혀 있는 휴가증을 발급받을 수 있었다.

천 상병이 스무 장이 넘는 웅변 원고를 쓱싹 외워버릴 때도 내 조수 고 문관은 그때까지 국군의 이념을 채 암기하지 못했다.

"따라해보란 말야 짜샤. 대한민국 국군은……."

"대한민국 국군은……."

"국가와 민족사의 정통성을 수호하는……. 빨리 따라해!"

"국가와 민족사의 정통성을 수호하는…….."

"국민의 군대이다."

"국민의 군대이다."

"이젠 혼자 외워봐!"

"대한민국 국군은 정통성……. 정통성…….."

"에라, 이 빌어먹을 자식…….."

누구는 일개장 피복에 다리미질 자국 꾹꾹 내서 휴가를 가는 판국인데 멍텅구리 졸병을 끼고 앉아 가갸거겨를 가르쳐야 하다니. 그때처럼 내 신세가 처량해 뵌 적도 없었다.

그런데 그해의 웅변대회 건은 천 상병의 포상휴가에서 끝나지 않았다. 웅변대회 참가자를 구타로 결정했다는 소문이 꽤 높은 데까지 이른 모양이었다.

당시 군 분위기는 어땠는가. 구타 근절은 말뿐이었고, 졸병들은 집합해서 한차례 흠씬 얻어터지기 전에는 밤에 잠이 오지 않던 때가 아니었던가. 구타는 밥처럼 자연스러운 일상이었다고 말해도 될 법한 그런 시절이었다. 그러던 때 구타를 문제 삼는다는 건, 구타 근절이라든가 화목한 병영 생활 정착이라는 따위 해묵은 헛된 구호의 되풀이가 아니면 전혀 엉뚱한 데 그 이유가 있을 법 했다.

그랬다. 내무반장 조 하사는 그해가 연대장 진급 해당 연도라는 사실을 그만 깜박 잊고 있었던 것이다.

연대장은 한 해가 밝던 날 아침 손수 문방사우를 마련하고 부대 지휘 목표를 원단 휘호 삼아 첬는데 내용인즉슨, '삼백육십오일무사고부대(三

百六十五日無事故部隊)'였다는 것이다. 안전사고가 빈발하는 병영에서는 무사고 기록이 곧 부대통솔력을 측정하는 척도가 되고, 그것이 그대로 진급 점수에 반영된다는 거였다.

우리는 그 한 해를 오로지 연대장을 위해서 근신하지 않으면 안 되었다. 안전사고란 말의 뜻이 어찌된 것이건 간에, 명색이 경계근무자라는 자가 실탄이 아닌 공포탄을 가지고 보초를 서게 되질 않나, 익사할 위험이 있다고 부대 뒷개울에서 세수도 못하게 하질 않나, 이건 숫제 온실에 화초가 되어달라는 식이었다. 해마다 있었던 하기 휴양회도 영내에서 노래자랑대회로 대신해버렸다. 우리 부대 하기 휴양회 장소가 여름철 사고 다발 지역으로 지정되었다는 이유에서였다.

하기 휴양회는 못 간다 하더라도 염천에 십 킬로미터 급속행군을 하고 나면 제발 시원하게 먹이라도 감게시리 뒷개울을 개방해주었으면 하는 것이 우리 2대대원의 간절한 소망이었다. 물살이 좀 센 편이긴 하지만 개울의 깊이는 기껏해야 무릎을 적실 정도였다. 그정도 물에서 군바리가 익사를 한다면 매년 받는 유격훈련 같은 극기 훈련은 무슨 소용이란 말인가.

재수 없으면 접시물에 코 박고 죽을 수도 있어! 연대장 말이라면 그저 콩도 팥이라 할 중대장은 연대장의 조치를 적극 홍보, 지도하고 나섰다.

재수? 재수 없으면 꽃 심다가 배추벌레에 물려 죽을 수도 있어!

꽃을 심느라 연일 산야를 헤매던 우리들은 중대장의 뒤꽁무니에다 침을 뱉듯 씨불였다. 시컴시컴한 군인들이 온종일(꽃을 심고 뽑고 뽑고 심는 데 통산 오 일 스무 시간이 걸렸다) 꽃을 찾아 심는 일은, 공포탄 세 발을 가지고 보초를 서거나 행군 후에 손바닥만 한 물수건으로 몸의 소금기를 닦는 일처럼 딱한 노릇이었다.

봄에는 중대장이 뽑으랬던 꽃이었다. 병영에 우세스럽게 무슨 꽃이냐는 것이었다.

꽃이 없어진 걸 보고 대대장이 지나가는 말로 한마디 했다던가? 꽃이 안 보이네. 그러자 중대장은 불 맞은 짐승처럼 설치며 부하들을 시켜 연병장 울타리 밑에다가 부랴부랴 빨강, 노랑, 분홍, 보라 울긋불긋 꽃을 심어놓았던 것.

그랬던 게 연대장이 와서 한마디 하는 바람에 꽃은 또 하루아침에 게눈 감추듯 했다. 꽃이 진하면 공중정찰에 부대가 노출될 우려가 짙다.

위병소를 지나치면서 연대장이 그런 말을 했다고 나중에 부관참모가 전화로 연락해주었단다. 그러나 결국 부대원들은 다 늦은 여름에 또다시 꽃을 찾아 헤매지 않으면 안 되게 되었다.

사단장이 우리 부대에 들렀던 날, 어째 썰렁하냐? 하고 장마 끝의 날씨를 탓했었는데, 대동하고 있던 연대장은 자격지심이었는지 그걸 꽃이 없어 썰렁하다는 뜻으로 받아들였던 것. 높은 사람의 지나가는 투의 말이 몇 단계 지휘계통을 거치면서는 얼마나 과장되고 와전되는 것이었던지, 그것이 맨 아래 이등병에게는 산다는 것 자체가 고달프고 회의스러워질 정도로 아주 구체적인 고통으로 다가드는 것이었다.

웅변대회 참가자를 구타로 결정했다는 소문에 민감해지지 않을 수 없었던 게 그 당시 연대장의 입장이었다고 할 수 있겠다. 다른 안전사고와는 달리 구타를 원인으로 해서 촉발되는 사건은 늘 대형이었고, 단순한 실수거나 부주의로부터 발생하는 사고와는 달리 고질적인 것이었으며, 그 파급효과와 영향력 또한 크다는 데 주목하자면 구타는 망군지병(亡軍之病)이 아닐 수 없다는 게 연대장의 지론이었다. 물론 한 해 전까지만 하더라도 연대장의 그러한 지병은 없었다.

웅변대회 참가자를 결정하는 데 있어 내무반장 조 하사가 구타를 구사했다는 소소한 소문이 멀고 높은 연대장의 귀에까지 들어갔을 리는 만무였다. 모르긴 해도 연대장의 의도는, 지레짐작으로 그런 조치를 취함으로써 구타로 인한 사고 같은 것들을 미리 방지해보자는 것이었을 것이다.

그런 조치란 다름 아닌 '소원수리'를 받는 일이었다.

상의하달의 철저한 지휘체계 조직인 군에서 유일한 하의상달의 민주주의적 요소를 찾는다면 그건 소원수리라는 제도였다. 하고 싶은 말을 무기명으로 맘대로 적어낼 수 있다는 사실은, 받아 든 흰 종이가 무슨 은총이라도 되는 양 황홀하고 고맙게까지 보이도록 했으니까. 군 발전을 위한 건전한 건의에서부터 꼴 보기 싫은 상급자의 비행을 고자질하는 일에 이르기까지, 소원수리는 그것이 무기명이라는 이유 하나로 인해 온 우주를 포괄하고도 남을 만큼의 자유를 부여하는 듯 보이게 했다.

한두 달 군에 늦게 들어왔다는 이유로 동갑내기한테마저 똥마려운 개처럼 설설 기어야만 하는 군대라는 곳에서, 하고픈 얘기를 속 시원히 할 수 있는 기회가 주어진다는 것은 불가사의한 일이라고 얘기할 수도 있지 않겠는가. 소원수리가 정작 그러한 제도요 기회라면 졸병으로부터 무한히 사랑받아 마땅한 것일 터였다.

그러나 군대 생활 한두 해를 넘긴 중고참 정도가 되면 대개 그러한 자유와 민주주의를 의연히 포기하기 일쑤였다. 소원의 내용이 결국은 자기를 통솔하는 상급 지휘관에게 읽힐 것이었고, 군대라는 조직의 생리가 사병들의 그러한 다양한 소원을 들어주는 데 명백한 한계를 지니고 있다는 사실을 고참들은 너무나도 정확하게 알고 있기 때문이었다. 오히려 소원수리는 지휘관에 대한 복종심이나 국가에 대한 충성심, 전우 간의 전우애 따위를 측정하는 설문지 역할을 하는 것이어서, 소원수리가 있던 날 저녁에는, 소원의 내용이 많았던 날에는 더욱더, 군기가 빠졌다는 이유로 눈물이 쑥 빠질 정도로 기합을 받아야만 했던 것이다.

기합과 구타를 줄여보자는 취지로 시행되는 소원수리는 결국 그것을 확대 재생산하는 제도일 뿐이었다. 안전사고와 구타 등의 불상사를 미연에 방지하고자 한 연대장의 의도도 종당엔 2대대에 삼엄한 공포 분위기를 몰아오고야 말았다.

"알아서들 써! 내 말 알겠제 잉?"

소원수리가 있던 날 아침에 내무반장 조 하사는 위압적인 표정을 지어 보이며 소원수리가 끝나면 보자는 식으로 딱딱거렸다. 그러나 그는, 얼굴 한 귀퉁이에 이는 불안의 빛을 감추진 못했다. 평소 내무반원들로부터 자주 원망을 사온데다 철없는 신병까지 늘어났으니 까딱하다간 군기교육대까지 끌려갈 판이었으니까.

그러나 정작 소원수리가 있던 날 저녁에 노발대발해서 길길이 날뛰기 시작한 건 중대장이었다.

"죽었다고 복창해라 이 새끼들……."

중대장은 암내난 소처럼 식식거렸다.

내무반장 조 하사도 걸핏하면 중대장을 '지랄 겉은 중대장 새끼'라고 했다. 중대원들도 조 하사의 그런 표현에는 전적으로 공감했다.

중대장에게는 일정한 성격 같은 게 있지 않았다. 한마디로 감을 잡을 수 없는 작자였다. 이러는가 하면 저러고, 저렇게 나갈까 싶으면 이렇게 빠지는, 중구난방 천방지축이었다. 전시가 아닌 때 그런 중대장을 만났다는 것만으로도 우리들은 천행으로 여길 뿐이었다.

그에게 일관된 모습이 있다면 그것은 여자를 밝히는 색마로서의 그였다. 미추와 노소를 가리지 않는 그는, 불가사리였다. 발산하지 못한 정력이 고이면 그는 더욱 난폭해졌다. 그의 몸에서는 늘 정액 썩는 냄새가 났다. 그는 2대대 해당 지역 군(郡)의 연보에서 면별(面別) 미망인 현황을 한부 복사해서 지참하고 다녔던 인물이었다.

소원수리에 나타난 그의 비행이란 것도 반드시 여자와 관계되는 내용이었을 거라는 것이 우리들의 추측이었다. 그건 그렇고.

그렇담 중대장의 비행을 겁 없이 기록한 녀석은 누구였을까. 물불을 안 가리고 가혹스럽게 구는 중대장이 좀 귀찮으면서도, 소원수리로 인해 중대장이 연대장한테 찍혔다는 것이 우리들에겐 통쾌했다. 모르긴 몰라도 중대장은 괴팍스런 연대장한테 정강이를 차이고 뺨을 얻어터졌을 게 분명했으므로.

다른 사람들은 어떻게 생각했을지는 몰라도 내 생각대로라면 중대장의 비행을 기록한 장본인은 고문관 고성만 일병이었다.

그는 나의 조수였고, 그래서 그와 나는 어떠한 부대 이동이나 작전 투입의 경우에도 붙어 다녀야만 했다. 그는 겉으로 표를 내서 중대장을 미워하는 편은 아니었다. 그는 누구를 미워하고 좋아할 감정마저 없는 사람처럼 멍청해 보였으니까. 그러나 그렇다고 해서, 중대장이나 군 생활에 대한 그 나름대로의 느낌이 없었다고는 할 수 없는 일이었다. 그는 그의 방식대로 자신의 느낌을 표현할 줄 알았고, 늘 그와 함께 있던 나는 그의 표현 방식을 관찰할 수 있었던 것이다.

소원수리로 인해 중대장으로부터 닦달을 받던 날 저녁, 나는 다른 사람이 아닌 고성만 일병이 중대장의 비행을 기록했을 것이라는 추측의 근거로서 대략 두 가지의 기억을 되짚었다.

분장 크림을 바르고(야간 이동 시에는 반드시 얼굴에다 시커먼 검댕을 처발라야 했다), 총을 들고, 읍내의 민가를 습격하여 명단에 기록된 체포 대상자를 가려내던 날, 고성만 일병은 고문관이라는 별명에 걸맞게 굼떴다.

작전이 개시됐던 게 새벽 세 시였던가. 체포 대상자를 잡는데 대문을 두드리고 얌전히 전투화를 벗고 집 안에 들어설 수는 없는 일이었다. 중대장이나 우리들이나 담을 넘어 전투화 발로 남의 집 부부의 새벽 잠자리를 밟아야 했던 것이다. 총구로 이불을 들치고, 잠에서 덜 깬 남자를 잠옷인 채로 연행하여 경찰에 인계하기를 여러 차례. 그때마다 고문관 고성만 일병은 마당이나 댓돌 같은 데 쪼그리고 앉아 꿈지럭거렸다.

"고문관! 뭐 해?"

"전투화 벗고 있었습……."

"새꺄, 어느 시절에 전투화 벗고 신고 허나? 그 사이에 다 튀어버리잖아! 박 상병 뭐 해, 새꺄!"

중대장은 날 호달궜다. 머리 나쁜 놈 평생 고생한다는 군대말이 있듯, 나는 졸병 하나 잘못 얻는 바람에 나머지 군 생활을 망칠 조짐이었다.

우리들에 의해 경찰에 인계된 사람들은 전부 전과자들이라고 했다. 그러나 그들이 모두 전과자들처럼 보이진 않았다. 예순이 넘은 노인도 있었다. 대개는 젊은이들이었다. 그들은 사단 직할대로 송치되어 일정 기간 동안 정화 교육을 받게 될 것이라고 했다.

작전이 거의 끝나가는 새벽 다섯 시쯤이었을까. 우리는 여느 집에서처럼 어느 한 집의 담을 넘고 방문을 부수다시피 하며 방 안으로 뛰어들었다. 그때도 고문관은 마루에 채 올라서지 못하고 댓돌에서 어찌할 바를 몰라 했다. 우리들의 흙 묻은 전투화는 여지없이 부부가 덮고 있는 이불을 밟았다. 놀라서 먼저 일어난 것은 부인으로 보이는 젊은 여자 쪽이었다. 어둠 속에서도 그녀의 흰 피부는 눈이 부실 정도였다. 수려한 목선과 풍부한 가슴이 놀라움에 의해 그대로 노출되고 있었다.

남자가 잡혀가고 한참이 지나도록 중대장은 방에서 나오지 않았다. 중대장을 기다리느라 뒤에 남은 나와 고성만 일병은 마당에다 오줌을 누었다.

"저, 박 상병님……."

오줌을 털고 고성만은 추워 보이는 입술을 떨며 나를 불렀다. 그는 자꾸 푸른 입술을 빨았다.

"왜?"

"저, 중대장님을……그러니까……박 상병님이 좀……."

그는 말을 제대로 잇지 못했다. 그는 마치 담배를 구걸하는 니코틴 중독자처럼 갈급해 보였다.

"조용히 하고 있어. 넌 새꺄 자나 깨나 암기 사항이나 열심히 외워, 알겠어?"

"예, 그런데 어쨌든……중대장님을……."

"글쎄 국으로 가만히 있으라니까. 너 인마, 국군의 사명 다 외웠어? 한번 읊어봐!"

난 고상만의 입을 틀어막아야 했다. 그의 입을 틀어막는 데는 암기 사항을 외워보라고 시키는 것처럼 효과적인 것이 없었다.

"네, 국군의 사명, 대한민국 국군은……정통성과 국민의 생명과 재산을……보호."

"염병 떨고 있네……. 사명에 왜 정통성이 나오나? 국가와 민족을 위하여 충성을 다하고 국토를 방위하며 국민의 생명과 재산을 보호함을 그 사명으로 한다야, 알겠어?"

그는 국군의 사명과 이념을 매번 혼동했다.

고성만이 낯을 떨어뜨리고, 똥 싼 아이처럼 속절없이 마당을 배회하길 담배 한 대 참. 중대장은 포식한 짐승처럼 만면에 흡족한 웃음을 머금고 방으로부터 나오더니 휑하니 대문을 빠져나갔다. 그때 난 중대장을 바라보는 고성만 일병의 허탈감과 증오에 찬 눈빛을 놓치지 않았다.

또 한 가지의 기억은 가을의 산빛과 함께 내 뇌리에 박혀 있는 것이었다.

우리는 꼭두새벽부터 금천산을 뒤졌다. 그러나 읍내를 뒤지던 것과는 천양지차였다. 단 한 명도 연행하지 못하고 여명을 맞았다. 작전 기밀이 누설되었던 게 분명했다. 열여섯 개의 사찰에 비구승이라곤 한 명도 없었다. 암자엔 비구니들만이 예불당에서 예견된 침입자들을 맞았다.

지심 귀명례에——.

예불당에서 아침 예불을 드리고 있던 비구니들은 무장한 군인들을 부처처럼 태연한 낯빛으로 맞아들였다. 그들은 우리들에 의해 예불이 중단되는 것을 개의치 않았다.

"다들 어디로 빼돌린 거야?"

중대장은 그렇게 외쳤다. 신경질적으로. 내무반장 조 하사도 우물가에서 한 여승을 붙잡고 으르딱딱거렸다. 나도 그랬다. 도무지 그날은 소득이 없었다. 사람을 잡는 짜릿한 기분을 한 번도 느낄 수 없어 서운했다.

빵과 과자, 버너와 코펠이 든 배낭을 메고 친구들과 함께 도랑을 기웃거리던 때와, 철모를 쓰고 엠16을 들이대고 진군했을 때의 느낌은 전혀 다른 것이었다. 경건함을 자아내며 사람을 압도하던 천년향 배어 있는 건물의 기둥들이 그날은 왠지 기분을 잡치게 했다.

"처년 몇 살이야?"

중대장은 파르라니 깎은 머리를 바라보며 야비하게 웃었다. 우리는 오래전부터 절집의 주인이었던 것처럼 행동할 수 있었다.

"처녀가 아니라구?"

중대장은 소득 없는 수색 작전의 허탈감을 달래느라 아무나 붙잡고 농지거리였다. 중대장은 시비를 걸 때나 농을 할 때 오른쪽 다리를 재우 떠는 버릇이 있었다.

어떤 농을 던져도 여승들은 당황하지 않았다. 예불당의 아미타부처처럼 말없이 도량 청소를 하고 있을 뿐이었다.

"중들도 술을 먹나?"

한 비구니가 머루즙이라며 말린 누룽지와 함께 내왔다. 중대장은 고맙다는 말도 안 하고 같이 한잔하지, 하면서 가사 자락에 손을 댔다.

중대장이 머루즙을 마시며 누룽지를 씹고 있는 동안 우리들은 아무렇게나 총을 부리고 툇마루와 약사전 문턱 등에 걸터앉아 부족한 잠을 채웠다.

왜 남자 중들을 잡아들여야 하는지 우리들은 알지 못했다. 새벽 두 시에 그 두억시니 같은 내무반 사이렌이 울어젖혔고 우리들은 반사적으로 연병장에 집합해서 차에 실려졌던 것. 시월 이십육일, 십이월 십이일, 오월 십팔일에도 그런 식이었다. 훈련 상황이나 대간첩작전의 비상코드가 아닌, 실제 전시상황의 비상코드가 걸렸었는데, 그때마다 우리들은 비로소 전선으로 이동하는구나 뜬금없이 비장해졌던 것이다.

그러나 번번이 전선은 아니었다. 차량 안에서 중대장은 작전 명령을 하달하는 대신 경계과목 시간에 배운 주간체포요령, 포승줄 사용 방법, 2인 1개조 체포요령 등에 대해 교육하곤 했을 뿐이었다.

우리는 그저 진정으로 편하고만 싶었다. 학원사태가 심각해질수록 총검술보다 몇 배 힘든 폭동진압 훈련을 해야만 했고, 그래서 대학생들이 싫었다. 대학을 다니다 온 대부분의 병사들도 마찬가지였다. 고달픈 충정 훈련이 계속될수록, 비상대기가 길어질수록 의식은 부족한 잠으로 혼미해졌고, 우리가 원망해야 할 대상은 점점 명료해졌던 것이다.

오월 십팔일을 전후로 한 지겹고 지루한 비상대기 때는 어땠는가. 일주일, 열흘로 자꾸만 연장되는 비상대기는 전투화를 벗지 못한 채 잠을 자게 했고, 무좀이 온 발가락을 깨물어 먹을수록 우리는 이를 갈며 근질거림을 참아내지 않으면 안 되었으며, 또 이를 갈며 학생들을 미워하지 않을 수 없었던 것이다.

우리는 이상하게도 밥을 먹는 일과 잠을 자는 일에만 골몰하게끔 됐고, 명령이 떨어지면 터무니없이 저돌적으로 변하는 장비로 길들여지고 있었다. 나를 비롯한 대부분의 병사들은 자신들이 그렇게 길들여지고 있다는 사실을 물론 알고 있지 못했다. 오히려 그렇게 길들여지지 않는 병사를 고문관이라며 업신여기고 골탕을 먹였던 것이다.

"너무 과격해요!"

고성만 일병은 돌배나무 아래 쭈그리고 앉아 빈 총으로 격발 연습을 하고 있었다.

"고문관, 너 이 새끼 자꾸 속 썩일 거야 정말?"

철수를 위한 인원점검에서 한 사람이 비었다. 고문관이었다. 중대장이 누룽지를 튕기며 침팬지처럼 화를 냈다. 물론 나에게였다. 명부전과 칠성

각, 산식각 주위를 모조리 돌아도 고성만 일병은 보이지 않았다. 그는 경
내 밖의 작은 돌배나무 아래서 탄창 없는 빈 방아쇠를 당기고 있었던 것이
다. 그의 총구가 연이어 도달하는 곳은 중대장이 머루줍을 먹던 요사채의
툇마루였다. 나의 느낌대로라면 중대장의 비행을 적은 병사는 고문관 고
성만이었다. 그러나 나의 그러한 느낌은 느낌에 지나지 않을 수도 있었다.

소원수리가 있은 후로 중대장은 복수라도 하겠다는 듯 연일 중대원들
을 괴롭혔다. 군기가 빠졌다는 거였다. 명령에 절대 복종해야 할 부하들이
상급부대 지휘관에게 중대장을 일러바치다니, 되먹지 못한 짓이라는 거
였다. 뭐랬더라, 우리보고 후레자식이라고 했었던가.

어쨌든 중대장은 야밤중에 술을 먹고 내무반에 침입하여, 어물전의 고
등어처럼 즐비하게 누워 있는 부하들의 몸 위를 내달았다. 수상스키어가
되는 게 꿈이었다던가. 잠든 중대원들의 몸 위를 군홧발로 잽싸게 내달리
는 모습을 보자면 영락없는 수상스키어였다.

"노래를 해, 노래를!"

취기로 내뱉는 그의 말은 전부 '명령'이었다. 잠의 나락 속에 깊숙이
침잠했던 우리들이 널판때기처럼 발딱 일어나 씩씩하고 늠름한 노래를
부를 수 있으려면 이삼 초 정도면 충분했다. 우린 병기였으므로.

"사나아이 기이백으로 오늘을 산다아⋯⋯."

내무반장 조 하사의 구령에 맞춰 노래를 부를라치면 중대장은 또 불만
이었다.

"좆 같은 노래 그만두고 사제 노래를 불러라. 사제 노래를!"

그러면 그럴 경우를 대비해 미리 약속해놓은 노래가 나오게 마련이었다.

"사랑했던 사라암 떠나간 이 밤 나 호올로 가슴 저억시며어⋯⋯."

눈곱이 주렁주렁 매달린 졸린 눈을 꿈벅이며 고래고래 소리 높여 한밤중에 나 호올로 가슴 적시는 사랑의 노래를 부르고 나면 우리는 정말 슬퍼지곤 했다.

중대장은 쉽게 분이 풀리지 않았다. 그는 더욱 지속적이고도 지능적으로 우리를 괴롭혔다. 우리가 후레자식이라면 그는 의붓아비였다.

중대장은 자신의 차례가 오려면 아직도 먼 주번사령을 일부러 지원하고 나서면서까지 우리를 들볶았다. 그 와중에서 고성만 일병이 정수리를 얻어맞았던 것이다. 정신교육의 날 선포 기념 웅변대회가 마침내는 한 병사를 혼수상태로까지 몰고 간 셈이었다.

"국군의 사명을 외어봐!"

중대장은 그날, 고 일병이 평소 암기 사항 숙지 상태가 형편없다는 사실을 알고 일부러 물었던 게 뻔했다. 일석점호 시간이었다.

"옛, 일병 고성만, 국군의 사명, 대한민국 국군은……정통성을 수호하고……."

"정통성 좋아하네."

따악.

중대장의 박달나무 지휘봉이 경쾌한 소리를 내며 고성만 일병의 정수리에 떨어져 내렸다. 고 일병은 또 이념과 사명을 혼동하고 있었던 것이다.

"그럼 국군의 이념을 외어봐!"

"옛, 일병 고성만, 국군의 이념, 대한민국 국군은 민족에 충성을……국민의 생명과 재산을 보호……."

"생명과 재산 좋아하네."

따악.

중대장의 지휘봉이, 먼저 떨어져 내렸던 부위에 정확히 다시 내려 꽂혔다. 고성만 일병이 두 눈을 치뜨며 걸레처럼 구겨져내린 것은 그때였다.

고성만 일병이 우리 곁에서 떠나게 된 내력은 대충 그러하다. 직접적인 원인은 중대장의 포악성에 있었지만 그것이 촉발되게 된 계기는 웅변대회와 그로 인한 소원수리에 있었다는 얘기다.

고 일병이 연대 의무대로 후송을 떠났던 날 우리 모두는 쉽게 잠을 이루지 못하고 속으로 여러 가지 복잡한 계산들을 하며 뒤채고만 있었다. 나뿐만이 아니라 중대원 거의 모두가, 고 일병이 제발 어디가 병신이 되든지, 좀 죽어주었으면 하는 바람을 잠재우지 못하고 있었던 것이다. 고 일병에겐 안됐지만 우리는 그때, 누군가가 희생양이 되지 않고서는 유별난 중대장의 포악성을 다스릴 수 없다는 데 인식을 같이 하고 있었다고 생각한다. 그러나, 고문관이긴 해도 명색이 전우인데, 불구가 되거나 죽어주었으면 하는 바람은 지나친 것이라는 일말의 양심이 우리들을 쉽게 잠 못 들도록 한 것이었다.

고 일병에게 사고가 생긴다면 중대장은 분명 징계위원회에 회부될 것이고, 징계를 먹든 영창을 가든, 어쨌든 그 결과는 편안한 내무 생활을 위해 유리하게 작용할 텐데⋯⋯.

그러나 우리의 기대를 단 한 차례도 충족시키지 못해왔던 고문관답게, 고성만은 건강한 모습으로 일주일 만에 복귀를 하고 말았다.

"심려를 끼쳐드려서 죄송합니다. 고백하건대 중대장님에 대한 기록은 제가 했습니다. 소원수리라는 것이 말 그대로 소원을 수리하는 것이 아니라, 사병의 군기 상태를 측정해서 다잡아놓으려는, 역전된 효과를 노린다는 사실을 이번 입실 기간에 비로소 알게 되었습니다. 다시는 소원수리에 무엇을 기록하는 우를 범하진 않겠습니다."

그럴 때는 또 눈치 없게도 또박또박 말을 잘했다. 말하는 깜냥을 보면 국군의 사명이나 군인정신 같은 것을 못 외운다는 게 이해가 가지 않을 정도였다.

그가 정말 고문관이냐, 아니면 이 자식이 우리 모두를 상대로 쇼를 하고 있는 것이냐는 논란이 일기 시작했던 건 사단 직할대에서 폭동 사건이 일어난 직후였다. 수백 명의 정화교육 대상자들이 조교들의 폭압적인 대우에 집단 항의하다가 경계병의 발포를 유발시켜 일어난 사건이었는데, 그 사고로 피교육자와 경계병 양쪽에서 사상자가 생겨났던 것.

고성만 일병이 멀쩡한 놈이 아니냐는 애기가 나돌기 시작했던 것은 그가 연대 의무대에 입실을 함으로써 삼청교육대 경계병 차출을 면했다는 사실이, 폭동 사고로 인해 뒤늦게 드러나게 되면서부터였다. 당시 우리 중대는 사단 직할대 삼청교육 경계병으로 보름마다 열 명씩 교대조를 파견하고 있었는데, 공교롭게도 고성만 일병의 차례가 되었을 때 그는 정수리를 얻어맞고 입실을 하게 되었던 것이고, 차출 기간을 면해 일주일 만에 건강한 낯빛으로 복귀한 것이었다.

고성만 대신으로 앞당겨 직할대로 파견되었던 지 일병이, 분노한 정화교육 대상자들에게 밟혀 허리를 크게 다치지만 않았어도, 중대원들은 고성만 일병의 입실을 단순한 사고로 알고 있었을 것이었다.

지 일병이 통합병원에서 의병제대를 한다는 소식이 전해져올 때쯤 되자, 나는 고성만 일병의 행동 하나하나를 새삼스럽게 살펴보게 되었다.

지 일병 개인이 밉다거나 해서 고 일병이 일부러 골탕을 먹인 것은 물론 아니었을 것이다. 그러나 고 일병이 연대 의무실을 택했던 것만큼은 삼청교육대 경계병으로 차출되는 것을 피하기 위함이었다는 것은 확실했다.

병이 기본적으로 암기하고 있어야 할 사항들을 전혀 외우지 못하고 있다는 사실(그 머리로 어떻게 대학에 들어갔겠는가). 신속을 요하는 작전에서 보인 그의 굼뜬 행동들. 그것들은 군 생활을 좀 편하게 해보려는 자들이 일부러 연출해내는 고문관의 행태였던 것이다. 고문관으로 찍힐 때까지만 잠깐 괴롭고 나면, 다음부터는 고문관이라며 아예 제쳐놓기 때문에 그 소외의 안락함을 즐기려 일부러 멍청한 짓을 하는 병사들이 종종 있었다.

"이 치사한 새끼야. 사내 새끼가 그래 할 짓이 없어서 일부러 고문관 짓이냐?"

난 그를 불러내서 뱃구레를 내질렀다. 달빛이 차가운 겨울밤이었던가. 그는 명치를 얻어맞고 고꾸라졌다.

"일나 새꺄. 너 때문에 나 하나 힘든 건 얼마든지 참을 수 있어. 그러나 대한민국의 멀쩡한 사내 새끼가 일신의 편안함을 위해 비굴하게 병신짓 하는 건 도저히 봐줄 수 없어!"

난 거푸 그의 뱃구레를 내질렀다. 그때마다 그는 무릎을 땅에 찍으며 내려앉았다. 나뭇가지 사이를 흐르는 겨울바람 소리가 흥분한 내 목소리와 그의 신음을 담 밖으로 쓸어냈다.

얼마나 때렸을까. 수없이 땅바닥에 고꾸라지던 고 일병이 갑작스럽게 퉁겨 일어나며 나의 명치를 머리로 힘껏 들이받았던 것이다. 난 비명도 못 지르고 차갑게 얼어붙은 땅바닥에 넉장거리를 쳤다. 고 일병은 몸을 추스르지 못하고 버르적거리고 있는 나에게 다가와 무섭게 쏘아보더니 내 양허벅지를 군화 뒤꿈치로 세차게 짓이겼다. 아무래도 그는 나를 죽일 것 같았다. 허벅지를 얻어맞아 쉽게 일어날 수 없었기도 했지만 난 겁에 질려 아무 소리도 못 지르고 달빛에 푸르게 빛나는 고 일병의 얼굴을 올려다보고 있었다. 병약한 몸에서 어떻게 그런 힘이 나올 수 있었던지.

"박 상병! 계급 하나 높다고 사람을 마구 때려도 되는 건가? 작대기 실밥 하나 더 그어진 계급장을 달았다고 사람을 개 패듯 패도 되느냐 말야? 도대체 니가 나보다 계급적으로 위라는 근거는 뭐야? 나보다 니가 잘났어? 나보다 니가 부자야? 오라, 나보다 니가 군대 생활을 오래 했다는 것? 짠밥이 많다 이거지? 웃기지 마 짜샤. 난 너보다 이 세상에 삼 년이나 먼저 태어났어. 밥그릇 수로 따져도 네 형뻘이야. 군대라는 것이 세상을 떠나서 존재할 수 있어? 그리고 넌 짜샤 마르고 닳도록 군대 생활 할 거야? 니 계급적 토대가 넌 뭔지나 알어? 그건 폭력일 뿐이야. 체제가 부여한 폭력에 의해 네 계급이 유지되는 거란 말야. 똑바로 봐라. 폭력에 근거한 계급은 폭력에 무기력하다는 것을……"

그는 말을 끝내고 다시 나를 거칠게 밟았다.

고성만은 역시 고문관이 아니었다. 내게는 아리송하게만 들리는 어려운 얘기를 그는 이미 분노에 섞어 뱉을 줄 알 정도였던 것이다.

졸병한테 흠씬 얻어맞은 나는 군대 생활이 더러울 수밖에 없었다. 고성만을 팰 때는 여러 고참들과 함께 팬다거나, 여러 졸병들 앞에서 본때를 보여주어야만 했다. 단둘이 일을 치를 수는 없었다. 고성만의 부릅뜬 눈을 이겨내기가 여간 힘든 것이 아니었다. 내게는 오기가 필요했고, 그 오기는 제대할 때까지 그와 화해하지 못하게 했다.

그에게 얻어맞았다는 사실이 부끄럽다는 얘기가 아니다.

내가 부끄럽게 여기고 있는 바는, 그때의 고성만 일병처럼 나는 지금 누군가를(분명 직장 상사를) 밟아버리고 싶은 욕망이 시시각각 내 속에서 솟구치고 있다는 사실이다. 그리고 고성만 일병처럼, 맘먹은 것을 실행에 옮기지도 못하는, 진짜 고문관이 되어 있다는 데 있었다. 더더구나 나는 요즈음, 하찮은 오기 때문에 고성만 일병과 끝내 화해하지 못한 사실을 참담한 마음으로 뉘우치고 있으니…….

고성만 일병은 나를 밟으면서 무슨 계산을 했을까. 아무리 괴롭더라도 네가 제대하면 끝이라는, 아니 삼 년이라는 시간이 흐르고 나면 그 터무니없는 계급사회에서 해방될 것이라는 기대를 소중히 생각했던 것일까. 그렇다면 난 어떤 기대를 키우며 꼴사나운 상사에게 복종을 해야 하는가. 삼 년이 지나면? 삼 년이 지나면 처자식의 뻥 뚫린 입을 연상하며 이를 갈고 치사함을 참아야 하는 고통이 없어질 것인가. 삼 년이 지나면 처자식의 호구를 볼모로 복종을 강요하는 이 사회에서, 제대를 하듯 다른 사회로 훌쩍 옮겨 앉을 수 있단 말인가. 나를 끝없이 주눅 들게 하는 저들은 무엇에 근거하여 그 위치가 고정불변하는가, 삼 년이 아닌 십 년이 더 지나도. 백 년이 지나도.

하지 않던 군대 얘기를 함으로써 내가 얻고자 했던 것은 무엇이었을까. 아무래도 좋다. 그러나, 내 부끄러운 이 이야기는 이 세상에 더 이상 내가 부끄럽게 남아 있지 않기 위한 다짐이라는 것쯤은 안다.

산길

I. 오르며

    지난 이월. 난 날마다 관악산엘 올랐다. 대학을 졸업하기 전엔 아침마다 이를 닦으며 하숙집 낮은 지붕 위로 바라보곤 하던 산이었다. 그때는 그것이 산 맛을 지닌 산인지, 그리하여 오르다 보면 어떤 행태로든 정취라든가 감흥 같은 걸 느끼게 할 만한 산인지를 생각할 겨를조차 없었다. 늦도록 과제물에 시달리고 서클 토론회 준비로 날마다 밤을 새우다시피 했던 당시에는, 산은 하숙집 지붕을 타고 앉아 있는 하늘의 일부였을 뿐이었다. 잡답스런 도시의 한가운데 자연 혹은 원초의 한 덩어리가 자리하고 있다는 사실이 신기할 수도 없는 일이었다. 양치질을 하다가도 허옇게 거품이 인 입으로 노동조합 조직 원칙에 있어서 비판되어야 할 점들을 중얼중얼 정리해보곤 하던 때였으니까.

    1988년 이월은 춥지도 않고 따뜻하지도 않았던, 그저 가물기만 가물었던 겨울이었다. 도시의 거리를 물결처럼 흐르는 사람들의 가슴속도 메마를 대로 메말랐던 때여서, 만나는 사람들의 입에서는 건조한 한숨과, 듣는 사람의 귀가 메일 정도로 팍팍한 언어들만 튀어나왔다. 한 공화국이 끝나고 한 공화국이 새로 시작되던 그즈음, 사람들은 저녁마다 독한 술로 그 마른 가슴들을 축이곤 했으나 휘발성이 강한 알코올은 아침마다 사람들을 더욱 목타게 하는 모양이었다.

내가 거의 매일같이 관악산에 오르기 시작했던 것도 바로 그 말라붙은 시내[川]처럼 돼버린 시내(市內)의 풍경들 때문이었다. 하얗게 말라버린 천변에서 허덕이는 민물고기들. 그 은빛 비늘들이 나의 뇌리 안으로 표창처럼 날아와 꽂히면 난 죄책감과 자괴감으로 비참해져서 집을 나서곤 했던 것이다.

그렇게 도망하듯 얼떨결에 찾기 시작한 관악산이었지만 몇 번 반복하여 오르는 동안 난 어느새 나의 산행에 쏠쏠한 재미까지 붙일 수 있었다.

졸업하기 전에(자꾸 졸업이라는 말을 하게 되는데 사실 나는 대학 졸업생이 아니라 제적생이라 해야 맞다. 그러니까 졸업이라는 말은 그 학교를 영영 떠났다는 의미로서의 졸업일 뿐이다) 다니던 학교가 바로 그 산의 산기슭에 자리하고 있어서 산 위에서 보자면 마치 몇 개의 반도체를 흩뜨려놓은 것처럼 한 줌에 잡힐 것 같았다. 저렇게 작은 공간에서 그렇게도 엄청난 애증들이 겹치고 있다니. 동북에서 불어오는 바람을 등지고 산 밑의 공단(工團)을 번갈아 굽어보며 나는 천상의 신선쯤이나 된 것처럼, 심상(尋常)스럽게 지난날 저 광장에서 뛰고 외치던 자신의 모습을 그려보는 것이었다. 그것은 반년 남짓 시린 벽 안에서 구속의 몸으로 견디며 빼앗겼던 기력을 되찾고, 쇠잔해져가던 오기를 다시 부추겨 단단히 비끄러매는 일의 시작이기도 했다. 지난 여름 공단의 그 무덥던 태양 아래서 분노한 젊음의 어깨들과 함께 나아가다 초장에 나 혼자 답삭 먼저 연행됨으로써, 흩어지고 혹은 잡혀간 많은 동료들에게 난 얼마나 오랫동안 죄스럽고 부끄러워했던가. 구치소의 그 춥고 어두운 벽 속에서 난 무엇보다도 나의 부주의와 무책임과 싸우느라 온몸의 기력을 빼앗겼던 것이다. 출감하던 날 플라타너스 빈 가지를 무찌르고 쏟아져 내리는 햇살을 나는 그래서 똑바로 쳐다볼 수 없었고, 겨울의 거리를 흐르며 메마른 가슴에 독한 술을 퍼넣는 사람들의 암울한 물결도 모두 내 탓으로만 여겨졌던 것이다.

처음엔 그런 자책의 도피처이던 관악산이 그즈음엔 소생을 위한 다짐의 산책로였고, 세상을 한눈에 바라볼 수 있는 훌륭한 망루가 되었다. 내가 나의 산행에 쏠쏠한 재미를 붙일 수 있었던 건 그러나 그런 것 말고 또다른 이유가 있었다. 늘 눈 밖으로만 보아오던 관악산이 나름대로 정취를 가지고 향수랄까, 여하튼 나로 하여금 어린 날의 고향을 생각게 했던 것이다. 그건 참 이상한 일이었다. 이월의 겨울산은 못생긴 텃새들 몇 종류를 빼고는 새들조차 와서 울지 않았고, 북풍이 매서운 칼끝을 그때까지 거두지 않고 있었음에도 마음으로 느끼는 관악산은 푸근하고 정겹기까지 했으니 말이다.

등산객들로 붐비는 큰길을 버리고 계곡으로 거칠게 난 소롯길을 따라 오르며 어린 날을 추억하노라면, 산정에서 산 밑을 굽어보며 기력 잃은 육신에 모종의 다짐들을 재충전할 때보다 오히려 더 뭉클한 기운들이 닫힌 피부 세포들을 비집고 드는 것을 느낄 수 있었던 것. 그것은 마치 봄들판에서 우연히 마주친 야생의 풀꽃을 보고 새삼스럽게 살고 싶다는 생각이 들거나, 습기 머금은 바람이 귀 밑을 시원하게 스치면 불현듯 무엇인가가 마구 그리워지며 힘이 솟는 것과도 같았다. 그즈음 나는 피골이 상접하다시피 했던 나의 허벅지와 정강이에 몰라보게 살이 오르기 시작하는 사실을 무척 신기하게 여겼었는데, 그것은 산을 오르내리는 운동 덕이 아니라 철모르던 어린 날을 추억함으로써 얻어지는 원기 같은 것의 작용이 아니었을까 생각되어지기도 했다.

내가 관악산을 오르며 자연스럽게 옛날을 떠올릴 수 있었던 건 아마도 이월이라는 계절이, 내가 겨우 지게를 배우고 거의 매일마다 산에 올라 나무를 해야 했던 유년의 시기와 맞아떨어졌기 때문인지도 몰랐다. 당시, 늦여름마다 아버지가 남의 산 대신 깎아주고 짬짬이 새경 받아 갈무리해두었던 땔나무는 겨울이 지나면서 바닥이 나고, 김장김치에서 구진내가 나기 시작하면 난 영락없이 왼종일을 산 속에서 보내야만 했던 것이다. 어쨌든 나는 관악산을 오르내리면서, 줄기차게 떠오르는 어린 날에 대한 회상에 나의 오관을 방기해버렸다. 산정에 올라 교도소의 어둔 벽을 떠올리며 치를 떠는 일이 차가운 오기를 키우는 일이라면, 유년을 추억하는 일은 그 차가운 몸에 따뜻한 화기를 더하는 것일 수도 있었기에.

생각해보면 그때만 해도 옛날은 옛날이었다. 내가 강화도 북단인 창후리에서 태어난 것이 1957년이었으니까 휴전이 되고 사 년이 지난 여름이었다. 전후에 태어난 내가 옛날을 운운하는 것이 사오십 나이 먹은 사람들에게는 조금 시건방지게 들릴지도 모르겠으나, 나는 나의 유년을 어디까지나 옛날로 규정하고 있으며 나름대로 옛날스러운 회상의 근거를 가지고 있기도 하다. 이런 식으로 옛날과 현대를 구분하기는 뭣하지만 정말이지 그때 우리 동네 창후리에는 한 집을 빼고는 모두 초가집이었다.

펼쳐놓으면 동구 밖 당산나무까지 닿을 이엉을 아버지는 해마다 열아홉 동아리나 엮으셨고, 지붕을 새로 해 이고 나면 지붕에서 자르르 흐르던 볏짚의 윤기로 해서 밥이 저절로 맛있어지던 기억이 생생하다. 그리고 이웃집 용석이네 어머니의 엄청나게 컸던 가슴을 떠올리면 난 지금도 얼른 그때 그녀의 옷차림새가 이해되지 않을 정도이다. 거꾸로 계산해 내려가면 그때 용석이네 어머니는 많이 먹었어야 나이 마흔 안짝이었다. 그런데도 그녀는 때낀 광목 저고리섶 밑으로 반이나 비집어나온 팅팅한 가슴을 그냥 내두르고 다녔던 것이다. 다른 부인들 것보다 유난히 커서[내가 그녀의 가슴을 다른 사람들 것과 비교해서 말할 수 있는 것만 보아도 난 동네 부인들의 가슴을 모조리 한 번씩 경험(?)했다는 얘기다] 마치 두 개의 럭비풋볼을 가슴에 안고 다니는 것 같았던 그녀는 어린 우리들 앞에서는 물론 깐깐하기로 소문났던 조 구장(區長) 앞에서도, 물동이를 임으로써 더 깊게 드러난 가슴을 보란 듯이 흔들며 지나다녔었다. 나는 그녀의 가슴을 신체의 일부분, 그러니까 이마나 팔꿈치 등과 다르지 않게 생각할 수밖에 없었다. 클 만큼 커서 고누까지 둘 줄 알았던 용석이 녀석이 가끔씩 자기 엄마의 가슴에 달라붙어 탐스럽게 빠는 모습을 볼 때라야 그것이 젖이라는 생각이 들 정도였다. 육척 장신에다 말 없고 무섭기만 무서웠던 용석이네 아버지도 아내의 차림새에 대해 싫다 좋다 참견하지 않았던 것만 보아도 옛날은 옛날이었다.

그 당시 내가 제일 싫어했던 일은 소를 먹이는 일이었나 보다. 기계처럼 생긴 농구라고는 한 가지도 없었던 시절에 논갈이 밭갈이 써레질로부터 달구지 끌기, 두엄질, 길마질에 이르기까지 하루도 쉴 날 없이 안쓰럽게 일만 하던 소는 어린아이들 마음에 최초로 동정심을 심어주던 크고 슬픈 짐승이었다. 자고로 착하고 순하기로는 이 소만 한 것이 없어서 어른들은 매양 일손 드문 애들로 하여금 풀을 뜯기게 했다. 그러나 소라고 해서 마냥 주둥만 들어 사는 짐승은 아니었다. 제 몸뚱아리의 반쪽에도 채 미치지 못하는 것들이 쇠바를 꼬나쥐고 이랴 낄낄, 이놈의 소새끼, 어쩌구 들깝작거리는 게 가소롭기도 가소로웠을 것이다. 가끔씩 발정난 소처럼 공중제비를 해대며, 뒷발질에 두 뿔로 을러댈 때면 영락없는 공룡이거나 무시무시한 괴물이었다. 내 또래의 다른 아이들은 제아무리 소가 겁을 주려고 날뛰어도 재주 좋게 정면으로 파고들어 느긋하게 고삐를 틀어쥐곤 했지만, 난 그런 주변이 없었고 소가 콧김을 내뿜으며 식식거리기만 해도 쇠바를 내동댕이치고 줄행랑 놓기가 일쑤였다.

소먹이기의 어려움으로부터 자유로울 수 있던 계절은 겨울밖에 없었다. 소는 하루 종일 외양간이나 쇠울타리의 말뚝에 묶이어 늘어지게 되새김질이나 하면 됐고, 나는 아버지나 형과 함께 작두로 짚단을 썰어 여물을 쑤어 먹이면 그만이었다. 그러나 소를 먹이지 않는 대신 겨울은 또 다른 어려움을 나에게 가져다주었다. 산에 올라 땔나무를 해오는 일이었는데 정월 대보름을 전후로 한 이월 즈음이면 거의 매일같이 산에 올라야 할 지경이었다. 아버지가 군수(郡守) 집 산을 깎아주고 새경처럼 받아온 묵은 나무가 바닥이 나기 시작하는 입춘 무렵이면 어머니는 아예 닥달을 하다시피 하여 나를 산 속으로 몰아넣었던 것이다.

"집구석에 자빠질러서 지랄 떨지 말구 어여 나무나 해와, 이 웬수덩어리!"

무슨 극악무도한 짓을 저질렀기라도 했다는 듯 어머니는 아들에게 차마 입에 담지 못할 악다구니를 퍼댔다. 그러나 어머니의 그런 어투는 악다구니라고는 하지만 정작 미워서 하는 욕이랄 수는 없었다. 그런 말은 늘부지기수로 들었던 것이다. 소를 먹이기 싫어서 강가에 나가 대신 물고기를 잡아오겠다고 하면, 동고리에 하나 가득 잡아오지 않으면 경을 치겠다며 쏘아붙이던 말도 옘병할 새끼였다. 누나들이 얻어먹던 욕은 나보다 훨씬 더한 것이었다. 어쩌다 학교에서 늦게 돌아온다거나 마실을 가려다 들켜 잡히는 날이면 대뜸 육시럴 년이라는 말매부터 맞아야 했다. 지랄=간질, 옘병=장질부사, 육시럴=육시(戮屍)를 할……이렇게 굳이 바꿔놓고 생각해보면 그것이 얼마나 해서는 안 될 끔찍한 저주인가를 알 수 있지만, 허텅지거리라는 것이 본시 의미 따져가며 내뱉게 되어 있는 것이 아니고 보면 기분 나쁠 것도 없었다. 그런 말을 어머니만 즐겨 썼느냐 하면 그것도 아니었다. 마을 사람들 모두가 골초영감 공방대 빼물듯 걸핏하면 내뱉었던 것이다. 그래서 경우에 따라서는 외려 정겹게 들리기까지 하는 것이 바로 그 허텅지거리라는 것이었다.

아버지가 새로 만들어준 지게를 지고 자드락을 오르면서 나는 곧장 어른들이 하는 것처럼 옘병할, 제기럴, 하고 지껄이곤 했다. 사시사철 무슨 일이 그리도 많고 많았던지, 열한 식구가 매달려도 늘 일손이 달렸다. 아버지와 어머니, 네 누나와 한 명의 형, 처가살이하는 매부와 조카들이 있어도 언제 한번 느긋하게 숙제 한 장 하기가 힘들었다. 낮으론 가마니 짜는 데 새끼줄을 꼬아대야 했고 밤으로 무명틀에 대롱실을 대기 위해 물레질을 해야 했으니 말이다. 일이 많았던 만큼 넉넉하게 살았다면 또 모르되, 논 대여섯 마지기에 남의 땅 천 평 부치는 게 고작인 주제에 일만 줄창 잇닿아 있었으니 울화가 치밀지 않을 수 없었다.

"용기야, 재승아, 집구석에 자빠질러서 지랄 떨지 말구, 나무나 하러 가자. 이것들아!"

나는 기슭을 오르다 별립산(別立山) 초입에 있는 동무들의 집에 들러 동행을 요구하며 어머니의 말투를 흉내 냈다. 동무들의 집에도 이미 땔나무가 거덜났을 테고, 동무들도 벌써부터 나처럼 부모에게 채근을 당하고 있었을 게 뻔했기 때문이었다.

부모들은, 나무를 해오는 일만큼은 반드시 우리에게 시켰다. 별립산을 거의 통째로 소유하고 있는 군수 집 허락 없이 나무를 해오는 일은 도둑질이나 진배없었으므로 어른 된 체면으로서는 할 짓이 못 됐다. 어린 것들이 나서야만 들키더라도 철모르는 것들의 반장난으로 얼버무릴 수 있었기에 그 일을 아이들에게 시켰던 모양이다. 그렇게 하지 아니하고는 땔나무를 구할 방도가 없었다. 산주인의 허락과 군수 집 일꾼(마을에선 그를 산감이라고 불렀다)의 감시하에, 바리로 치면 반에 반 바리도 채 못 되는 땔나무를 얻긴 얻을 수 있었으나, 그러려면 오는 봄철 한창 일손이 모자랄 때 하루 꼬박 품을 팔아줘야만 했기 때문에 아버지들은 밑지는 장사라며 아예 그럴 생각조차 하지 않았다.

나와 용기와 재승이는 늘 한데 어울려 나무를 하러 다녔다. 오른쪽 팔하나가 없는 하사관 출신 곰배팔이 산감은 사람의 간을 내어먹는다는 용천뱅이만큼이나 무서운 존재였다. 한쪽밖에 남지 않은 그의 왼팔에는 항상 날선 조선낫이 들려 있었는데 내가 보기로 그것은 나뭇가리를 치거나 등걸을 뽑을 때 쓰려는 것 같진 않았다. 허락 없이 입산하는 나무 도둑들의 멱을 따려는 것처럼 보였다. 그러니까 혼자서 나무를 하러 간다는 건 상상조차 할 수 없는 일이었다. 셋이서 화등잔만 하게 눈을 부릅뜨고 몰래 몰래 기어들어가도 어디선가 곰배팔이 산감이 조선낫을 하늘로 뻗쳐들고 내달아올 것만 같아 오줌이 지릴 지경이었으니 말이다.

나는 왜 군수 집만 그렇게 큰 땅덩어리와 산덩어리를 가지게 되었던 것인지 알 수 없었다. 이른바 군수 집이라고 불리는 집안이 말 그대로 현역 군수의 집안이었다면 그 아마득히 높고 지엄함으로 보아 그만한 땅덩어리를 가지고 있다는 게 무조건 당연한 것으로 여겼을지도 모른다. 그러나 그 집이 군수 집이었다는 건 이십 년도 훨씬 지난 옛날 일정 때의 얘기였던 것이다. 군수 집이라고 불리는 건, 조 구장을 그때까지도 구장이라고 불렀던 것처럼 그저 전직의 직함을 그대로 사용하는 것에 지나지 않았다. 군수 시절에 군내에서 가장 비옥한 창후리 땅을 모조리 사들였는지 빼앗았는지는 모르지만 하여튼 군수 집은 50년대 토지개혁을 거치면서도 재주 좋게 자신의 땅을 지킬 수 있었다는 거였다. 군수도 뭣도 아닌 사람들이 살고 있는 집안이 되긴 했지만 군수 집의 세도는 옛날 한창 때의 그것과 별로 달라지지 않았다고 동네 사람들은 구시렁거렸다. 금관자 같던 서슬과 큰기침하던 권세는 보이지 않게 되었어도 마을 전체의 땅 칠 할을 딛고 있음으로 해서 군수 집은 여전히 창후리 주민들의 생계를 좌우할 수 있는 실제의 군수로 남아 있었던 것이다.

인색한 부자가 활수(滑手)하는 가난뱅이보다 낫다는 말도 있듯, 그렇게 많은 재산과 땅덩어리가 있으면 못사는 이들을 위해 도지를 감해준다거나 땔나무 정도는 인심 쓸 만도 한데 군수 집은 그러질 못했다. 각박하기 이를 데 없었다. 기와에 옻칠을 하면 했지 넉넉하고 넘친다 하여 남을 돕는 법이 없었다. 어른들 말로는 그게 앙갚음하는 것이라고 했다. 해방이 되던 해 일제 앞잡이나 다름없었던 군수를 잡아다가 마소에게까지 큰절을 시켰던 마을 사람들에 대한 보복이라고 했다. 일제에 충성하여 재산을 모으던 자가 해방된 세상에서도 여전히 세도를 부릴 수 있게 되리라곤 꿈에도 생각지 못했다고 한탄하는 아버지의 모습을 언젠가 나도 한번 본 적이 있었다.

곰배팔이 산감의 무시무시한 환영에 가위눌리며 오줌을 지리긴 했어도 입산하는 데까지는 별로 들켜본 기억이 없었다. 산에 들어서면 우리는 일단 신속하게 지게를 숨겼다. 방동사니풀이나 마른 사초가 무성한 습지에 던져놓으면, 크기가 작았던 지게는 눈에 잘 띄지 않았다. 우리는 허겁지겁 나무부터 쳐대는 부주의를 범하진 않았다. 땔나무와는 전혀 상관없는, 엉뚱한 일에 오랜 시간을 보냈던 것이다. 그것은 탄피를 캐내는 일이었다.

그때는 탄피라는 말은 몰랐고 공포탄이라는 말만 알아서, 텅 비어 있는 탄껍질이란 뜻의 공포탄인 줄로만 알았다. 그때만 해도 육이오 때 파놓았던 교통호(交通壕)의 붉은 흙벽이 다 무너지지 않고 있던 때였다. 잘 부러지지 않는 밤나무나 때죽나무 꼬챙이로 겉만 살짝 바랜 교통호 바닥을 일구면 이따금씩 피처럼 붉은 적토와 함께 인민군의 공포탄이 튀어나오곤 했다. 인민군의 탄피는 텃밭인 고추밭에서도 김매는 호미 끝에 가끔씩 걸려나오곤 했는데 호미나 꼬챙이에 긁힌 부분에서는 섬뜩할 정도로 금빛이 튀었다. 어떤 것이 국군의 것이고 어떤 것이 인민군의 것인지 알 리 만무였다. 좀 작고 미끈하게 생긴 건 왠지 국군의 탄피 같았고 크고 투박하며 낯설게 생긴 건 무조건하고 인민군의 탄피였을 뿐이다. 우린 인민군의 것을 더 좋아했다. 탄피 뒤꽁무니 부분의 뇌관을 못 같은 뾰족한 것으로 톡톡 쳐서 빼면 굵은 철사끝이 들어갈 만한 홈이 생기는데, 그곳에 화약을 쟁여넣고 고무줄로 철사를 당겼다 놓으면 훌륭한 딱총이 되었던 것이다. 탄피 끝에서 흘러나오는 화약연기를 보거나 귀청이 다 오그라들 폭음을 듣노라면 공연히 비장한 기분이 들며 누군가를 꼭 죽여야만 될 것 같았다.

국군의 탄피는 인민군의 것보다 오래가지 못했고 성능도 별로 좋지 않았다. 못생기고 투박한 대신 인민군의 것은 단단하고 오래 쓸 수 있었다. 총소리도 훨씬 훌륭했다. 그 총소리는 마치, 돼지우리 곁에서 새벽똥을 눌 때마다 산 너머에서 들려오곤 하던 '박정희 괴뢰도당은……' 혹은 '남조선 노동자 농민 여러분……' 하는 대남방송의 목소리만큼이나 강렬하고 거세었다. 우리는 인민군 탄피를 파내기 위해 경쟁하듯 교통호 바닥을 일구었다. 국군의 것은 한 개였던 데 비해 인민군의 탄피는 학교에서 주는 강냉이떡 두 개와 맞바꿀 수 있었던 것이다.

네댓 개씩의 탄피가 바지주머니에 모여야 비로소 우리는 본격적으로 땔나무를 하기 시작했다. 그래야만 곰배팔이 산감에게 들키더라도 나무를 하러 온 것이 아니라 탄피를 캐러 온 것이라는 물증을 댈 수 있었기 때문이었다.

나무를 할 때만큼은, 외롭더라도 우리는 제각기 흩어져야 했다. 아무래도 한 곳에서 곰실거리는 것보다 눈에 띌 우려가 적었던 것이다. 나무를 하더라도 한 곳에 쌓질 않았다. 까마귀 똥 흘리듯 여기저기 조금씩 흩뜨려놓아야 곰배팔이한테 잡히는 경우에도 변명할 수 있었던 것이다.

엄동 끝에 나무하기처럼 재미없는 일도 없었다. 겨울을 뺀 세 계절 동안 산은 나름대로 각양각색의 열매와 물오른 풀뿌리를 준비하고 우리들을 맞았다. 별다른 주전부리가 있을 수 없었던 그때는 산이 우리들의 마를 줄 모르는 젖줄이었고 무궁무진한 만물상 같은 것이었다. 우리가 먹고 싶은 것 갖고 싶은 것, 할 수 있는 유희가 그 속에 모두 있었다. 바른생활, 사회, 자연 책에 나오는 인물들의 이름이나 도시의 이름보다 수십 곱절에 가까운 풀이름이며 꽃이름, 산나물들의 명칭을 알고 있었다. 뿐만 아니라 먹으면 피똥을 싼다는 버섯, 살갗에 뱀살 같은 비늘을 돋게 한다는 뱀딸기, 뱀찔레, 뱀싱아를 구분할 줄 알았고, 어린솔의 중둥이를 잘라 송기를 해 먹으면 아버지가 죽는다는 치명적인 금기 같은 것에도 통달해 있었다.

그러나 겨울산은 말똥가리나 수리부엉이 같은 정나미 없는 날짐승과, 곰배팔이에 대한 오금저리는 공포, 손등을 할퀴는 노동만 있을 뿐이었다. 배는 왜 그리 잘도 꺼졌던지, 아침을 먹은 지 한겻도 못 되어서 잘금잘금 혀 밑에 고여오르던 침은 정오를 넘기면서부터는 뱃속으로 흘러들어 온갖 창새기를 다 뒤집어놓으려 들었다. 찔레나무 빨간 열매나 들깨만 한 솔 방울씨를 털어 먹어보지만 오히려 고픈 배만 수미산처럼 커질 뿐이었다. 그럴 때마다 난 언제였던지 기억하기조차 힘든 일 하나를 떠올리며 애통해하곤 했다. 달걀을 길 위에다 깨먹은 일이었다.

달걀을 보듬고 등교하는 날이 있었다. 연필이나 공책을 사야 한다고 조르면 어머니는 주머니나 지갑을 뒤지는 대신 광으로 가거나 아니면 아예 닭장으로 달려갔다. 어머니에겐 주머니나 지갑 같은 게 있지도 않았다. 금방 난 알이라서 비릿한 닭똥내가 나는 달걀에는 산혈(産血)이 그대로 묻어 있기 일쑤였고 닭의 체온이 내 작은 손에 따뜻하게 전달되곤 했다.

"거슬러 와!"

오 원에서 칠 원을 오르내리던 달걀로 이삼 원씩 하던 공책과 연필을 사면(지우개는 살 일이 없었다. 우리 집에는 헌 고무신 뒤축이 수도 없이 많았으니까) 일이 원은 남을 테니 까먹었다간 알아서 하라는 투로 어머니는 눈을 부라렸다. 그리고 한마디 더 덧붙였다.

"……촐싹거리다가 깨먹지 말구."

깨먹지 말라는 말은, 가다가 깨서 먹어버리지 말라는 뜻과, 부주의하게 땅바닥에 떨어뜨려 깨뜨리지 말라는 두 가지 뜻이 있었으나, 내가 달걀 맛을 보기로는 품앗이꾼들을 불러 봄논을 맨다거나 갈바심을 하는 날 같은 때뿐이어서, 어머니의 말의 뜻은 앞의 '촐싹거리다가'란 말과도 어울리듯 땅바닥에 태질하지 말라는 당부나 마찬가지였던 것이다. 그러나 난 그날따라 촐싹거리지도 않았는데 달걀을 깨먹고 말았다. 십 리가 훨씬 넘는 (기후에서 말하는 체감 온도처럼 체감 거리라는 것이 있다면 삼십 리는 훨씬 넘게 느껴졌을) 등굣길을 오가면서 내가 경험했던 가장 충격적인 사건이었다. 학교 앞까지 먼 길을 가야 연필과 공책을 파는 문방구가 있었기 때문에, 어머니로부터 달걀을 전해 받은 때부터 그것은 신주단지보다 더 귀중한 것이었다. 달걀을 들고 등교하는 아이들은 그래서 걸음걸이조차 달랐다. 그런데 그날은 나의 방정맞은 생각 때문에 장마로 파여나간 길구덩이를 미처 못 보고 말았다. 만일 가게에서 달걀을 육 원이나 칠 원을 쳐준다면 어머니를 속이기로 맘먹고서 일이 원 정도를 삥땅칠 수 있었으므로, 내 상상의 호주머니에는 지금의 올림픽복권보다 조금 작은 일 원짜리 빳빳한 지폐가 바스락거렸던 것이다. 일을 저지르고 나서야 난 환상에서 깨어났고 땅바닥에 홍건히 흐르는 달걀의 내용물을 애통하게 바라보며 분하고 아까운 마음을 진정하지 못했다. 이럴 줄 미리 알았다면 먹어버리는 건데. 심한 지청과 함께 머리 위에 쏟아질 어머니의 주먹세례는 차마 끔찍했다. 그때 함께 등교하던 동무들이 없었다면 정말이지 나는 땅바닥에 엎드려 깨어진 달걀을 핥기라도 했을 것이다.

그때의 깨어진 달걀을 떠올릴 때마다 복장은 곽란하듯 뒤틀리며 나의 온전한 정신을 빼앗아갔다. 그즈음이면 손등을 할퀴는 엄나무며 산딸기나무 마른줄기 할 것 없이 내 낫에 걸리는 나무나 풀 들은 사정없이 뽑혀져 나오거나 찍혀나와 땔나무의 운명이 되어갔다. 그러니까 산 속에 있는 많은 시간 중에 정작 나무를 하는 데 소요되는 시간은 내가 배고픈 귀신에 씌어 칼춤 추듯 낫질을 해대는 그 몇 십 분 이상이 아니었다.

지겟바리를 눈짐작하는 데도 어머니로부터 욕을 얻어먹을 정도의 양인가 아닌가가 기준이 되었다. 우리 몸의 세 배 정도가 된 지겟짐을 지고서야 맘이 놓였다. 마을로 내려가기 위해 계곡으로 들어설 때쯤이면 뱃거죽은 등창에 붙을 것 같은데다 어깨를 찍어누르는 지게의 무게로 우리는 허청거리며 어어어어——비명을 지르곤 했다.

곰배팔이 산감이 예의 조선낫을 하늘 높이 뻗쳐들고 나타나는 때가 바로 그때였다. 그는 적의 이동로를 정확하게 포착하여 미리 매복하고 있던 군사의 장수처럼 여유만만하면서도 용맹스러워 보였다.

"이 셰키덜! 존말할 때 순순히 내려놔라. 셰키덜!"

들고 있는 낫만큼이나 예리하고 섬뜩한 그의 특이한 발화(發話)에 우리는 도망해야 한다는 의중을 깊숙이 자해(刺害)당한 채, 전날에도 그랬던 것처럼 순순히 지게를 내려놓았다. 그에게서 뿜어져 나오는 안광이, 그리고 벼린 낫으로부터 튕겨나오는 흉기(凶氣)가 꼼짝없이 우리의 덜미를 잡았던 것이다.

지겟발목이 땅바닥에 쿵 소리를 내며 닿으면 아침부터 긴장하여 옥죄어 있던 명치끝이 탁 풀리며 차라리 속이 후련해져버렸다. 그러나 일시적인 맘 후련한 현상이 지나고 나면 틈도 없이 그 허한 속을 비집고 드는 것은 이월의 바람끝처럼 매운 설움이었다. 번번이 빼앗길 것을 알면서도 지게를 주어 산으로 내몰던 어머니가 원망스러웠고, 평생 땔나무 한 지게 할 만한 산구석조차 장만하지 못한 아버지가 못나 보였다. 아니, 동네 어른이란 어른들은 죄다 못나 보였다. 멀쩡한 허우대로 좀스럽게 담배동냥만 해 대는 용석이네 아버지, 쥐뿔도 없으면서 구장이란 옛 직함에 연연하며 근엄한 체하는 조 구장, 먹고살 걱정 대신 허구한 날 술독만 찾아다니는 재승이네 아버지……그들은 모두 해방이 되었을 때 군수에게 북을 지워 조리돌림을 했던 장본인들이었다. 그러나 얼마 안 있어 그들은 궂은 날 독버섯처럼 고개를 쳐든 군수에게 대역죄인처럼 다시 코를 땅에 박고 살기 시작했던 것이다.

곰배팔이에게 고스란히 나뭇짐을 빼앗기고 산을 내려오면서 우리는 아무 말도 하지 않았다. 엎어놓은 조가비처럼 서로 추녀를 맞대고 웅기중기 모여 있는 마을의 초가집들을 굽어보며 나이에 어울리잖게 오장 썩는 한숨들을 뽑아낼 뿐이었다. 아무런 시혜도 베풀지 않는 산과 들판 사이에서 고달픈 삶을 영위하는 어른들이, 다름 아닌 우리가 커서 지니게 될 모습이라고 생각하니 불현듯 눈자위가 아려오며 앞이 침침해졌던 것. 텅 빈 지게에는 작대기만 남아 덜그럭거리고, 눈물을 삼키려고 쳐든 눈에는 무심한 이월의 하늘이 지랄스럽게 시렸었다.

II. 내려가며

날마다 오르던 관악산에서 하루는 한 청년을 우연히 만났다. 거듭되는 산행으로 다리에 힘이 붙고 폐활량이 커지면서 원기가 정상으로 회복되던 이월의 마지막 날로 기억된다. 나만 알고 있는 소롯길을 따라 관악산의 여러 봉우리 중의 하나인 삼막사 봉우리를 거의 다 올랐을 즈음 청년은 막

식사를 끝내고 도시락 뚜껑을 닫고 있었다. 나의 눈길이 처음 머문 곳은 네 귀퉁이가 심하게 마모된 누런빛의 도시락 쪽이었다. 청년은 인기척을 느끼고 성급하게 도시락 뚜껑을 닫는다고 닫았지만 내 눈은 그의 도시락 반찬을 놓치지 않았다. 그의 도시락 반찬은 고춧가루에다 단무지를 버무린 것이었다.

난 그를 모르는 체 지나치기로 했다. 걸친 입성으로 보아도 그는 다른 사람들처럼 맘에 여유가 있어 관악산을 찾은 것 같지는 않았다. 감색 잠바를 입은 그는 잔뜩 등을 구부리고 앉아 있었는데, 입고 있는 잠바의 등 부분에서는 물이 날아 흐치흐치하면서도 불그레한 빛이 배어나오고 있었다.

얼핏 보기에도 그의 그러한 차림은 낯설지 않은 것이어서 난 일부러 걸음을 늦추기까지 했으나 그는 등으로 인기척을 알아내고 고개마저 숙여버렸기 때문에 난 일부러 멀찌감치 떨어져 그를 지나치기로 했던 것이다.

"선생님."

그를 지나쳐 몇 발자국 떼어놓았다 싶었을 땐데 가을바람 같은 한줌 소슬한 외침이 꼭뒤로부터 들려왔다. 청년이 간짓대처럼 기다란 몸을 펴고 서 있었다.

"선생님 접니다, 유재호……."

그는 내가 야학교사 노릇 할 때의 제자였다.

"아, 재호……."

놀란 표정을 기쁨의 표정으로 바꾸기 위해 어쩔 수 없이 일그러진 표정을 지어야만 했던 내게 재호 역시 해득하기 힘든 웃음을 씨익 웃으며 몸을 돌렸다. 반곱슬에 거무튀튀한 피부. 중세의 건장한 노예 같았다. 그렇게 서로 왠지 모르게 쑥스럽고 계면쩍은 표정들을 교환해야만 했던 우리는 잠시 할 말을 잊고 침묵을 지켰다. 할 말들이 너무 많아 앞 다투어 튀어나오려는 바람에 목이 멘 탓이었을까. 갑작스럽고도 충격스런 만남으로 인해 그와 나는 내부에서만 소용돌이치는 말들의 실마리를 오랫동안 찾지 못했다.

말을 먼저 꺼낸 것은 재호 쪽이었다. 언제나 그랬었듯 그는 여전히 엉뚱했다. 산 아래를 한참 동안 말없이 굽어보다 한 말이었다.

"저들이 하루에 싸는 똥이 얼마나 될까요?"

산 아래에는 수백 동의 아파트 단지와 수출공단이 매연 속에 잠겨 있었다. 웬만한 구릉들을 온통 점령한 낮은 가옥들은 한결같이 붉은 기와집이었다. 실핏줄처럼 이어진 도로마다 가득 찬 자동차들은 산소 함량이 모자라는 피톨처럼 느리게 움직이고 있었다. 나무에 잎이 돋으려면 두어 달은 더 기다려야 할 참이었으므로 길가의 가로수들마저 무채색의 도시를 더욱 칙칙하게 물들이고 있었다.

"(똥이라니?) 글쎄……."

입으로 그렇게 대답하면서 나는 한 트럭분의 분뇨를 떠올렸다. 그러나 그것은 얼마 안 가 커다란 아파트 동만큼 커져갔고, 급기야는 우리가 딛고 서 있는 관악산 덩어리만큼이나 커졌다. 불현듯 발밑이 물컹해지는 느낌을 받으며 나도 모르게 헉, 하고 웃음을 토했다. 재호도 눈을 감으며 웃었다. 키 하나만 가지고도 사람을 압도하게 생긴 그는 유난히 눈이 작았다. 그가 쾌활하게 웃을 적마다 그의 홑꺼풀인 눈은 완전히 감겼다.

"여전하구만, 요즘 어떻게 지내?"

한바탕 웃음을 쏟아내고 나니 한결 말이 수월하게 나왔다. 그와 얼굴을 마주쳤을 때 사실 나는 얼마나 낭패스러웠던가. 그동안 산을 오르내리며 잊으려고 했고 어느 정도는 떨쳐버릴 수 있었던 자책감과 부끄러움 같은 감정들이 한꺼번에 되살아나려 하지 않았던가. 눈치 빠른 재호가 그런 내 속을 알아차렸던 건지 어쨌든 그는 나를 웃기고 자기도 따라 웃음으로써 목을 틔웠다.

"쪽팔려서……."

대뜸 그는 그렇게 말하고 또 씨익 웃었다. 쪽팔린다는 말은 활자화되어지면 같은 데는 잘 등장하지 않는 이른바 속어나 비어 축에 드는 말로 일반에서는, 특히 십대나 이십대 초반의 젊은이들에게서는 무시로 들을 수 있는 말이었다. 창피하거나 쑥스럽거나, 아니면 더럽거나 아니꼬운 기분이 들 때 허텅지거리처럼 뱉어대는 말이었다.

"선생님들이 연행된 뒤 우리들은 곧장 와해됐어요. 구사대 놈들이 쇠파이프와 각목을 마구 휘두르는 바람에 반은 병원으로 실려가고 반은 각서 쓰고 야단맞고 작업장으로 도로 끌려갔죠. 아무래도 시기적으로 무리였어요. 그런 일에 미숙한 우리들은 결국 고립되어 우왕좌왕했죠. 좀 더 충분한 학습이 있었어야 하는 건데……자력으로 조직을 버티어나갈 수 있을 때까지 행동을 유보하라는 그때 선생님의 말씀이 백번 옳았어요. 회사측에서 협박하고 회유하니까 처음엔 하늘을 찌를 것 같던 기세도 금방 무너지던걸요. 나만 짤렸어요. 짤린 게 아니라 그만뒀죠. 별의별 아양을 다 떨면서 꼬시잖아요. 배울 만큼 배우고 있을 만큼 있는 자들이 어쩌면 그리도 인간성을 다 드러내놓고 비굴하게 굴던지 참 쪽팔려서……."

재호는 얘기 끝에다 또 그 말을 달았다. 야학에 나타나 그가 처음 입을 열어 한 말도 그 말이었다.

한국교회연합 산하 가리봉교회 지하실을 그가 기웃거린 건 지난해 오월이었다. 근로학교(그 지하실 방 야학 이름이 근로학교였다)에 처음 출석하여 고개를 제대로 들지 않던 그가 비스듬히 얼굴을 가누며 뇐 말이 '쪽 팔려'였다.

방 안에 둥글게 앉아 얘기를 나누던 학생들이 일제히 까르르 웃음을 터뜨렸다. 일상의 용어를 학습장에서 파격적으로 사용한 것이 낯설고 신선했던 모양이었다. 그때 난 학생들에게 학습장 밖에서 쓰는 말과 학습장 안에서 쓰는 말을 굳이 구분할 필요는 없다고 얘기했던 것 같다.

"괜히 내가 다 창피해지더라니깐요. 글쎄 동료들 몇 명하고 모처럼 봄 산엘 갔다왔더니, 왜 갔었냐? 가서 무슨 얘기를 나누었느냐? 솔직히 얘기해서 손해 안 본다, 어쩌구 하면서 부장이 꼬치꼬치 따지더라구요. 이번만이 아니었어요. 저번에 낚시갔다 왔을 때두 그랬거든요……허, 나 참 쪽 팔려서."

그때가 각자의 사업장에서 일어났던 일들을 돌아가며 자유스럽게 얘기하는 시간이었으므로, 비록 첫 출석이었다곤 해도 재호는 순서에서 빠질 수 없었다. 시선은 정면을 똑바로 바라보면서도 얼굴은 비스듬히 돌려 숙인 채로 말하는 버릇을 가진 그는, 언뜻 보기에 매우 불량기 있어 보이는 인상이었으나 그의 말투가 꾸밈없고 진실돼 보여 학생들은 금방 호감을 가졌다.

"전 공연한 오헬 많이 삽니다. 제가 카세트테이프 전문 생산 업체인 지금의 레코필산업으로 오기 전 칠 년 동안 열한 군데의 사업장을 옮겨다녔는데, 모두들 나를 사고칠 놈으로 보더란 말입니다. 보시다시피 제가 워낙 키가 크고 인물값 하게 생기지 않았습니까? 허허……."

교실 안에는 다시 한 번 까르르, 웃음이 깔렸다. 학생들 팔 할이 여공들이었기 때문에 웃음은 자연히 새 떼가 날으는 소리였다.

재미있으면서도 듬직하게 생긴 인물 하나가 근로학교 학생이 되었다는 사실을 나와 동료교사들은 즐거워했다. 더구나 생산직 직공을 기숙사에 가두다시피 하여 자유로운 활동을 통제한다는 레코필산업의 첫 학생이 아니었던가. 그의 목소리는 젊은 나이답지 않게 벅벅하고 쉰돼 보였다.

"강원도 촌놈이에요. 서울 온 지 십 년쯤입니다. 멀쩡한 허우대에 허구한 날 노박이루 해대는 일이 굶는 일이라 이렇게 겉늙긴 했어두 이제 스물셋, 한창나이라구요. 아까 대호어패럴에 다니신다는 분이 저한테 근로학교에 나오게 된 동기를 말해보라구 하셨는데, 그래요, 뭐 전 유식한 말은 모르니까 차근차근 조리 있게 말은 못해도 사회 물 먹은 만큼 할 말은 또 다 해야 속이 풀리는 성질이에요. 그 무엇이냐, 저두 이런 데 처음은 아녜요. 전에두 여기저기 서너 번 댕긴 기억이 있어요. 그런데 하나같이 좀 우습더라 이겁니다. 선생이란 작자들이——죄송합니다——학생이라고 찾아든 나이 먹은 사람들에게 대구 가르치려구만 들더란 말입니다. 그 사람들 맘속엔 우리 현장의 부장하고 다르지 않은 쓸데없는 우월감인가 뭔가 어쨌든 그런 별루 기분 안 좋은 게 들어 있더라구요. 늘 베푸는 입장이라구 거만해하구. 자기들한텐 무척 쉬워 보이는 문제를 풀지 못한다구 측은해하구, 날마다 알파벳쪼가리나 설명문 논설문 자유시 서정시 같은 것들만 반복해서 외우라구 하더군요. 검정고시 학원 같았어요. 그런데 여긴 호기심깨나 생기게 수업을 하더라구요. 책상 걸상두 없이 그냥 둥그렇게 방바닥에 철퍼덕 주저앉아서 무슨 얘기들을 그렇게 재밌고 심각하게 하던지……도대체 공부를 하는 건지 얘기만 하다 판 치는 건지 알 수 없었는데 교실을 나서는 학생들의 표정이 샘이 날 정도로 맑고 기운차더란 말입니다. 그래

직접 들어와서 보니까 역시 다르긴 영판 달라 뵈는군요. 선생님이란 분들이 어째 가르칠 생각은 않고 외려 이것저것 묻고만 앉아 계신답니까? 되레 우리가 선생이 된 기분이 든단 말입니다. 허허허……."

말이 길어 헛딸려 나온 웃음이 의외로 커지자 그는 황급히 표정을 단속하며 입을 다물었다. 그래서 또 한번 웃음바다를 이루었다.

특근이나 잔업이 있는 날을 제외하고 그는 빠짐없이 근로학교에 출석했다. 함께 자취한다는 스물다섯 먹은 그의 친누나도 가끔씩 교실에 들렀다. 누나가 있기 때문에 그는 회사 기숙사에 갇히지 않아도 된다고 했다.

그는 나에게 뭔가에 홀린 기분이라고 말하곤 했다. 학교에 올 때마다 선생이 묻는, 질문 같지도 않은 질문에 꼬박꼬박 대답을 하고 나면 저절로 뭔가 알아진 것 같아 마음조차 상쾌해진다는 거였다.

"선생님의 국어 시간두 퍽 재미있습니다마는 최동읍 선생님의 노동법 시간이 참 재미있어요. 나이 어려서부터 사회 물만 먹다 보니 그런 쪽에 관심이 가는 건 당연한 거 아니겠어요. 물론 역사 시간도 재밌죠. 그런데 사실 제게는 그 각각의 과목이 각각으로 생각되지 않는데 왜 그럴까요? 선생님들 모두가 내리묻기만 하는 학습방법 때문일까요?"

그때 나는 무어라고 대답했었는지 잘 기억나진 않지만 아마 이렇게 말했을지 모른다. 과목이 각각으로 나뉜 건 편의상 그렇게 나뉘어놓은 것뿐이지 결국은 우리의 현재의 삶을 비추어보는 하나의 거울일 따름이라고. 그러나 그는 가끔씩 엉뚱한 질문을 해서 나를 당황하게도 했다.

"저……저희 누나 어때요?"

이런 말들을 중간에 기습적으로 찔러넣고는 덩치에 어울리지 않게 쟁그럽다는 듯 히히, 웃었는데, 그럴 때는 영락없이 국민학교 학생이었다.

누나를 들먹이는 그의 짓궂은 질문과는 상관없이 난 그가 히히, 혹은 허허 거리며 웃을 때마다 아닌게아니라 엉덩이를 철썩 갈겨주고 싶을 만큼 사랑스런(?) 마음이 들곤 했다. 그와는 명색 교사와 학생이라는 신분관계라고는 하나 대놓고 그에게 반말을 할 수는 없는 사이였는데도 말이다. 가난과 시위와 군복무 때문에 만년 휴학, 만년 정학생으로 비록 서른이라는, 순전히 오기로 먹은 나이가 내게는 있었어도, 재호 역시 방위근무를 마친 스물셋의 엄연한 성인이었고, 굳이 나이 같은 걸로 따지지 않더라도 그는 누구에게나 위압감을 줄 정도로 크고 우람했던 것이다.

그의 웃는 얼굴을 보고 있으면, 고달픈 삶의 환경으로 인해 눌려 있던 원래의 낙천적 기질이 작은 숨통을 찾아 비어져 나오고 있는 듯한 인상을 받기 일쑤였다. 말의 반이 웃음이었고, 자기 스스로도 덩치에 어울리지 않는 웃음을 웃었다 싶었을 때는 여간 쑥스러워하는 게 아니었다. 그는 유난히 큰 자신의 귀에 대해서 얘기했을 때도 쑥스럽다는 듯 웃었었다.

"상이(象耳)라고 했어요. 특히 우리 할머니가 제 귀를 코끼리 귀라며 좋아하셨었죠, 장차 큰일을 하게 될 인물 났다면서요……물론 저도 어렸을 땐 제 귀 하나만 믿고 큰일 같은 것 한번 할 수 있겠다 싶었죠. 그런데 웬걸요. 할머니나 저의 바람은 한갓 없는 자들의 서러운 자기 위안에 지나지 않았다는 걸 머잖아 깨닫게 되었던 거죠……허, 나참."

말하자면 그는 귀가 큰 순한 소였다.

그러던 그의 표정이 심각하게 변하고 무언가에 무척 바빠지기 시작한 건 칠월 장마가 시작되던 때부터였다.

"재호가 심상치 않은데……."

최동읍 선생의 염려가 있기 전에 난 이미 그런 낌새를 눈치 채고 있었다.

"진단된 레코필의 현 단계는?"

내 물음에 최동읍은 고개를 절레절레 흔들었다.

"초기야, 아직 일상 투쟁조차 경험되지 않은 원시 상태야. 불만포화 상태라서 결집의 동기는 충분하지만 조직활동을 위한 준비조차 안 되어 있어. 사람이 없어. 재호 하나 가지고는 어림도 없어. 근로자가 사백 명이 넘는데……"

"큰일이군. 아무래도 재호가 적극적으로 일을 벌이려는 것 같던데."

"그러게 말이야. 이미 든든한 조합을 가지고 있는 대호어패럴이나 교성물산의 학생들과 집단토론을 벌이는 가운데 자극을 심하게 받았던 모양이야."

"방법이 없을까. 일테면 단시간 내에 조직 확대와 결성에 필요한 지식을 집중적으로 학습한다든지 하는……"

"안 돼!"

최동읍은 손사래를 치며 내 말의 중등이를 잘랐다.

"결성과 활동이 중요한 것이 아니야. 문제는 사백여 명의 근로자가 뭉치지 않으면 안 된다는 그들 스스로에 대한 동기부여에 있어. 그리고 사소한 일상 투쟁을 통해서 자신들의 의지를 추체험하는 과정이 무엇보다도 중요해. 그러니까 반드시 시간이 필요한 거야. 하물며 친목 모임의 수조차 파악되지 않은 레코필의 경우에야……"

"하긴 생일 모임도 철저히 감시를 받는다더군."

"내가 보아하니 재호는 자신이 주도하고 있는 산악회 모임을 확고히 해서 회사측에서 만든 사원복지회를 전복 쟁취하려는 계획을 가지고 있는 것 같아."

"사원복지회?"

"거 왜 조합결성을 사전에 막기 위해서 의도적으로 만들어놓은 기구 있잖아. 임금이나 근로조건을 개선하고, 고충처리 등을 협의하도록 한다는 명분을 세워놓고는 결국 회사가 결정한 사항에 동의하고 그 내용을 현장에 전달하는 역할밖에 못 하는."

"어떤 방법으로 그걸 전복하겠다는 거야?"

"거기까진 잘 모르겠지만, 아마 이번에 있을 선거를 통해서 회장에 당선될 자신이 있는 모양이야⋯⋯하지만 비록 당선이 된다 하더라도 투쟁경험이 전무한 사백여 명의 근로자를 이끌고 조합 결성에 들어간다는 것은 역부족이야. 일시적인 단결이 될지는 몰라도 집중적인 부당노동행위가 가해지면 와해돼 흩어지고 말거든. 선출된 회장단은 결국 모략에 의해 근로자들로부터 배신을 당하게 되고⋯⋯어쨌든 말려야 돼. 지금 레코필의 경우는 자연적인 친목 모임의 성격과 수를 파악하고 사원들의 불만과 요구가 구체적으로 무엇인가부터 조사되고 분석되어야 해. 그리고 그것들이 어울려 단결된 투쟁 형식으로 발전하려면 어떠한 방법이 요구되어나를 모색해야 할, 그야말로 초기 단계 중에서도 초기 단계라구. 성공의 비결은 축적된 트레이닝에 있을 뿐이야⋯⋯."

"그럼 자네가 재호에게 알아듣기 쉽게 얘기를 해주지. 아무래도 노동관계에 대해선 자네가 통 아닌가?"

"아, 천만에. 내가 자네를 찾아온 건 바로 그 일을 자네가 맡아달라는 부탁을 하기 위해서일세. 이제 그도 알 만큼은 알아. 설득을 가지고는 그의 맘을 돌릴 수 없겠더라고. 내가 할 말들은 대충 이야기해놨으니까 이젠 자네가 말려주어야겠어. 마지막으로 감정에 호소해보는 거야. 재호는 자네를 좋아하거든……."

그러나 그 일은 나에게 무리였다. 재호의 맘은 이미 굳어버린 듯했다.

그가, 먹은 마음을 철회하지 않으려 하는 데는, 장마가 끝나고 말 그대로 비온 후의 대나무싹처럼 공단 여기저기서 쟁의의 물결이 치솟고 있는 것이 큰 이유가 됐던 것이다. 오히려 내가 그에게 설득을 당한 판이었다. 그만큼 그는 자신 있어 보였고, 적당히 적개심에 차 있었다.

"선생님, 우리 훌륭하신 국어 선생님. 걱정하지 마십시오. 저도 사회 물깨나 먹은 놈입니다. 스승은 때로 제자를 믿을 수도 있어야 합니다. 하하……당분간 못 뵙게 될 것 같으니 그동안 몸조심하십시오. 외롭고 괴로울 때마다 선생님께서 가르쳐주신 시 녹두의 피를 외우겠습니다……."

막무가내였지만 돌아서 걷는 그의 등이 그날따라 유난히 늠름하게 보였던 것은 사실이었다. 하긴 실천하는 것 자체가 학습이기도 했다.

연일 근로학교 학습방은 텅텅 비었다. 대호어패럴이 사흘 전부터 농성에 들어갔고 교성물산이 동조농성으로 어패럴의 쟁의를 지지했다. 어느 산업체의 사장은 공단이 장마끝의 병충해에 점령당한 들판 같다고 말했다고도 했다. 전체적인 공단 분위기에 힘입어 노조가 없던 중소기업체들도 들고 일어났으며 농성 현장에서 노조가 결성되는 예도 없지 않았다. 그러나 그런 경우 대개는 노조설립신고서를 탈취당하거나 구청에서의 서류반려, 혹은 신고필증교부 지연 등으로 쟁의는 극단으로 치닫고 있었다. 그야말로 뜨거운 여름이었다.

마침내 레코필이 활동을 개시했다는 소식을 듣고, 나와 네 명의 교사는 텅 빈 학습방에서 머리를 맞대고 효과적인 지원방법을 숙의했다. 우리는 우선 현장지원조와 대외지원조로 나누어, 세 명은 현장진입을 시도하고 두 명은 레코필 노조 결성을 위한 관공서와의 관계와 상급노조와의 관계 등 작업장 밖에서의 일들을 책임지기로 했다.

땡볕만큼이나 뜨거운 함성과 노래 들이 공단의 골목마다 가득가득 흘러넘쳤다. 현장지원조로 나선 나는 첫날 유재호를 만날 수 있었다. 그는 조금 초췌해 보였지만 여전히 자신 있는 모습을 나에게 보이며 그 특유의 웃음을 지었다.

"구사대 놈들의 행패가 만만치 않아요. 아무래도 결성이 끝날 때까지 우리들도 자위대를 만들어야 할까 봐요……."

"단결 상태는?"

"보시다시피 대단합니다. 저들도 벌써 녹두의 피를 다 웁니다. 거 씹을수록 진국이 나던데요, 허……."

그날 나는 레코필 노조준비위원회와 함께 회의록과 규약에 관한 논의를 마치고 열기로 가득 찬 농성 현장을 빠져나왔다. 대외지원조는 벌써 상급노조연맹회관에 집회 신청을 마쳐놓고, 만약을 위하여 제 2집결 장소까지 물색해놓고 있었다. 우리 야학 교사들은 레코필의 노조 결성을 위한 대책을 세우느라 밤을 꼬박 새웠다. 노동조합법에 정통한 최동읍이 규약과 예산안 작성을 맡기로 하고 나와 역사 교사인 김병호는 인준증과 회의록을 책임지기로 하는 한편, 영어와 윤리를 맡았던 후배 교사 둘은 노동조합 신고서와 기타 구비서류를 작성하기로 각각 업무를 분담했다.

그러나 날이 밝자 상황은 급변하고 있었다. 레코필 측에서 노조 결성에 대한 정보를 사전에 접하고 구사대를 동원해 집회를 본격적으로 분쇄하려 들었으며 그 과정에서 경찰이 작업장 안으로까지 진입해 들어가고 있었던 것이다. 협력해야 마땅할 상급노조 쪽에서 오히려 회사측에다 집회에 대한 정보를 제공한 것이 빨랐다. 할 수 없이 작업장에서 결성대회를 여는 수밖에 없었다. 우리 다섯 명은 집단으로 연행되는 사태를 방지하기 위하여 각각 삼십 분씩의 시차를 두고 현장 접근을 시도했다. 그러나 나는 세 번째로 진입을 시도하다가 이른바 불순분자로 적발되었다. 을지문덕 차림에 방독면을 써서, 마치 거대한 파충류처럼 보이는 전투경찰은 나의 뒷덜미를 휘어잡고 노획물 다루듯 끌고 갔었다.

"그럼 아직 다른 직장을 잡지 못했나?"

그에게서 눈을 돌려 나는 관악산 발치를 내려다보았다. 재호도 몸을 돌리며 희뿌연 매연으로 덮여 있는 공단을 굽어보았다.

"오라는 데는 몇 군데 있었는데 이것저것 생각해보느라 좀 쉬었어요. 어떻게 사는 게 올바르게 사는 건지……그러다가 자취방 뒷문과 잇닿아 있는 이 산자락을 따라 오르는 습관을 갖게 됐죠. 물론 누나는 내가 계속 직장엘 나가는 줄 알고 있어요."

"월급이 없을 텐데……."

"이 구석에서 제때 봉급 주는 데 있습니까. 가끔씩 막노동판에서 일당 받아서 갖다주면 누난 그게 그건 줄 알아요."

그는 다시 계면쩍게 웃었다.

"레코필에선 체불 급료하고 해고 수당은 받았나?"

"받긴요, 내가 뛰쳐나와버린 걸……줄 놈들입니까?"

"그래도 구제 신청은 해야지."

"그땐 그게 무슨 소용 있나 싶었죠. 시간두 많이 걸리구, 승소하더라도 강제집행력이 약한데다 기업주를 처벌을 합니까 뭘 합니까. 그래서 그냥 조용히 물러났는데 이제부턴 그러지 말아야죠."

"이제부턴 그러지 않겠다니?"

"사실은 내주부터 친구 소개로 타이어 재생 공장에 나가기루 했거든요. 이 관악산도 오늘로 마지막 산행인 셈이죠."

"그랬었군……그래, 그동안 산에 오르며 무슨 생각들을 했었나?"

"생각은요, 무슨……야학 때 공단지역도를 그려오라고 선생님이 숙제를 내셨을 때 이곳에 올라와서 그렸다면 참 좋았겠구나, 그런 생각두 했구, 공단을 구성하고 있는 인구의 칠십삼 퍼센트가 나와 같은 노동자들이라는 생각을 하면서 은근히 힘을 얻곤 했죠."

"어떻게 사는 게 올바르게 사는 건지를 생각했다면서?"

"그게 뭐 하루아침에 얻어질 대답입니까. 공자나 부처도 모르는 내 주제에……."

"그래도 사회 물 먹은 사람으로서 한마디 있을 법도 한데?"

사회 물먹다라는 말은 걸핏하면 그의 입에서 튀어나오곤 하던 말이었다. 그 말은, 누구처럼 배우지는 못했어도 세상 알 만큼은 안다는 뜻이었는데, 부모덕에 고생하지 않고 편하게 대학까지 다닐 수 있었던 야학 선생들 앞에서 자신의 주장을 관철시키고자 할 때마다 말머리에 골무처럼 얹는 말이기도 했다.

"글쎄요, 세상을 올곧게 살 수 있으려면 어차피 손해를 각오해야 한다는 사실을 알게 된 것도 깨달음이랄 수 있을지……그건 그렇고, 선생님의 그 묻기만 하는 학습 방법의 부활입니까 뭡니까? 왜 선생님 말씀은 하나도 안 하고 저한테만 질문을 던지세요? 산상수훈이라도 하시려는 거예요? 이러지 말고 우리 내려가요. 가서 오랜만에 소주 한잔 하시는 겁니다. 거 왜 교회 옆 튀김골목 핫도그집 있잖아요. 한 개 오십 원씩 하던 괴산 아줌마네 집이요. 그 집에서 이젠 잔술도 파는데 도토리묵무침이 기가 막혀요. 가서 한잔 하시면서 선생님 얘기도 하고, 또 우리 방에 가서 저녁도 드시고 그래요. 누나가 선생님 출감하신 걸 알면 무척 기뻐할 거예요."

소주라……. 난 그럴 수 있다고 생각했다. 그동안 관악산을 오르내림으로써 회복된 육신이 이젠 그와의 술자리 정도는 너끈히 견디어낼 수 있다고 믿어졌던 것이다. 그리고 그의 누나. 왠지 서로 눈길 마주치는 걸 피하던 선한 눈의 그녀를 이번에는 똑바로 바라봐야겠다는 생각도 함께 했다.

그와 산길을 내려오면서 난 교도소의 차갑고 어두운 벽에 대해 말했고, 간간이 곰배팔이 산감 얘기를 그에게 들려주면서 함께 웃었다. 그는 레코필산업에서의 실패 때문인지 좀처럼 '사회 물 먹은 말'을 하려고 하진 않았지만, 대신 나에게서 옮아간 시 녹두의 피가 자기로 인해 숱한 씨앗이 되어 산 아래에 뿌려져 있다는 얘기와, 그 씨앗은 똥물을 자양으로 할수록 기운차게 자랄 것이며, 그것을 일구기 위해서라도 그는 하산하지 않으면 안 된다는 말을 했다.

"이제 자네의 큰 귀의 의미를 알겠는가?"

내 질문에 그는 대답 대신 두 번 허허 웃을 뿐이었다.

내리막 산길을 따라 발걸음을 옮길 때마다, 그 옛날 내 빈 지게에 작대기 하나 남아 떨꺽거렸듯, 륙색을 멘 그의 어깨에서는 빈 도시락이 떨렁거렸다.

구로공단의 짙게 깔린 매연 위로 내 유년의 이월 하늘이 아직도 시리게 떠 있었다.

역전에서

지하도 층계를 내려설 때마다 그는 심한 열패감에 젖는다. 뭐랄까, 지상에서는 이제 일고의 존재가치도 없는, 길가에 아무렇게나 나뒹굴며 청소원의 대빗자루나 기다릴 수밖에 없는 낙엽 신세가 된 것 같다고 할까. 아니면 선도(鮮度)를 잃은, 선창의 생선 찌꺼기가 되어버렸다는 기분이랄까. 어쨌든, 기분 나쁜 지하도의 후텁지근한 공기가 그의 작은 콧구멍으로 확확 밀려들 때마다 그는 그런 참담한 느낌들을 털어내려는 듯 자주 어깨를 움츠려 떤다.

그러나 그는, 자신이 아직은 이 세상에서 전혀 불필요한 존재만은 아닐 거라는 억지 자위를 부추기며 계단을 딛는 다리에 힘을 주어본다. 우선 그가 계단을 걸어 내려가는 행위 자체가, 비록 무슨 의욕이나 신념에 찬 목적의식에서 비롯된 것은 아니라 할지라도, 그를 기다려주는 친구를 만나러 간다는 분명한 명분이 있는 한은 그토록 자괴만 할 성질은 아닌 성싶은 것이다.

하지만 그가 계단을 다 내려서서, 터널처럼 길게 뚫린 지하상가와 맞닥뜨렸을 때는, 또다시 사위로부터 급습한 참담한 기분들에 치여 휘청거리지 않을 수 없었던 것.

될 수만 있다면 그는 그래서 지하도를 피하려고 한다. 기껏해야 지상과 이삼 미터 차이인데도 그의 귀는 정말 짜증스러울 정도로 그 경미한 기압의 차이를 예민하게 감지하는 것이다. 처음에는 무거운 공기덩이들이 아귀아귀 파고들며 귓구멍을 압박하다가, 급기야는 바늘 끝으로 귀청을 콕콕 찌르는 듯한 아픔으로 바뀌곤 한다. 그래서 영등포역 앞 시계탑 밑에서 친구들을 만나기로 했다는 연락을 전해들었을 때부터 그는 적잖은 고민과 싸워야 했다. 영등포 사거리에서 버스를 내려 영등포역 광장에 도달하려면 그 길고 지루한 지하상가를 지나지 않으면 안 되게 되어 있기 때문이다.

지하상가의 긴 통로를 바쁘게 오가는 사람들에 휩싸여들면서, 그는 비로소 자신이 어떤 거대한 동물에게 잡아먹히어 지금 그 동물의 창자를 흐르며 소화되는 소화물의 하나로 착각하기에 이른다. 잡아먹으려고 대드는 상대와, 적의를 가지고 맞서 싸우거나 도망치려고 몸부림쳐보지조차 못하고, 그저 무기력한 고깃덩이나 아니면 여물 따위로 먹혀버린 상태……따갑던 귀청이 얼얼하게 부어오르는 듯하다.

휘청거리며 지하상가 인파에 휩쓸려 흐르고 있는 그의 뇌리에는, 개에게 뜯기고 있는 선창의 상한 생선들만 요란하게 떠다닌다.

"그래서 어쩔 테야, 개 같은 년들아……."

생각해보면 참 지하도는 많기도 하지……하고 그가 무슨 말인가를 혼자 뇌까리려 할 즈음 어디선가 여자의 날카로운 외침이 그의 중얼거림의 중동이를 예리하게 잘라버린다.

"이년들아 사기 싫으믄 조용히나 갈 것이지 웬 잔말이 많어, 쌍……."

그는 숙이고 걷던 고개를 들어 소리가 나는 쪽의 방향을 이리저리 더듬어본다. 그는, 지하상가를 걷던 많은 사람들이 걸음을 멈추고 한곳에다 시선을 모은 곳을 따라가서야, 양손을 허리에 찌르고 씨근덕거리는 한 여인을 발견한다. 덩치가 웬만한 남자만 한 여인은 화장품을 짙게 덧칠한 검은 눈초리를 치켜 세우고서, 그녀의 두어 발짝 앞에 망연히 서 있는 두 명의 다른 여자에게 잡아먹을 듯한 안광(眼光)을 퍼붓고 있다.

"맘에 안 들면 안 살 수도 있는 거 아녜요?"

잔뜩 주눅이 들어 있던 두 여자 중의 하나가 기어들어가는 목소리로, 그래도 질 수는 없잖느냐는 듯 한마디 던져본다. 이미 지나가던 사람들이 다 보게 된 터이니 승산이 전혀 없지만은 않을 거라는 계산이 순간적으로 작용해서였을까, 그녀의 말은 여리면서도 말끝을 흐리진 않는다.

"뭐야? 이년아, 이것저것 다 휘저어놓고 비싸다는 말은 왜 해, 기분 나쁘게스리, 여기가 뭐 니네 집 장롱인 줄 알아? 쌍……."

양팔을 옆구리에 찌르고 있던 눈초리 사나운 여인은 허공에 삿대질을 그어대며 기세좋게 다시 팔을 걷어부치고 나선다. 그러자 두 여자는 지나가다 멈춰 선 사람들의 수많은 시선이 결코 자신들에게 응원이 되지 못하는, 비굴한 방관의 눈빛 이외의 아무것도 아니라는 걸 깨달았는지, 가자 애. 별꼴이야……어쩌구 낮게 중얼거리며 지싯지싯 걸음을 뗀다.

두 여자가 똑또그르르……하이힐 소리를 총총히 바닥에 찍으며 도망치듯 멀어지자 눈초리 사나운 덩치 큰 여인은 두 여자의 뒤통수에다 피니시 블로를 먹이듯, 그래애 잘 먹고 잘 살아라 니미럴……큰 소리로 다시 한 번 외쳐댄다. 그래도 쉽게 화가 풀리지 않는지 여인은, 너희들은 또 뭣에 썩어빠진 것들이냐는 투로 모여선 구경꾼들에게 긴 칼을 내두르듯 시퍼런 눈빛으로 휘두른 다음에야 가게 문을 쾅 닫고 진열장 안으로 들어선다.

걸음을 멈추었던 사람들은 그녀가 가게 안으로 사라지자 비로소 갈 길을 다시 찾으면서, 거, 입 참 드럽네. 에이, 퉤퉤, 망할 세상야. 저것두 여자라구……한마디씩 내뱉는다.

생각해보면 지하도는 참 많기도 하지……그는 방금 전 눈초리 사나운 여인의 행동에 대해 남들처럼 아무 소용 없는 넋두리를 내뱉는 대신, 그녀의 앙칼진 외침으로 인해 끊어졌던 자신들의 중얼거림을 잇는다. 시청앞, 광화문, 종각, 을지로 입구, 신촌 로타리, 동대문, 신설동……따지고 보면 서울은 곳곳에 지하도나 지하상가가 없는 곳이 없군. 지하철이 생기면서부터는, 그것도 삼차 사차선까지 무슨 두꺼비집 만들기 내기나 하는 것처럼 얼기설기 파놓은 다음부터는, 서울은 아예 지하도 도시라고 해야 할 정도가 돼버렸거든. 지상의 길 가지고는 턱도 없이 모자라 땅 밑을 파내고까지 길을 내야 하다니.

한참을 걸었다 싶었는데도 그는 여전히 지하상가 한복판에 갇혀 있다. 어쩌면 앞으로는 아예 사시사철 지하에서 살아야 되는 세상이 올지도 모른다는 생각에 그는 연거푸 진저리를 친다. 그러면서 그는 우연히, 지하상가 점포 여종업원들의 어처구니없는 판매 작전을 목도한다.

점포 여종업원들은 대개 두 명이나 세 명이 한 조가 되어 지나가는 사람들을 포획한다. 그들은 점포 내에서 고객을 기다리지 않는다. 점포 문을 활짝 열어놓은 채 그 점포 문 바깥에서 일정한 거리를 두고 쪼그리고 앉아 있거나 점포 주위를 왔다갔다하며 행인을 가장한다. 어쩌다가 행인 하나가 활짝 열린 점포 문 안으로 빨려 들어갈라치면 쪼그리고 앉아 있던 종업원 하나가 득달같이 따라 들어간다. 그러면 밖에서 서성거리던 다른 동료 종업원이 곧바로 뒤쫓아가서 출입문을 철통같이 봉쇄한다.

그들은 영락없는 덫몰이 수렵꾼이다. 점포 안으로 얼떨결에 걸려든 행인은 마치 파리통발에 갇힌 형국이다. 굳게 닫힌 점포의 출입문 안에서는 종업원과 행인이 무언극을 하듯 복잡한 표정들을 교환한다. 그러다가 이내 행인의 낯빛은 실망과 어이없음으로 변색하고 비로소 출입구를 봉쇄한 종업원과 실랑이를 벌이게 된다. 점포 안으로부터 빠져나오려고 애쓰는 행인은 투명한 파리통발에 갇힌 누에나방이다. 어쩌다 구사일생으로 빠져나왔다 하더라도 행인은 피로와 탈진으로 얼룩진 모습이다. 그러나 점포 종업원의 횡포는 거기서 끝나지 않는다. 한쪽 날개를 어느 정도 찢기고 퍼덕퍼덕 날아가는 행인의 뒤통수에다 악의에 찬 비아냥거림을 쏟아 놓는다.

"딴 데 가봤잘 거요. 그깟 돈 가지구 빤쓰 하나 제대로 살 것 같어? 재수 없어, 퉤……."

대개의 사람들은 좀전의 여자들처럼 그대로 질 수만은 없잖느냐는 듯 한 번이라도 대들어보려고 하지 않는다. 그런 악담 따위 개의치 않겠다는 투다. 사람들은 이미 그런 지하도 공기에 익숙해져 있는 모양이다. 그저, 개야 짖어라 난 간다, 식이다.

저들은 왜 서슴없이 욕지거리를 하고도 일말의 부끄럼조차 타지 않는 것일까. 아니, 오히려 떳떳하고 당당하다는 태도일까. 그는 어쩌면 이 긴 지하도가 끝도 없이 계속될지도 모른다는 우울한 상념에 자꾸 빠져들며 힘없는 발걸음을 내딛는다. 상대방에게 거친 욕지거리를 퍼부어댐으로써 당장은 가슴이 후련해질는지는 모르겠지만 그것이 결국은 자신의 체면과 인격을 갉아먹고, 종당엔 인간이 기본적으로 가꾸어야 할, 심성의 작은 풀꽃 하나 키우지 못하는 황량한 영혼 쪽으로 달음박질치는 일이란 걸 그들은 모르는 걸까.

"인격 좋아하시네……."

그는 걷던 발걸음을 멈추고 그의 얼얼한 귀청을 쟁쟁하게 자극해오는 어떤 소리를 듣는다.

어제.

그는 젖은 걸레처럼 만취해 돌아온 순복이에게 말했었다. 너에게 뭐라구 할 말이 있겠냐만……순복은 어둡고 썰렁한 하숙방 벽에 취한 몸을 기대며 천천히 구겨져 내렸다. 몸을 생각해야지. 아무리 권하드라두 말야. 자존심두 조금씩 세워보구, 인격적으로 대해보란 말이지. 술 먹으러 오는 사람들두 의외루 그런 사람을 원할지도 모르잖아…….

연탄불이 꺼졌는지 찬바람이 확확 끼치는 바람벽 아래서 흐느적흐느적 몸을 뒤치다가 순복이 말했었다. 흥, 인격 좋아하시네……내가 사람 자격으로 거기 나가는 줄 알아? 그리구 거기 오는 작자들이 어느 한구석이라두 사람의 쌍판대기를 하구 있는 줄 알아? 순복은 착 가라앉은 음성으로 씹어뱉듯 말한 다음 어깨를 추석거려 그에게 등을 돌렸다. 그녀의 가난한 어깨 위로 걸쳐진 블라우스 레이스가 맥박 고동을 따라 파르르 파르르 떨렸다.

내 얘기는……아무리 그렇더라두……그 사람들두 다 집에 가면 아버지요, 남편이 아니냔 거지……그러니까 그는, 그들의 인간성을 부추겨서 차라리 동정을 받는 게 낫지, 그저 손 안의 호두알같이 만지작거려지는 노리갯감이 되지는 말라는 것이었다. 웃기는 소리 작작해. 골아떨어진 줄 알왔던 그녀가 취기가 싹 가신 음성으로 발칵, 몸을 뒤집으며 말했다. 그들은 스스로 개가 되고 싶어서 개를 찾아드는 거야. 다 알아. 그들이 낮에는 얼마나 교양 있구 예의바르구 위엄 있구 고고한지 다 안다구. 문제는 그들이 철저하게 세상을 이중으로 살려는 데 있어. 도덕과 윤리를 목청 돋워 외친 저녁에 윤락을 즐기구, 자윤가 민준가를 외친 날 밤에 야합과 음모의 술잔을 높이 치켜든단 말이야. 몰라? 세상엔 지상의 길만큼이나 어둡고 냄새나는 지하도도 많다는 걸? ……

지하상가 여종업원들도 일을 마치고 지상의 방 한 칸에 묻히면 그럼 과연 서정의 시를 즐기며 살까. 그렇담 순복이는 왜 밖에서나 안에서나 한결같이 추하게 무너져 내리기만 하는 것일까.

"그럼 넌 왜 만날 그 꼴이냐?"

너도 대충 그들처럼 이중으로 살 수도 있잖아. 난 네가 때론 곱고 정숙한 모습으로 살아줬으면 해. 그가 그렇게 말했던 것이 결국 그녀를 깊게 자극하고 말았다. 그때까지 방 한 귀퉁이에 무너져 있던 순복이, 오냐 너 말 한번 잘 했다는 듯이 상체를 발딱 일으키더니 블라우스 소매를 사납게 걷어부치고 으르렁대며 그에게 달려들기 시작했다.

"야! 누군 뭐 곱고 정숙하게 살구 싶지 않아서 이 지랄 떠는 줄 아니? 흥 곧 죽어두 이짓 그만두라고는 못하는구나. 니가 누구 덕에 그래도 대학 물을 먹었는데 그래? ……"

순복은 찢어지는 목청으로 그의 코끝에다 단내가 풀풀 나는 입을 갖다 대고 오래오래 발악했다.

"그만!"

그냥 놔두면 밤새도록 외쳐댈 것 같은 그녀를 그는 얼떨결에 밀어붙이면서 함께 나동그라졌다. 그리고 회한과 격정으로 느닷없이 부푼 그의 살덩이를 순복의 벌려진 가랑이에 무작정 깊숙이 찔러 넣었다. 울분이 채 가시지 않은 순복은 악, 악, 비명을 지르며 숨이 넘어가면서도 거부의 몸짓은 하지 않았다.

얼마나 정다운 친구였던가. 그녀가 몸부림치는 대로 풀어 헤쳐지는 기다란 머리카락에서 그는 그와 그녀가 자라난 갯마을의 검은 바다를 보았다. 그들은 해풍이 쓸고 가던 윤기나는 보리밭 언저리에서 검푸른 바다처럼 깊고 넓은 꿈을 꾸며 자랐다. 그러나 그의 아버지가 아내를 찾는다고 어린 삼형제를 이끌고 서울로 올라온 후로 그들의 꿈은 한쪽 귀퉁이부터 무섭게 무너져 내리기 시작했다. 그의 아버지의 표현대로 아새끼 또르르까 팽개치고 달아난 그의 어머니는 십 년이 훨씬 지나도 가족 앞에 모습을 드러내지 않았다. 가난이 원수라며, 결국 가난이 아내를 낚아채갔다고 입버릇처럼 떠드는 아버지조차 그 가난을 헤쳐나갈 방도를 구하기는커녕 날마다 술푸념에만 여념이 없었다.

그가 순복이를 서울서 만났을 때, 그는 실질적으로 한 가정을 어깨에 짊어진 고학생이었고 순복이는 스물이 채 안 된 나이로 술과 몸을 파는 여자가 되어 있었다.

갯바위에 앉아서, 숫구치는 파도 끝의 비말을 바라보며 야야, 소리치던 순복이의 앳된 모습을 상기하며 그가 길 한복판으로 뛰쳐나와 절망하고 서 있던 그날 밤, 그에게 다가와 어깨를 토닥이며 용기를 불어넣었던 것은 오히려 순복이 쪽이었다. 이제 다시 할 수 있을 거야. 그녀는 그렇게 말했다. 순복의 따스한 손끝이 그의 어깨 위에 감지되고 나서야 그는 그녀가 말한, 다시 할 수 있을 거라는 의미를 되새길 수 있었다.

도저히 가능치 못한 일로만 믿었던 대학 입학이 쉽게 이루어지는가 싶더니 결국 그는 이학년을 채 마치지 못하고 학교를 그만두어야 했다. 아버지가 간암으로 세상을 떠나자, 비록 유명무실했던 아버지였었다고는 해도 생활에 오는 타격은 이만저만이 아니었다. 게다가 순복이마저 단속에 걸려 재활원에 갇히는 신세가 되었고 엎친 데 덮친 격으로 그마저 학교로부터 일방적인 제적 통보를 받았던 것이다. 불우한 환경에서 어렵게 어렵게 삶을 유지하면서도 그가 학생운동에 가담했던 것은, 한편으론 바로 그 가난 때문이었고, 다른 한편으론 그의 염원대로 사회가 변혁된다면 자기 하나쯤의 희생이야 기꺼이 받아들이겠다는 젊음 때문이었다.

　그러나 그가 학교를 떠났을 때는 이미 너무 자신이 나약해져 있음을 느꼈다. 그의 손이, 뻗으면 뜨겁게 맞잡아주던 동료들의 손과 너무 멀어져 있었기 때문이기도 했지만, 무엇보다도 그만을 쳐다보고 있는 동생들의 생계와 자신의 허기진 배가 그를 그렇게 만들어버렸다. 무지막지한 노동에도, 고분고분 말 잘 듣는 노새로만 만들기 위해 한 인간의 생존권을 잔뜩 틀어쥐고 휘두르는 자들에게 문득문득 온몸을 던져 대들고 싶었지만, 그럴 때마다 그는 눈가에 어른거리는 동생들의 환영에 입술을 깨물어야 했다. 배고픔. 그것은 그를 너무나도 쉽고 빨리 비굴하게 만들었다. 그들에게 대드는 일도, 뱃속 어딘가에 그래도 한 점의 기름덩이가 남아 있을 경우에야 가능한 일이라고 생각하기에 이르렀다. 변혁의 이상에 한때 부풀었던 그는, 이제는 그 이전보다 오히려 더 깊고 어두운 나락으로 곤두박질하여 밤마다 절망과 회오의 어둠을 씹고 있을 따름이었다. 그는 가끔씩 초겨울의 을씨년스런 보도 위에 나뒹구는 낙엽에서 자신의 모습을 발견하고 흠칫흠칫 놀랐다. 그런 기분은 생선 찌꺼기 야적장을 지날 때도 마찬가지였다.

그가 운동권 제적학생이란 이유로 한 직장에 오래 머물지 못하고 이리 저리 따돌림받으며 어쩔 수 없는 처세의 눈치를 키우고 있을 때, 순복이는 재활원에서 나와 다시 그 길로 들어섰다. 그러나 워낙 노령기가 빠른 세상이 그 세상이어서 그녀의 벌이는 보잘것없는 것일 수밖에 없었다.

그녀에게선 점점, 그 옛날 검푸른 바다를 바라보던 커다란 눈의 총기가 사라져갔고, 가끔씩 그의 어깨를 다독이던 손끝의 따스함도 자취를 감추었다. 대신 그녀의 입에선 연일 술에 절은 독설만 흘러나올 따름이었다.

학대. 알몸으로 뒤엉켜 길고 격렬하게 지속되던 서로의 학대가 끝나고, 창밖의 후둑거리는 초겨울 밤비 소리를 들으며 순복은 그의 얼굴을 찬찬히 내려다보았다.

"얼굴 좀 펴어, 응?"

이제 그녀는 다시 할 수 있다는 말 따위는 하지 않았다. 다만 땀으로 얼룩진 그의 얼굴을 쓰다듬으며 깊고 긴 한숨만 내쉬었다.

"미안하다. 젊은 놈이……조금만 더 참아봐……."

그는 그렇게 중얼거리며 격렬했던 학대의 밤을 감았었다.

하늘 한 귀퉁이가 훤하게 트이며 그의 앞에는 힘으론 도저히 못 오를 것 같은 높은 층계가 나타난다. 층계를 오르기 전 그는 크게 호흡을 가다듬어본다. 사람들의 신발 바닥으로부터 떨어진 흙가루와 아무렇게나 날리는 비닐 조각들로 인해 높고 가파른 계단은 지저분하기 짝이 없다.

호흡을 가다듬은 그는 다시 한 번 오를 계단을 쳐다본다. 거기 발그스레 노을 진 하늘이 탁 트여 있고, 그 아래 두 명의 푸른 제복이 노골적인 경계의 눈으로 그를 내려다보고 서 있다. 그는 공연히 위축되며 목덜미에 추위를 느낀다.

이제 어쨌거나 하늘을 보았으니 숨통이 트이는 것 같다. 긴 지하상가를 통과하면서 무슨 생각을 했었나 싶게 그는 이미 지상(地上)의 일에만 안 중에 있다. 그리고 보니 그는 이제야 긴 지하통로를 건너온 것이 영등포역 앞 시계탑에 당도하기 위해서였고, 그것은 여섯 명의 고등학교 동창들을 만나기 위함이었으며, 그리하여 역곡에 살고 있는 용기라는 친구의 딸 백일잔치에 가기 위함이란 걸 새삼스레 깨닫는다. 그리고 용기라는 친구가 옛날처럼 원효로에 살고만 있어도 영등포역 앞의 긴 지하상가를 통과하는 고생을 하진 않았을 것이라고 뇌어본다.

용기란 친구는 원래 서울역 앞쪽, 그러니까 동자동 근처에서 살았었는데 웬일인지 그는 해가 갈수록 도시에서 멀어지기 시작했다. 처음엔 동자동에서 원효로로 이살 가더니 다음엔 신길동, 그 다음엔 구로동, 그러더니 마침내는 아예 서울을 떠나 경기도로 비어져나가버렸다. 경기도 중에서는 그래도 서울과 가장 가까운 곳에 자리 잡은 걸 보면 언젠가는 다시 쳐들어오고 말겠다는 의지가 엿보이는 듯해 보였다.

그런데 용기가 서울의 도심에서 자꾸 멀어져가면서 그의 말버릇에 나타나기 시작한 별스런 현상은 점차 두드려져갔다. 욕이었다. 용기는 한 번 이사를 할 때마다 자신의 표현마따나 입이 정확히 곱으로 더러워졌다. 용기는 원래가 심성이 착하고 여리기까지 한 그의 친구였다. 그는 적어도 행동으론 나쁜 짓은 전혀 할 수 없을 만큼 시력이 지독히 안 좋았다. 용기의 안경은 마치 소주잔 밑동을 도려내어 만든 것처럼 굴절률이 엄청났다. 눈이 지독하게 나쁜 까닭에 그는 독서 대신 음악을 즐겼다. 모르는 노래가 없었고 심지어는 어느 나라의 어떤 성악가는 몇 번째, 어느 나라의 어떤 성악가는 몇 번째 결혼에 성공하고 실패했다는 사실까지도 일일이 꿰고 있을 정도였다. 그를 맨 처음 교회로 이끌었던 것도 용기였다. 그들은 교회에 다니며 더욱 가까워졌는데 용기가 결혼을 하고 자주 이사를 다니면서 교회 다니는 일도 그만두었다. 그리고 용기는 이사를 다닐 때마다 도시사회의 어떤 불가사의한 힘에 밀려서 쫓겨나기라도 하는 양, 불만과 적의로 가득 찬 욕설을 퍼지르기 일쑤였다. 지금의 역곡 집으로 이사를 할 때도 그가 용기의 이사를 도왔었는데 개봉동과 오류동을 지나 역곡에 다다르도록 용기는 그 길고 긴 도로 위에다 시종일관 엄청난 분량의 욕설을 뿌리며 내려갔었다. 쓰버얼, 두고 봐라. 내 언젠가는 복수하고 말 테니까, 두고 봐. 니미럴……용기는 그렇게 욕을 배우며 딸 둘을 낳아 키웠다. 큰애는 벌써 네 살을 넘겨 아빠 친구보고 오빠라 부르며 재롱을 떨고 있다. 오늘이 백일인 아이는 용기의 둘째 딸인 선경이다.

갑자기 뒷골이 쇄락해짐을 느끼며 그는 짐짓 놀란 눈을 뜬다. 어느새 그는 높고 가파르게만 여겨졌던 계단을 다 올라와서 발그스레 물든 하늘을 이고 있다. 하늘은 못 마시는 술을 먹고 수줍게 붉어진 처녀의 얼굴이다. 숨이 확 트인다. 귀청을 따갑게 찌르던 아픔도 어느새 깨끗이 가시고 없다.

"실례합니다."

아까 그가 계단 아래에 있을 때 노골적인 경계의 눈빛으로 그를 내려보던 두 명의 푸른 제복 중 하나가 더욱 번득이는 안광을 휘두르며 그에게 다가온다. 그러고서는 의례적인 거수경례를 한다. 그는 까닭 모를 두려움과 당혹감으로 안주머니에 반사적으로 손을 찌르고 주민등록증이 들어 있는 지갑을 만지작거린다. 저들의 눈빛은 왜 저다지도 무례하리만치 당당할까. 그런 생각을 그가 짧게 굴리고 있을 때 푸른 제복의 사나이는 그의 옆을 그냥 스치며 그의 뒤에 따라오던 한 무리의 청년들을 몸으로 막아선다.

"어……? 아까 저기서 했는데……."

청년 무리 중에 앞장을 서 오던 붉은색 잠바가 푸른 제복의 거수된 손이 미처 떨어지기도 전에 어깨에 메었던 가방을 황망히 풀어 들자, 뒤쪽에서 따라오던 한 패거리인 듯한 다른 청년이 귀에 들릴 듯 말 듯한 소리로 중얼거린다.

"어째 한 번뿐이냐? 벌써 네 번짼데……."

"검문검색필증이라두 맹그러야지 원……."

뒤쪽에서 무어라고 구시렁거리건 말건 푸른 제복의 손은 이미 붉은색 잠바의 가방 안에서 분주하게 움직이고 있다. 처참하게 열려진 붉은색 잠바의 가방 속에는 포켓용 사전과 몇 권 안 되는 책자들이 때 묻은 자태를 부끄럽게 내보이며 뒤척인다. 붉은색 잠바가 검문검색을 받고 있는 동안 뒤쪽에서 구시렁거리던 패거리들은 말문을 담은 채 잔뜩 못마땅하다는 투로 가방을 뒤지는 푸른 제복의 등허리를 쏘아보고 있다.

붉은색 잠바의 가방을 뒤진 푸른 제복의 전경은 허리를 돌리면서 예의 그 노골적이고 무례한 시선을 패거리들을 향하여 쏟아붓는다. 그러자 뒤쪽에서 제복의 등허리를 팽팽히 쏘아보던 패거리들은 돌연 고개의 방향을 꺾어 혹은 하늘을, 혹은 땅을 바라보며 태연을 가장한다. 그가 보기에, 제복의 사나이나 패거리들이나 나이가 거기서 거기인 듯한데 그들의 처지는 사뭇 다르게 보인다. 지나가던 행인들이 그 광경을 목격했지만 행인들에게는 그런 광경이 이미 흥미를 끌기엔 너무 흔한 일로 보이는 모양이다.

푸른 제복의 사나이가, 자기가 서 있던 본래의 위치로 돌아가 서자 패거리들은 니미……티꺼워……라며 그곳을 총총히 떠난다. 똑또그르르……그는 그들의 발걸음에서, 지하상가에서 눈초리 사나운 여인에게 한바탕 호되게 당하고 발길을 돌리던 두 여자의 하이힐 소리를 듣는다. 그러나 이내, 그는 그것이 하이힐 소리가 아니라 전경들이 서 있는 지하도 입구 맞은편에서 들려오는 목탁 소리란 걸 깨닫는다.

영등포역 앞에 오면 언제든지 볼 수 있는 게 전경과 더불어 그 맞은편의 남루한 스님이다. 스님은 라면 박스로 만든 희사함을 세워놓고 끝도 없이 절을 하며 염불을 왼다. 그 염불이란 것이 그저 중이 목탁을 치며 중얼거리니까 염불인가 보다 하는 정도이지, 대체 무슨 내용의 어떤 염불인지 누구 하나 알 까닭이 없다.

언제 보아도 스님은 그 누더기에 그 보시함이다. 언제 삭도를 댔는지 구둣솔만큼 자라오른 머리카락은 그렇잖아도 도숙붙은 이마를 더욱 좁아 보이게 한다. 스님의 눈 밑 주름에는 초겨울의 쌀쌀한 날씨임에도 땀이 번질번질하다. 그렇게 쉴 새 없이 절을 해대니 땀이 나지 않을 리 만무하겠지만, 한참을 보고 있노라면 그것이 과연 중생을 제도하기 위한 수행의 한 방편인지, 아니면 제발 한 푼 보태달라는 단순한 구걸 행각인지 도무지 구별이 서지 않는다. 염불만 해도 그렇다. 아무도 알아들을 수 없는 중얼거림으로 이다지 많은 중생들을 어떻게 구제하려는지.

그는 주머니를 뒤져 혹시 동전 몇 닢이 있지나 않을까 찾아본다. 그러나 그의 손에 잡히는 것은 먼지처럼 뭉쳐 있는 보푸라기가 전부다. 허망하게 입 벌리고 있는 희사함 동전 투입구를 그는 애초에 못 본 것으로 하고 발길을 돌린다.

역시 한 녀석도 먼저 나와 있지 않군. 시계탑 주위를 한 바퀴 둘러본 그는 원위치로 돌아와 서서 담배를 찾는다. 그러나 담배는 그의 주머니 어디에서도 잡히지 않는다.

우연하게도 그의 곁에는 아까 푸른 제복에게 검문을 받은 한 무리의 청년들이 옹기중기 서 있다. 그들도 시계탑 아래서 누군가를 만나기로 한 모양이다. 아니면 어딘가로 떠날 저녁 열차를 기다리든지.

호른이 뿡뿡거리듯 굵게 떨리는 그들의 목소리에서 그는 그들이 대학생들임을 안다. 휴강, 휴강, 출석미달, 구속, 어용, 사꾸라 교수, 아르바이트……그들은 낮고 음울하게, 그러나 쉴 새 없이 중얼거린다. 갠 왜 제멋대로 밥 먹듯 휴강이래? 난들 알겠냐, 걔들의 속을……처자식 생기면 나두 그럴라나? 뒤돌아서면 금방 탄로날 거짓말을 태연히 지껄이구 말야. 철면피나 사바사바가 아니구서야 그 아마득히 거룩한 교수 자리에 어떻게 올랐겠냐? 너두 출세허구 싶으면 짜샤 먼저 표리부동하구 안하무인이 돼라구…….

그러면서 그들은 한 마디 한 마디 말이 시작되고 끝날 때마다 주로 남녀의 교합이나 생식기 언저리 쪽에 관계되는 비속한 단어들을 줄줄 달아 댄다. 어떨 때는 오히려 말하고자 하는 말보다 그런 욕설들이 훨씬 길게 이어지기도 한다. 그리고 그들은 교수를 하나같이, 이 아무개 박 아무개, 마치 조카 이름을 부르듯 하고, 심지어는 개, 그거라고 서슴없이 내뱉는다. 허기야 요즘은, 교수니 강의니 무슨무슨 개론이니 하는 말들을 구사함으로써 스스로를 선택받은 소수라고 생각했던, 사각모 검은 만또의 시대는 아니니까. 그는 그들의 말들을 본의 아니게 엿듣다가 자기도 모를 한숨을 토해낸다.

그래, 대학이니 지성이니 하면서 그들의 사고와 정신 따위를 상아탑에 비유하는 아름다운 기사(記事)나 책자의 내용들이 오히려 오늘에 있어선 철저한 허위요 위선인지도 모르지. 그는 담배를 사야겠다고 맘먹는다.

녹색과 노란색 비닐을 씌워 만든 간이매점은 역광장 끄트머리에 있다. 매점 주인인 듯한 배불뚝이 구레나룻의 남자가 아무것도 사지 않고 자리만 차지하고 있던 한 소년을 비치파라솔 밖으로 쫓아내며, 존만한 새끼가 죽을라고……어쩌구 하며 불러나온 배를 씩씩거린다. 그는 문득 그 매점에 들러 담배를 사기가 싫어진다.

존만한 새끼……그런 말들이야 사내 서넛이 모여선 자리에선 공기를 마시듯 자연스럽게 들려오는 것들인데 뭘. 까짓거 가서 담배를 사자. 잠시 걸음을 멈칫거리던 그는 다시 매점 쪽을 향해 걷는다. 지하철, 시장, 오락실, 고돌이판……어디를 가나 그러한 욕들은 언제나 홍수를 이룬다. 그것은 어느새 우리의 삶의 한 모습으로 확고히 자리해가고 있다. 고돌이판을 생각해보자. 그 고돌이판을, 벽 하나로 가린 건넌방에서 소리로만 듣는다고 해보자. 따악 딱……화투장 내리치는 소리, 그리고 들려올 나머지 소리들이란 너무 빤하지 않은가. 그는 처음으로 자신도 한바탕 어디엔가 대고 시원스레 욕을 퍼붓고 싶어진다. 고개를 쳐들고 입을 딱 벌려본다. 그의 아랫배 깊숙이 눌어붙어 있던 욕들이 후드득 기지개를 켜며 일어선다. 아, 그러나 감청색으로 저무는 하늘의 십자가 십자가들. 하나, 둘, 아홉, 열셋……날은 어느새 저물고 있었구나. 똑같은 크기, 똑같은 선홍빛의 십자가들이 마치 단비를 머금고 톡톡 피어나는 화단의 꽃처럼 화려하다. 다섯 집에 교회가 하나일 만큼, 작은 하늘에 십자가는 끝도 없이 무지러진다. 입을 벌려 욕을 뱉으려던 그는 자신의 의도를 성스런 무엇에겐가 모조리

들킨 기분이 되어 헙헙한 공기 한 모금만을 삼킨 채 고개를 떨어뜨린다.

담배를 사자. 그는 멈추었던 걸음을 다시 떼어놓는다. 그러나 어떻게 된 영문인지 발걸음은 간이매점 쪽과 다른 방향으로 움직인다. 이상하다 싶어 황망히 주위를 휘둘러보고 나서야 그는 두 명의 흰 가운에 의하여 납치되고 있음을 알아차린다.

"놔요. 왜 이래요?"

"헌혈하세요."

그의 몸부림은 허사다. 건장한 두 여인에게 양팔을 단단히 결박당한 그는 무력하게 이끌려가 '급! A, B, O형'이라고 쓴 헌혈 차량 승강대 앞에 선다. 이건 파리통발보다 더하군. 차라리 끈끈이 혀를 가진 두꺼비들이야. 날렵하게 낚아채는 기술이라니……그는 가운들이 미는 대로 차량 안으로 들어선다.

"체중을 다셔야죠?"

의사인 듯한 남자가 안경을 번득인다.

"왜요?"

"헌혈하실 거 아닙니까?"

"아뇨."

"근데 왜 들어오셨습니까?"

"글쎄요."

"글쎄요라니요?"

"글쎄요……."

남자는 안경을 고쳐 쓰며 그를 말갛게 들여다본다. 그도 안경 낀 남자를 짯짯이 바라본다.

"팔을 내미세요."

"왜요?"

"혈압을 재야죠."

"왜요?"

"정말 헌혈 안 하실 겁니까?"

비로소 안경의 음성이 떨린다.

"아뇨."

"근데 여긴 왜 들어왔어요?"

"글쎄요……."

"이 양반이, 정말……."

안경의 낯빛이 돌연 벌개진다. 그는 지은 죄도 없이 머리를 조아리며 차량 밖으로 도망쳐 나온다. 헌혈. 제발 마음놓고 헌혈 한번 해보자 쓰발……드디어 그는 조금 전에 하려다 실패한 욕을 내뱉고 만다. 생각보다 훨씬 가슴이 후련해지는 것 같다. 그는 조심조심 다른 욕들도 상기해본다.

……이상하게도 욕은 목구멍을 화하게 뚫리게 하는 마력을 갖고 있는 듯하다. 그는 이제, 더러 신까지 나서 그동안 길거리 오가며 들었던 욕들을 흉내 내어본다.

순복이의 말이 그러고 보면 맞는 말인지도 모르지. 그는 어젯밤 순복이가 자신의 땀 묻은 머리카락을 쓰다듬으며 하던 말들을 기억해낸다.

"나도 실은 이런 내가 싫어. 그러나 이러지 않고서는 이미 난 한시도 견딜 수가 없게 되었어. 앞으로 어떻게 살아야 할 것이냐에 대한 아무런 대책도 없이 그저 하루하루를 자학하며 지내는 게 어쩌면 내 삶의 전부의 모습이 될지도 모른다는 생각을 해. 하지만 이젠 두렵지도 부끄럽지도 않아.

아니, 오히려 편한걸. 꿈을 꾼다는 게 내게 있어선 얼마나 어리석고 가당
찮은 일인가를 난 알아······자신을 그렇게 아무렇게나 팽개쳐버릴 수 있
느냐고 말하지 마. 자기도 자기를 학대하고 있잖아? 자기가 직장에 들어
가서 처세의 눈치만 잔뜩 늘었다는 게, 그리고 그들의 엄청난 비리와 임금
착취를 모르는 체 눈감았던 비겁함 따위가 자학이 아니고 뭐야? 자기가
대학에서 쫓겨난 게 뭣 때문이었냔 말이야? 그런 자기가 밥줄에 연연하여
그렇게도 외쳐대던 자유니 정의니 하는 것들을 스스로 포기한다는 건 나
보다 훨씬 처참한 자학이 아니고 무어야? 우린 이렇게 살 수밖에 없나 봐.
끝없이 자신의 살점을 뜯는 아픔을 마치 살아 있다는 증거로나 여기면
서······."

　순복의 그 말은 오히려 그에겐 편안하게 들려왔다. 순복의 그 말들은
분명 그의 아픈 부위를 정확하게 겨냥하고 눌러오는 것이었지만, 그는 그
환부의 통증을 되레 감미롭다고까지 느끼며 혼곤한 잠 속으로 빠져들었
었다. 그들에게 있어선 이미 희망이라든지 꿈이라든지 하는 것들은 한낱
조롱이거나 아니면 적어도 기만에 지나지 않았으므로······.

　"누군 뭐 고상하게 살고 싶지 않아서 이러구 있는 줄 알아······하지만
이젠 고상하게 살고 싶어 하는 그것들이 모두 신기루 아니면 고통으로밖
엔 안 보여. 이왕 그럴 바엔 차라리 이렇게 천하게 살아가는 게 속 편해.
나중엔 대추나무처럼 말라 비틀어져 죽게 되겠지만······."

　순복의 말끝에는 점점이 울음기가 배이기 시작했다. 그의 머리카락을
쓰다듬는 순복이의 손끝에는 그 슬픔이 경련을 일으키며 묻어나고 있었
다. 졸음이 그의 의식의 반을 덮어오고 있었으므로 순복이의 울음 묻은 중
얼거림은 차고 어두운 하숙방이 입을 열어 중얼거리는 것으로 들려왔다.

차고 어두운 하숙방은 전체가 곧 천길 나락으로 떨어져 내리며 하나의 밀폐된 지하막장이 되는 듯했다. 그는 고막에 심한 압박감을 느끼며 눈을 떴다. 새벽이었다. 채 걷히지 않은 어둠들이 습기로 얼룩진 벽을 타고 스멀거리며 기어다녔다. 그는 문득 몸을 압박해오는 수압(水壓) 같은 걸 느꼈다. 방 안에 부유하고 있는 어둠 덩이들이 밖으로 열린 그의 감각기관들로 맹렬히 몰려들어 그를 질식케 하려 했다. 그는 수십 길 물속에서 헤엄쳐오르듯 방문을 열어젖히고 새벽공기 속으로 뛰쳐나왔다. 그리고 오랫동안 숨을 몰아쉬었다.

시계탑 주위를 다시 한 바퀴 돌아보았지만 그는 여섯 명 중에 한 명의 친구도 만나질 못한다. 그는 오늘이 과연 그들과 약속한 날짜인가 되새겨본다. 십일월 구일. 일요일. 맞다. 시계탑의 시침을 쳐다본다. 약속시간 일곱 시를 십 분이나 넘어 있다.

그는 하릴없이 시계탑을 다시 한 바퀴 돌아보고 나서 공중전화 부스로 다가간다. 예닐곱 공중전화 부스에는 초겨울 저녁 날씨에 목을 움츠린 사람들이 줄을 서고 있다. 그는 그중 짧게 보이는 줄을 골라 뒤쪽에 붙어 선다. 짜식들 도대체 어떻게 된 거야…….

언제부턴가 공중전화는 장거리 DDD 전화기로 교체되어 있다. 그는 주머니에서 동전을 고르려다 팔꿈치에 와 닿는 이물감을 먼저 느낀다. 화장품 냄새도 아닌, 그러나 여자의 체취가 분명한 것이 그의 코에 물씬 들어와 박힌다. 한 여인이 그의 팔을 거세게 낚아채고 있다.

"글쎄 헌혈이고 뭐고 다 귀찮다니깐."

그가 짜증 섞인 말을 뱉는다.

"날씨두 추운데 한번 화끈한 거 어때? 잘해주께."

그가 바라본 여자의 눈에선 대뜸 음탕한 빛이 지글거리며 흘러내린다.

"오백 원이면 돼. 내꺼 끝내줘."

그는 아차 그게 아니로구나 싶어 흠칫 놀랐다. 그리고 황망히 그녀의 결박으로부터 벗어나, 도망쳐 숨듯 시계탑 귀퉁이로 돌아와 쪼그리고 앉는다. 그의 뒤에선 포획물을 놓친 여자의 넋두리가 들려온다. 미친 새끼, 겁먹긴…….

시계탑 모서리 아래 쪼그리고 앉아서 그는 사방을 두리번거린다. 역 광장을 바쁘게 오가는 사람들 사이사이 가방도 핸드백도 안 든 여자들이 느릿느릿한 걸음을 끌며 예의 그 음탕한 눈빛으로 먹이를 찾고 있다. 그들은 당장 재봉선이 터질 것 같은 팽팽한 청바지를 입고 있다. 운동화를 꺾어 신었거나 아예 슬리퍼 바람인 그들은 대개 혼자인 남자를 골라 접근한다. 그들이 먹이한테 접근할 때만큼은 솔개처럼 날렵하다. 그러나 십중팔구는 외면당하기 일쑤다. 그러면 그들은 일거에 외면당한 데 대한 대가를 즉시 지불한다. 고자 같은 새끼…….

그는 옆구리로 기어드는 한기를 불현듯 느끼며 오스스 상체를 움츠려 떤다. 사위는 이제 완연한 어둠으로 점령당해 있다. 그 어둠은 역전을 가득 메운 사람들이 내뱉는 패설들과 뒤섞이며 끈끈하게 내려앉고 있다.

그는 하늘을 올려다본다. 하늘은 검은 장막을 돔처럼 둘러치고 점점 더 짙고 단단한 막을 형성해가고 있다. 반원으로 낮게 내려앉은 검은 하늘 아래, 사람들은 구더기처럼 꼼지락거리며 서로가 서로를 물어뜯으려고 아우성치는 듯 보인다. 열차표를 사기 위해 줄을 선 사람들, 본의 아니게 새치기한 사람에게 퍼붓는 섬뜩한 욕설들, 출입문이 하나뿐인 구내 화장실을 미어터지게 드나드는 행인들, 검문하는 전경과 검문받는 청년들, 끈끈이 손을 길게 뻗어 피를 원하는 헌혈 봉사원들, 오징어가 싸다고 외쳐대는 허리 굵은 아주머니들……그들은 광장 한복판에서 넉살좋게 토악질하는 군인과, 시간이 됐는데 왜 안 나오느냐고 공중전화 송화기에다 고래고래 소리 지르는 어느 처녀와, 역 앞 음식점은 비싸기만 비쌌지 맛대가리는 하나도 없다고 투덜대며 지나가는 애엄마와, 껌을 짝짝 씹으며 끝내준다는데도 지랄야, 욕을 입에 매달고 다니는 창녀들과 더불어 서로끼리 치고받으며 팔닥팔닥 뛰고 넘어지고 있다. 밤하늘은 그 두터운 각질의 장막을 더욱더 조여들며 마침내는 그 안에 갇힌 사람들을 숨막히게 하고 그들로 하여금 구원의 비명과 체념의 악다구니만을 지르게 하고 있다. 이 장막은 또 얼마나 더 좁혀질 것인가. 그는 그의 눈앞으로 점점 다가오는 하늘의 검고 견고한 포위망에 질식할 것만 같다. 그는 지하도에 내려섰을 때처럼 고막에 심한 압박감을 느낀다. 그러고 보면 갑자기 어둡게 내려앉은 하늘은 지상에조차 거대한 지하통로를 만들어놓은 셈이다. 그렇다면 이 지상의 지하도는 또 얼마나 길고 끝없는 것일까. 용기가 살고 있는 역곡까지 잇닿아 있을지도 모른다. 인격 좋아하시네……따끔거려 얼얼하게 부어오른 고막에 순복이의 비아냥거림이 웅웅 들려온다. 우린 이렇게 살 수밖에 없나봐. 끝없이 자신의 살점을 뜯는 아픔을 마치 살아 있다는 증거로나 여기면서……순복이의 말들은 고막을 파열시킬 듯한 기세로 그의 귓속을 파고든다.

　무섭게 짓누르는 어두운 하늘 아래서 서로를 물어뜯고 저주하는 군상들이, 결국은 누구보다 자신을 먼저 학대하고 있는 모습들로 그에겐 보인다. 다만 그들은 차마 스스로에겐 그러질 못하고 남들에게 비속한 말씨와 추악한 행동을 해 보임으로써 자신을 간접적으로 학대할 줄만 알고 있을 뿐이다. 누군 고상하게 살고 싶지 않은 줄 알아? 이렇게 천하게 사는 게 오히려 속 편해. 니미럴, 티꺼워…….

그는 지금 지상에 전개되고 있는 지하도 현상으로부터 도망쳐야겠다고 맘먹는다. 새벽에 그녀의 어두운 하숙방으로부터 탈출하여 신선한 새벽 공기 속으로 뛰쳐나왔던 것처럼, 그는 어떻게든 이곳을 빠져나가야 한다고 생각한다.

그는 양쪽 허벅지에 잔뜩 힘을 모으고 개구리처럼 뛸 준비를 서두른다. 그러나 그의 눈에는 탈출구가 보이질 않는다. 지하상가를 오를 때 보았던 것 같은 발그스레 노을 진 숨통의 하늘이 어디에도 다시 나타나주지 않는다. 낮게 드리운 검은 하늘은 미세한 틈 하나 없이 꼭꼭 밀폐된 모습으로 완강하게 사위를 에워싸고 있을 뿐이다. 제발……그의 공포 어린 가쁜 숨결은 이제 턱까지 와 찬다. 입과 코 안으로 숨 한 점 들어오지 않고 헛구역질만 삼켜진다. 귀에서는 사이렌의 이명이 길어질 뿐이다. 질식 직전에 그는 천만다행으로, 실로 천만다행으로 하늘의 십자가를 발견한다. 구원의 십자가. 그는 손을 뻗어 십자가가 꽃밭을 이루고 있는 하늘 한 귀퉁이를 휘어 잡는다.

그러나 십자가는, 구원의 십자가는 마치 지하상가에서 눈초리 사나운 여인에게 두 여자가 호되게 당하고 있을 때, 그저 비굴한 방관의 눈빛으로만 바라보던 많은 사람들의 그것처럼, 말뚱말뚱 선홍빛 네온만 뿜어대며 차갑게 그를 외면한다. 게다가 지하도 입구로부터 들려오는 스님의 목탁 소리마저 그 두 여자의 하이힐 소리를 천연덕스럽게 흉내 내며 똑또그르르……어디론가 도망을 치고 있다.

그는 무엇에겐가 분노와 저주로 가득 찬 욕설을 퍼부어대고 싶어진다.

그럼으로써 그의 어쭙잖은 인격에 막대한 훼손이 주어지더라도, 그것이 자기 자신을 무참히 깎아내리는 파멸이나 타락 행위라 할지라도, 그는 차라리 그 훼손과 타락 쪽을 택하고 싶어진다.

그는 호흡을 가다듬고 천천히 눈을 감는다. 크고 우렁찬 외침을 위하여, 차라리 후련하고 신명날 법한 질탕한 욕설을 위하여 그는 한 번 크게 숨을 들이삼킨다. 그리고 눈을 부라려 뜬다.

그러나 그는 그만 숨을 딱 멈추어버리고 만다. 그의 뒤쪽에서 갑자기 펑 하는 소리와 함께 견고하게만 느껴졌던 검은 하늘 한 귀퉁이가 환하게 무너져 내린 것이다. 그는 분명히 보았다. 밝고 붉게 무너져 내리는 화염의 탈출구를.

그는 허벅지에 주었던 힘을 한꺼번에 솟구치며 개구리처럼 튀어 일어선다. 그리고 탈출구를 향해 뛴다. 그러나 그 화염의 탈출구는 그가 당도하기도 전에 비틀거리며 쓰러지고 만다. 그가 그곳에 당도했을 때는 이미 짚단만 하게 오그라든 사람의 잿덩이가 역한 냄새를 풍기는 흰 연기를 피워 올리며 펄떡펄떡 경련하고 있었다.

가시나무새

　해주댁은 호족반(虎足盤)을 들기 전에 우선 머리 위의 스카프하며 옷매무새부터 고쳤다. 그녀는 투명한 손가락을 펴서 귀밑으로 흘러내린 몇 가닥 머리카락을 쓸어올렸다. 등에서부터 허리 위로 흐르는 선, 그리고 오똑하게 솟아오른 콧날 따위만을 보았다면 누구라도 그녀를 새색시로 착각할 만했다. 그러나 그녀의 눈자위에 완강하게 자리한 잔주름은 그녀가 어쩔 수 없는 사십대 중반임을 보여주고 있었다. 쓸어올린 머리카락 밑으로 백옥 같은 살결이 드러났다. 희다 못해 푸르른 그녀의 귀밑 살결로 뻐꾹새 울음소리가 쓰우——꾹 스치며 그 소리는 곧장 대청마루로 뛰어들었다.

　해주댁은 그녀의 흰 살결과 구별되지 않을 정도로 흰 옥양목 저고리의 소매를 한 겹 접고는 호족반을 들어올렸다. 호족반 위에 놓인 보시기와 탕기조차도 희고 윤이 나서 그녀의 동작은 마치 한 무더기 흰 국화 다발이 가을바람에 천천히 흔들리는 것처럼 보였다.

　해주댁이 호족반을 들고 대청마루로 올라서자 빈 부엌으로 갑자기 새들의 울음소리가 쏟아져 들어왔다. 별립산의 외딴 자드락에 위치한 촌가의 초여름은 셀로판지를 마구 구겨대는 듯한 새들의 지저귐으로 시달리게 마련이었다.

"어무님 점심 진지 드셔야죠."

안방문 앞에다 가만히 밥상을 내려놓은 해주댁은 닫혀 있는 격자문에 대고 잦아드는 음성으로 말했다. 격자문 안에서는 아무 대답이 없고 헛기침 소리가 두어 번 흠흠, 하고 들려올 뿐이다.

해주댁이 다소곳이 연 격자문 저 안쪽에는 삼베날처럼 누런 머리카락을 뒤집어쓴 노파가 고개를 외틀고 앉아 있었다. 노파는 열린 문으로 들어서는 해주댁을 뚫어지게 바라보았다.

"아무리 봐두……여염집 아낙 티라군……십 년을 훨씬 넘어 봐두……화냥끼가 가시지 않으니……."

호족반을 내려놓는 해주댁의 위아래를 훑으며 노파는 잘 알아들을 수 없는 말을 연신 구시렁거렸다.

해주댁은 옷고름을 매만지며 노파로부터 물러났다. 밖으로 물러나는 해주댁의 버선발과 머리의 스카프를 번갈아 바라보며 노파는 또 꿍얼거렸다.

"지아빌 잡아 처먹구두……무슨 염치루 붙어 있어? ……생전가두 저년의 저 허여멀건헌 화냥살은……몇 놈을 더 잡아먹어두……내 손주는 어디다 빼돌렸어?"

발 뒤꿈치에 끈질기게 따라붙는 노파의 악다구니가 해주댁의 걸음을 휘청거리게 했다. 해주댁이 격자문을 닫을 때까지 노파의 섬뜩섬뜩한 험구는 그칠 줄을 몰랐다. 해주댁이 방문을 닫자 "내 손주 내놔!……옥이를 내놓으란 말여. 어디다 빼돌" 하던 노파의 말 중둥이가 뚝 잘렸다.

툇마루로 내려선 해주댁은 새소리가 왁자그르 쏟아지는 돼지우리께로 나갔다. 맑게 갠 하늘은 갓 페인트칠을 한 지붕처럼 산뜻했다. 군데군데, 솜틀집 지붕위로 날아오르는 흰 먼지인 양 구름들이 아카시아 향기에 의해 서쪽으로 밀려나고 있었다. 해주댁은 깨져서 못쓰게 된 가마솥에서 밀겨를 한 바가지 퍼들고 돼지우리 쪽을 향하다가 요란스런 밤나무 숲으로 시선을 돌렸다. 거기에는, 새들을 유난히 좋아하는 그녀조차 처음 이곳에 와서 무섭다고까지 느꼈던 산새들이 가지와 가지 사이를 타고 넘으며 재재거리고 있었다. 새들은 하나같이 거무튀튀한 깃털로 온몸을 감싸고 있어서 온밤내 따뜻한 굴뚝 속에서 감탕질을 한 것이 아닌가 싶게 몰골이 흉측했다. 그러나 이젠 더 이상 그것들이 수꿀스럽지는 않았다. 군고구마 형상을 한 그것들이 몽톡한 몸을 통통 튕기며 숲 사이로 쾌활하게 오가는 모습을 보고 있노라면 미물들의 자유스러움이 한껏 부러워졌다. 게다가 생긴 것과는 달리 그들의 울음소리는 하나같이 청랑해서 이제는 외려 한없이 사랑스럽기까지 했다.

"아이 시원해라. 이 집을 지나칠라믄 요 다리가 쉬고 싶어서 당최 안달이라니께."

마을 아낙 둘이 싸리바구니를 옆구리에 끼고 어딘가로 앙금쌀쌀 달려가다 해주댁이 돼지우리께에 나와 있는 것을 보자 금방 엄살을 떨어대며 해주댁 곁으로 다가와 아무렇게나 덜퍽 주저앉았다.

"곱기두 해라. 해주댁은 은제 봐두 하늘에서 갓 내려온 선녀 같어, 깔깔깔……"

메리야쓰가 늘어나서 앞가슴이 다 드러나 보이는 아낙이 큰 소리로 엉너리를 쳤다. 그녀는 늙은 오이처럼 피부가 쩍쩍 갈라진 자신의 다리를 소리내어 긁었다.

"누가 아니래, 우리덜하구 허는 일두 다르지 않은데 어쩜 저렇게 사시장철 살갗이 뽀얀가 몰러. 부러워라……"

불에 탄 밀알갱이처럼 길기만 하고 도무지 볼품이라고는 한 군데도 없는 또 다른 아낙이 검은 얼굴을 일그러뜨리며 맞장구를 쳤다. 해주댁은 그들의 너스레에 한 마디의 대꾸도 하지 않고 별소리가 다 많다는 투로 웃을 뿐이었다. 그러나 그들은 앞서거니 뒤서거니 경쟁하듯 해주댁 칭찬에 열을 올렸다.

"말이야 바른 말이지 요즘 시상에 해주댁만 헌 여자두 드물지. 안 그래요, 석이 엄마? 그 독살스런 시어미를 암 소리 않고 봉양허는 걸 보믄 내가 다 열통이 터지구 안쓰러워……계셔?"

검은 낯빛의 아낙은 큰 소리로 떠들다가 화들짝 놀라며 안채 쪽을 턱짓하고는 꿀꺽 말을 삼켰다.

"다 들렸겄네……"

"들렸으면 으때. 우리가 뭐 틀린 말 했나? 무슨 놈의 노친네가 지 부끄러운 줄을 모르고 동네방네 쏘다님서 착하고 일 잘허는 며누리를 헐뜯는디야."

"말이야 바른 말이지 옥이 아범 죽은 게 다 팔자소관이었지 어디 해주댁 잘못이었나? 참 옥이한테선 연락이 오우?"

아낙들의 말소리는 숲으로부터 불어오는 새소리에 묻혀 돼지우리께를 벗어나지 못했지만 해주댁은 그들의 말을 끊을 양인지 깨진 가마솥 쪽으로 다시 걸음을 옮겼다.

"아이 참 내 정신 좀 봐. 저어 해주댁, 나 고드렛돌 여남은 개만 빌려줘. 자리를 하나 더 들여놨는데 돌이 모자라. 석이 아범보고 장에 가서 사오랬더니 이 망할 놈의 인간이 사오라는 고드렛돌은 안 사오고 코가 거꾸로 붙도록 술만 퍼마시구 맨손으로 왔잖겠어. 내 속이 썩지, 깔깔……."

"그렇게 하세요. 외양간 옆 소쿠리에 있으니까 필요한 만큼 가져가세요."

"실은 나두……."

검은 낯빛의 여인이 때를 놓칠세라 끼어들었다. 비로소 해주댁은 환하게 웃으며 "그렇게 하세요" 했다. 그러자 아낙들은, 해주댁은 복 받을 거야, 두말하면 잔소리지요, 언젠가 옥이두 돌아와서 엄마한테 효도하며 살거구……어쩌구 하며 흙 묻은 엉덩이를 씰룩거리면서 행랑채를 돌았다.

돼지죽을 주고 난 해주댁은 뒤뜰로 가서 한 마리밖에 남지 않은 붉은 부리 금정조에게 모이를 주고 물을 갈아주었다. 젊은 날 친자매처럼 서로 의지하며 고통을 나누던 정자 언니가 갑갑할 때마다 보라며 주고 간 금정조 한 쌍이었다. 그러나 한 마리는 그해 장마를 못 견뎌내고 죽어버렸다. 해주댁은 죽은 금정조 한 마리를 이빠진 옹기그릇에 넣어 도라지밭 귀퉁이에 묻어주었다.

금정조의 붉은 발은 철사로 만든 조롱을 수없이 할퀴어대서 아예 북두갈고리가 다 되어 있었다. 붉은 부리 금정조를 볼 때마다, 자신이 도저히 끊을 수 없는 완강한 조롱 속에 갇혀 있다는 사실을 모른 채 끊임없이 탈출을 시도하는 금정조의 무지가 해주댁 자신을, 그리고 하나밖에 없는 딸 옥이의 삶을 떠올리게 하여 잠시잠시 숙연해졌다.

"엄만 바보야. 갑갑해. 도대체 무슨 죄를 졌다구 이 집을 못 빠져나가는 거야. 나 때문에? 할머니 때문에? 아니잖아. 할머니두 꼴보기 싫다구, 꺼져버리라구 십 년을 노래 부르시구……난 혼자라두 도망가구 싶어. 왜, 도대체 왜 여기서 살아야 하는 거야? 돌아가신 아버지의 혼백이 붙잡는 거야? 응, 엄마!"

금정조가 발악적으로 짖어대는 모습이 마치 옥이가 집을 나가기 며칠 전 해주댁에게 해대던 대거리로 들렸다. 해주댁은 황망히 뒤꼍을 벗어나 부엌 안으로 들어섰다. 금정조는 연신 목이 갈라지는 괴성을 내지르며 한낮의 멍멍한 공기를 비틀었다.

"좋아요. 난 떠날 거예요. 엄마가 할머니의 등살에 말라죽든, 아버지의 고혼에 밟혀 평생 죄인처럼 살든 난 상관하지 않을 거예요. 전 이대로 엄마 곁에서 가뭄에 고추나무 마르듯이 시들어갈 순 없다구요. 갈래요, 갈 거라구요."

해주댁은 허청거리는 발걸음을 겨우 가누며 마당 가장자리까지 엉겁결에 달려 나왔다. 금정조 짖어대는 소리는 더 이상 들려오지 않았으나 돼지우리 곁에 서 있는 두 그루의 노송 아래로 떠나던 옥이의 뒷모습은 해주댁의 시야에서 오랫동안 어른거렸다.

마당 가장자리에는 늙은 고욤나무 한 그루가 염소똥만 한 열매를 매달고 있었고 마당을 빙 돌면서는 어린아이 키만 한 엄나무가 빼곡히 들어차 울타리를 이루고 있었다. 감나무를 접붙이려고 시할아버지가 심었다는 고욤나무는, 시할아버지가 앞강에서 잡아온 고동을 먹고 그날 밤으로 고동처럼 비틀려 죽었기 때문에 그대로 고욤나무인 채로 늙어가고 있는 것이라고 했다.

해주댁은 가슴께까지 자라오른 엄나무의 날카로운 가시를 매만지며 그녀가 이곳에 온 이듬해 그 나무를 심으며 가짓빛으로 벌쭉 웃던 남편 세득의 얼굴을 떠올렸다.

"무슨 나무가 그렇게 가시가 많대요?"

"엄나무여. 이곳에선 엉가시나무라고 부르지……."

"하필이면 가시나무를 심는대요?"

"이게 보통 나무가 아니여. 물론 탱자나무처럼 가시가 많아서 울타리로도 썩 어울리지만 탱자나무보다야 쓰임새가 넓지."

해주댁은 남편에게서 배운 대로 그 해의 볍씨를 고르면서, 검은 얼굴을 늘이고 웃는 남편의 흙 묻은 얼굴을 간간이 넘겨다보았다.

"이래 봬도 이게 신경통엔 더없이 훌륭한 약재여. 거기다 악귀를 몰아내는 성주 구실두 하구, 그리구……."

"그리고요?"

"그리구 당신 도망가지 못하게 길막음 구실두 허제……."

"뭐라구요?"

"허허……농담이여, 농담."

남편 세득은 다시 검은 얼굴을 부수며 호방하게 웃어 젖혔다. 그때 해주댁은 그런 남편에게 곱게 눈을 흘겨 보였었다.

아닌게아니라 세득은 해주댁에게 각별한 관심을 보였었다. 읍내 주막거리에서 막걸리 한 사발로 뜻하게 않은 인연을 맺게 된 그들이었으므로 남편 세득은 마을 사람들의 만만찮은 호기심과 구설수에 신경을 곤두세우지 않을 수가 없었던 것. 다행스럽게도 해주댁의 매사의 행동거지가 신중하고 조심스러워서 주막거리를 떠도는 논다니 따라지였을 거라는 이웃들의 선입견은 차츰 사라져가긴 했다. 그러나 세득에겐 그녀가 너무 소중하고 아름다운 사람이어서, 첫아이를 배고도 얼굴에 기미 하나 얹히지 않는 투명하고도 고운 살결의 소유자여서, 행여 이 두엄 냄새와 강렬한 햇빛 투성이의 울타리를 어느 날 갑자기 뛰쳐나가지 않을까 하는 조바심으로 긍긍한 것도 사실이었다.

별립산 제일봉에 해가 떠서 저녁밥 짓는 연기가 서산 기슭에 긴 띠를 두르기까지 온몸의 뼈 마디마디가 물러나도록 고된 농사일을 하면서도 해주댁은 남편 앞에서 허리 한 번 두드리지 않고 열심히 몸을 놀렸다. 엄마를 닮은 딸아이는 흰쌀로 빚은 기름송편처럼 희고 윤기 있게 무럭무럭 자라났다.

아내에 대한 남편 세득의 조마로움도, 가문도 족보도 없이 굴러들어왔다고 늘 흰눈으로 외로보던 시어머니의 가시돋힌 시선도 숱한 나날의 햇볕에 바래어가던 어느 날이었다.

세득과 함께 깨복쟁이 친구로 자란 성복이란 이름의 막돼먹은 까까머리가 마을로 되돌아온 통에 생겨난 사건이었다.

성복이라는 까까머리는 자랄 때부터 유난히 엉뚱했던데다, 날이면 날마다 말썽을 안 피우는 날이 없었다. 어릴 때부터 박박 깎은 머리를 건들거리며 같은 또래의 애들을 이유 없이 볶아댔었는데 그가 청년으로 자라나자 기어코 큰일을 저지르고 마을을 뛰쳐나갔었다.

마을 한가운데를 흐르는 감내천(甘乃川)을 따라 오르다 보면 마을에서 유일한 기와집 한 채가 있었다. 그 집의 어른이 과거에 정말 벼슬을 했었는지 어쨌는지 하여튼 마을 사람들은 그 어른을 가리켜 박 생원이라고 했다.

까까머리 성복이 저지른 큰일이란 바로 그 박 생원댁 큰손녀를 우발적으로 겁탈하려다 미수에 그친 일이었다. 미수에 그쳤다고는 하지만, 완강하게 거부하는 박 생원댁 큰손녀의 목을 당황한 까까머리가 사정없이 내리누르는 바람에 그녀는 밤마다 가위눌림으로 시달리는 병을 얻게 되어 동짓날 감나무 가지처럼 비비 말라갔던 것.

마을을 뛰쳐나간 까까머리 성복이는 남도를 유랑하며 약을 파는 떠돌이 약장수의 일원이 되어, 이마로 각목을 부수고 주먹으로 돌을 깨는 차력사 노릇을 한다는 소문이 간간이 마을로 흘러들곤 했다. 그렇게 소문으로만 고향을 한 바퀴씩 돌아나가곤 하던 까까머리가 이마 위에 큼지막한 초승달 모양의 흉터를 번득이며 나타난 것은 박 생원댁 큰손녀가 시집을 가서 이미 애를 둘씩이나 낳은 뒤였다. 그런 동안 박 생원댁 기와집이 헐리고 슬레이트 지붕으로 바뀐 것을 비롯해서 마을은 여러 가지로 바쁘게 변화하고 있었으므로 그의 출현에 대해 관심을 두는 사람은 별로 없었다.

그러나 까까머리 성복은 옛날의 말썽쟁이답게 기어코 전보다 훨씬 큰일을 저지르고 말았다. 그 희생자가 바로 해주댁의 남편 세득이었던 것이다.

까까머리 눈에 해주댁이 예사로 보일 리 만무했다. 까까머리 같은 안하무인의 인물이, 순하디 순한 마을 사람들에게까지도 비상한 호기심과 관심을 불러일으켰을 정도로 미모가 수려한 해주댁을 가만히 보고만 있을 리는 없었다. 마침내 그는 있지도 않은 허풍을 떨어대며 해주댁을 괴롭혔다. 동네에서도 별로 할 일이 없었던 그는 공연히 엄나무 울타리를 기웃거리며 색정 어린 음험한 시선으로 해주댁의 몸 구석구석을 핥다가 노파에게 쫓겨나가곤 했다. 그는 막돼먹은 버릇 그대로 마을 사람들 앞에서 해주댁을 '고년', '고것'이라고 부르기를 주저하지 않았다.

남편 세득은 까까머리 성복이가 마을에 나타난 후로 하루도 마음 편할 날이 없었다. 세득은 부쩍 말이 줄었다. 까까머리가 왜장치고 다니는 말이 근거없는 허황된 말이라고 해서 나몰라라 돌아앉아 있을 수만도 없는 일이었고, 그렇다고 달리 손을 쓸 방도도 없었다. 낟가리처럼 우람한 체구에다 대고 대거리를 처봤댔자 되레 세득이 자신이 더 크게 다칠 판이었다. 어디서 개가 짖는가 보다고 치부할 따름이었다.

그러나 까까머리는 세득이 내외의 그러한 무관심조차 그냥 놔두질 않았다. 까까머리는 오히려 세득이 내외의 그러한 무관심에 오기를 품고 집요하게 시비를 걸어왔다. 그들 내외에게 있어서 까까머리는 악마였다.

마침내 세득이, 거듭되는 해꼬지를 참지 못하여 외양간 뒤란에 기대어 놓았던 곡괭이를 찾아 들고 엄나무 울타리를 사납게 뛰쳐나가고 말았다. 해주댁의 백옥 같은 허벅지에 알고 보니 밤알 크기의 시커먼 사마귀가 흉측스럽게 돋아 있더라고 공공연히 떠들고 다니는 까까머리 성복을 더 이상 좌시할 수 없었던 것이다. 그러나 세득은 그날 밤 뻣뻣하게 굳은 시신으로 변하여 마을 사람들에 의해서 고염나무 아래까지 운반되어졌다. 경황없이 곡괭이를 휘둘러대던 세득은 엉겁결에 피하며 내두른 까까머리의 팔꿈치에 후두부 급소부위를 맞고 쓰러졌던 것이다.

아들의 주검을 본 노파는 아들의 죽음에 대해 슬퍼하기도 전에 그동안 그녀의 심중 한 귀퉁이에서 도발의 시기만을 노리며 숨어 있던 해주댁에 대한 역정을 한꺼번에 쏟아내기에 여념이 없었다.

"내 이럴 줄 알았제. 무슨 일이 일어나두 일어날 것만 같드라니……. 에이 이 천하게 못난 놈아, 시상에 기집이 읎어서 화냥기가 철철 넘치는 기집을 끼구 산다드냐……."

그 후로 시작된 노파의 악다구니는 해주댁이 노파 앞에 나타날 때마다 지루하게 계속되었다. 해주댁은 그러한 노파의 역정이, 하나밖에 없는 아들을 잃은 데 대한 주체할 수 없는 슬픔으로부터 비롯되는 것이라 여기며 견뎌냈지만, 저년이 지아빌 잡아먹으려구 일부러 꽁무니를 흔들었던 게야, 저년이……하며 발악으로 호달굴 때면 해주댁은 엄나무 가시에 스스로 손가락을 찔러대며 복받치는 서러움을 달래야 했다.

"날아오르지도 못할 하늘을 뭘 그리 뚫어지게 쳐다보고 있어? 사람 오는 줄도 모르고……."

손끝으로 가시를 더듬고 있던 해주댁은 귓전에 와 닿는 돌연한 지청구에 놀라며 몸을 틀었다.

"아……언니."

해주댁은 가늘게 탄성을 질렀다. 그녀의 등 뒤에는 흰빛 나는 조롱을 양손에 든 사십대 후반의 푸실한 몸피의 여인이 서 있었다.

"뭘 이런 걸 또……."

"혼자 사는 네가 무슨 재미로 살겠니, 새들이라도 냅다 떠들어서 정신없게 해야지."

그때 부엌 대문이 송아지 소리를 내며 열렸다. 삼베날 같은 누런 머리카락을 뒤집어쓴 노파가 마당 쪽을 응시하며 도끼눈을 떴다.

"또 왔어……갈보 냄새 나는 것들……."

노파는 목구멍을 길게 긁어 가래침을 뱉어내고는 굽은 허리를 허위허위 흔들며 고샅을 빠져나갔다.

"아직두 여전하구나 니 시어머니……."

몸피 푸실한 여인이 자드락길을 넘는 노파의 뒷모습을 마땅치않은 시선으로 바라보았다.

"들어가요, 언니……."

"아니야 나 금방 가봐야 해. 안 된다는 차를 잠시 뺏어 왔거든……이거나 받아."

몸피 푸실한 여인의 기름진 양팔 밑으로 흰빛 조롱에 갇힌 네 마리의 문조가 파닥거렸다. 그것들의 눈빛은 겁에 질려 충혈되어 있었다.

"웬걸 네 마리씩이나……."

"그나저나 옥이한테서는 연락 오니?"

"……"

"나이도 어린 게 대처에서 뭘 해보겠다고 집을 뛰쳐나간다니그래……그나저나 넌 이 집구석에서 썩고만 있을 참이니? 남편도 없는 집에서……옥이도 찾아볼 겸 해서 나랑 함께 올라가는 게 어때? 니 한몸 거할 데야 없겠니. 나랑 같이 있으면 되지……."

"어디 간들 행복한 삶이 기다리고 있겠우? 난 지금 이대로가 편해……."

해주댁은 숙주나물처럼 가늘고 투명한 손을 뻗어 조롱을 받아들었다. 몸피 푸실한 여인이, 햇살이 코 끝에 희게 부서지는 해주댁의 얼굴을 흘겼다.

"그렇잖아도 니가 그렇게 나올 줄 알고 내 이놈들을 사왔지. 잘 키워. 한동안 못 들를지 몰라."

"먼 데 가우?"

"너도 알지 왜, 경숙이……그년이 남편하고 미국 들어가자마자 이혼을 했나 봐. 양놈들 수작이야 뻔하지 뭐, 걔가 급히 좀 와달래. 무슨 일인지는 나도 몰라……어쨌든 너도 몸이나 성하게 있어. 언젠가는 옛날 얘기하며 살 날이 오겠지. 나 간다."

몸피가 푸실한 여인은 그 부유한 몸매를 돌려 돼지우리의 삭은 용마루를 지났다. 그녀는 두 그루의 노송 밑을 지나다 말고 몸을 돌려, "언제든지 맘 내키면 와! 기다리고 있을게"라고 외친 뒤 한길가에 세워져 있는 승용차 쪽으로 발걸음을 재촉했다.

밤나무 숲으로부터 또 한 차례 새들의 울음소리가 쏟아져 나왔다. 그러자 해주댁이 들고 있던 두 개의 조롱 속에서 네 마리의 문조가 일시에 발작을 일으키며 울부짖었다. 네 마리의 문조는 새소리가 쏟아져 나오는 밤나무숲 쪽을 향해 맹렬히 달려들었으나 흰색 에나멜을 입힌 철제 조롱을 빠져나가기에는 어림없는 몸짓이었다.

해주댁은 푸실한 몸피의 여인이 그늘을 밟고 지나간 두 그루 노송을 물끄러미 바라보았다. 거대한 구렁이처럼 몸을 뒤틀고 선 노송의 첫가지에는 삭은 동아줄이 그 옛날 단오절의 함성을 간직한 채 칭칭 묶여 있었다. 남편 세득의 말로는, 그의 어머니가 추천놀이로는 동네의 제일이라고 했다. 지금의 돼지우리 자리가 그때는 묵정밭인 채로여서 부락당에서 단오굿을 마친 사람들은 진설됐던 제물들을 싸들고 그곳에 몰려와 한바탕 추천놀이를 벌이곤 했다는데 그때마다 그의 어머니는 옥색 치마를 날리며 어뜨르구나아 하, 신이 났었다고 했다.

남편 세득이 젊은 그의 어머니의 그네 솜씨에 대해 자랑을 늘어놓을 때마다 해주댁은 그녀의 고향인 황해도 해주군 용당포의 단오놀이를 떠올리곤 했다.

쪽머리가 유난히 반질거려 여러 사람이 모인 자리에서도 쉽게 찾아낼 수 있었던 그녀의 어머니가 폐경을 맞기 전에 아들 하나를 낳아주었더라면 형극으로 점철된 해주댁의 인생역정도 애초에 구제되었을 것이다.

아들을 못 낳는다는 이유 하나로 그녀의 어머니는 허구한 날 애꿎은 머리를 빗어대는 일로 풀기없는 낮밤을 보내었다. 그녀의 할머니가 어느 날

말처럼 엉덩이가 큰 여자를 데리고 들어왔을 때도 어머니는 이미 예상하고 있던 일이었다는 듯 머리만 빗고 앉아 있었다. 어머니의 눈에는 원망과 질투의 빛이라기보다는 오히려 체념과 절망에 가까운 기운이 안개처럼 흐르기 시작했다.

단오 전날 그녀의 어머니는 오래오래 머리를 감았다. 야청빛 청포물에 느릿느릿 머리를 헹구어내는 어머니에게 어린 그녀는 그녀의 어머니가 다시 올 수 없는 먼길을 영영 떠나게 되리라는 것을 직감할 수 있었다. 아닌게아니라 그녀의 어머니는 이튿날 단오놀이의 와중을 틈타 사라지고 말았다. 단오날만큼은 규방의 아녀자들이 성황마루로 올라가 방자하게 웃고 떠들어도 흉잡히지 않았으므로 마을이 온통 왁작북적거렸다. 초여름의 신록과, 바다를 건너오는 훈풍과, 허락되어진 놀이마당에 취한 마을 아낙들은 단오 다음날 아침이 되어서야 한 여인이 마을에서 자취를 감춘 것을 알아차리게 되었다.

어머니의 떠남이 어린 그녀에게 즉각적인 슬픔으로 전달되진 않았다. 아니, 오히려 그 당시로는 어머니의 떠남이 오래전부터 예비되어진 것처럼 느껴져 담담할 뿐이었다. 그러나 몇 년이 흐른 뒤, 벽장으로부터 우연히 발견된 어머니의 참빗이 어린 그녀의 마음을 송두리째 흔들어놓았던 것이다. 떠나리라. 어린 마음에 그녀는 그렇게 다잡아먹었다. 어머니 없이 몇 년을 살아온 그녀는 이미 참빗이 우연히 발견되지 않았더라도 마을을 뛰쳐나가야겠다는 심정을 굳힐 정도로 가족들로부터 천덕꾸러기 취급을 받고 있었던 것이다.

그녀는 마침내 왼종일 바라보고만 섰던 먼산을 넘고야 말았다. 그녀가 산길을 넘으며 쳐다보았던 푸른 하늘과, 소낙비처럼 쏟아지던 산새소리는 그녀의 발걸음을 훨씬 가볍게 했다. 발끝을 돌부리에 채이며 높고 깊은 산을 넘었을 때 그녀는 오랫동안 할머니와 새어머니의 구박을 견디어내며 지냈던 자신이 미련스럽게만 느껴졌다. 산 밑으로 전개된 낯선 마을을 굽어 보면서, 이제는 혼자 헤쳐나갈 수밖에 없는 앞으로의 삶을 생각하니 부쩍 외롭고 두려웠던 것도 사실이었지만, 눈을 뜨면 옥죄어오던 새어머니와 이복동생들의 눈총으로부터 해방되었다는 기쁨에 비하면 아무것도 아니었다.

그러나 그건 어린 나이의 잘못된 판단이었다. 집을 뛰쳐나오면 더없이 행복하고 자유스러울 줄로만 알았던 그녀는 비로소 넓은 세상에서 더욱 크고 단단한 울타리를 발견했던 것이다. 그 울타리는 사방에서 허연 이빨을 날카롭게 드러내고 날이 갈수록 연하디 연한 그녀의 살갗을 흉하게 물어뜯었다. 그녀가 떠나온 집은 그래도 자신을 낳아준 아버지가 있었고 세 끼니와 잠자리는 걱정하지 않아도 되는, 그녀가 지금 떠나와 머물고 있는 세상에 비하면 오히려 낙원이었다.

그녀는 돌아가고 싶었다. 그러나 그곳은 이미 날아서도 갈 수 없는 장벽으로 가로막혀 있었다. 전쟁이 남기고 간 울타리였다. 동두천과 서울을 거쳐 지방의 읍내 주막거리로 밀려나게 되었을 때의 그녀는 이미 만신창이가 다 된 몸이었다.

노파가 굽은 허리를 휘두르며 고샅길로 접어드는 것을 본 해주댁은 급히 부엌을 가로질러 뒤란으로 돌아가서 금정조 곁에 네 마리의 문조를 걸고 나왔다.

"어디 다녀오세요?"

쪽대문으로 들어서는 노파에게 해주댁은 머리를 조아렸다.

"어디 다녀오는 건 알아서 뭣 혀. 왜? 어디 가서 뒈져서 돌아오랴?"

"어무님……."

"어무님이구 뭣이구 난 자식이 읎는 할망구야. 내 눈에서 썩 없어져버려. 꼴두 보기 싫으니까……."

노파의 역정은 진정 오래고 지루한 것이었다. 해주댁은 아무렇게나 마구 내던지듯 하는 노파의 말에 어느 정도 이력이 나 있었지만 들을 때마다 매양 머리끝이 쭈뼛거리는 건 어쩔 수가 없었다.

"왜 어디루 없어지지 않는 게여. 이 할망구 말라죽는 꼴 기어코 보고잡아 이러는 게여 뭬여?"

아니에요 어무님. 해주댁은 그렇게 말하고 싶었다. 어무님은 누가 뭐래도 제 어무님이세요. 그리고 돌아올 옥이두 기다려야죠. 어딜 간들 이 죄 많은 년 행복해질 수 있겠어요…….

해주댁은 행주치마로 얼굴을 감싸며 어두운 부엌 안으로 뛰어 들어갔다. 툇마루를 오르는 노파는 끊임없이 구시렁거렸다. "화냥년……."

격자문이 덜컥 닫혔다. 노파의 중얼거림이 뚝 잘린 끝자리에 일단의 고요가 부엌의 어둠 속으로 기어들어 오더니 이내 새로 들어온 문조의 요란한 울음소리에 밀려 지싯거리며 물러났다.

해주댁은 뒤란으로 돌아갔다. 삐뚜름히 서 있는 터주 곁의 두어 평짜리 도라지밭에는 연한 새순들이 갓 걸음마를 배운 돌아기처럼 바람에 뒤뚱거리고 있었다. 지난해 옹기그릇에 넣어 묻은 금관조의 봉분에는 어느새 쇠스랑개비가 소복하게 자라 있었다.

한 마리의 금정조가 죽던 날은 그해 장마기간 중에서도 가장 많은 비가 내리던 밤이었다. 일단 밤이 되면 웬만한 비바람에도 잠을 깨지 않던 그것들이 그날 밤에는 여러 차례 잠묻은 울음을 비틀며 보채던 기억이 났다. 그때 해주댁도 그들의 울음을 비문은 창호지 밖으로 들으며 잠을 설쳤었다. 단지 아름답다는 이유로 평생을 갇혀 살아야 하는 관상조. 그들은 분명 갇혀 있음으로써 아름다운 것이 아니라 아름다우므로 갇힌 것이었다. 그들에겐 높고 푸른 하늘이 그들의 날갯짓과는 무관한 것이었다. 그저 철창 밖에 꿈으로서만 존재하는 푸르름이었다. 그들은 자신들의 아름다움이 곧 자신들의 육체를 구속하는 실체라는 걸 알고 있을까, 일생을 철장 안에서 살아야 하는 운명의 너울이 자신들의 아름다움으로 비롯되었다는 것을 안다면 그들은 며칠을 더 저렇게 울며 견딜 수 있을까. 스스로 목숨을 끊을 수 있을까.

온밤내 억수 같은 비가 내리고 해주댁은 그러저러한 생각으로 불면의 밤을 새웠다. 그리고 비 묻은 창호지문이 희붐하게 밝아올 무렵 해주댁은 싸늘하게 식은 금정조 한 마리를 꺼내 들고 오스스 몸을 떨었었다.

흰색 에나멜 철장 안에서 분망하게 파닥거리는 문조를 바라보며 해주댁은 안방 쪽에서 한바탕 쏟아질 노파의 지청구를 기다리고 있었다. 정자 언니가 금정조 한 쌍을 가져왔을 때에도 노파는 텃밭의 채소를 모조리 뜯어 먹일 참이냐고 한나절을 다그쳤던 것이다. 금정조에 비하면, 물론 낯선 곳에서 맞는 첫날이기 때문에 그럴 것이기도 하겠지만, 문조는 그 청회색 몸뚱어리를 훨씬 필사적으로 내던지며 우짖었다. 해주댁은 겁에 질린 문조가 뺨에 붙은 백반(白斑)을 할딱이는 모습을 물끄러미 바라보며, 문조가 날고 있어야 할 말레이나 수마트라의 하늘을 연상했다. 그곳의 하늘은 문조의 부리처럼 담홍색 노을이 어둠이 오기 전의 저녁하늘을 오래오래 물들이곤 했었을 것이다. 그, 노을이 붉게 떨어진 교목의 나뭇가지 끝에서 저들의 조상은 부리를 닦으며 지금처럼 발악하는 울음이 아닌 아주 청아하고 행복에 겨운 노래로 밤을 맞이했으리라.

문조 네 마리의 시끄러운 울음소리는 기어코 노파의 요란한 지청구를 자아내고야 말 것이라는 해주댁의 예상은 빗나가고 있었다. 말레이나 수마트라의 저녁하늘을 훨훨 날아오르는 문조의 시원한 비상을 꽤 오랫동안 연상했다 싶었는데도 안방 쪽에서는 아무런 기척이 없었다.

해주댁은 조롱 속에 어지럽게 흩어져 있는 좁쌀과 피〔稗〕 알갱이들을 긁어낼 양으로 조롱 한 귀퉁이에 앙증맞게 붙어 있는 작은 문의 빗장을 젖혔다. 혈관이 파랗게 비쳐나올 정도로 투명한 그녀의 한 손이 조롱 속을 더듬어 들어갔다.

손의 갑작스런 침입에 놀란 두 마리의 문조는 조롱 꼭대기에 거꾸로 매달리며 아우성치다가 마침내는 해주댁의 투명한 손등 위에다 선홍빛 발톱 자국을 남기고 말았다. 해주댁은 반사적으로 손을 꺼냈고 두 마리의 문조는 열린 문을 통해 순식간에 밖으로 빠져나와버렸다.

얼떨결에 두 마리의 새를 놓쳐버린 해주댁은 하릴없이 상처난 손등을 입가에 가져다 대었다. 두 마리의 문조는 까만 머리를 쫑긋거리며 도라지밭 섶으로 사라져버렸다. 해주댁은 혀 끝에 닿는 비릿한 맛을 느끼며 나머지 조롱의 문들을 활짝활짝 열어 젖혔다. 가거라 너희들의 하늘로. 다시는 너희들의 아름다움이 너희를 구속하지 않는 자유의 하늘로. 가거라, 훨훨.

해주댁이 저녁상을 준비할 때까지도 안방 쪽에선 아무런 기척이 없었다. 해주댁은 호족반에 흰빛 나는 보시기며 탕기를 받쳐들고 대청으로 올라섰다.

"어무님, 저녁진지 드셔야죠……."

그러나 안방 쪽에서는 역시 아무런 기척이 없었다. 해주댁은 격자문을 열자마자 쏟아져나올 노파의 가시돋힌 험구를 떠올리며 조심스럽게 문고리를 잡아당겼다.

노파는 해주댁이 들어서는 것조차 의식하지 못한 채 십육절지 모조지 위에 깨알같이 박힌 글자들에 몰두해 있었다. 군데군데 접히고 손때가 묻은 걸로 봐서 아마도 노파는 오후 내내 그 종이쪽지를 붙들고 뭔가를 읽어내려고 애를 썼던 모양이었다.

"뭘 보시고 계세요, 어무님……."

해주댁이 호족반을 노파 앞에 바투 놓고 인기척을 냈을 때에야 노파는 화들짝 놀라며 보고 있던 종이쪽지를 엉덩이 밑으로 감추었다. 그런 노파의 모습은 마치, 짐승이 먹을 것을 감추고 건드리면 곧장 달려들겠다는 기세 바로 그것이었다. 노파의 무릎 곁에는 미처 감추지 못한 뜯긴 편지봉투가 놓여 있었다.

"나가! 나가란 말여. 내 새끼여, 내 새끼란 말여."

"이장님 댁에 다녀오셨어요?"

해주댁은 이 고을에 도착하는 편지들이 이장 댁을 통해서 전달된다는 사실을 알고 있었다.

"알 것 읎어. 빨랑 나가. 안 나가믄 밥상을 당장 처엎을 거여."

노파는 눈에서 시퍼런 인광을 내뿜으면서 으르렁거렸다. 해주댁은 더 이상 노파 앞에서 지체하지 못하고 물러났다. 해주댁이 격자문을 밀치고 대청으로 나올 때까지 노파는 잔뜩 몸을 웅크린 채 해주댁을 노려보고 있었다.

밤이 깊어지면서 빗소리도 점점 굵어지기 시작했다. 창호지를 투과한 어둠들이 벽지의 연속 사방무늬를 하나둘 지워가더니 급기야는 끈적한 점성의 콜타르로 변해 해주댁의 사지를 누르며 잠을 쫓았다. 그밤따라 문득문득 찾아오기 시작한 가위눌림에 놀라 자리에서 일어날 때마다 해주댁은 대청마루를 건너오는 안방의 부연 불빛을 확인하곤 했다.

깜박깜박 잠이 들었다가도 바람을 동반한 빗소리가 창문을 때리며 지나갈라치면 해주댁은 소스라치듯 자리에서 일어났다. 방 안을 가득 메운 어둠도 어느새 그 농밀한 자태를 풀어헤치며 천천히 방 안의 작은 공간을 헤엄치듯 부유하고 있었다.

잠깐 동안 눈을 붙였던 해주댁은 귓가에 와 닿는 어떤 미세한 음향에 다시 눈을 떴다. 의식이 돌아온 그녀의 귓가로 한꺼번에 들이닥친 소리들은 그녀가 잠결에 들었던 미세한 소리를 분간해내지 못하게 했다. 물먹은 창호지에 부딪는 빗소리, 그리고 비바람에 무성한 머리를 푸는 밤나무숲의 잎 부비는 소리가 그녀의 의식을 어지럽혔다.

해주댁은 불면으로 욱신거리는 관자놀이를 엄지손가락으로 힘주어 누르고는 자리에 누웠다. 그녀의 귀에는 물먹은 창호지에 부딪는 빗소리가 다시 어린아이의 칭얼거림으로 들려왔고 서걱이는 밤나무숲도 저만큼 물러나 앉은 듯했다. 그때서야 그녀는 안방으로부터 들려오는 노파의 외침을 들을 수 있었다.

"뭣 허구 있는 게여……내가 까막눈인 걸 번연히 알면서……."

노파의 목소리는 분명 힘을 주어 외쳐대는 것이었으나 두 개의 굳게 닫힌 문틈으로 새어들어오는 것이었으니만큼 그것은 안방으로부터 건너오는 불빛만큼이나 희미한 것이었다.

"아, 빨랑빨랑 건너오지 못허구 뭣 혀!"

노파의 외침은 빗소리에 묻혔다가 다시 이어졌다. 해주댁은 노파의 간헐적인 외침이 마치 익사 직전의 사람이 무자맥질치며 질러대는 소리인 것만 같아 옷매무새를 추스르지도 못하고 맨발로 대청마루를 가로질러 안방으로 뛰어들어갔다. 노파는 너무 오랫동안 만지작거려서 낡은 종이 쪽지처럼 하늘하늘하게 된 모조지를, 경황없이 달려온 해주댁의 코앞에다 불쑥 들이댔다.

"내 새끼, 옥이한테서 온 거여. 어여, 얼른……."

"옥이한테서라구요?"

"그렇다니께. 이장이 그렸어. 서울에서 온 거라구……."

그렇게 다그치는 노파의 눈빛에서 해주댁은 혈육에 대한 오달진 그리움 같은 것을 읽을 수 있었다.

노파의 옥이에 대한 집착이 이제까지 해주댁에겐 혈육에 대한 끈끈한 정으로 비쳐지진 않았었다. 옥이가 집을 뛰쳐나가기 전까지만 하더라도 노파는 옥이에게 특별한 애정을 보이지 않았었고, 집을 나간 후로도 한동안은 옥이의 이름을 부르며 소란을 피우지 않았으므로, 노파가 말끝마다 내 새끼 내 새끼 하며 옥이의 이름을 부르는 건 해주댁 자신을 호달굴 빌미를 마련하느라 그러는 것쯤으로 생각해왔던 것이다.

그러나 밤깊도록 혼자서 끙끙거리며 주무르던 종잇조각을 내미는 노파의 눈에는, 오로지 한 점뿐인 혈육에 대한 애타는 그리움이 확연하게 농울져 흐르고 있었다.

노파에게서 종이쪽지를 전해받은 해주댁은 한동안 글씨를 찾아내지 못하고 머뭇거리고 있었다. 너무나 갑작스런 일이라 해주댁은 자신이 종이의 뒷면을 보고 있다는 사실을 모르고 있었다.

그것은 소환장이었다. 일의 시말에 대해서는 일언반구의 언질도 없이 그저 몇 월 며칠 몇 시까지 서울 남부 경찰서 형사과로 출두하라는 명령의 내용만 비정하게 적혀 있을 뿐이었다. 해주댁의 성명이 그녀의 딸인 옥이의 보호자로 기록되어 있는 것으로 봐서 문제는 옥이에게 있음을 알아차릴 수 있었다. 그러나 시골에서 배운 것 없이 상경하여 어느 공장의 생산직 여공으로나 살아가고 있을 옥이에게 형사사건이라니. 해주댁은, 기쁨과 당황스러움이 순식간에 의혹과 두려움으로 변하는 와중에서 자신의 몸이 돌처럼 굳어가는 것을 느꼈다.

옥이를 데리러 내일은 서울엘 다녀와야겠다고 노파를 안심시킨 다음 해주댁은 건넌방으로 건너왔다. 잠결에 당한 갑작스런 일로 해주댁의 머리는 홍두깨에 얻어맞은 것처럼 멍멍했고 다리는 심하게 허청거렸다.

해주댁이 자리에 누워 눈을 감았을 때 창호지문에 부딪는 빗소리와 밤나무숲에 이는 바람소리가 아까의 크기로 들려오기 시작했다. 그러자 해주댁의 감은 눈 속으로, 언젠가 석이네 흑백 텔레비전 화면에 어지럽게 비치던 여공들의 모습이 나타나기 시작했다. 머리에 광목띠를 두른 그들은 악을 쓰고 울부짖고 있었지만 그들의 외침은 지금 소리가 되어 들려오진 않았다.

해주댁은 팔을 아래위로 내저으며 악을 쓰는 그들의 모습에서 옥이의 모습을 찾아보려고 했지만 어느새 옥이는 어두운 철장 속에서 두 무릎을 감싸고 초췌한 모습으로 앙당그리고 앉아 있었다.

"옥아."

해주댁은 자신도 모르게 신음처럼 여린 탄성을 내뱉었다. 그러자 옥이는 해주댁의 음성을 들은 듯 새우처럼 굽혔던 허리를 펴고 일어나서 굳게 잠긴 철문을 부여잡고 해주댁을 바라보았다. 몇 년 동안 얼굴을 보지 못했던 옥이는 이제 완연한 처녀로 자라 있었다. 아버지를 닮은 커다란 눈, 해주댁을 닮은 투명한 피부, 그것은 조롱에 갇힌 한 마리의 금정조였다.

비는 멈추었으나 태양은 아침까지도 시원스레 얼굴을 내비치지 못하고 구름 속에서 힐긋힐긋 지상을 기웃거리고 있었다. 해주댁은, 물은 낡았지만 곱게 다려진 깔깔이옷을 차려입고 쪽대문을 나섰다. 이따금씩 밤나무숲이 부르르 진저리를 칠 때마다 잎사귀에 묻어 있던 물기가 후두두두 떨어져 내렸다.

해주댁은 두 그루의 노송 밑을 지나치려다 말고 되돌아와 깨진 가마솥에서 밀겨를 퍼내다 돼지우리에 쏟았다. 석이 어멈에게 한 이틀 노파와 짐승들을 부탁하긴 했지만 하루 정도는 먹을 수 있게 밀겨를 넉넉히 넣어주었다.

또 한 차례 밤나무숲이 진저리를 치며 비말을 하늘로 솟구쳐 올렸다. 해주댁은 바람에 날리는 치마섶을 말아올리며 돼지우리 용마루를 돌아서려다 시금치를 심은 텃밭 가장자리에서 꼬물거리는 검은 물체에 시선을 멈추었다. 비맞은 밭쥐이겠거니 하고 그냥 돌아서려는데 그것들의 심상치 않은 울음소리가 해주댁의 발목을 잡았다.

텃밭 가장자리로 다가간 해주댁은 그 울음소리가 어제 조롱에서 놓여난 문조의 것임을 알아냈다. 손가락만 하게 자라오른 시금치 다발 아래서 그것들은 다 죽어가는 울음소리를 내며 오들오들 떨고 있었다. 그것들은 어제 조롱을 빠져나와 도라지섶을 쫑긋거리며 달아나던 놈들임에는 틀림없었으나 모습은 이미 어제의 그 아름답던 문조가 아니었다. 머리와 날개, 그리고 꼬리로 이어지는 검정 깃털은 비에 젖어 역청빛으로 변해 있었고

226

목덜미와 배 부분의 보드랍던 흰털은 더러운 흙탕물로 범벅이 되어 있었다. 수마트라의 하늘을 찾아 자유롭게 날아가라고 놓아주었더니 그들은 기껏 충혈된 눈빛과 온몸에 두려움을 덕지덕지 묻히고 초라한 모습으로 되돌아왔던 것이다.

금정조와 더불어 새장에서 놓여났던 네 마리의 문조 중에 두 마리만이 시금치 밭으로 용케 되돌아와 있었다. 해주댁은 시금치 다발이 밟히지 않게 조심조심 걸어 들어가 비맞아 떨고 있는 두 마리의 문조를 들어 안았다. 그들은 이미 사람의 손길을 피할 엄두조차 내지 못하고 있었다.

줄곧 기웃거리기만 하던 해가 구름 속에서 얼굴을 내밀면서 초여름의 햇살을 쏟아내기 시작했다. 그 햇빛은 채마밭에서 자라고 있는 푸성귀들의 물 묻은 이파리에 떨어져 내리며 작은 구슬로 부서졌다. 해주댁은, 풀 끝마다에서 부서지는 빛조각들로 인해 때아닌 꽃밭을 이룬 채마밭을 천천히 걸어나갔다. 밤나무숲에서는 어느새 뭇 산새들의 울음소리가 자지러지고 있었다.

노을은 다시 뜨는가

I

실업의 한낮은 무심했다. 의식은 중량도 없이 방향도 없이 아무렇게나 공중에서 좌충우돌하다 제풀에 지쳐 까무러져들곤 했다. 무중력 상태. 텅 빔. 아무 생각이 없었다. 어디 마음을 둘 만한 곳이 없었다. 그래서 걱정도 없었다. 이러다간 감정이란 걸 숫제 잃어버리고 마는 것이 아닐까. 그는 덜컥 겁에 질리기도 했다.

아침에 잠자리에서 일어날 때마다 그는 매번 분발하고자 했다. 무언가를 해야만 한다. 무기력함보다 더 몹쓸 병이 있을까. 바쁘다는 핑계로 그동안 내버려두었던 집안일들이 주위에 산더미처럼 쌓여 있을지도 모르는 일.

그러나 그가 돌보아야 할 일이란 한줌도 못 되었다. 셋방을 사는 형편이어서 특별한 수리를 요하는 일은 주인에게 통보만 하면 되었다(그가 직접 수리를 못 할 바도 아니었다. 그러나 특별한 수리란, 반드시 특별한 수

228

리비가 요구된다는 뜻이었다). 그나마 그가 할 수 있는 이러저러 자잘한 일들은 이미 실업의 나날이 시작되던 첫날에 다 해치우고 없었다. 그는 이제, 무엇을 왕성하게 할 수 있는 육신을 가지고, 아무 할 일이 없는 무심하고 텅 빈 공간에 갇혀 있는 꼴일 수밖에 없었다.

마냥 격려만 하고 위로만 할 줄 알았던 아내는 주위의 누구보다도 더 매정하고 야속했다. 돈을 안겨주면 한없는 교태를 연출하다가도 좀 궁한 낌새를 풍긴다 싶으면 금세 안면을 바꾸고 쌀쌀맞게 굴던 옛 직장 근처의 앳된 작부들과 다를 게 없어 보였다. 아침 햇살이 담장을 넘어와 반지하인 그의 방을 넘성거리면 아내는 빚쟁이들을 피하듯 그 햇살을 피해 애를 데리고 어디론가 나가버렸다. 아내는 그와 함께 있는 대낮을 더 이상 인내하지 못했다.

한낮의 화창함을 예고하는 그 아침 햇살이 두렵기로는 그도 마찬가지였다. 햇살은 맑다 못해 푸르스름한 기운마저 띠었다. 햇살은 하루 종일, 무심한 일상을 무슨 형벌인 양 끌어안고서 끙끙거리는 그의 피폐한 의식을 또 인정사정없이 유린할 것이었다. 햇살이 맑고 화창할수록 그는 그 거대한 빛의 손아귀에 갇혀 꼼짝없이 압살당하는 환각에 매일같이 빠져들곤 했던 것이다. 너희가 날 아주 죽이는구나. 멀미가 나도록 분주하게 직장에 다닐 때는 한갓지고 적막한 대낮이 얼마나 큰 축복이었던가. 한 달에 두 번 쉬는 일요일에야 어쩌다 만날 수 있었던 아침 햇살은 또 얼마나 황홀한 은총처럼 여겨졌었던가. 낮잠의 끄트머리를 저작하며 베개를 끌어안을 때 시끄러운 아이를 데리고 밖으로 나가주던 아내는 참으로 고맙기 짝이 없던 그의 반려자였다. 그러나 그 모든 것들, 한때 그에게 축복이었고 은총이었고 반려였던 것들은 이제 적으로서 동맹을 맺고 일제히 그에게 반기를 들고 떨쳐나서서 그를 아주 죽이려 들고 있었다.

실업의 나날이 시작되던 무렵. 그는 동맹한 그들의 진영으로 과감하게 뛰어들어 그들의 반역을 꾸짖고 자신의 처지를 해명하려 애를 쓰기도 했었다. 며칠 동안 그는 출근하던 때와 같은 시각에 일어나 세수도 하고 면도도 하고 문을 나섰었다. 아내가 차려주는 아침밥까지 든든히 먹고서였다. 난 아직 건재하다. 누구도 나를 쉽게 주눅들게는 못하리라.

그러나 그는 결국, 그 동맹군들이 얼마나 강고하고 거대한 무리들이었는가만을 철저하게 깨닫고 스스로 돌아와 셋방에 자신을 가둘 수밖에 없었다. 현관문을 나서서 담장을 돌아 큰길에 나서자마자, 만나게 되는 그들의 완강하고 철통 같은 방어에 한 발짝도 꼼짝할 수가 없었던 것. 길거리를 분주하게 오가는 차량들, 어디론가를 향해 전사처럼 뛰고 걷는 사람들은 그를 거들떠보지도 않았다. 각자 가야 할 방향이 뚜렷하고, 그 방향을 향해 일로 매진하는 차량이나 인도 위의 사람들은 그 '방향성' 하나만으로도 그를 한없이 주눅들게 했다.

평소에는 보이지 않던, 길거리에서 어슬렁거리는 사람이거나 좌판을 벌이기 위해 짐꾸러미를 풀고 있는 노점상들의 느릿한 몸 움직임들만 명료하게 시야에 들어와 박혔다. 뿐만 아니라 그의 눈에는 이제, 횡단보도를 급하게 건너는 아가씨의 출렁이는 엉덩이 따위는 보이지 않고, 더러운 전봇대에 붙어 바람에 너펄거리는 구직광고가 연(鳶)처럼 확대되어 보일 뿐이었다. 그는 가판대의 늙은 신문팔이 여인에게서조차 적의를 확인해야만 했다. 공손하게 내미는 이백 원의 동전을 매처럼 잡아채가면서도, 늙은 신문팔이 여인은 최소한 그에게 물어야 할 '어떤 신문요?'라는 말조차 횡령해버리는 것이었다. 바쁘거나, 방향성 있는 발걸음을 가졌거나, 하다못해 보도블럭 위에 보자기만큼의 좌판을 벌여놓고 소리를 치고 있는 사람이면 그에겐 모두 거대하고 힘센 유인원, 혹은 그를 점령한 승전국의 장수들처럼 보였던 것이다. 자신은 그들의 가랑이 사이를 오가는 지극히 왜소한 벌레가 된 기분이었다. 그러고 보면 그는 저들의 완벽한 따돌림에 의해 한 발짝도 꼼짝 못한 것이 아니라, 이미 오래전부터 저들이 점령해버린 패전국 성안에 꼼짝없이 포위되어 있었던 것은 아니었을까. 그럴지도 모를 일이었다. 태어날 때부터 이미.

II

집구석에 틀어박혀 있어봤자 중뿔날 일도 아니었다. 그렇다고 밖으로 나다닌다고 해서 신통한 수가 생기는 것도 아니었다. 안은 안대로 적막감과 따분함이 그를 짓눌렀고, 바깥은 바깥대로 무관심한 다수와, 각자의 일로 분주하고 바쁜 타인들이 그의 발걸음을 막아섰다. 그는 안팎으로 둘러싸여 있는 격이었다. 이쯤 되면 그는 아닌게아니라 패전국 성안의 전쟁노예가 아닐 수 없었다. 그는 어떡하든 자유로울 수가 없었다. 그의 행위와 모든 사고는 외부의 간섭이 있기도 전에 이미 그의 내부에서 철저히 통제되었다. 그는 자기 안에 자기를 가두고 있었던 것이다. 직장을 잃었다고 당장 굶어죽는 것도 아니다. 초조해할 필요 없다. 산 입에 거미줄 치랴. 어떻게 되겠지. 어떻게 되겠지. 의지와는 별로 상관없이 자꾸 왜소해지는 자신을 추스르려고 애를 안 써본 것도 아니었다. 그러나 그러한 노력은 그의 입술에서만 주절거려지는 것으로 번번이 끝났다. 산 입에 거미줄 치랴고 되뇌는 그의 입술에는 가련하게도 신기(神氣) 같은 경련이 붙었고, 그의 머릿속에는 입술에서 외워지는 것과는 전혀 다른 상념——아내와 아이가 난민의 몰골을 하고 그를 빤히 쳐다보고 있는 것 같은 심난한 장면들이 명료하게 스치는 것이었다.

그에게 절실한 것은, 아내의 매정하고 야멸찬 작금의 태도에 대해, 속 다르게 대범한 모습을 드러내는 그런 거짓된 여유가 아닌 진정한 안정이었다. 그는 좀 편하고 싶었다.

그런 그에게, 하루는 편한 마음으로 외출을 할 수 있는 빌미가 생겼다. 그것은 계시처럼 산뜻하게, 그리고 사뿐히 그의 머리 위에 내려 앉았다.

그는 베개를 베고 누워 꽁초를 피우고 있었다. 그러다가 그의 시선은 우연히 천장 바로 아래쪽에 붙어 있는 적산전력계에 멈추었다. 그러자 그의 몸은 반사적으로 벌떡 일어나졌다. 적산전력계 밑으로 바짝 다가가서 톱니바퀴의 회전을 안타깝게 바라보았다. 저걸 멈추게 할 수는 없을까. 그의 형수는 그에게 전력계의 회전을 멈추게 하는 간단한 방법을 언젠가 알려주었던 적이 있었다. 그러나 그는 팽팽 돌아가는 적산전력계 앞에서 형수가 일러준 그 방법을 생각해내지 못하고 안절부절못했다. 저렇게 돌아가다가는 몇 달 안 돼서 해직수당을 전기세로 다 날려버리고 말지. 그는 주위를 두리번거렸다. 가전제품이래봤자 전기밥통과 재작년에 산 냉장고, 그리고 텔레비전 한 대가 전부였다. 텔레비전은 꺼져 있었고, 그렇다면 전기밥통과 냉장고가 빨아먹는 전력이 이렇게 엄청나단 말인가. 어쩌면 적산전력계의 회전판의 속도가 자신에게만 과장되게 보이는 것인지도 모른다고 생각했다. 언젠가 무슨 바쁜 일로 중형 택시를 잡아타고 남산 1호 터널을 지난 적이 있었는데 그는 요금판에 나타나는 숫자를 보고서 꼭 지금과 같은 기분을 경험했던 것. 요금이 기록되는 자판 바로 아랫부분에 반딧불 색깔로 주행거리가 숨가쁘게 표시되고 있었다. 500이라는 숫자로 시작해서 택시가 일 미터를 주행할 때마다 한 자리씩 지워지는 계기였다. 그것은 자동차의 속도와 비례해서 지워질 수밖에 없었는데, 오백 미터를 다 달리면 0이라는 숫자가 나타남과 동시에 요금판에는 일백 원이 자동적으로 가산되는 장치였다. 500이라는 숫자는 마치 뜨거운 양철판에 떨어진 실지렁이처럼 요란스럽고 필사적으로 몸을 비틀어대며 끊임없이 0이란 숫자를 향해 변신을 거듭하고 있었던 것이다.

그는, 가전제품의 플러그를 일일이 뽑을 것이 아니라 아예 두꺼비집의 뚜껑을 열어젖혀 전력을 차단해버리는 게 낫겠다는 판단을 내렸다. 그러나 그는 자신의 손을 올려 두꺼비집의 손잡이를 끌어내리지 못했다. 두꺼비집의 손잡이를 끌어내리는 자신의 떨리는 손끝을 제 눈으로 직접 확인한다는 것은, 차라리 그대로 놔두고 속으로 안달하는 것보다 훨씬 처참해 보일 것 같았으므로. 그때 그의 눈에 들어온 것이 바로 계기판의 숫자 4040이었던 것이다.

편하고 싶은 마음이 너무도 절실했던 탓일까. 어쨌든 그 숫자를 보고 떠올린 생각을 그는 '계시' 라고까지 부르고 싶었던 것이다.

40이라는 숫자는 그를 편안한 마음으로 외출하게끔 했다. 그동안의 그의 외출은 그 어느 경우도 맘 편한 외출이 아니었다. 실업의 초기에, 직장을 나가던 때와 다름없이 아침밥을 먹고 집을 나섰던 것은, 십여 년 계속해서 똑같이 반복되던 일상에 하루아침에 브레이크를 넣을 수 없었기 때문이었다. 브레이크를 넣을 수 없었던 것이 아니라, 브레이크는 이미 타의에 의해서 급작스럽게 넣어진 터였다. 그가 다른 날과 다름없이 아침밥을 서둘러 먹고 출근하듯 밖으로 나서곤 했던 것은 일종의 관성이었다고 말할 수 있는 것이었다. 가속도가 붙은 차량이 급정거를 하거나 어떤 물체와 충돌을 일으켜 갑자기 정지하지 않으면 안 되었을 경우, 운전석에 앉아 있던 운전자는 관성에 의해 앞 유리창을 뚫고 바깥으로 튕겨나올 수밖에 없는 일. 말하자면 실업의 초기에 그가 아침 일찍 집을 빠져나온 것은 차 앞 유리를 들이받고 튕겨져 나오는 운전자의 처참한 모습에 다름 아니었을 것이다.

아침에 외출하는 버릇을 곧 그만두고 대낮에 시내를 배회하기 시작한 것도 결코 맘 편한 짓이 아니었다. 단칸 셋방에서 토라진 아내의 얼굴을 속절없이 바라보고 앉았기가 민망해서 번번히 충동적으로 이루어지곤 하던 외출이었으니 갈 곳도 머물 곳도 없었다. 신문사 근처 신문 게시판을 순회하며 하단 구직광고를 뒤지는 것으로 하루를 죽이는 일이 고작이었다. 신문 하단 구직광고를 읽고 있을 땐 신문 상단의 정치니 경제니 하는 기사들은 거들떠뵈지도 않았다.

III

40이라는 숫자는 그에게 뚜렷한 외출의 명분을 제공했다. 관성에 의해서거나, 마누라의 비틍그러진 인상 때문에 속수무책 뛰쳐나가던 외출과는 성격이 달랐다. 이번의 외출엔 분명한 방향과 목적이 있었던 것이다. 길거리의 분주한 발걸음들 속에서 그는 종작없이 시들어진 자신의 발걸음을 얼마나 오랫동안 안타깝게 여겨왔던가. 그의 발길에 오랜만에 목적과 방향이 부여되었다는 것에 대해 계시라는 생각까지를 주책없이 떠올려야 했을 만큼 그는 지쳐 있었던 것.

방향은 서쪽. 목적지는 고향이었다. 더 구체적으로 말한다면, 그는 고향 가외도의 보석사(普釋寺)라는 사찰로 40이란 숫자의 '안부(安否)'를 확인하러 떠나는 길이었다.

보석사와 40이란 숫자를 처음으로 상기시켜주었던 사람은 정 부장이었다. 정부장은, 그가 얼마전에 그만둔 그 직장에 처음 입사하기 위하여 면접을 보았을 때의 면접관 중 한 사람이었다.

"고향이 가외돕니까?"

"예, 그렇습니다."

"보석사라는 절을 알겠네요?"

"예, 압니다."

"그곳의 저녁노을이 그렇게 아름답다면서요?"

그는 면접관의 그 질문에 대해 대답을 하지 못했었다. 알루미늄 주물공장의 인부를 뽑는 자리에서 노을은 무슨 노을이란 말인가. 그것도 아침부터 뜬금없이.

그가 질문에 대답을 못 했던 것은, 물론 그 질문이 가당찮다든가 어이가 없어서가 아니었다. 그는 말 그대로 그 노을에 관해 대답을 '못했던' 것이다. 보석사의 노을을 모르고 있었기 때문이었다.

그가 보석사에 한 번도 안 가본 것은 아니었다. 국민학교 사학년 때였던가, 구운 조기 한 마리를 비료부대종이에 싸서 '벤또'를 들고 선생님을 따라 소풍을 다녀왔던 적이 있었다. 너무 오래된 일이라서 그때의 일들이 기억에 남아 있지 않다고 대답할 수도 있었다. 해가 기울기 전에 일찌감치 집으로 돌아왔기 때문에 노을 같은 건 볼 수 없었노라고 말할 수도 있었다. 그러나 그렇게 말하는 것은 정확한 대답이 될 것 같지 않았다. 그는 당시의 일을 명료하게 기억할 수 있었다. 투명한 탄산음료 유리병 속의 그 환장할 주황색 물결은 아직도 그의 뇌리에 서럽게 파동치고 있을 정도이니까. 그날 무슨 일로 하여 노을이 질 시각까지 그곳 보석사에 머무르게 되었다 치더라도 그는 아마 그 노을에 대해 특별한 감상 같은 것을 갖지 못했을 게 분명했다. 당시에는 하늘이나 바다 같은 자연풍광에 관심을 둘 겨를이 없었고, 무엇을 먹을 것인가, 먹고 싶은 것을 사먹을 수 있는 돈이 과연 주머니에 남아 있는가에만 온통 정신이 팔려 있었으니까. 소풍이란, 산과 나무와 하늘과 물을 보기 위해 가는 것이 아니라 아이스케이크와 캐러멜과 빵과 과자를 먹으러 가는 것이었다.

정 부장의 언뜻 알아들을 수 없는 질문이 상기시켜주었던 건 보석사 소풍과, 그 보석사 주위에 짐보따리를 풀고 여러 가지 먹을 것들을 팔던 여인들과, 그것들을 먹지 못해 오금을 저리던 가난한 유년의 추억까지였다. 면접을 받던 날 정 부장의 질문이 40이란 숫자에까지 생각이 미치도록 했었는지 그는 기억하지 못했다. 사실 그는 적산전력계의 숫자판을 보기 전까지만 하더라도 그가 그 회사에 입사하기 위해 그런 내용의 면접을 받았었다는 사실조차 까맣게 잊고 있었으니까. 어쨌든 적산전력계의 40이란 숫자는 정 부장과, 보석사와, 노을과, 주황색 탄산음료를 동시에 떠오르게 했고, 보석사 뒤편 이백나무에 굵게 새겨져 있던 40이란 숫자를 생각나게 했던 것이다. 보석사 뒤편의 이백나무가 생각나자 그는 그 나무의 안부가 궁금해서 견딜 수가 없었다.

그 숫자는 그 나무에 목을 맨 사람이 새겨놓은 글자였다. 사십 년이 지나도 이 땅에 나같이 가난하게 살다 가난함 때문에 죄를 짓고 죽어가는 사람이 많을 것이다. 지금보다 더 많을 것이다. 만일 그렇지 않다면 이 나무는 그때까지 푸르를 것이고, 내 말이 틀리지 않는다면 이 나무는 나처럼 죽어갈 것이다. 하필이면 사십 년이었을까. 사십 년 이상 지나면 그 이백나무가 자살자의 예언에 관계없이 자연사할 수도 있을 거라고 그 비정한 예언자는 판단했던 것일까. 전쟁이 끝나던 해 목을 맸다고 하니까 사십 년 후면 1993년, 아직 삼 년이라는 세월이 남아 있긴 했다.

IV

탄산음료 때문이었다. 그는 투명한 유리병 속에 든 주황색 탄산음료를 먹고 싶어 거의 죽을 지경이었다. 그러나 소풍날 그의 주머니 사정은 그걸 허락하지 않았다. 그의 주머니에는 이제 이 원밖에 남아 있지 않았던 것이다. 차라리 저것들을 안 보는 게 낫겠다 싶어 그는 보석사의 뒤뜰 이백나무 숲으로 도망을 치다시피 숨어버렸다. 이백나무 숲에는 아무도 없었다. 숲은 어둡고 서늘하고 적막했다. 아이들이 불어대는 뿔나발 소리며, 재재거리고 떠드는 소리가 마치 깊고 먼 계곡으로부터 들려오는 것만 같았다. 숲으로 몸을 감춘 그는 구운 조기를 쌌던 비료부대 종이를 하릴없이 씹기 시작했다. 조기기름 냄새가 그대로 배어 있는 비료부대 종이를 그냥 버리기가 아까워서 그는 그걸 주머니에 착착 접어 넣고 있었던 것이다. 언제든지 입이 심심하면 조금씩 찢어서 씹으려는 생각에서였다. 탄산음료에 대한 주체할 수 없는 욕구를 달래보려고 그는 허겁지겁 부대 종이를 입 속에 구겨넣고 꾸역구역 씹었다. 그러다가 그는 지구를 삼킬 듯 입을 벌리고 입 안의 내용물들을 모두 토해냈다. 탄산음료가 아닌, 찝질하고 퀴퀴한 종이 뭉치에 그만 목구멍이 반란을 일으켰던 것이다.

몇 차례 심한 욕지기를 하고 나자 눈알이 빠지는 것처럼 아팠다. 그때 누군가가 그의 등을 두드려주었다. 놀라서 뒤돌아보니 거기에는 육학년 담임인 허깨비 선생이 이백나무 한 그루를 뒤로하고 웃고 있었다. 아픈 두 눈에서는 눈물이 핑 돌았다. 그는 자신의 부끄러운 모습을 아무에게도 보이고 싶지 않았다. 허깨비 선생한테 들킨 것이 신경질이 났다. 모든 게 탄산음료 때문이야. 모든 게 어머니 때문이야.

"다 쓰지 말고 남겨와야 혀!"

아침에 어머니는 동구밖까지 따라나오며 그에게 단단히 신칙을 주었었다. 오 원을 주면서, 겨우 돈 오 원을 주면서 어머니는 그예 매정하게시리 남겨오라고까지 했던 것.

"그래두 넌 행운안겨. 막내라서 돈까지 받은 줄이나 알어."

누이들은 그나마 오 원이라는 현금(!)을 받은 그를 마냥 부러워했다. 누이들은 그가 받은 오 원짜리 동전을 번갈아 돌려가며 만지작거렸다. 누나들의 눈에서는 반짝 빛이 났다. 아닌게아니라, 화폐개혁 이전에 주조된, 이승만 할아버지가 새겨진(그 노여움 많던 독재자는 자신의 재임기간에 자신의 초상을 화폐에 넣었었나 보다) 오십 환짜리 은화를 쥔 그의 오른 손엔 뿌듯한 중량감이 안 느껴지던 것은 아니었다.

누나들은 소풍날이 와도 용돈이 없었다. 이팝 싸주는 것만으로도 감지덕지해야 했다. 거기다가 조기까지 구워주었으니(조기라니! 조기를 많이 닮은 황새기라는 생선일 뿐이었다. 어머니는 그걸 극구 조기라고 우겼다)

238

누나들은 더 할 말이 없었다. 투정을 부려본다는 게 고작, 다른 집 아이들은 김도 구워갈 텐데였다. 그러나 언감생심. 파래가 새파랗게 뒤엉킨 김일지라도 그것은 조상 봉제사 때나 제수로서 몇 장 구워지고 마는 것. 산이나 들에서 불경스럽게 먹는 반찬거리가 아니었던 것이다.

다 쓰지 말고 남겨와야 한다는 어머니의 말은 그의 머릿속에서 온종일 두억시니처럼 따라다녔다. 그는 복잡한 계산을 하지 않을 수 없었다. 얼마를 남길 것인가. 오 원 중에 일 원만 남겨가면 어머니는 분명 그것도 남겨온 것이냐며 그의 등짝을 호되게 후려펠 것이었다. 어머니가 기어코 남겨오기를 바란다면 그는 일 원을 남겨가고 싶었다. 그러나 그는 일 원의 교환가치와 자신의 등짝에 떨어져내릴 매의 강도를 가늠해보지 않을 수 없었다. 죽으면 죽었지 사 원이나 삼 원을 남겨갈 수는 없다고 생각했다. 얼마를 남길 것인가는 이미 정해져 있었다. 주머니에 저절로 남아 있는 액수도 이 원이었다. 다만 그는 얻어터질 것을 각오하고 일 원을 더 쓰느냐 마느냐 망설이고 있을 뿐이었다. 어쨌든 그는 탄산음료는 못 먹게 되어 있었다. 그는 이미 껌과 뻥과자와 아이스케이크를 사먹느라고 삼 원을 다 써버렸기 때문이었다. 탄산음료는 오 원이었다. 다른 걸 사먹지 말고 대범하게 저걸로 한 병 사먹을 걸 그랬나. 그렇다면 돈을 남겨가는 문제가 남지 않는가.

심한 욕지기로 충혈된 눈에 돌았던 눈물이 가실 때까지 육학년 담임 허깨비 선생은 그를 말없이 내려다보고만 있었다. 허깨비 선생은 수업시간 외에는 별로 말을 하지 않았다. 다른 선생님이나 마을의 어른들도 선생에게 말을 걸지 않았다. 선생은 곧잘 교실 창문을 통해 먼산을 오래도록 바라보며 석고상처럼 움직이지 않았다. 그럴 때의 선생은 혼이 다 빠져나간,

영락없는 허깨비였다. 선생의 평소 행동은 느릿했으나 신중함 같은 것이 그의 몸에 늘 따라붙어 다녔다.

"몇 학년이더라?"

"사학년요."

선생은 그가 몇 학년인지 잘 알고 있으면서도 그렇게 묻는 것이라고 그는 생각했다. 학년당 한 학급씩밖에 없는 시골 분교 선생들은 누가 몇 학년이고 이름이 무엇인지 잘 알고 있었다. 허깨비 선생도 그가 몇 학년인지 모를 리 없었다. 선생은 그의 아버지가 열 마지기도 채 못 되는 땅을 소작 부치며 여덟 식구의 목숨줄을 대고 있다는 사실까지 다 알고 있을 터였다. 허깨비 선생은 다른 선생들보다 아이들의 가정형편에 대해 유독 관심이 많았다.

이백나무 숲에서 허깨비 선생과 단둘이 있게 되었다는 사실이 새삼스러웠다. 그들이 이백나무 숲으로 들어오게 된 데는 서로 다른 이유에서였을 것이다. 그러나 각자의 이유야 어떻든 그들은 똑같이 이백나무 숲을 택했던 것이다. 숲 밖에서 재재거리는 아이들의 목소리와 보석사의 풍경소리는 아까보다 더욱 깊고 먼 계곡에서 들려오는 것만 같았다.

"애야, 이걸 봐라. 보이니?"

선생은 자신이 뒤로하고 서 있던 한 그루의 이백나무를 가리켰다. 선생이 가리킨 이백나무는 그 중둥이에 깊은 수피(樹皮)의 상처를 안고 있었다. 그 상처는 오래돼 보였으나 40이란 숫자는 선명했다.

V

허깨비 선생은 그를 땡중이었다고 말했다. 선생은 이백나무에 목을 맨 땡중에 대해 오랫동안 이야기했다. 선생은 담임 반 아이들을 대웅전 앞 보따리 장수들에게 맡겨놓고, 이백나무 숲에서 한 학생을 상대로 소풍의 한낮을 보내고 있는 셈이었다. 산상수훈이라도 받는 듯 그는 갑자기 숙연해져서 선생의 말을 들었다. 선생이 무엇 때문에 땡중에 대한 얘기를 그에게 해주려고 했던 것인가를 그는 전혀 눈치 챌 수 없었다. 땡중이라는 스님과 어떻게든 관련이 있지 않고서야 선생은 땡중에 대해 그렇게 자세하고도 길게 얘기할 수 없었을 터였다. 그러나 그는 거기까진 생각지 못했고 단지 허깨비 선생의 이야기 실력이 대단하다고만 여겼다.

남쪽 어느 지방에선가 흘러와서 천덕꾸러기 행세만 하다 결국 스스로 목숨을 나무에다 건 땡중의 이야기는 그러나, 허깨비 선생의 탁월한 이야기 실력에도 불구하고 그에겐 별다른 재미를 주지 못했다.

그 땡중은 잔나비였어. 잔나비 알지? 이 나뭇가지에서 저 나뭇가지로 훨훨 날아다니는 원숭이같이 생긴 짐승 말이다. 선생은 숙연해져 있는 그로 하여금 자신의 이야기 속으로 냉큼 빠져들어오게 하려는 듯 안경 속의 눈알을 반짝였다. 그는 허깨비 선생의 생기 있는 눈동자를 처음 보는 기분이었다. 평소의 허깨비 선생은 넋이 나가 있는 사람이었다. 선생은 늘 먼 산바라기를 하듯 고개를 쳐들고 다녔고, 안경 유리알은 하늘빛을 반사해 희게 빛났다. 그 안경 유리알 속에 숨어 있는 선생의 눈동자를 본다는 건 그리 쉬운 일이 아니었다. 수업시간에도 허깨비 선생의 안경은 하늘만 하얗게 반사해냈다.

난 너에게 전설을 얘기하고 있는 거야. 이 나무와, 십오 년 전 이 나무에 새겨진 이 40이란 숫자에 대한 전설 말이다. 그는 선생이 말하는 십오 년이란 세월과 전설이라는 말이 과연 합당하게 들어맞을 수 있는 것인지에 대해서조차 생각할 겨를이 없었다. 그는 다만 낯설고 섬뜩하기 짝이 없는 허깨비 선생의 눈빛에 압도되어 숨조차 제대로 쉬지 못하고 있었다. 선생은 허깨비가 아니라 도깨비였다.

선생의 이야기 속에서 이백나무에 목을 맸다는 땡중은 다시 살아나고 있었다. 선생의 유창한 언변에 의해 이백나무 숲에 다시 모습을 드러낸 땡중은 정말로 이 나뭇가지에서 저 나뭇가지로 훨훨 날아다니며 잔나비 같은 괴성을 질러댔다. 십수 년을 산중에 살아온 어느 스님들보다 그는 산을 잘 탔다. 그가 보석사에 나타나고부터는 땔감 걱정은 안 해도 되었다. 그는 절이 아니고서도 얼마든지 산중에 살아남을 산짐승 같은 사람이었다. 그로 인해 식단이 풍성해지자 그를 물색없이 좋아하는 스님도 생겼다. 그는 먹을 수 있는 풀과 먹을 수 없는 풀을 냄새와 빛깔로 구분을 했는데, 산에 자라는 풀의 팔 할은 사람이 먹을 수 있는 것이라는 그의 말에 스님들은 모두 놀랐다. 절집 안에 머무르며 정진에 힘쓰는 스님들이 집토끼라면 그는 멧토끼였다. 그는 염불 대신 온산을 뒤지고 돌아다니며 약초를 캔다거나 버섯을 따는 일에 더 열심이었다. 그의 팔뚝과 정강이에는 가시에 찔리고 긁힌 상처가 사시사철 떠나질 않았다. 참선이나 교리에 힘쓰지 않고 짐승처럼 산만 헤집고 돌아다니는 그를 미심쩍게 여기는 스님들도 없지 않았다. 잔상처 투성이의 몸으로 계곡과 능선을 훨훨 날아다니던 그는, 칠석날이나 초파일, 혹은 월례 예불이 있는 날엔 절에 온종일 붙어 앉아 산 밑에서 올라온 불자들과 함께 어울렸던 것. 신도들은 그를 잘 따랐다. 예불을 마치고 절 주위에서 점심공양을 할 때 그의 주위에는 신도들의 밝은 웃음이 떠나지 않았다. 불목하니들보다 더 남루하고 거칠고 투박한 그가 도대체 어떻게 신도들의 마음을 사로잡을 수 있었던 것일까. 그를 미심쩍게 여기는 스님들은 그가 삿되고 음탕한 말로써 중생을 무명의 그늘 속으로 더욱 깊숙이 떠미는 것이라고 생각했다. 어느 스님은 말하기를, 그는 부처를 똥보다 못한 것으로 여기는가 하면, 아집과 속계의 명리를 좇는 탐심과, 진심(瞋心)으로 가득 찬 가엾은 중생이라고 했다.

아닌게아니라 그는 신묘장구 대다라니도 제대로 외우지 못했고 매일 있는 예불의 순서를 까먹기 일쑤였다. 부처의 시선이 미치는 대웅전 앞뜰을 불경스럽게 뛰어다니는가 하면, 신도들 앞에서 체통을 차리지 못하고 이를 드러내어 경박하게 웃곤 했던 것. 그를 멀리하는 스님들은, 그에게 계를 주고 보석사에 머물게 한 점박이 주지스님의 속맘을 이해할 수 없었다. 그가 수도 없이 부처 앞에서 불경한 언동을 보였음에도, 그때마다 주지스님은 묵묵히 굵은 단주알만 세고 있었던 것이다. 그자로 인해 불어난 신도들의 숫자와 공양미에 욕심이 있는 게라고 생각하는 스님도 있었다. 그가 보석사에 머문 지 한 해도 채 못 되어 신도수는 거의 배로 늘어나 있었고, 열에 하나 있을까 말까 한 남자 신도들의 수가 눈에 띄게 늘어났던 것. 그들은 하나같이 그의 '설법'을 들으러 올라오는 산 밑의 농민들이었다.

그를 즐겨 찾던 농부들이 거의 다 총에 맞아 죽고 난 다음 그는 마지막으로 이백나무에 목을 맸다. 해방이 되고 전쟁이 터지는 와중에, 그를 찾던 남녀 신도들은 하나같이 국군과 경찰, 청년단과 향토방위단원들에 의해 집단학살을 당했던 것. 산 밑의 농부들이 거의 다 죽어나간다는 소문이 골바람에 실려 산속의 보석사까지 뻔질나게 나돌 때까지만 하더라도 그는 열심히 산속을 뛰어다녔다. 그가 그 나무에 스스로 목숨을 던져버린 건 휴전이 된다는 소문이 산 밑 마을과 보석사 스님들 사이에 파다하게 퍼질 즈음이었다.

신도수는 반으로 줄어들었고, 그나마 그를 찾아 함께 웃어주는 신도는 없었다. 그는 점점 실의에 빠졌다. 그가 나날이 기운 없어지던 이유가 학살에 의해 격감된 신도수 때문이었는지, 아니면 삼 년 동안의 치열하고 처참한 살육전 끝에 전쟁 이전의 상태로 고스란히 되돌아가게 되고야 말았다는 사실 때문이었는지는 아무도 몰랐다.

오래전부터 계획해왔었던 듯한 일을 그는 실행에 옮겼다. 그는, 월례 예불을 마치고 이백나무 숲에서 점심공양을 하고 있는 신도들을 향하여 나무 위에서 일장 '설법'을 하고는 한 팔 기장의 밧줄에 매달렸던 것. 그날이 휴전이 되던 바로 다음 날이었다. 선생은 그의 설법 내용이 어떤 것이었는지는 말하지 않았다.

VI

높고 가파르게만 느껴졌던 보석사의 일주로(一柱路)가 단숨에 오를 수 있을 만큼 밋밋해져 있었다. 울울창창하게 보이던 이백나무 숲도 보잘것 없게시리 한눈에 들어오고도 남았다. 보석사는 낯설었다. 일주로상의 왜소한 마애석불이며, 초라하게 보이는 대웅전 앞 석탑들이 왠지 어색하게조차 보였다. 그 어색한 분위기는 이십여 년 만에 찾아온 그를 묘하게 거부하고 있는 것만 같았다.

보석사를 찾는 사람을 분류하자면 대충 두 부류였다. 한쪽은 공양을 드리러 산 밑에서 올라오는 마을 주민들이었고, 한쪽은 아름답기로 유명하다는 보석사의 노을을 구경하기 위해 타관에서 찾아온 사람들이었다.

평일이었음에도 보석사는 많은 방문객들로 붐비는 편이었다. 그러나 보석사를 찾는 방문객들은 두 쪽 다 절의 규모나 분위기 따위에는 관심이 없던 터여서, 일찌감치 숲속에다 여장을 풀고 각기 자기들이 필요로 하는 시각을 기다리고 있었다. 오는 길에 터앝에서 막 따온 듯한 과일 꾸러미들과 공양미를 발치에 부려놓고 주민들은 큰 소리로 떠들며 저녁예불을 기다리고 있었다. 억센, 마치 싸우는 듯한 독특한 사투리를 듣게 되자 그는 비로소 고향에 와 있음을 실감할 수 있었다.

등산모와 등산화, 울긋불긋한 등산복에 등반용 배낭까지 철두철미하게 차린 타관의 사람들은 주민들이 구사하는 억양이 귀에 거슬리는 듯 가끔씩 짜증스런 표정으로 그들을 흘끔거렸다. 그러나 개중에는 그들의 독특한 지방사투리에 호의적인 반응을 보이는 사람도 없지는 않았다. 어쨌든 그들은 전국의 명산대찰을 싫증나도록 찾아다니다 관광가이드 책자에 기록되어 있는, '노을이 아름답기로 유명'한 이란 문구를 무슨 보석인 양 찾아내고는 부랴부랴 보석사행을 결정한 듯한 이상을 주었다. 일주문 초입에 나란히 주차해 있던 승용차들이 그들의 것임이 분명했다. 울긋불긋, 완벽한 등산복 차림으로 승용차를 운전하는 광경을 떠올리며 그는 가래를 긁어 땅바닥에 뱉었다. 그들은 신나고 즐거운 표정들을 각자의 얼굴에 과장되게 연출해 보이고는 있었지만, 남아돌아가는 시간과, 도회에서의 무료함으로부터 필사적으로 도망해왔다는 인상까지는 완전히 지워내지 못하고 있었다.

정 부장이 그에게 보석사 노을의 아름다움에 대해 물은 것도, 사실은 관광가이드 책자 어디쯤에서 읽었던 기억을 되살리는 것에 지나지 않았던 것이었을지도 몰랐다.

그 등신 같은 새끼.

정 부장을 떠올릴 때마다 그 욕부터 떠올랐다. 그가 다니던 직장의 동료들은 거의 다 정 부장을 등신 같은 새끼라고 했다. 그렇게까지 말할 필요가 뭐 있겠느냐고 그가 말하면, 동료들은 오히려 그를 이상한 눈빛으로 바라보았다. 정 부장은 부장이라는 직함에 알맞게 낚시질, 골프, 등반, 드라이브 따위를 즐겼다. 실제로 즐긴 것이 아니라 책에서만 즐겼다. 부장이라는 직함만큼 소득이 따라주지 않았기 때문에 정 부장은 각종 레저 잡지를 구독하는 것으로써 자신의 '고상한' 여가활동을 대신해야 했던 것. 그의 별명은 완장이었다. 그는 어떤 감투나 직함 따위에 유별나게 집착했다. 그가 나이 사십이 못 되어 부장이란 직책에 앉게 되었던 것도 그의 그런 유별함 덕이었다. 급료의 인상도 없이 그는 직급만 매번 오른 셈이었다. 평직원과의 월급여액 차이가 오만 육천 원밖에 안 되었다. 사람들은 그를 웃기는 짜장이라고 했다. 일 년 삼백육십오 일 벌어봤자 양복 한 벌 해 입기가 쉽지 않은 급료에 골프니 드라이브 여행이니 취미나 '고상' 하면 뭣 하냐고 숙덕거렸다. 의자에 파묻힌 채 치켜올린 그의 두 손에 쥐어져 있는 레저 잡지를 개 발에 편자라고 말하는 사람도 있었다. 그런 그가 자신의 직함을 내세워 직원들을 서슬 퍼렇게 닦달하면 직원들은 사람도 참 여러 질이라는 시쳇말이 맞긴 맞구나 하고 툴툴댔다.

조 기사가 동맥을 끊어 자살을 기도하다 그것이 여의치 않자 급기야 신나를 뒤집어쓰게 된 것도 정 부장 때문이라면 정 부장 때문이었다. 노조

내의 이론가로, 또 달변가로 정평이 있던 노조 부위원장 조 기사가, 정 부장을 끌어안고 이박 삼일을 꼬박 떠들어보았으나 조 기사는 허텅지거리만 한입 가득 물고 물러나왔던 것.

"완전 등신이구만 저거. 예라 이 좆 같은 새꺄, 그래 그 헛껍데기 부장 직함이나 마르고 닳도록 끓여 처먹어라! 에이 재수 없어. 어째 인간이 저렇게 꼴통일까. 저러면서 지 새끼들한테는 뭐라구 가르칠까? 육갑 떨고 있는 꼴이라니……."

사장이 정 부장으로 하여금 노조를 파괴케 하려고 했다는 것이었다. 사장이 정 부장에게 어떤 비밀스런 약속을 했는지 조합원들은 알 턱이 없었다. 단지 조합원들은 정 부장의 배가된 충직스러움과, 마치 전투에 임하는 하사관의 면모로 조합원들 앞에 자주 나타나서 시비를 거는 그를 보고 사장과 모종의 은밀한 언약이 있었던 게라고 추측할 수 있을 뿐이었다.

부위원장 조 기사는 그런 그를 적대시하지 않았다. 정 부장을 바라보는 조 기사의 눈에는 언제나 연민이 서려 있었다. 본때 있게 한번 패주자는 조합원들을 말렸다. 될 수 있는 한 사내에 적을 많이 만들 필요는 없다는 생각이었다. 조 기사는 정 부장과 연일 담판을 벌였다. 조 기사는 정 부장이 왜 조합원들 편에 서지 않으면 안 되는지, 적어도 조합원들의 입장을 이해하지 않으면 안 되는지에 대해 주로 얘기했다. 정 부장 자신이 현재 받고 있는 급료와, 그에 따른 살림의 형편과, 삶 자체에 대한 여러 생각들이 조합원들과 전혀 다르지 않고, 다르지 않을 수밖에 없는 이유를 얘기했다. 당신이 꿈꾸고 있는 골프와 드라이브 여행 따위가 고작 잡지의 컬러 화보를 훑는 것으로써 끝나버리는 것과 꼭 같이, 시방 당신이 우리 조합원들을 적대시하는 것은 자신에 대한 대단한 착각 내지는 부정직함에서 비롯되는 것이다. 골프를 하고자 하는 지극한 바람이 염력처럼 작용하여 당신이 정말로 골프를 하게 될 수만 있다면 우리도 당신에게 이 짓 하지 않는다. 조 기사는 매우 설득력 있는 말로써 정 부장과 이박 삼일을 을렀다. 그러나 설득력 있는 말이라고 해서 반드시 상대를 설득할 수 있는 것은 아니었다. 정 부장과의 긴 담판에서 실패하고 나서야 부위원장 조 기사는 비로소 정 부장을 가엾지만 쳐없애야 할 적으로 규정지었다.

그런 식으로 사원들은 점점 둘로 갈라져갔다. 그는 단세포동물의 세포 분열을 관찰하는 생물학도가 된 기분으로 사원들의 그런 움직임을 바라보았다. 누구는 그것을 굴종과 투쟁으로 분류했고, 누구는 거창하게 민주와 반민주, 진보와 보수, 운동과 반운동, 권리와 아부, 변절과 의리 등으로 되는 대로들 구분해냈다. 물론 그렇게 구분해내는 사람들 자신은 어디까지나 자신이 투쟁과 민주와 진보와 운동과 의리 편에 확고히 서 있다고 당당하게 말했다. 그러나 그는 어느 편에다가도 쉽게 어떤 의미를 부여할 수 없었다. 굴종이든 투쟁이든, 그 어느 한 편에 선 사람은 자신의 입장이 어디까지나 자신의 의지로써 선택되어진 것이라고 여기는 모양이었으나 그에겐 그렇게 보이지 않았다. 어떤 거대한 힘. 보이지 않는 손길이 그들을 떼어놓고 싸움을 붙이고 부딪쳐 터지게 하고 서로 상처 입게 하고 허망해지게 하며, 결국 각자의 가슴에 생존에 대한 보잘것없는 깨달음의 편린 하나 얻는 것에 만족하고 말게 하는 것이 아니었을까. 각자의 입장을 각자의 의지로써 선택했다는 것, 싸우거나, 싸우지 말아야 한다는 의식, 그리고 부딪쳐 깨지고 평정되어 어떻든 이전과는 다른 모양으로 새로 시작되는 일련의 과정들……그것들은 보이지 않는 커다란 힘의 흐름이 이미 예비해놓았던 시나리오의 연출에 지나지 않았던 것은 아니었을까. 거대한 유기체가 자체의 생존을 위해 체내에서 일으키는 일종의 정화 신진대사 같은 것은 아니었을까. 조 기사나 정 부장, 노조나 구사대나 경찰은 그 체내의 극히 작은 일부에서 부딪친 피톨들에 지나지 않았던 것은 아닐지. 그들은 모두 너나없이 배우에 지나지 않았던 건 아닌지. 산업 사회라는 괴물덩어리 체내에서.

VII

가난이 얼마나 뼈에 사무쳤으면 그래 스스로 목숨을 끊어 사람들을 경계하려 했을까. 허깨비 선생의 말을 듣고 있는 동안 그는 방금 전 지구를 삼킬 듯 입을 벌리고 토악질을 해대던 일을 까맣게 잊고 있었다. 그때 그 선생의 말을 그는, 가난을 참고 견디라는 뜻으로 받아들였었던가. 선생의 얘기를 들으면서 그는 그런 생각을 했었던 것 같다. 그래도 우리는 먹을 게 없어 죽을 정도까지는 아니잖느냐는.

허깨비 선생이 그의 담임이 되어 첫 수업을 시작하던 날, 갑자기 들이닥친 일군의 경찰에 의해 허깨비 선생은 팔을 뒤로 꺾인 채, 쓰던 백묵 한 자루를 꼭 움켜쥐고 교실 문 밖으로 끌려나갔었다. 선생이 서 있던 칠판에는 오래도록 선생의 잔영이 지워지지 않았다. 아이들은 너무도 갑작스럽고 충격적인 사태에 모두 넋을 잃어버리고 말았다. 그 후로 그는, 선생이 경찰 지프차에 마구 구겨져 실리던 광경이 떠오를 때마다 보석사의 이백나무가 생각났다. 그때 경찰은 선생에게 그렇게 말했었다. 너 이 새끼 허튼수작하면 죽여!라고.

40이란 숫자가 새겨져 있던 나무는 찾아볼 수가 없었다.

"이곳에 혹시 숫자로 흉터가 나 있던 나무가 있었지 않았습니까?"

숲 근처를 지나던 초로의 스님이 그의 말소리를 듣고 잠시 걸음을 멈추는 듯하더니 이내 발길을 재촉하여 요사채 쪽으로 멀어졌다. 그 나무가 없는 이백나무 숲은 왠지 허전하고 황량한 느낌마저 들었다. 서울을 떠나 고향에 도착하기까지 내내 한 그루의 나무에 대해서만 골몰했던 때문이었을까. 찾던 나무가 없는 숲은 마치, 그 옛날 가장을 잃고 절망하던 허깨비 선생의 남은 가족들처럼 쓸쓸하고 서글퍼 보였다.

스님은 말을 분명 알아들었을 터인데 왜 그냥 지나쳤던 것일까. 그가 숫자 흉터가 새겨진 이백나무에 대해 물었을 때 아닌게아니라 스님은 그를 아주 범상치 않은 눈빛으로, 경계하듯 흘겨보았던 것이다. 잠깐 스친 스님의 눈속에서 일시에 뿜어져 나오던, 의미가 쉽지 않던 여러 가닥의 빛줄기들. 그는 그 빛줄기에 이끌리듯 스님이 사라져버린 요사채 쪽으로 발걸음을 옮겼다.

울울창창하던 이백나무 숲이 보잘것없게 보였던 것처럼, 절의 규모도 전체적으로 줄어든 것처럼 보였다. 오줌이 마렵도록 으스스했던 추녀의 울긋불긋한 단청들은 얼마 전에 새로 단장을 한 듯 산뜻한 빛깔이었으나 원색의 도료가 자꾸만 값싸게 느껴졌다. 비명을 지르며 혼겁을 해 도망치게 했던 명부전의 목각 입상들도, 여러 해가 지나면서 하나하나 조악한 목제 입상들로 바꿔치기한 것만 같게 실감이 나지 않았다. 그것들은 무섭기는커녕 귀여우나 못생긴 마네킹처럼 보였다.

그는 눈빛 범상치 않은 스님을 찾다가 예전에는 없던 절의 작은 부속건물을 발견했다. 그곳은 산 밑에서 올라온 신도들로 붐비고 있었다. 산 밑

마을에서 올라온 불자들이 유독 그곳에만 모여 있는 것이 궁금해서 그는 눈빛 범상찮던 스님 찾기를 잠깐 뒤로 미루고 그쪽으로 발길을 돌렸다.

건평이 겨우 두어 평 남짓한 그 구조물 처마 밑에는 '복원각(復元閣)'이란 현판이 걸려 있었다. 부지깽이 같은 투박한 물건으로 꾹꾹 눌러쓴 듯한 글씨였다. 그는 발뒤꿈치를 들고 아낙들의 어깨 너머로 구조물 내부를 들여다보았다. 그곳에는 아까 이백나무 숲 신도들에게서 보았던 공양미와 햇과일들이 수북이 쌓여 있었다. 내부는 어두웠다. 그는 신도들의 곁을 돌아 복원각 정면의 문설주까지 다가갔다. 그리고 그는 자기도 모르게 숨을 거칠게 들이쉬고는 오랫동안 그 숨이 내뱉어지지 않아 애를 먹었다. 그가 그곳을 빠져나와 경내의 한적한 공간으로 몸을 이끌었을 때까지, 그는 그 어떤 눈에 보이지 않는 힘센 손길과 싸우는 듯한 느낌이었다. 그 힘센 손길은 왠지 그의 몸을 복원각의 문설주에 묶어매려고 했던 것이다.

불상이라기에는 너무 효상(爻象)사납다고 해야 할 것이었다. 그곳에는 검고 왜소하고 투박하며 사나워 보이는 목각 입상이 퉁방울눈을 부릅뜨고 그를 쏘아보고 있었다. 세계 도처의 어느 부처든, 부처의 눈이란 뜬 듯 감은 듯 잔잔한 미소에 젖어 있어야 하는 것이 아니겠는가.

그것은 부처가 아니었다. 부처가 갖춰야 할 삼십이상팔십종호(三十二相八十種好)를 한 군데도 따르지 않은, 오히려 탱화 따위에서 보살들의 발 아래 밟히는 야차들의 형상이라면 형상이었다. 몸통과 사지, 이목구비를 드러내는 조각 솜씨도 거칠기만 거칠어서 처음에 언뜻 보았을 때는 웬 장작 고임목을 그 안에 세워놓았을까 하는 생각마저 들게 했던 것. 부처의 입이 그렇게 천박하게 클 수가 있으며 더군다나 그 큰 입을 한껏 벌리고 있을 수 있단 말인가.

그는 정신을 가다듬고 약사전 앞쪽으로 걸음을 옮겼다. 자신이 방금 무엇을 하려 했는지, 자신이 이곳에 왜 오게 됐는지, 머릿속이 순간적으로 하얗게 비워지는 어지럼증이 그 이유들을 몽땅 증발시켜버렸다. 그는 자신이 공중 어디로부터 보석사 경내로 불현듯 떨어져내린 것만 같게 느껴졌다.

보석사의 노을을 기다리며 경내를 산책하는 울긋불긋한 등산복 차림의 도회 사람들과 함께 그는 약사전을 들러 대웅전까지 걸었다. 푸른 하늘이 푸르게 보이고, 무료를 달래느라 주위를 개의치 않고 호탕하게 떠드는 도회 사람들의 시끄러운 목소리가 비로소 시끄럽게 들릴 즈음해서야, 그는 자신이 왜 이곳에 와야 했으며, 방금 무엇을 하려 했는지 되새길 수 있었다.

그는 대웅전 앞을 지나다가, 삼존불 앞에 한 줌 밀반죽처럼 엎드려 경을 외고 있는 아주 늙은 중 하나를 보았다. 나모라 다냐나막알랴 바로기제새바라야……늙은 스님의 목소리는 추녀 밑의 풍경 소리조차 이기지 못했다. 작게 오그라든 오체를 온전히 마룻바닥에 투지한 모습. 그 모습은 아무래도 다시는 일어서서 대웅전 밖으로 걸어나오지 못할 것만 같게 보였다. 둥글게 굽은 허리 너머로 머리 모양은 보이지 않고, 작은 엉덩이 아래에 포개진 두 발바닥만 가랑잎처럼 얇았다. 마치 조금 커다란 바가지를 엎어놓은 모양이었다.

그는 대웅전 뒤뜰을 돌며 흙벽에 그려 있는 심우도의 유현함에 잠시 정신을 빼앗겼다. 그와 함께 대웅전 계단을 올랐던 한 무리의 도회 사람들은 어느새 경내를 한 바퀴 다 돌고 요사채 툇마루에 앉아 담배를 나누어 피우고 있었다.

뒤뜰을 돌아 심우도 열 장면을 다 보고 난 다음 다시 대웅전 앞에 다다

랐을 때, 그는 삼존불 앞에 엎드려 있던 스님이 그 절의 주지였음을 알아
차렸다. 주지는 아주 천천히, 그러나 안정된 걸음으로 대웅전의 측문을 빠
져나오고 있었던 것. 그는 황망간에 두 손을 모아 주지에게 예를 갖추었다.
주지가 그를 알아볼 리 만무였다. 옛날에는 동전만 하던 얼굴의 검은 반점
이 계란만 하게 자라 있었다. 바람에 흔들리는 주지의 가사가 스산했다.

VIII

이백나무를 말하는 주지 스님과, 역시 이백나무의 내력을 알고 있는 듯
한 눈빛 범상찮은 스님(그는 자신의 법명이 성범이라고 했다)의 말 사이
에는 약간의 차이가 있었다. 복원각에 모셔져 있는 그 검고 투박한 목각
입상이 다름 아닌 그가 찾는 이백나무를 재료로 하여 제작되었다는 데는
두 스님의 말에 이견이 없었다. 그러나 살아 있는 나무를 베었느냐, 죽어
버린 것을 잘라 조각했느냐는 그의 궁금증에 대한 두 스님의 대답엔 조금
차이가 있었다.

세상을 피해 몸을 숨기려 들어왔던 어느 조각가에 의해 그 나무가 끌질
을 당해야만 했던 당시, 그 나무가 과연 그때까지 살아 있었느냐 죽어 있
었느냐는 문제는 그에겐 중요했다. 그는 그 나무에 얽힌 내력, 즉 그 나무
에 목을 단 '땡중'의 예언과 40이란 숫자의 의미들이 과연 현실화될 것이
냐는, 그 실현성이 무엇보다도 궁금했던 것이다. 주지의 말대로라면 그 나
무가 베어질 때는 이미 죽어 있는 상태였다는 것이다. 그래서 주지 스님은
그 나무에 목을 맨 사문의 예언이 예언보다 몇 년 앞당겨 실현된 것이라

하여 조각가로 하여금 그 나무를 베도록 했다는 것이고, 성범 스님은 '누군가'가 은밀히 '어떤 목적'을 갖고 그 나무의 밑둥에 구멍을 뚫어 후춧가루를 부어 죽게 했다는 주장이었다.

사문의 죽음에 대해서도 성범 스님은 큰스님(고령의 점박이 스님은 조실 스님, 혹은 큰스님으로 불리우고 있었다)과 다르게 말하고 있었다. 큰스님은 그 옛날 허깨비 선생이 했던 얘기의 내용과 다르지 않게 말했다. 그러나 성범 스님은 그 사문이 이백나무에 목을 매지 않았다고 했다. 소신공양, 즉 스스로 온몸을 태웠다는 것이었다. 만일 큰스님의 말대로 그가 신도들 앞에서 일장 설법을 하고 목을 맸다면 신도들은 그가 숨이 끊어질 때까지 멀쩡하게 구경만 하고 있었겠느냐고 되물었다. 사문은 나무 꼭대기에서 자기 몸에 불을 지르고 땅 아래로 굴러떨어져 죽었다는 얘기였다. 그러고 보면 큰스님의 말과 성범스님의 말 사이에는 '약간'이나 '조금' 정도의 차이가 있는 것이 아니었다.

"큰스님요? 그분 유물론자예요."

부엌 뒤뜰에서 말린 싸리나무 이파리를 훑던 초로의 성범 스님은 큰스님에 대해 묻는 그에게 여러 대답 할 거 없다는 투로 잘라 말했다. 성범 스님의 결연하다시피 한 어조 때문이었을까, 스님의 말이 그에겐 '그 사람 중도 아녜요'라는 뜻으로 들렸다. 불교는 무신론이지만 유심론이에요. 그런데 그분은 그런 불교의 대전제를 받아들이지 않거나 버린 분이에요. 그러면서 평생 절집에서 가사를 걸치고 경을 외며 산다는 게 좀 이해가 안되지요?

이해가 안 되지요?라는 말끝이 마치 "내 말이 이해가 잘 안 되지요?"라는 뜻으로 그에겐 들렸다. 그는 사실 불교가 유신론인지 무신론인지, 유심론인지 유물론인지 알지 못했다. 노조위원장과 부위원장 조 기사가 가끔씩 유물론이니 하는 것들에 대한 말들을 하곤 했지만 그는 그들의 말을 쉽게 알아들을 수가 없었다. 다만 유물론이라는 것이 물신숭배사상은 아니라는 것과, 그로서는 쉽사리 이해하기 어려울만치 그 사고 체계가 심오하다는 것을 인정할 수 있을 뿐이었다.

오래 주고받지 않은 몇 마디의 말에서 그는 성범 스님이 큰스님을 경원하고 있다는, 아니 차라리 배척하고 있지 않느냐는 느낌을 강하게 받을 수 있었다. 따라서 성범 스님의 말은, 자기 몸에 스스로 불을 살라 발원을 해야 했던 삼십칠 년 전의 그 사문도 순전히 자기만의 의지로써 그러한 결단을 내리지는 않았을지도 모른다는 뜻으로 그에겐 들렸다. 누군가가 이백나무 밑둥에 구멍을 내어 후춧가루를 부어 그 나무를 죽게 했듯이. 결국 이백나무와 삼십칠 년 전의 사문에 대해 말하는 큰스님과 성범 스님 사이에는 '큰' 거리가 있었던 것이다.

성범 스님은 자신의 말에 신빙성을 더하고 간접적으로 큰스님의 '불순한' 유물론자적 태도를 비판할 양이었는지, 조각가가 보석사에 흘러들었던 시기에 때맞추어 그 이백나무가 죽어갔던 얘기를 했다.

처음에 그가 보석사에 나타났을 때 스님들은 그가 조각을 하던 사람인지 떡을 팔던 사람인지 알 수 없었다. 단지 세상의 골치 아픈 일로부터 일시적으로 이름과 몸을 피해 온 숱한 엄살쟁이들 가운데 하나이려니 했다는 것. 사연이 많은 듯한 눈빛하며 굳은 얼굴, 말없이 궂은일을 꾸역꾸역 해내는 모습이, 머지않아 연기처럼 종적을 감추곤 했던 이전의 불목하니들과 조금도 다르지 않았다. 그러나 아무리 입을 다물고 사연을 감춘다고 해도 일정한 시간이 흐르고 나면, 경내에 기숙하게 된 사람은 누구나 그

정체가 하나하나 드러날 수밖에 없었다. 절의 분위기란 이상해서, 신원불명의 인사가 자신의 영역 안에 머무르게 되면 절은 마치 갯솜처럼 그의 속사연을 빨아내거나 스스로 토해내게 만든다는 것.

처음에 그는 그림을 그리는 사람으로 알려지기 시작했다. 그는 실제로 틈틈이 시간을 내어 먹을 갈아 한지를 적시곤 했는데. 화가라고 하기엔 그림이 너무 거칠고 투박했다. 그의 그림에 대해 감탄하는 건 큰스님 혼자뿐이었다. 농담을 무시한 선과, 운필법을 여지없이 배반하는 그의 그림에는 산수나 보살이 등장하는 법이 없었다. 그려놓은 그림에는 늘 사람들투성이었다. 사람들도 절집 여기저기에 그려져 있는 선남선녀들이 아니었다. 금방 누군가를 때려잡을 것 같은 눈, 걷어 올린 소매, 불끈 쥔 거대한 주먹, 타오르는 불길……그의 그림 속 사람들은 한결같이 적개심에 불타고 있었다.

그가 약초를 캐는 나물칼로 장작 짜투리를 깎아 주먹만 한 사람들의 형상들을 만들어내기 시작했을 때, 수피에 40이란 흉터가 새겨진 이백나무가 비실비실 말라 죽어가더란 것이었다.

그 나무가 죽어간다는 것은 보통 이상의 의미 있는 일이었다. 말하자면 그 나무가 죽어감에 따라, 반대로 그 나무에 얽힌 전설과, 예언은 살아나고 있음을 뜻하는 것이었다. 더구나 난리통에 국군과 청년단에 의해 떼죽음을 당한 산아랫마을 유족들에겐.

죽어베어진 이백나무로 죽은 사문의 형상을 빚는다는 소문이 돌자 산아랫마을 유족회에서는 '복원각'을 세우겠노라고 적극적으로 나섰다. 그 이백나무가 자연사한 것이 아니고 누군가가 구멍을 뚫어 제초제를 부었다는 소문이 마을과 경내에 돌 만큼은 돌았는데도 마을 사람들은 믿으려

하지 않았다는 것이다. 일부러 안 믿으려 작정한 사람들처럼.

목각 입상이 점점 어떠한 형상을 드러냄에 따라 복원각 공사도 거의 끝나갈 무렵, 끌질을 하던 불목하니가 절을 포위한 경찰에 의해 '개 끌리듯' 맞으며 밟히며 산을 내려갔다. 그림을 해외로 밀반출했다는 죄명이었다. 그 투박하고 섬찍한 그림들을 도대체 왜 어느 나라에서 필요로 했었는지 성범 스님을 알 수 없다는 듯 말했다.

IX

해가 기울어 산골에 푸른 이내가 밀려들면서 등산복 차림의 도회 사람들이 활기를 띠기 시작했다. 일부러 시간을 내서 먼 길을 달려온 그들은 하루 중 몇 분에 지나지 않는 보석사의 노을을 만끽하려고 수선을 떨고 있었다. 몇 사람은 절 뒤편의 능선에 오른다고 떠들며 떠났고, 여자들은 산신각 곁의 커다란 바위에 오르려고 애쓰고 있었다. 밀물이 드는 서해바다는 높은 데가 아니더라도 잘 보였다. 그는 대웅전 앞 석탑의 기단을 비켜 밟고 일주문 용마루 너머로 바다를 바라보았다. 저녁 바다는 물너울을 일으키며 서서히 살아났다. 낮 동안은 줄곧 계란 프라이의 노른자 같은 봉긋한 무인도 하나를 띄운 채 죽은 듯 잔잔하던 바다였다. 설핏 해가 기울자 바다는 깊은 곳으로부터 어떤 설렘을 끌어올리듯 천천히 용트림을 시작했다.

우——.

노을이 떨어지려는가. 온종일 그 노을만을 기다려온 사람들은 노을이 오기 직전의 숨 가쁜 설렘을 감당하지 못해 저도 모를 이상한 소리들을 지르고 있었다.

그는 석탑 기단 위에서 사람들이 외치는 소리를 듣고 바다에 던졌던 시선을 황망히 거두어들였다. 저들의 외침 속에 정 부장의 것이 들어 있을지도 모른다는 생각이 하필 이 시간에 드는 것일까. 그는 자신이 왜 이곳 보석사의 석탑 곁에서 노을 지는 시각까지 남아 있어야 했던가를 생각하지 않을 수 없었다. 노을을 보기 위해 여기까지 온 것은 아니었다. 그렇다면 이백나무를 찾아온 것인가. 그 나무의 안부를 확인하러 온 것일까. 과연 무엇을 '찾아서' 예까지 왔단 말인가. 무엇엔가 이끌려, 아니 떠밀리듯 이곳으로 쫓겨온 것은 아닐까. 그는 자신이 서 있는, 땅거미가 지기 시작한 보석사 대웅전 앞뜰이 자신이 머무를 수 있는 이 땅의 맨 끄트러미가 아닐까 생각했다. 끄트머리? 그렇다면 중심은 어딜까. 자신이 늘 끄트머리에 존재해왔다는 그 생각 자체가 이미 하나의 확고한 중심이 되어버린 건 아닐까. 늘 변두리였다는 의식이 사고의 정중앙에 완강히 자리 잡고 있으면서, 지금까지 중심을 차지하고 있다고 생각된 것들을 끄트머리로 밀어내려고 부단히(헛된 일임이 분명한) 노력을 기울였던 건 아닐까. 변두리라는 스스로의 생각, 그리고 어떤 것은 중심이라고 생각하는 사고 자체가, 어떤 거대한 세포분열의 에너지 작용에 지나지 않았던 것은 아닐까.

우——.

그는 어머니의 가슴에 동전을 내던졌듯 출근 투쟁을 포기하고 사표를 던졌다. 유년의 보석사 소풍을 허기와 갈급증에 시달리게 했던 모진 어머니를 향해 던졌던 동전. 그것은 군것에의 맹렬한 욕구로부터 하루를 고스란히 인내하며 끝까지 주머니에 남겨왔던 이 원이었다.

그가 쟁의에 나서게 되었던 것은 노조 간부이기 때문도 아니었고, 단체 협약안에 대해 남다른 절실함이 있어서도 아니었다. 어떤 의무나 필요 따위에 의한 것이었다기보다는 모종의 이끌림에 몸을 맡기는 격이었다. 노조를 설립하는 데 그는 적극적이지도 않았다. 노조라는 게 사용자와의 관계에 있어 근로자의 입장의 동등함을 법적으로 보장받는 것이라는 데 일말의 현실적인 매력을 느낄 수 있을 뿐이었다. 노조가 출범하고, 근로기준법과 노동조합법을 공부하면서 조합원들은 자신들의 곁에 그렇게 훌륭한 법이 있었다는 데 대해 경탄을 금치 못했다. 독소조항이 있다고는 하지만 자신들의 법적인 권리와 지위를 조목조목 명문화해놓은 법치국가의 법이 오래전서부터 있어왔다는 사실을 지금까지 모르고 지낸 게 부끄럽다고들 말했다. 비로소 그들은 세상을 반으로 나누기 시작했고, 세상은 애초부터 그렇게 나뉘어 있었다고 생각하기 시작했다. 그는, 사람들이 각각 양편으로 뭉쳐 전열을 다지는 분열상을 보면서 어떤 신기함마저 느꼈다. 그들이 그렇게 빠른 속도로 변모하게 된 데는 텔레비전의 역할이 컸던 것은 아닐까 하는 엉뚱한 생각까지 그는 하게 되었다. 어느 해 여름부터 브라운관을 꽉꽉 메우던 사람들, 외침, 깃발……그렇다면 그들은 언제라도 그 산업사회의 전리품인 텔레비전에 의해 또다시 전혀 다른 모습으로 변화되고 개조될 수도 있는 것일 텐데.

그들은 자신들의 선택이 가짜 욕망의 충동으로 비롯된 가짜 선택일지도 모른다는 사실에 대해선 전혀 고민하지 않았다.

한 나라의 구성원들은 법 앞에 평등하다는 소리는 그러나 개소리라고 그들은 금방 떠들기 시작했다. 그들은 법이 정한 대로 일을 시작해나갔다. 정 부장을 앞세운 회사측의 불법적인 대응이 노조 쪽으로부터 폭력을 유발시키기 위한 수작이라는 걸, 노조 간부들은 처음 해보는 쟁의였음에도 웬일인지 잘 알고, 그렇게 선전했다.

숫자에 있어서 절대적으로 불리한 회사측이 노조와의 대결에서 승리할 수 있었던 요인은 구사대의 사기충천한, 거침없는 행동 때문이었을 것이다. 그가 보기에도 그들은 무언가 단단히 믿는 구석이 있는 사람들 같았다. 무시무시한 폭력과 협박과 분열 공작이 시도 때도 없이 자행되고 있는데 법은 뒤돌아 앉아 고스톱을 치고 있다고 조합원들은 흥분하기 시작했다. 애타게 부르고 목이 메어 하소연해도 법이란 작자는 혼빙간음한 난봉꾼처럼 매정하게 돌아섰다고 그들은 말했다. 법이란 놈은 이쪽에다가는 촘촘한 법망을 들씌워놓고 탈법 행동을 기다리고 있다가 그 그물에 걸려들기만 하면 데꺽데꺽 잡아다가 가두는 독거미라고도 했다.

그는 진정으로, 진정으로 진실의 편에 서고 싶은 마음 간절했다. 진실의 편은 아니더라도, 적어도 분위기에 휩쓸려 어느 한 편에 가담하는 잘못을 저지르지 않으리라 맘먹었다. 자신이 노동자라 하여 일방적으로 노조측의 주장에 비판 없이 따를 수는 없다고 생각했다. 그는 노조의 결정에 자주 제동을 걸었다. 그는 늘 중간자의 입장에 설 수 있도록, 자신을 객관화할 수 있도록, 철저히 자신을 단속했다. 그러나 그가 쟁의에 가담했던 것은, 이제 어느 한 편에 서지 않으면 안 된다는 판단이 그의 내부에서 내려지기 훨씬 전의 일이었다. 그래야만 한다는 당위를 스스로 확인도 하기 전에 그는 이미 행동하고 있었던 것이다. 자신의 그러한 움직임에 대해 신기함을 느끼면서.

공장 정문으로 구름처럼 몰려드는 무수한 헬멧을 보면서, 그들의 발길질을 보면서, 언론보도를 보면서, 그는 자신이 싸워야 할 대상이 정 부장도 아닌 사장도 아닌, 그보다 더 거대하고 불가항력의 구조가 아닐까 절망했다. 상대는 모두 어느 한 사람의 손끝에서 움직이듯 일사불란했다. 그가 믿었던 자신으로부터도 그는 배반당하는 기분이었다. 그의 의지도 역시 그의 것이 아니었던 것.

조 기사의 상태는 어떨까. 그가 입원해 있는 병원에 한 번 더 들러봤어야 했다고 그는 후회했다. 온몸에 화상을 입고 병원으로 옮겨진 부위원장 조 기사는 생명만은 건질 수 있었다. 그는 완전한 혼수상태였음에도 또렷한 발음으로 응급실이 떠나가라 구호를 외쳤다. 그의 외침은 동료들과 보름 동안 사업장에서 외쳐대던 임금인상, 폐업철회 구호와는 전혀 다른 것이었다. 미제타도. 군부예속파쇼 타도하라.

그의 때늦은 분신은 평소에 그가 농담처럼 자주 하던 말——내 소원은 자주독립국가의 문지기가 되는 것——처럼 동료들에겐 잘 이해가 되지 않는 것이었다.

파업농성이 초토화되고 노조측이 완전히 백기를 들었을 때, 진압군에 의해 전의를 고스란히 잃었을 때, 이제는 전열을 재정비할 수조차 없어졌을 때, 조 기사는 자신의 몸에 성냥을 그어댄 것이었다. 그의 분신이 그 시점에서 무슨 소용이 있었을까. 깨지고 터지고 찢어지고 부러진 육신으로 남은 조합원들은 그의 분신 소식을 듣고 너무 늦은 일이라고 혀를 찼다. 그 어떤 충격적인 요법도 허탈감에 빠져 있던 당시의 조합원들을 분기시킬 수 없는 상황이었다. 조 기사가 거기까지 과연 생각지 못했던 것일까.

X

끓어넘치듯, 바다는 붉게 일렁이며 산아랫마을을 금방이라도 덮칠 것처럼 밀려들었다. 마을 사람들은 무얼 생각하고 사는 것일까. 저 매일처럼 밀려드는 붉디붉은 노을을 바라보면서.

와, 멋져! 과연.

보석사의 뒷산에서, 산신각 옆 큰 바위 위에서 사람들이 바다를 보고 비명을 질렀다. 장중한 노을에 압도당한 듯 그들의 외침은 질려 있었다.

파동치는 주황빛 물결. 그것은 그가 먹고 싶어 환장을 하던 유년의 탄산음료 빛깔이었을까. 그는 바다를 보며 자기도 모르게 마른침을 삼켰다. 경내는 적요로 감싸이고 오직 붉은 바다만이 섬뜩하게 타오르며 아우성치고 있었다. 조 기사는 좀 어떨까. 그는 왜 때늦게 자기 몸에 스스로 불을 질렀을까. 타오르는 바다의 기운이 일주문 용마루를 넘어와 그에게까지 끼쳐왔다. 흰 옷을 입은 그의 몸이 온통 붉은빛으로 뒤덮이자 그는 흐읍, 놀라며 몸에 달라붙은 노을빛을 털어내려 손을 뻗었다. 복원각에 공양을 마치고 돌아간 사람들이 살고 있을 산아랫마을 가옥들이 검게 웅크린 채 천천히 노을에 빨려들고 있었다.

"저 피바다 속의 중생을 어찌 염력으로만 구제할 수 있으리오. 나무 관세음보살."

그의 뒤에서 노주지의 음성이 바람소리처럼 들려왔다.

그는 노을빛을 털어내려다 말고 목소리가 들려오는 등 뒤로 고개를 돌렸다. 노스님은 어느새 작은 노구를 이끌고 요사채로 난 자갈길로 걸음을 옮기고 있었다.

그는 그때 파도 소리를 들을 수 있었다.

그 파도 소리는, 노을빛을 받아 화염에 휩싸인 듯 붉게 타오르는 복원각, 그 안의 목각 입상의 크게 벌린 입으로부터 쏟아져나오고 있었다.

그러나 그는, 파도 소리가 어디까지나 바다 쪽으로부터 들려오는 것이라 믿어야 마땅하다고 생각했다. 그리고 노을도 피바다가 아니라, 해가 진 바로 뒤에 공중에 떠 있는 수증기가 햇빛을 받아 수평선이나 지평선 가까이의 하늘이 벌겋게 보이는 현상일 뿐이라고 생각했다. 분별심(分別心)을 버려야 했다. 적어도 불이문(不二門) 안에서는.

이장(移葬)

팔 년 전 땅속에 묻은 관을 끄집어내어 유골을 햇빛에 다시 쏘이게 하는 것. 그것은 까마득하게 잊혔던 기억의 한 부분이 느닷없이 창궐하며 순식간에 사람을 과거로 떠다미는 일이었다.

지난 일기장을 뒤적거리거나, 방황과 고뇌의 편린들이 속속 박혀 있게 마련인 학창시절의 대학노트를 우연히 맞닥뜨리게 되는 날, 오래도록 그때의 기억에 젖어 시간이 거꾸로 흐르는 재미를 만끽하는 것도 사물에 의해 사람이 과거로 떠밀리는 일이었다.

그러나 묘를 파내어 사자의 유골을 이승의 햇빛과 바람에 드러내놓는 일은 지난 일기장을 뒤적거리는 일처럼 재밌는 일도 아니었고, 오래도록 기억에 젖고픈 일도 아니었다. 더구나 그 유골이 육친의 것이 아니었음에랴.

나는 그렇다 치더라도, 생전에 고인의 얼굴 한 번 보지 못한 아내에게 있어 이번 이장은 귀찮고 짜증스러운 일이었다.

"서두르잖고 뭐 하고 있어?"

해토머리가 지난 지도 한참 됐으니 땅 파는 덴 어렵지 않겠다는 말을 덧붙이며, 꾸물대는 아내를 채근했다.

"새벽달 보려구 초저녁부터 나앉겠네요?"

역시 아내의 대꾸는 만만치 않았다. 이장을 해야 한다는 여론이 고향에서 날아들기 시작하면서부터 뒤틀어진 아내는 좀처럼 얼굴을 펴지 않았다.

"늦겠어서 그래, 차편도 시원찮은데……."

웬만하면 어제 저녁차로 내려가고 싶었다. 참관자나 조력자가 아닌, 이번 일의 엄연한 상주로서 나는 의당 그리했어야만 했다. 그러나 아내의 말대로 '신나는 일도 아닌' 터에 맘처럼 되지는 않았다.

아내가 뒤틀어진 까닭은, 남이나 다름없는 까마득한 촌수의 고인을 남편인 내가 상주로서 모셔야 하는 사정을 못마땅하게 여기는 데 있었다.

내가 정정하게 살아 계시는 부모님을 두고, 일 년에 두 차례 꼬박꼬박 제사를 지내야 하는 제주라는 사실을 아내에게 처음 말했을 때 아내는 영문을 몰라 어리둥절해했었다. 그 얘길 왜 결혼 전에 하지 않았어요? 내 얘기를 듣고 아내가 한 첫마디였다. 그 사실을 미리 알았더라면 나하고 결혼을 하지 않았을지도 모른다는 표정이었다. 난 아내에게 그 사실을 일부러 안 알린 것은 아니었다. 그런저런 얘기를 꼬치꼬치 다 말할 겨를도 없었고, 무엇보다도 제주인 나부터 고인에 대한 관심이 덜했던 터였으니까.

이남사녀 중 막내인 나에게 시집을 오면서 아내는 제사 같은 건 꿈에도 생각지 못했으리라. 친부모든 양부모든 조상 봉제사하는 것이야 전래의 미덕이니 그게 큰 문제가 되리라고는 나도 미처 생각질 못했다.

아내는 시위를 하듯 교회에 열심이었다. 처녀 적에 교회 유아반을 지도 하던 경력이 있었다고는 하나 독실하다는 말을 들을 정도는 아닌 듯싶었는데도 여하간 결혼하고 나서부터는 이부 예배까지 빼놓지 않았다.

그러나 죽어도 시집귀신이 되기를 바라는 친정어머니의 만류를 뿌리칠 수 없었는지 어쨌는지 아내의 시위는 그 정도에서 그만이었다. 결혼 이주년을 넘긴 이즈막엔 제수를 장만하는 깜냥하며 제사를 치러내는 솜씨가 제법 익어서 내 눈에도 찰 지경이었다.

이장에 대한 돌연한 전갈만 아니었어도 고인의 봉제사에 대한 아내의 불만은 그대로 사그라질 것 같았다.

"제사 꼬박꼬박 지내면 됐지 죽은 사람 소원까지 들어줄 건 뭐 있어요?"

아침부터 뚱해 있던 아내가 고향행 시외버스 안에서 입을 열었다.

"아, 죽은 사람 원도 원이지만 묘를 쓴 그 땅이 남의 땅이라잖아? 옮기는 김에 아주 옮기자는 거지."

고인이 묻혀 있는 땅을 문중에서는 모두 선산으로만 알고 있었다. 문중뿐만 아니라 고향 철산리의 타성받이 사람들도 전부 그리 알고 있었다. 선산에 딸려 있는 봉화산 봉우리에 미 공군 레이더 기지가 들어서지만 않았어도 그분의 이장은 내 평생에는 없으리라 여겼던 것이다. 레이더 기지가 들어서기 위해 봉화산에 대한 지적 측량이 전면적으로 재실시되면서 고인의 묘터가 우리 두씨(斗氏) 문중의 선산이 아니라는 사실이 밝혀졌고, 따라서 새로운 땅주인은 우리 문중에다 정중하게 고인의 이장을 최고(催告)해왔다는 것이었다.

"옮기려면 선산이 발치겠네 선산에다 그냥 쓰면 되지 굳이 멀리 갈 것까진 없는 거 아니에요?"

"그분 평생 소원이었어."

"소원이라구 다 들어주라는 법 있어요? 이번 일만 끝나면 제사구 뭐구 난 몰라요. 당신이 알아서 지내든 말든……."

아내는 한동안 안 하던 얘기를 다시 꺼냈다. 결혼하고 처음으로 힘든 제사를 치러놓고 뻑하면 공갈조로 을러대던 말이 제사 못 지내겠다는 그 말이었다.

"제사라는 게……뭐냐 하면……."

난 제사라는 것에 대해 늘 그렇게 말했다. 바쁜 삶을 살다 보면 친척은 커녕 피붙이조차 제대로 만나기 힘든 세상이다. 안 보면 멀어진다고, 제사라는 핑계라도 있어 일가친척 간의 왕래를 도모하는 거 아니겠느냐. 제사를 반드시, 어떤 의식이나 지켜야 할 법도 같은 걸로 생각할 필요 없이 그냥 집안의 잔치 정도로 치부해버릴 순 없느냐.

그러나 아내의 생각은 달랐다.

"그만두세요. 그 당치도 않은 말. 남자들이야 차려놓은 음식 앞에서 절두어 번 꺼덕꺼덕하고 음복하고 얘기들 나누면 그만이지만 여자들은 제수 장만하고 차리고 치우는 데 얼마나 힘이 드는지 아세요! 그리고 제사란 게 그저 조상을 모시는 한갓 전통적인 아름다운 풍습인 줄만 아시는 모양인데 천만의 말씀. 아직도 제사라는 메커니즘에는 엄연한 유교적 이데올로기가 생생하다구요. 조상을 끔찍이 모신다는 것은 권위주의적 위계질서를 강화하려는 부권 사상의 도그마에 지나지 않는다구요. 유교에서 말하는 충효 따위와도 근본적으로 같은 거란 말이에요."

아내의 말이 길어지면 나는 입을 다물어야 했다. 오늘 같은 날 입으로 맞서다가는 어떠한 결과가 오리라는 것을 어렵지 않게 짐작할 수 있었기 때문이었다.

신촌에서 뜬 차는 김포읍에 들러 십 분간 정차를 하면서 손님을 갈아태웠다. 고향인 강화까지는 아직 사십 분 정도를 더 달려야 했다.

장단 아주머이.

물허벅 장단 잘 맞추기로 소문났던 고인의 택호가 '장단'인 것은 당연할 수밖에 없었겠다는 게 내 여덟 살 적 생각이었다. 그네의 장단, 그중에도 임방울이가 잘 불렀다던 쑥대머리에 넣는 장단은 가히 일품이었다.

그러나 '아주머이'라는 말이 '아주머니'라는 표준어에서 자음탈락 현상을 보이는 우리 고향의 독특한 방언이라는 사실을 알 나이쯤 해서, 나는 그네의 택호가 장단(長短)이 아니라 장단(長端)이라는 사실도 함께 알게 되었다.

내가 그네를 마지막으로 본 것은 그네가 세상을 떠나던 해인 80년 여름이었다. 그때 그네는 큰 수술을 받은 후 청력을 완전히 상실해버린 상태였고 기억력은 물론 사람조차 잘 알아보지 못할 지경이 되어 있었다. 삼학년 일학기의 방학이 다 끝나갈 무렵, 어머니는 당신의 막내아들을 이끌고 극구 고향의 양어머니인 장단 아주머니를 찾았다.

"성님. 준호가 왔어요. 알아보시겠어요?"

어머니의 그 말은, 당신의 아들을 데리고 왔으니 좀 살펴보라는 뜻이었다. 그러나 장단 아주머니는 나를 알아보지 못했다. 그네의 눈은 이미 이승이 아닌 저승 쪽으로 열려 있는 것처럼 보였다. 눈이 소름이 끼치도록 깊었다. 당시 그네는 일흔이 채 못 된 나이였다. 그 나이에 혼이 거반 다 달아난 지경에 이르게 됐던 건 큰 수술 때문이었을까. 수술도 수술이었겠지만 그네는 오십을 넘기면서부터 바짝 늙은 편이었다.

난리 끝에 고향 장단을 버리고 홀홀 단신 여비도 없이 타관에 흘러들어온 그네가 할 수 있는 일이란 무엇이었겠는가. 밑천이라고는 맨몸뚱어리 하나. 그것이 부서지도록 품앗이하는 일뿐이었을 것이다. 북두 갈고리가 다 되어버린 그네의 열 손가락만 봐도 그네가 얼마나 억척스럽게 자신의 늙음을 재촉했는가를 알 수 있는 일이었다.

"개가 참 순해, 짖지두 않구……."

어머니의 말에 그네는 엉뚱한 대답을 했다. 눈앞에 사람이 어릿거리니까 무슨 말을 하긴 해야겠어서 한 말인 것 같은데, 왜 저런 말을 할까 나는 몹시 궁금했다. 어머니도 그네의 한마디에 아연하여 다른 말을 잇지 못하고 있었다.

"막 퇴원을 했을 땐 말여. 귀는 듣지 못했어두 알아보긴 했었어……대문간에 누렁이가 짖지 않는다구 착하다는 얘기야. 제 귀 들리잖는 건 생각 못 허구……."

장단 아주머니와 함께 집을 지켜주며 묵새기던 마을의 한 노파가 그네의 말을 거들어주었다. 그제야 나는 대문에 매여 사납게 짖어대던 황구를 떠올렸다.

"우리 시아부지는 동짓달 열아흐렛날 돌아가셨는데 겨울 가뭄이 어찌나 심하고 춥기는 왜 그리 추웠는지……."

장단 아주머니는 묻지도 않은 다른 얘기를 계속하고 있었다.

"그놈의 추위가 꼭 제삿날만 되면 되돌아오고 되돌아오고 했지. 이 양반네가 죽어서 동장군이 되았나, 왜 이리 혼백 찾아오는 날만 되든 오금이 오그라들도록 추워그래……그 저 또 우리 오춘 당숙은 운 좋게두 정월 대보름날이 제사고, 외숙은 사월 열이튿날, 당골제 재종 성님은 팔월 스므아

흐레, 고모님은 칠월칠석 바로 다음 날이야, 물론 고모부님은 시월 초사흗
날이지……."

귀와 눈이 듣보지 못하고 정신마저 성하지 못한 형편에 그네는 놀라운
기억력을 발휘하고 있었다. 그네는 얼추 열여남은 명의 고향 친인척 제삿
날을 훤하게 꿰고 있었던 것이다. 게다가 그네가 기억해내는 제삿날은 하
나도 틀림이 없는 것이었다. 얼마 안 있어 그네가 자랑스럽게 그 열여남은
친인척의 제삿날을 다시 한 번 정확히 외어 보였기 때문이었다.

"성님 정신이 참 좋으시네요. 옛날에 효부라는 말 들으셨겠어요."

어머니는 물렁복숭아 껍질을 손톱으로 벗겨내며 장단 아주머니의 기억
력에 거듭 감탄했다.

그러나 얼마 가지 않아 나는 그것이 기억력이 아니란 사실을 알았다.
장단 아주머니는 물렁복숭아를 두어 입 물어 떼고는 또 그 말이었다.

"우리 시아부지는 동짓달 열아흐렛날 돌아가셨는데 겨울 가뭄이 어찌
나 심하구 춥기는 왜 그리 추웠는지……."

그네의 말은 정상적인 정신작용에 의해 기억되어지는 것들이 아니었
다. 그것은 무의식 속에 저장되어 있던 말들이 시도 때도 없이 아무렇게나
반복되어 튀어나오는 현상에 지나지 않았다. 그네의 입으로부터 흘러나
오는 말은 말이 아니라, 아직도 목숨이 붙어 있음을 상기시키는, 숨소리
같은 것과 하나도 다를 것이 없는 것이었다.

그러나 그러한 혼미한 상태에서 발음되는 그네의 말은 정상인보다 더
또랑또랑하고 정확했다. 오히려 내겐 그것이 수꿀스러웠다. 그네의 깊은
눈을 보고 있는 것보다 또랑또랑한 목소리를 듣고 있는 것이 더 소름이 끼
쳤다.

난 도망을 치듯 인사를 뿌리고 방에서 나왔다. 한여름인데도 빈 마당은 을씨년스러웠다. 그나마 요란스럽게 짖어대는 황구마저 없었다면 집은 무덤 같았으리라. 개 짖는 소리 사이사이로, 개가 참 순해서 짖지도 않는다는 장단 아주머니의 목소리가 섞였다. 그리고 그네는 또 그 소름끼치도록 또랑또랑한 목소리로 쉬지 않고 이야기를 되풀이했다.

"……그 저 또 우리 오춘 당숙은 운 좋게두 정월 대보름날이 제사구. 외숙은 사월 열이튿날, 당골제 재종 성님은 팔월 스므아흐레……."

그날부터 어머니는 아예 고향에 눌러앉아 장단 아주머니를 수발하기 시작했다. 장단 아주머니보다 겨우 이태 아래인 어머니는 누구를 수발하고 말고 할 나이가 아니었다. 어머니는 십여 년 된 허리병으로 외려 수발을 받아야 할 몸이었던 것이다.

"우리 제사 딴 집 주고 셋방 살아요, 네?"

군경 합동 검문단이 버스 안을 한 차례 삼엄하게 훑고 지나간 뒤끝의 적요를 아내가 흔들었다. 아내의 그 말은 마음에도 없는 말이란 걸 난 잘 알고 있었다. 우리 처지에 이십 평짜리 아파트나마 차지하게 된 건 얼마나 큰 행운이었던가. 소기업 샐러리맨인 내 벌이로 적금 들고 계 들어서 그만한 아파트를 장만하려면 십 년이 지나도 요원하기는 마찬가지였으리라. 그런 집을 남에게 내주고 셋방으로 들어앉는 일이 그리 쉽겠는가. 아내의 말은 짜증에 지나지 않는 것이었다.

"그러지 뭐. 이번 주에 집을 내놓고 날 대신할 참신한 제주를 물색해보도록 하지."

그렇게 맞장구쳐 대답하는 것이 아내의 짜증에 대처하는 적절한 방법이었다. 공연히 이러쿵저러쿵, 그 집이 어떤 집이냐느니, 요새 그만한 집

사려면 사오천은 있어야 된다느니, 그나마 내 집 갖고 사는 걸 다행으로 여기라느니 했다가는, 무슨 남자가 능력도 주변머리도 꿈도 없느냐고 타박 맞기에 안성맞춤이었기 때문이었다.

방 세 개 딸린 깨끗한 아파트에서의 살림이 아내에겐 신혼 초부터 지금까지 대단히 만족스러운 것이었다. 그런 아내가 덥석 다른 사람에게 그 보금자리를 내줄 턱이 있겠는가. 아내는 단지 그 집을 사게 된 자금의 출처에 대해 불만이었다. 내가 벌어 내 손으로 장만한 아파트였다면 아내가 그런 말을 할 까닭이 없었던 것.

집에 대한 애정과 반비례하게, 아내는 제사 지내는 일을 싫어했다. 생래적인 것이 아닐까 의문이 갈 정도로 신혼의 아내는 제사를 꺼려했다. 그러나 우리가 제사를 모시지 않는다면 깨끗하고 아담한 아파트를 차지하고 살 근거를 잃어버리게 된다는 사실도 아내는 잘 알고 있었다. 아내는 바로 그 점이 불만이었다. 집은 갖고 싶고 제사는 모시기 싫은 것. 그러나 아파트는 장단 아주머니가 홀몸으로 평생을 벌어 모았던 유산의 전부였다.

"오늘 이장을 한다는 건 기정사실이야. 아무리 상을 찌푸려봐도 계획이 변경되진 않아."

차라리 아내에게 타박할 기회를 주었어야 했다고 나는 생각했다. 지금 와서 짜증을 부린다고 일이 변경되리라고는 아내도 생각지 않고 있으리라. 그 사실을 잘 알고 있는 내가 먼저 아내의 타박을 일부러라도 허용했어야 옳지 않았을까. 아내도 나름대로 기분을 전환할 명분을 찾고 있는 건지도 모르잖은가. 마음 놓고 남편을 질타할 기회를 줌으로써 속이 풀리게 했어야 하는 건데.

아스팔트 위를 질주하던 직행버스가 섬으로 이어지는 연육교에 다다르자, 갑자기 포획된 포로나 된 것처럼 버스는 군경 합동 검문단의 총검 앞에 맥없이 주저앉았다. 김포 검단의 검문에 이어 두 번째이자 마지막 삼엄한 검문이었다. 고향을 오가며 검문을 받을 때마다 나는 공연히 간첩이 된 것처럼 마음을 졸여야 했다. 번뜩이는, 반드시 너희 중에서 간첩 하나를 잡아내고야 말겠다는 듯 노골적으로 뿌려대는 의심의 눈빛. 대부분의 승객들은 그럴 때 창밖 풍경을 망연히 바라보게 마련이었다. 해병대 헌병과 전투경찰의 눈을 도무지 감당해내기가 어려웠던 것. 행여 그들과 눈이 마주치기라도 한다면 졸이던 마음을 일시에 들켜버려, 혹시 간첩으로 오인받지는 않을까 하는 조바심이 누구에게나 조금씩은 있는 모양이었다.

나도 창밖을 통해 좁은 염하(鹽河)로 건너다보이는 탱자나무 울타리를 바라다보았다. 고려 고종이 몽고병의 침공을 막기 위해 성을 쌓고 그 밑에 저 탱자나무를 심어 적병의 접근을 막았다던가. 말하자면 탱자나무 울타리는 고려시대의 철책선인 셈이었다.

탱자나무가 자랄 수 있는 북쪽 한계선인 강화에 종자를 뿌려놓은 고종은, 그 자라는 모습을 하루하루 조정에 보고하라 했을 정도라니 고려의 병사들도 꽤나 어려웠을 게다.

간첩 색출에 실패한 두 병사를 내려놓고 버스는 이차선 교량으로 들어섰다. 이제부터 고향이었다. 어머니는 이미 어제쯤 고향에 와 있을 터였다. 양아들인 나보다, 오히려 어머니가 수양딸처럼 장단 아주머니에게 지극정성이었다. 장단 아주머니가 세상을 떠날 때까지 어머니는 그해 여름부터 빈집에 그대로 눌러앉아 하루에도 수십 번씩 똑같은 말만 되풀이하는 그네를 구완했었다.

어머니의 그러한 정성에는 장단 아주머니가 남기고 갈 유산을 건사하려는 의도가 전혀 없지는 않았다. 오래전(상속세가 아주 적었던 70년대 초에) 그네가 일구던 땅 삼천 평에 대한 소유권이 이미 내게로 이전되어 있었던 터였으므로, 그 후에 어찌될 일은 아니었으나 어머니의 정성은 변함이 없었다. 장단 아주머니에 대한 어머니의 지극정성은 어쩌면 평생을 모은 재산을 자신의 아들에게 덥썩 넘겨준 고마움의 표시였는지도 모른다. 아마 그랬을 것이다. 어머니는 사실 아들인 나에게 남겨줄 아무것도 없었다. 아들 하나 딸 넷을 치우다 보면 뒤에 뚝 떨어져 막내로 태어난 나에게는 아무것도 물려줄 게 없으리란 걸 이미 내가 어렸을 때 어머니는 예상했던 것일까. 내 나이 네 살 적에, 부모님은 장단 아주머니의 사후 봉제사를 책임지겠노라고 그네와 약속했다고 한다. 내 의지가 전혀 개입되지 않은 부모님의 일방적인 결정에 대해 부모님은 나에게 얼마간의 짐스러운 마음을 지금껏 갖고 있는 것은 사실이었다. 부모님은 그때 당시 이미, 앞으로 삼십여 년이란 세월이 흘러도 가정형편이 전혀 나아지지 않으리란 것을, 당신들께서 지나온 삶에 비추어 슬기롭게 읽어내셨던 것이고, 그 예측은 지금껏 틀리지 않고 있다.

어쨌든 난 장단 아주머니를 '어머니'라고 불러본 적이 여지껏 한 번도 없었다. 형식상 그네의 양자라는 사실을 알고 있는 동네 아낙들이 어린 나에게 놀림삼아 '니 엄니 저기 있다. 엄마라구 불러봐' 호들갑들을 떨었지만 그때마다 난 쑥스러워했다기보단 화가 치밀어 그들에게 계정을 부리곤 했다. 장단 아주머니는 내 어머니처럼 애잔하지도 않았고 따뜻하지도 않았다. 그네는 억세고 사나웠다. 은근히 그네와 친해지기를 바라는 어머니에게 가끔씩 배신감 같은 걸 느낄 정도였으니까.

그해 가을, 그네가 죽었다는 기별을 학교 강의실에서 전해 들었을 적에도 난 어머니가 세상을 떠났다는 소린 줄 알고 얼마나 놀랐었던지. 그만큼 그네는 내 삶의 범위 바깥에 있었다. 죽었다는 사람이 어머니가 아니라 장 단 아주머니라는 사실을 전화로 확인하고 나는 추계 학술답사에 참가하 지 못하게 된 것을 또 얼마나 서운해했었던지.

장례를 치르면서도 난 줄곧 엉뚱한 데에만 관심을 두었었다. 사람이 죽 으면 어떻게 하는가. 왜 향으로 온몸을 닦고 이목구비는 왜 솜으로 막는 가. 시신의 입에 억지로 쌀을 떠넣는 이유는 저승을 가면서 먹으라는 뜻이 겠지. 그것 하나만 봐도 내세를 인정한 조상들의 신앙을 알 수 있겠다. 제 복이 전통적인 다른 의상과는 어떻게 다른가. 상주가 짚는 지팡이는 왜 대 나무여야 하는가. 관을 움직일 때 바가지를 밟아 깨는 이유는 무엇일까.

말하자면 나는 고향으로 학술답사를 갔던 셈이었다. 그때 내가 새롭게 알고 놀랐던 것은, 평소에는 조각조각 해체되어 작은 움집에 보관되는 상 여가 기가 막힌 조립식 운반기구가 된다는 것이었다. 거기에는 어떤 끈도 못 한 개도 소용되지 않았다. 장례 절차에는 아직도 무궁무진한 전래의 속 설과 금기와 법도가 숨어 있었다. 절차의 출발에서 종료까지 고인은 줄곧 산 자와 하나도 다르지 않게 대우받았다. 어떤 경우에라도 관이 지상과 수 평이 아니어서는 안 되고, 관을 넘어다닌다거나 충격을 주어서는 절대로 안 되었다. 그러나 그때 내가 새롭게 알고 놀랐던 것은 뭐니 뭐니 해도 곡 에 대한 미학이었다.

곡은 단순한 울음이 아니었다. 난생 처음 상주라는 것이 되어 곡이라는 것을 해야 했던 나는 비로소 그 곡의 만만찮은 발성법에 부딪쳐 얼마나 당 황하고 낭패스러워했던가. 고향의 육촌 형님인 원호 형님이 보조상주가 되어 곡을 도왔지만 팝송과 가요에 젖어 있던 내 목은 그 유현하고 절묘하게 넘어가는 음을 좀처럼 따라잡지 못했다. 명색이 상주인데 곡을 안 할 수도 없는 일이었다. 원호 형님의 곡을 따라 외웠는데, 문상을 마치고 술상을 받고 앉은 조문객들은 내 곡성이 마치 조미미 노래 같다고들 했다.

길가를 오가며 얼핏 남의 집 호곡을 들을 땐 청승스럽기만 하던 것이 상주가 되어 집 안에서 듣자니 여간 정겨운 게 아니었다. 장례가 끝날 때까지 곡성이 끊겨서는 안 되는 법이라고들 했지만 곡다운 곡을 구사하는 사람이 마을에 몇 되지 않았기 때문에, 그리고 그들은 이미 곡을 하기에는 너무 연로한 나이들이었기 때문에 곡은 자주자주 끊기지 않을 수 없었다. 그럴 때마다 오히려 집 안은 죽음의 분위기로 갑자기 음울해지곤 했던 것이다.

곡은 울음이라기보단 사람의 영혼에 직접적으로 날아와 부딪히며 감정을 자아내는 고도의 음악이었다. 특히 여인들에게 있어서 고인의 명복을 빌고 상주의 아픔을 달래는 데는 그 어떠한 재물도 위로의 말마디도 필요 없는 것이었다. 그저 실컷 울어주는 일이 최상의 위로며 고인에 대한 예의였던 것. 옛날에는 호곡성의 크고 작음에 따라 그 집안의 살림의 형편을 짐작했다고 하지 않던가. 맡아놓고 울음을 울어주는 계집종을 그래서 곡비(哭婢)라고 했고, 그것도 모자라는 양 싶으면 곡품 파는 여인들을 일당으로 사기라도 했다는 말이 있었다.

내 관심사는 그러한 것들——곡이나 장례 절차, 그 속에 묻어 있는 속설과 금기와 민간신앙, 상엿소리와 노제의 풍습 따위——을 주의 깊게 듣고 관찰하는 일이었다.

그랬으니 장례를 마치고 학교로 돌아온 나는 전혀 근신하는 태도가 아니었다. 친어머닌지 수양어머닌지 잘 알지 못하는 학과 동료들은 그런 내가 꽤나 못돼 보였으리라.

나는 남의 장례를 대신 치러주고 온 기분이었다. 슬픔보다는 홀가분함 같은 것이었다.

내게는 그네가 큰 부담이었다. 어머니가 아닌 까마득히 먼 촌수의 부인을 어머니로 모셔야 한다는 게 어린 나이의 나에겐 그렇게 싫을 수 없었다. 엄두가 나지 않았다. 난 애잔하고 따뜻한 엄마의 품에서 떠나기 싫었고 네 누나와 형과의 오순도순한 삶과 이별할 수 없었다.

부모님은 나에게, 가족을 떠나 장단 아주머니와 함께 살라는 것이 아니라 장단 아주머니가 돌아가시면 그때 가서 제사만 모시면 되는 것이라고 거듭 타일렀다. 그래도 난 싫었다. 형제들 중에 나만 가짜 어머니를 더 갖는다는 사실이 왠지 형제들 울타리 안에서 나만 이방인이 되는 기분이었으니까.

"죽어도 어머니라고 안 할 테야!"

어린 나의 의지가 너무 결연했던지 부모님은 내 말에 깜짝깜짝 놀라기 일쑤였다.

"그래, 그래, 어머니라구 안 불러두 돼. 지금 부르는 것처럼 그냥 장단 아주머니라구 부르면 돼."

어머니는 내 계정을 다 받아주었다. 크면 다 이해하게 되리라, 어머니는 그렇게 생각했던 모양이다.

전답을 모개흥정하고 부모님을 따라 상경하던 날 얼마나 좋았던지. 우리의 이향이 부모님의 연로함으로 인해 더 이상의 농사가 불가능해짐으로써 비롯된, 다분히 작정 없는 모험이었다는 사실이 내게는 중요하지 않았다. 나에겐 고향에서, 아니 장단 아주머니와 백사십 리 먼 거리로 떨어지게 된다는 사실만이 중요했다.

네 누님이 모두 시집을 가고, 형마저 군대에 입대해버려 집에는 오십 중반을 막 넘은 부모와 국민학교 육학년생인 내가 다랑이논 여섯 마지기와 밭 사백 평을 지키고 있었다. 말 그대로 지키는 것이었다. 부모님은 농사일이 힘에 부쳐 이미 재미를 잃고 있었다.

서울에서는 사지만 멀쩡하면 살 수 있다더라는 허황된 소문만 믿고, 박정희 대통령이 도시빈민들을 위해 지어주었다는 구로동 공영주택을, 그것도 전세로 얻어 이사를 했다. 그때만 해도 구로동엔 커다란 군부대도 있었고 여기저기 야산과 농경지가 펼쳐져 있던 시절이었다.

서울로 이사를 한 후 내가 장단 아주머니를 볼 수 있었던 건 방학 때이거나 명절과 같은 아주 제한된 경우에 한해서였을 뿐이다. 어머니는 방학 때마다 나를 데리고 내려가 어떻게든 장단 아주머니와 하룻밤을 지내게 하려고 여간 애를 쓰지 않았다. 그러나 나는 특별히 기분이 좋거나 할 때만 그네와 같이(물론 어머니도 함께) 한방에서 잤고, 그네가 해주는 밥도 먹었다.

대학에 입학하면서부터는 고향에 들르면 차비도 넉넉히 주고 학비에 보태쓰라고 돈도 건네줄 줄 알았다. 그러나 워낙에 자린고비인 그네의 돈 씀씀이는 항상 우스운 것일 수밖에 없었다. 넉넉히 준다는 차비가 이천 원이었고 학비에 보태쓰라고 주는 돈이 많아야 삼만 원이었다. 하기야 한 학기 등록금이 오륙십만 원이나 한다는 사실을 그네가 알았다면 그네는 아마 까무러쳐버렸을 것이다. 감기 고뿔도 남 안 주는 그네가 그래도 신 사신을 정도의 돈을 건네준다는 것은 그만큼 나를 위한다는 척도일 수는 있었다. 그러나 어쨌든 난 그네가 가지고 있는 전체적인 분위기가 싫었다.

종갓집에 도착할 때까지 아내는 기분이 풀리지 않았다. 나는 공연한 말을 해서 아내의 심기를 다치지 말아야 했다. 아내의 마음을 모르는 바 아니었다. 명절 차례까지 합하면 일 년에 제사가 네 차례였다. 일 년 열두 달 제사가 끊이지 않는 종갓집에 비하면 마당의 삼 캐기겠지만, 문제는 번거로움보다 수월찮게 비용이 든다는 데에 있었다. 종갓집은 문중의 땅을 도지 없이 부친다는 혜택이라도 있었다. 물론 장단 아주머니가 물려준 유산으로 이십 평짜리 아담한 아파트를 가질 순 있었으나 난 돈을 알아도 든 돈을 모른다지 않던가. 벌초하랴 비석 해 세우랴, 잊을 만하면 고인은 우리를 돈으로 보챘다.

오늘 아내의 심사가 풀리지 않는 데는 또 다른 이유가 있었다. 사자옷 때문이었다. 죽은 사람에게 옷을 지어 바친다는 말을 어머니로부터 처음 들었을 때 나는 세상엔 참 별일도 다 많다는 생각이 들었었다. 그건 일 만들기 좋아하는 호사가들이나 할 법한 일로 여겨져서였다.

"제사 음식 장만해드리는 것하구 입성 지어드리는 것하구 다를 게 뭬 있누. 생각을 별스럽게 허니깐 별스럽게 뵈겄지……."

어머니는 아퀴를 짓듯 말했다.

"혼사 치르기 전에 해야 옳았는데 그땐 하두 겨를이 없어놔서 황망간에 놓쳤다. 이제나 저제나 그게 맘에 콱 걸렸었다. 아조 잘됐다. 이번에 이장하는 김에 해버려야지……."

죽은 장단 아주머니가 어쨌든 아내에겐 시어머니뻘이 아니냐는 게 어머니의 지론이었다. 며느리가 시집오면서 시어머니 옷 한 벌 해드리는 건 당연하다는 것이었다. 그러나 땅속에 묻힌 사람의 옷까지 해바쳐야 한다는 게 아내에게는 정도가 조금 지나친 일로 보였으리라.

"어머니는 참 이상하셔. 그런 일을 일부러 찾아서 해야 될 필요는 없잖아요?"

"남들도 다 하는 일이래잖아. 우리가 모르고 있었던 것뿐이지……."

"남들이 다 하는지 안 하는지 당신이 그걸 어떻게 알아요?"

"시장에 가면 기성복 해놓듯 사자옷을 해 쌓아놓고 판다더군. 그것만 보더라도 우리만 유별나게 그러는 게 아니라는 것이 증명되잖아?"

"당신은 어머님 말씀이면 왜 한마디도 대꾸를 못 하세요?"

어머니에게 대꾸를 못 한 것이 아니었다. 그런 것 좀 안 하면 안 되느냐고 시퉁그럽게 대들었다가 벌써부터 예편네 감싸고 돈다는 지청을 들었던 터였다.

결혼한 지 이태가 지나면서 난 어머니와 아내를 똑같은 '여자'로 본 적이 여러 번 있었다. 사자옷 건에 대한 경우에도 그랬다. 둘 중에 어느 한쪽이 조금만 양보하면 될 일을 가지고 어머니와 아내는 팽팽하게 맞섰다. 그럴 때는 내가 자신들의 아들이고 남편이라는 사실이 그들에겐 안중에도 없는 모양이었다. 자신들의 주장을 관철하려고만 할 뿐, 중간에서 속을 썩히고 있는 나 같은 건 아랑곳하지 않는 것 같았으니까.

사자옷을 해 바치는 일에는, 어머니가 지금껏 고인에게 지극정성을 다해왔던 이유와는 또 다른 이유가 있는 것처럼 보였다. 며느리로 하여금 가풍을 익히게 하고 웃어른의 지시에 고분고분 따르게 하려는, 다소 내방교육적인 의도가 바탕에 깔려 있는 것이 아닐까 하는 생각이 들 정도였다.

"다시는 절을 안 해도 된다고 약속했잖아요?"

시어머니의 영을 거역할 수 없는 처지에 몰린 아내는 나만 갖고 호달궜다. 결혼 직후, 조상을 모신 사당에 신고차 큰절을 올려야 한다고 했을 때

아내는 울상이 되어 나에게 매달렸다. 우중충하고 칙칙한 사당에 발을 들여놓기도 무서웠을 테지만 제단에 도열하고 섰는 거뭇거뭇한 위패에다 대고 절을 올리기가 엄두가 나지 않았던 모양이었다. 그때 내가 약속했던 말이 그 말이었다. 여기다 한 번만 절을 하면 더 이상 고인이나 조상에게 절할 일이 없을 것이다. 그러니까 눈 딱 감고 한 번만 해라…….

그런데 내 생전에는 없으리라고 생각했던 이장이 뜻밖에 빨리 찾아왔고, 덩달아 아내는 고인의 묘지 앞에 옷을 해올리고 다시 한 번 절을 올려야 할 형편에 처하게 된 것이었다.

이장 비용은 아들된 내가 담당하는 대신 일꾼들을 먹일 음식은 종갓집 부엌을 빌릴 수밖에 없었다.

"어여 올라가봐요. 벌써부터 기다리고들 있어요. 서방님 기다리느라 여직 개토축문(開土祝文)도 못 읽고 있다는데……."

종갓집에 도착하자마자 형수는 나를 내쫓듯 재촉했다. 아내를 종갓집에 남겨두고 나는 봄기운이 내비치는 고향 선산머리께로 향했다.

고인의 평생 소원이던 이장이 내 생전에는 없으리라고 확신했던 까닭은 장단 아주머니의 고향 장단이 철새들이나 겨우 드나들 수 있는 비무장지대가 되었다는 데 있었다.

죽으면 바깥양반 곁에 묻어달라던 그네의 생전의 소원도 그래서 '통일이 되면'이라는 단서가 항상 붙어 있게 마련이었다. 통일이라니. 당치도 않은 말이었다. 더구나 내가 이 세상에 살아 있을 동안 통일이 이루어진다는 건 상상도 못 할 일이었다. 그네의 '통일이 되면'이란 말은 나에게 '병풍에 그린 닭이 홰를 치며 울거든'이란 말과 하나도 다르지 않게 들렸던 것이다. 그네가 기억을 더듬어 내게 그려준 바깥양반의 장지 위치도가 적어도 내대에서는 소용이 없는 기록으로 여겨졌던 까닭도 그러한 이유에서였다.

비무장지대로의 이장이 가능하다는 소식을 고향으로부터 전해들었을 때 난 현실감이 들지 않아 놀라지도 않았다. 어찌 그럴 수가 있겠는가. 최신 병기들이 삼엄한 총구를 활짝 열어놓고 있는 철책선을 뚫고 들어가 지뢰투성이인 비무장지대를 삽으로 팔 수 있다니 누군가 잘못 듣고 전해준 말이려니 했다.

그러나 고향으로부터 주민등록등본을 떼 부치라는 전갈이 오고 이장 날짜까지 택일이 다 되었다는 통보를 받고 나서는 안 믿을 수도 없는 일이었다. 나중에 안 일이지만 벌써 오래전부터 일반인도 비무장지대의 묘소에 성묘를 할 수 있다는 것이었다. 추석 다음날이라던가. 비무장지대의 묘소에 참배하기 위해 전국에서 몰려든 성묘객들로 인해 임진각은 대절관광버스로 홍수를 이룬다는 얘기였다. 그 사실을 처음으로 안 것은 종갓집 원호 형님이었다. 서울 삼선교에 있는 강릉 두씨종친회에 종보 관계로 들렀다가 그 사실을 알았다는 것이다. 원호 형님은 장단 아주머니의 장단으로의 이장도 가능할지 모르겠다고 내게 말했고, 난 그게 가능할까요?라고만 대답했을 뿐이다.

서울의 종친회를 통해 그 일이 급속도로 진행되어 결국 이장이 가능하다는 미팔군의 허락을 받아내게 됐던 건 선산에 미 공군 레이더 기지가 들어서면서 부득불 묘터를 옮겨야만 했던 사정이 생겼기 때문이었다.

통일이 되기 전에는 불가능하리라던 이장, 그래서 내 생전에는 그런 일이 있을 수 없으리라던 확신이, 고인이 세상을 떠난 지 팔 년 만에, 내 나이 겨우 서른넷에 무너져내린 것이었다.

작은 일에서는 종종 있는 일이지만 그때처럼 나의 확신이 와르르 무너진 경우도 드물었다. 비록 화장한 유해에 한한다는 미팔군 측의 조건이 있었기는 해도, 어쨌든 비무장지대 안으로 깊숙이 들어가 삽질로 땅을 파서 유골을 안치시키는 일이 아니던가. 그런 일이 가능하리란 생각을 왜 난 애초에 엄두조차 내지 않았던 걸까. 내겐 '병풍에 그린 닭이 홰를 치며 울어댄' 격이 아닐 수 없었다. 그렇다면 통일도 내후년쯤 해서 느닷없이 닥칠 수도 있단 말인가.

나를 고대하고 있던 사람들은 내가 선산에 도착하자마자 무릎을 꿇리고 개토축문을 읽기 시작했다. 육촌 형님과 팔촌 형님들, 그리고 읍내에서 내려온 장의사 직원과 마을 일꾼들이 이미 잔을 쳐놓고 나를 기다리고 있었다. 작년에 모 월간지에 장편 넌픽션이 당선되어 상금을 많이 탔던 팔촌 동생 형호도 내려와 있었다.

──누우신 자리가 편치 못할새 토금(土禁)과 토기일(土忌日)을 피해 천덕(天德)을 고르고 옥제사일(玉帝赦日)을 택일하여 지파안장(地破安葬)하고자 하오니 지하의 고인은 삼가 놀라지 마시오.

대충 그런 뜻의 간단한 축문 낭독이 끝나자 일꾼들은 볼 것 없이 봉분의 정수리를 곡괭이로 찍어댔다. 읍에서 나온 장의사 직원 중에 지관으로 보이는 사십대 중반의 앞머리 벗어진 사내가 일을 관장하고 있었다.

"상주는 이따가 인정이나 많이 쓰시고 편히 계셔!"

지관은 무덤 앞에서 얼밋거리고 있는 나에게 비켜서라는 손짓을 했다.

내가 할 일은 없었다. 장례 때도 그랬지만 상주에겐 잔 올리고 절이나 하는 역할밖엔 없었다.

선산에 올라 마을 반대쪽을 바라보면, 청문회의 의원들조차 북괴 북괴

하던 그 북괴들의 땅이 손에 잡힐 듯 가깝게 보였다. 여의도 유람선 선착장에서 당인리 발전소 바라뵈듯 했다. 싱아나 더덕 따위로 춘궁기의 배를 채운 어린 나는 이 선산머리에서 나른한 봄빛에 자울어들곤 했었다. 그때마다 내 잠을 깼던 건 '미 제국주의와 박정희 괴뢰 도당'이었다. 여섯 살까지 '미 제국주의와 이승만 괴뢰 도당'이었던 그 대남방송이 내 유년의 기억 속에 남아 있는 유일한 전파음이었다. 선산의 숲들은 그 소리를 먹고 자라났다. 산에 오르면 솔바람과 새소리처럼 언제나 그 전파음은 수목 사이사이에 흥건하게 젖어 있게 마련이었다.

전파음이 전혀 없었던 것은 아니었다. '쓰삐꾸'라고 불렸던 가정용 유선 스키퍼가 오래전부터 보급이 되어 있었긴 했다. 그러나 그것은 재떨이를 올려놓거나 가위 인두 광주리 따위를 오려놓는 '하꼬' 이상의 역할을 하진 못했다. 바람이 불거나 비만 조금 와도 삐삐선은 끊어졌고 스피커는 벙어리가 됐다. 바쁜 어른들은 끊어진 곳을 찾아내지 못했다. 송신소 직원이 사나흘 동안 참나무, 미루나무, 층층나무, 회나무를 뻔질나게 기어오른 다음에야 겨우 소리를 잇곤 했지만 그 삐삐선은 또 사흘이 멀다 하고 끊겨버렸다. 늘 '하꼬'로 팽개쳐두던 '쓰삐꾸'가 그래도 소리 나는 물건은 물건이어서 마을 사람들은 선이 없이도 여러 방송을 골라 들을 수 있다는 '나지오'를 오래도록 사지 않았다. 라디오가 마을에 급속도로 보급이 되던 때는 70년이 되어서였다. 여러 방송국 중에서 이북방송의 것이 제일로 잘 잡히는 전파라는 사실을 알아내고서도 어른들은 바로 그런 이유 때문에 라디오 보급이 오래도록 교묘하게 지연됐었다는 걸 눈치 채지 못했다.

그러나 어쨌든 우리 어린애들은 '이승만 괴뢰 도당'이건 '박정희 괴뢰 도당'이건 상관하지 않았다. 무감각했다. 그들이 아무리 소리 높여 하루 종일 떠들어도 우리들은 그것이 새빨간 거짓말이라는 사실을 알고 있었다. 어른들은 그 방송에 대해 어떤 생각들을 가지고 있었을까. 모르겠다. 시계가 흔치 않았던 그 당시에 저들의 대남방송은 새벽밥을 지어야 할 시각을 가르쳐주고 일터로 나가야 할 때를 어림짐작케 하는 시계였을 뿐이었다. 씩씩하고 활기찬 행진곡풍의 음악이 넘치면서 '친애하는 남조선 노동자 농민 여러분……'이라는 방송이 새벽하늘을 넘어 날아오면 마을 굴뚝에서는 일제히 흰 연기를 내뿜었었으니까.

무감각하기는 저들의 삐라에 대해서도 마찬가지였다. 한두 장이라면 모르되 너무 흔한 불온전단은 불온전단이 아니었다. 삐라를 주워 경찰지서에 신고를 해도 연필이나 공책 따위를 바랄 수 없었다. 삐라는 눈처럼 내렸다. 소를 먹이거나 꼴을 베러 산에 오르다 하얗게 쌓인 삐라를 발견했을 때의 기쁨이란 밤새 내려 쌓인 첫눈에 놀라던 바로 그 기분이었다. 그것은 훌륭한 땔감이었다. 고향집 부엌에는 두어 번 쇠죽을 끓이고도 남을 삐라가 언제나 가득가득 쟁여 있었다. 아궁이에 불을 지피면서 읽던 그 삐라에는 '박정희 놈'이 제국주의 일본군 장교 출신이라는 것과, 그밖에 무슨무슨 장군 무슨무슨 장관도 독립군 때려잡던 관동군 출신이라는 내용이 적혀 있었다. 일본군 복장에 긴 칼을 찬 대통령의 사진도 박혀 있었다. 십이륙 이후에야 공개됐던 박 대통령 개인사에 대한 많은 사진자료들을 난 이미 여덟아홉 살 때 모조리 섭렵한 셈이었다.

저들의 방송과 삐라에 무감각했던 건, 선전 물량이 압도적인 것이어서 만성이 되었던 때문이기도 했지만 웅변대회의 영향도 무시할 순 없는 것이었다. 다른 지역의 학교에서도 마찬가지였는지도 모르나, 하여튼 그때 내가 다니던 국민학교에는 유난히 웅변대회가 많았다. 육이오에는 물론 칠월 이십칠일, 시월 이십사일, 심지어는 삼일절날 전후에도 반공 웅변대회를 개최했다. 웅변대회란 얼마나 멋진 구경거리였던가. 한길을 가로지르는 뱀 한 마리만 발견해도 신나고 재밌던 시절에, 웅변대회란 웅변대회 때 말고는 구경할 수 없는 '문화 행사'가 아니었던가. 학예회 같은 건 있지도 않았다. 일손 바쁜 부형들이 참가할 리도 만무했고, 뭐니 뭐니 해도 그런 걸 준비하는 데는 많은 비용과 시간이 걸리게 마련이었다. 그런 것들은 가을 운동회로 모두 몰아버렸다. 거기에 비하면 웅변대회란 얼마나 쉬운 일이었겠는가. 몇몇 목청 좋고 능청스러운 녀석들한테 원고를 주고 냅다 호달구기만 하면 되었고, 대회날이 오면 교탁 하나 달랑 구령대 위에 옮겨다놓으면 그만이었으니까.

웅변대회가 멋진 구경거리였던 건 우선, 평소에는 순 갯국이던 양지뜸의 동수 같은 놈이 근엄한 목청을 구사하는 의젓한 연사로 돌변하여 이삼십 분을 거뜬히 연출해내는 놀라운 솜씨를 발휘하게 되기 때문이었다. 의젓한 연사로 등장한 자기들의 깨복쟁이 친구에게 초반에는 '짜식', '어쭈' 하며 뒷자리에서 야유를 보내던 우리들도 어느덧 동수 녀석의 진지하고 열정적인 외침에 빠져들게 마련이었다. 그러다 보면 아버지도 없는 동수 녀석이, 만날 뱀이나 잡고 개구리나 잡던 동수 녀석이 애당초엔 저렇게 멋지게 생겨먹은 놈이 아니었을까, 공부도 못하고 떨거지 같던 그가 우리보다 훨씬 먼저 저런 모습으로 출세를 하는 건 아닐까——공부는 잘하지만 웅변에는 소질이 없어 청중석에 남아 있어야 했던 우등생들은 동수의 화려한 도전에 밑이 졸밋거리는 것을 어찌할 수 없어 했다.

기죽은 우등생들을 곁에서 지켜보는 것도 재미는 재미였지만 우리를 더욱 재미있게 했던 것은 김일성을 저주하는 욕들이었다. 김일성을 욕하는 데는 온갖 사나운 말들이 동원되었다. 그를 매도하고 성토하는 데는 도덕시간에 배운 교육 덕목들을 완전히 무시해도 되었다. 오히려 무시하도록 장려되었다. 평소에는 허텅지거리 한마디만 들켜도 벌을 주던 선생님들도 웅변대회 때만큼은 오히려 바람잡이꾼처럼 박수를 쳤다. 연사들은 경쟁하듯 김일성을 욕으로 때려잡았다. '만장하신 학우 여러분! 능지처참이라는 말을 아십니까? 북진통일이 되는 날 백두산 상상봉에 태극기를 꽂고, 김일성 사지를 찢어…….' '저는 어린 나이지만 곱창을 꽤 좋아하는 사람이올시다. 통일이 되어 김일성을 생포하는 날 그놈의 배를 갈라…….' 교탁을 탕탕 내려치면서 섬뜩하고 잔혹한 말들을 거침없이 토해낼수록 청중의 박수 소리는 드높아갔다. 우레와 같이 쏟아지는 박수 소리를 들을 때마다 나는 시뻘건 피소나기를 맞고 있는 착각 속에 빠져들곤 했었다.

선산에 올라 임진강 하구 너무 개풍군의 들녘을 바라볼 때마다 나는 여러 차례 피소나기가 그 들녘을 적시는 환시를 경험하곤 했었다.

빨갱이. 그들은 피를 먹고 살면서 새빨간 거짓말만 하기 때문에 빨갱이였다. 저들의 대남방송이 아무리 줄기차도, 저들의 삐라가 온 산을 하얗게 뒤덮어도 장단 아주머니 외에는 누구 하나 그것에 주의를 기울이지 않았다.

장단 아주머니는 확성기 소리를 고향의 소리라고 했다. 마을 사람이면 누구나, 두씨 문중의 선산발치에서 넋을 놓고 북녘 땅을 망연히 바라보고 섰는 장단 아주머니를 쉽게 볼 수 있었다. 개풍군 들녘을 지나, 또 몇 개의 구릉을 넘으면 개성 못 미쳐 장단이 있다고, 그곳이 자신이 살던 고향이라고 선산을 넘나드는 사람들에게 그녀는 말하곤 했었다. 그럴 때는 사람이 아주 달랐다. 억척스럽고 넉살좋은 장단 아주머니가 아니었다. 북녘 땅을 바라보고 있을 때마다 그네의 눈가에 어리는 그녀답지 않은 애수는 많은 사람들을 놀라게 했다.

　그녀는 틈만 있으면 두씨 선산에 올라 고향바라기를 했다. 말하기 좋아하는 사람들은, 그네가 죽어서도 북쪽이 바라다보이는 땅을 차지하기 위해 일부러 두씨 문중의 여자로 위장을 하고 있는 것이 아니냐는 소리들을 하는 모양이었다. 그러나 우리 두씨네들은 젊은 나이에 죽은 그네의 남편이 강릉 두씨의 후손이었다는 사실을 의심하지 않았다. 난리가 끝나고 그네가 마을로 흘러들었을 때——그네의 말대로라면 흘러들어온 것이 아니라 두씨들이 모여 사는 두씨 집성촌을 일부러 찾아온 것이라고 했다.——그네는 강릉 두씨 혈족 계보를 뚜르르 꿰고 있었다는 것이다. 나말 여초에 검교공 대장군 시조 존유공께서 득성을 했으며, 묘는 천태산에 썼으나 실전돼서 지금은 강릉 천명정리 산 칠백십일 번지에 관이 없는 단(壇)만 설치해 놓았다는 것. 판사파, 시랑중파, 좌정승파, 판안동파 등 합쳐서 강릉 두씨는 모두 열두 개 지파로 이루어져 있으며 장단 보온 강화에는 판안동파의 자손들이 주로 모여 산다는 것. 항렬은 이십삼대부터 조, 연, 서, 회, 자, 본, 호, 교, 우, 제, 림, 희, 규, 종, 수……로 나간다는 것. 그밖에도 그네는 몇 대조 누가 어떤 벼슬을 했던가까지를 대략 알고 있었다는 거였다. 그네가 두씨 족성의 내력을 훤히 꿰고 있는 것도, 말하기 좋아하는 사람들에겐 오히려 충분한 혐의점이 되는 것이었다. 그러나 문중 사람은 문중 사람들만이 자기 사람을 확인할 수 있는 방법이 얼마든지 있게 마련이었다.

　그래서 판안동파조의 자손인 내가 그네의 사후 자손이 되는 데 문중에서는 아무런 반대의사가 없었고, 그네가 죽어서 우리 선산에 묻힌 것도 너무나 자연스러운 일로 받아들여졌던 것이다.

　개풍군 들녘을 바라보던 눈을 그대로 뒤쪽으로 돌리면 내가 열네 살까지 살았던 철산리의 한 부락이 한눈에 들어왔다.

늘 마을을 움켜쥐고 있던 적연함. 평화로움 같기도 했던 그 고요가 마을 가득히 밀려들 때면 어린 나이에 뭘 안다고 난 자꾸만 슬퍼졌었던지. 손바닥만 한 다랭이논들과 비탈의 멍석만 한 밭들이 너무 작게 보였던 때문이었을까. 그 작은 터전에서 삶을 도모하는 우리네 가난한 부모들의 간난스러움이 어린 마음에도 안타까워서였으리라. 물오른 송기를 실컷 먹어서 입맛이 없다시며 밥을 양보하던 어머니가 우리 집에만 있었던 것은 아니었다. 아닌게아니라 장단 아주머니가 마을에 들어와 인삼재배에 성공하기 전까지만 하더라도 우리의 부모들은 달력 보아가며 밥을 먹을 정도였다.

장단 아주머니가 마을에 들어와 인삼밭을 일구기 전에 인삼이란 그저 개성에나 있는 것으로 알았었다. 강화도에서도 몇몇 지역에서는 오랜 옛날부터 인삼농사를 짓는 곳이 있다고는 들었지만 우리 마을에서 본격적으로 그 일에 매달리게 됐던 건 장단 아주머니가 나타나면서부터였다고 한다.

지금은 강화도가 인삼의 원산지처럼 되어버렸다. 그러나 개성 사람들이 피난 내려와 재배 기술을 가르쳐주지 않았던들 그렇게 성하지는 못했으리라. 개성은 아니었지만 개성 인근에서 온 장단 아주머니도 강화도 인삼을 부흥시킨 주인공 중의 한 사람이었다.

"먹지도 못할 제사에 절만 죽두록 허는 일이지 그게 어디 될성부른가, 토양이 다른데."

"겨 주고 겨 바꾸는 일도 못 돼. 육신만 부서지지……."

두씨 문중 사람들은 물론 마을의 모든 사람들은 장단 아주머니의 하는 양을 처음엔 쓸데없는 일로 치부해버렸다. 낯선 타향에서 살게 된 기구함과 외로움 따위를 달랠 심산으로 그러는 것이려니 사람들은 여겼을 터였다. 모르긴 해도 장단 아주머니 자신도 인삼 재배가 성공하리라고는 크게 기대하지 않았으리라. 마을 사람들 생각대로, 고향에서 늘 하던 일을 함으로써 조금이나마 망향의 아픔을 잊을 작정으로 시작한 건지도 모를 일이었다. 그러나 그네의 억척스러움은 기어코 튼실한 육년근을 캐내었고 그 돈으로 삼포밭을 세 배로 늘리는 신기한 묘술을 마을 사람들에게 보여주었던 것.

그제야 마을 사람들은 너나없이 인삼 재배에 달려들었다. 당시의 반응이 어땠었는지를 짐작케 할 수 있는 말을 장단 아주머니는 자주 했었다.

"악머구리 끓듯 했었지……씨 보고 춤추는 격이었어……그게 자식 칠형제 키우는 거보다 더 어렵다는 건 까마득히 모르구서들 말이지……."

그러나 장단 아주머니는 하루 종일 쇄도하는 마을 사람들의 질문을 앞앞이 챙겨 감당해주었다는 것이다.

마을에 삼포밭이 늘어날 때처럼 장단 아주머니가 돋보인 적은 없었다고 한다. 읍내 오일장에도 못 가게 막았다는 말도 있었다.

그 번거로운 요구에 일일이 참견해주는 일이 그러나 장단 아주머니는 즐거운 일이었다. 타향받이인 자신을 이젠 없어서는 안 될 인물로 마을 사람들이 인식을 바꾸어갔기 때문이었겠다. 그러나 그네가 그 번거로운 일들을 기껍게 받아냈던 정작의 이유를 많은 사람들이 알고 있었던 건 아니었다. 마을을 자신의 고향으로 개조하려는 야망을 가지고 있었다는.

자드락을 즐비하게 기어오르는 낙조의 삼포밭 행렬을 볼 때마다 그네의 만년의 표정을 그랬다. '이제 다 이루었도다.'

그러나 그네는 결코 고향을 잊지 못했다. 남편 묘지 약도를 내게 건네주면서, 네 대에 통일이 되거들랑 죄 많은 육신일망정 바깥양반 곁에 제발 묻어주기 바란다는 말을 간절하게 했던 걸 기억해봐도 그랬다.

"조심해 찍히겠어. 소리를 잘 들어보면서 해."

어지간히 파들어간 모양이었다. 앞머리가 벗어진 배불뚝이 지관은 묘를 파는 사람들에게 주의를 주면서도 자신은 여유만만했다. 그는 만면에 웃음이 가득했다. 이마와 어깨와 뱃거죽에 이르는 완만한 곡선들이, 먹고 사는 걱정으로부터는 이미 헤어나 있는 그런 사람의 분위기를 풍겼다. 그러나 그가 걸치고 있는 양복과 와이셔츠에서는 어쩔 수 없는 촌티가 자르르 흘렀다.

"잘 봐줘. 우리 동생이 하는 거니까. 공연히 뗑깡부리면 앞으루 그 장의사 안 쓸테니간."

종갓집 원호 형님은 배불뚝이 지관한테 반말이었다. 원호 형님도 그 또래는 됐으니까. 어쩌면 읍내 농고 동창일지도 몰랐다.

"여보게 무슨 소린가. 서울에 비허믄 딱 반값이야!"

"반값은 지랄. 염쟁이는 온값두 반값인가?"

이번에는 팔촌 재호 형님이었다. 재호 형님은 원호 형님보다 다섯 살쯤 위뻴이었다. 그 형님의 말투는 늘 퉁박주는 식이었다.

"아따 형님두. 지가 빈말을 헙디까. 서울에서 이만한 이장 헐래믄 솔직히 이백은 넘게 들어요."

"이백 좋아하네. 이장 한번 했다간 집안 망허기 똑 알맞겠다."

이백이라니. 나는 이백이란 말에 깜짝 놀라지 않을 수 없었다. 기껏 삼십만원 정도면 되잖겠느냐고 하시던 아버지의 말만 믿고 있던 내가 아니었던가. 절반을 뚝 친다 해도 거반 백은 가깝게 들어야 한다는 말이었다. 이 사실을 아내에게 알려야 할 것인가. 아버지는 무슨 근거로 삼십만 원 얘기를 꺼내셨단 말인가.

"누군 이장허구 집안 망허구, 누군 이장허구 집채 사졌네."

길호 형님이었다. 길호 형님도 내겐 팔촌이었다. 원호 재호 길호 형님은 고향을 지키는 세 기둥이었다. 그 중에서도 기골이 우뚝한 길호 형님의 역할은 집안일이 생길 때마다 돋보였다.

"이런 일이 날마닥 생기는 것두 아닌데 너무 그러지 마십쇼들."

배불뚝이 지관은 여전히 여유만만한 표정이었다. 형님들도 애당초 책정한 비용을 굳이 깎으려는 심산은 아닌 듯했다. 이장의 절차절차마다 인정을 쓰라며 가외의 서비스료를 강요하는 그들에게 미리 아퀴를 지으려는 속셈 같았다.

"의사는 사람 다치는 걸 좋아한다드만 거 당신은 날마닥 사람 죽어 나자빠지믄 살맛 나갔시다."

재호 형님은 쓸까스르기를 멈추지 않았다. 재호 형님이 그러지 않고 잠자코 있으면 또 그만큼 재미가 적어지게 마련이었다.

"아따 형님두, 무슨 말씀을 그리 허이꺄? 아무리 장의사에 곁붙어 땅짐작 짚어주면서 사는 목숨이지만 남 죽는 일 좋아해본 적은 없었시다. 김일성 관 짜는 일이라면 또 몰라두……."

그때 마침 북쪽으로부터 '사천만 조선 인민의 경애하는 수령 김일성 원수……' 어쩌구 하는 방송이 임진강 하구를 넘어와 파묘를 돕던 동네 일꾼들을 한바탕 웃기는 바람에 재호 형님 차례의 말이 막혀버렸다.

논픽션 작가인 팔촌 동생은 파묘 작업을 열심히 관찰하고 있었다.

파묘 작업은 횟덩어리가 희뜩희뜩 보이기 시작하면서 더뎌지기 시작했다. 하관을 할 때 흰 횟가루를 뿌리는 이유에 대해서 난 나름대로 그럴듯한 생각을 했었다. 횟가루의 화학적 성분이 아마 시신을 빨리 썩게 하거나 아니면 부패를 지연시키는 작용을 하거나 둘 중의 하나일 거라고 추측했던 것이다. 그러나 묘를 다시 파내는 작업을 지켜보면서 내 생각이 근본적으로 틀렸다는 사실을 알았다. 횟가루는 흙과 서로 엉겨서 딱딱하고 거대한 돌멩이가 되어 있었던 것이다. 동면을 하는 동물이나 혈거생활을 하는 짐승들, 혹은 나무뿌리 등에 의해 고인의 유해가 흩어지는 것을 방지하기 위해서 그리 한다는 것이었다. 흔히 집안에 우환이 있으면 묘 쓴 자리가 이상이 있기 때문이라는 속설과 함께 흙에 회를 섞는 일에 이르기까지 우리의 고인에 대한 배려는 얼마나 지극했던가. 반드시 육친의 경우가 아니더라도 고인에 대한 예의는 거의 절대적인 것이었으며 따라서 누가 죽기를 바란다는 것은 있을 수 없는 일이었다. 연전에 김일성이 죽었다는 오보에 당장 통일이 될 것처럼 좋아하던 이쪽 사람들이나, 십이륙 때 강 건너 저들의 들뜬 반응 따위는 그래서 우리 전래의 고유한 성정은 아닌 것임이 분명한 것이었다.

흙이 엉긴 횟덩어리를 꺼내는 일은 암석을 쪼아내는 것에 비길 만한 일이었다. 관을 드러내게 되기까지는 여러 명이 교대로 묘혈을 드나들며 오래도록 횟덩어리를 쪼아내야만 했다.

"그대로네, 그대로야. 명당은 명당이었구만!"

관의 윤곽이 드러나자 지관이 먼저 자랑스럽게 외쳤다. 팔 년이면 관 귀퉁이도 어느 정도는 상하고 유해도 완전히 육탈하여 뼈를 골라낼 수 있을 정도의 기간이라고 했다.

"상주 돈 벌었다. 인정이나 듬뿍 쓰슈."

지관이 나를 향해 사람 좋은 웃음을 지어 보냈다.

육탈됐을 경우 유해 하나하나를 추려담아야 했을 작업과정이 생략되게 돼서 그만큼 경비를 절약하게 됐다는 뜻이었다. 아닌게아니라 붉은 비단 위에 새겨진 '南陽洪氏之柩' 란 금색 글자도 선명하게 남아 있었다.

"열 거 없어. 말짱한데 그대로 옮기지 뭐."

재호 형님이 관을 열려고 달려드는 장의사 직원을 저지하려 했다.

"에이 형님! 그래도 할 건 해야죠. 아, 고인이 잘못 누워 계시면 편히 눕혀드리기라도 해야지 자손된 도리로 잠자리 한번 보살펴드리지두 못한 대서야 말이 되까?"

배불뚝이 지관이 오랜만에 얼굴에 웃음빛을 지우더니 직원에게 어서 열라는 턱짓을 해 보였다.

장의사 직원은 관뚜껑을 열기 전에 모서리를 따라 바퀴벌레 잡는 분무식 살충제를 듬뿍듬뿍 뿌렸다. 나중에 안 사실이지만 관 주위에 살충제를 뿌리는 것은 버러지들을 죽이려는 것이 아니라 냄새를 없애기 위해서였다는 것이다. 염포의 씨줄과 날줄이 선명하게 보일 정도로 염습된 시신은 말짱했다. 엊그제 묻은 것을 꺼내놓은 것이라 해도 곧이들을 정도였다. 어쩌면 저리도 고스란히 남아 있는 것일까. 당장에라도 염포가 툭툭 틀어지며 사람이 살아 나올 것 같아서 꼭뒤가 아릿해오는 전율을 느꼈다.

"고인이 여비가 없어서 출발두 못 허신 모양인데 여비 좀 보태드려야 되갔시다."

살충제를 퍽퍽 뿌려대던 직원이 오랫동안 뚜껑을 열어놓은 채 이른바 '인정'이라 불리우는 팁을 요구하고 있었다. 그들은 아예 그럴 작정으로 관을 열었던 것이다.

"무슨 소리야. 이 양반은 바깥양반 곁에 찾아가느라고 초혼도 하기 전에 저승집에 가 있었을 텐데."

길호 형님이 끼어들어 흥정을 시작했다. 어차피 주기는 주어야 할 '인정'이었지만 요구하는 대로 날름날름 집어줄 수는 없는 일이었다. 벽제에 들러 장단까지 가려면 수십 차례 실랑이를 벌여야 할 터였다. 첨서부터 호락호락한 면을 보여서는 안 되었다. 그런 일에는 뚝심 있는 길호 형님이 제격이었다. 일을 다 끝내고 한꺼번에 계산하는 것으로만 알고 있었던 나는 주머니에 천 원짜리 몇 장밖에 가지고 있지 않았다. 돈은 아내에게 있었다. 나를 대신해서 누가 인정을 쓸 것인가. 이럴 경우를 대비하지 못한 나는 당황하지 않을 수 없었다. 바로 그때 아버지가 내게로 다가왔다. 아버지는 스무 장이 훨씬 넘게 보이는 만 원권 지폐를 빠르게 내 주머니에 찔러넣었다. 웬 돈이 나서 아버지는 이 돈을 나에게 주는 것일까. 사실 나는 아버지의 돈을 생각하기에 앞서, 아내가 이토록 많은 돈이 더 든다는 사실을 나중에 알면 어떤 반응을 나타낼까, 그게 더 궁금했다.

"하나만 써."

실랑이 끝에 길호 형님이 나에게 손가락 하나를 펴 보이며 그런 뜻의 사인을 보냈다.

"그래, 육탈이 됐다면 큰돈 들 뻔했는데 하나만 써라."

원호 형님이 동조를 했다. 형님들이 죽을 맞추는 이유는 인정을 '쓰라'는 데 있는 것이 아니고 쓰되 '한 장'만 쓰라는 데 있었다. 재호 형님이 마무리를 짓듯 마지막으로 말했다.

"그래라 제기랄. 서울놈이 한 장 무서워 못 쓰겠냐? 써라, 써."

나는 주머니에서 만 원권 지폐 한 장을 꺼내어 시신의 머리 부위에다 얹었다. 지폐를 통해 시신이 감촉되자 검은 기억 하나가 내 온몸을 치고 달아났다.

그네의 몸이 한 토막 통나무처럼 염습되기 전, 나는 상주로서 그네가 수의를 갈아입는 광경을 지켜보아야 했었다. 아무리 그 일을 직업으로 하고 있다고는 해도 장의사 직원의 손은 몹시 떨렸고 이마에서는 구슬땀이 흘렀다. 그만큼 수의를 갈아입히는 속도도 빨라질 수밖에 없었다. 고인이 여자였기 때문인지도 몰랐다.

수의를 입힐 때 어쩔 수 없이 보게 되는 게 고인의 맨몸뚱어리였다. 만년까지 살피듬이 좋았던(아니면 부었던) 고인의 피부는 주름이 거의 없었다. 그런 고인의 몸뚱어리를 징그러운 구렁이처럼 들감고 있는 사나운 흉터. 그것은 찢기거나 깨진 흉터가 아니었다. 아교풀이 뒤엉킨 듯한 상처부위를 따라 피부는 그을음 같은 검은색을 띠고 있었다. 복부에서 시작하여 옆구리를 돌아 등으로 이어지는 흉터는 너무도 크고 끔찍해서 눈 뜨고 바라보기가 힘들었다.

"네이팜이다."

그때 내 뒤쪽에서 누군가가 탄성을 질렀다. 원호 형님이었다.

"네이팜이야……."

원호 형님은 주술에 걸린 사람처럼 중얼거렸다.

나와 원호 형님뿐만 아니라 그네가 염 잡숫는 광경을 지켜보던 모든 사람들은 그네의 크나큰 흉터에 놀라지 않을 수 없었다.

"네이팜이라뇨?"

네이팜이란 것에 대해 원호 형님에게 물을 수 있었던 건 삼우제까지 다 마치고 나서였다.

"그런 게 있어. 월남전에서 사용했던 폭탄이지……."

원호 형님은 맹호부대 일원으로 월남전에 참전했던 이른바 '자유 정의 평화의 십자군——파월 장병'이었었다.

"유지소이탄이라구두 하는데, 비누 알루미늄 휘발유 같은 걸루 만든다는 폭탄이야. 저온에서 디립다 압력을 가하면 먹는 쩨리 있잖냐, 그것처럼 휘발유가 굳어버린대드라. 그걸 정글에다 터뜨리는 거지. 산 하나가 삽시간에 불바다가 되는 무시무시한 미제 폭탄이야. 그런데 장단 아주머니가 어떻게 그 화상을 입었을까……."

원호 형님은 오래도록 고개를 갸웃거렸다. 그만큼 원호 형님은 그네의 흉터가 네이팜에 의한 것이라는 확신을 쉽게 버릴 수 없었던 것이다.

온몸을 칭칭 감고 있는 그 흉터가 그네의 생명을 재촉하는 데 어떤 영향을 미쳤던 건 아닐까. 자궁을 떼어내는 수술을 했다고 해서 금방 사람이 망가져버려 죽을 수 있는 것일까. 강화병원 산부인과 환자실에 들렀을 때 그곳에는 장단 아주머니 말고도 자궁을 떼버린 환자들이 수두룩하지 않았던가. 그네를 선산에 묻고 내려온 날 나는 그네가 왜 생각보다 빨리 세상을 떠났던 것일까 궁금하지 않을 수 없었다.

그네의 병명은 자궁비확장성 종양이라고 했다. 종양은 종양인데 신경줄을 타고 다니며 서서히 사람을 죽음에 이르게 하는 그런 성질의 종양은 아니라는 거였다. 혹은 있지만 죽지 않는 김일성 못 봤느냐, 일테면 그런 거다, 의사는 불안해하는 환자들에게 김일성 찬양론자처럼 확신에 찬 어조로 김일성을 떠들고 다녔었다.

자궁 제거 수술이라는 것이 그리 흔치 않은 것인 줄 알았는데, 강화병원 산부인과 병실을 문병 다녀온 후로 나는 여자만 보면 자궁 생각이 나서 자꾸 얼굴이 붉어질 정도까지 되었었다. 삼십여 명의 산부인과 환자 중에 두셋 말고는 다 그 환자였다. 거기에는 이제 고등학교 이학년생인 여학생도 있었다. 남자들에겐 없는 여자들만의 고통이었다. 허기야 자궁 하나 더 있는 것으로 해서 받는 여자들의 시련이 어찌 자궁질환 같은 거 뿐이겠는가.

장단 아주머니의 경우만 하더라도 아기를 생산하는 능력을 지닌 그 자궁이라는 것으로 인해 받는 고난이 컸었다. 결국 그 자궁을 떼어내는 큰 수술을 받고 눈 안 보이고 귀 안 들리게 되어 하루 종일 '개가 순해서 안 짖는다' 는 말만 되풀이하다 세상을 떠나고 말았지만, 그네를 오랜 죄의식 속에 살게 했던 것도 바로 그 자궁이라는 것이었다.

이향의 내력을 알기 전까지만 하더라도 난 그네를 끔찍이도 싫어했다. 조용할 만하면 동네를 떠도는 그네에 대한 좋지 않은 소문들 때문이었다. 자의든 타의든, 어쨌든 그네와 모자간의 약속이 이루어진 사이였으니 될 수 있는 한 난 그녀가 그렇고 그런 소문에 휘둘리지 않기를 바랐다. 그네 편을 들어서가 아니라 그네와 어쩔 수 없이 연관되어 있던 나의 체면을 위해서였다.

내가 일고여덟 살 때쯤이면 그네는 사십대였으리라. 사십대라고는 해도 그땐 마을의 다른 아낙보다 훨씬 젊어 보였었다. 주름이 잘 지지 않는 피부를 지녔기 때문이었을까. 그래도 사십이 훨씬 넘은 것은 사실이었다. 사십이 훨씬 넘은 여자에게 염문이 따른다는 것은 흉측스런 일이었다.

"빈대도 콧등이 있지 그게 무슨 주책이람."

"누가 아니래요, 늦바람이 곱세를 벗긴다드니……."

명절이 지난 날 우물터의 아낙들은 으레히 장단 아주머니에 대해 말방아질이었다. 허벅장단에 취해 늦도록 춤과 노래를 즐긴 지난밤의 장단 아주머니를 두고 하는 말들이었다. 아낙들은 내가 너무 어려서 자기들 말귀를 못 알아듣겠거니 맘놓고 얘기했지만 난 이미 그들이 무슨 말을 하는지 다 알고 있었고, 어른 남자와 어른 여자가 한곳에서 밤을 새우면 아이가 생긴다는 사실까지를 알고 있었다.

타향에서 흘러들어온 남편 없는 여자, 게다가 물허벅 장단에 놀기를 좋아하니 그런 헛소문들이 뒤따르게 마련인지도 몰랐다. 그게 난 싫었다. 아낙들이 아무 상관없는 나를(아무 상관이 없을까) 이상한 눈빛으로 바라보는 게 싫었고, 그네의 물허벅 장단 소리가 귀에 거슬렸다. 어느 해 추석 이튿날, 위뜸 성구 아비와 붙어먹었다는 소문이 또 돌기 시작했을 때, 무슨 마음에서였을까. 난 그네의 집으로 쏜살같이 달려갔다. 가서 아마 손사래를 쳐가면서 얘기했던 걸로 기억난다.

"장단, 장단, 거 장단 좀 이제 제발 치지 말어요. 또 치면 아무리, 아무리 우리 아부지 엄마가 약속했대두 난 아주머이 양아들 안 헐 테야, 죽어두……."

조막만 한 놈의 목소리가 얼마나 앙칼지고 오달졌던지 장단 아주머니는 오랫동안 넋을 놓고 나를 쳐다보았다. 그러더니 이내 내 눈길을 피해 등을 돌리며 깊은 한숨을 내쉬고 떨리는 목소리로 이야기를 시작했다.

"그래. 미안허다. 이제부텀 조심허마. 다 내 탓이다. 아니 땐 굴뚝에 연기가 나겄냐. 내가 내 자식 하나 갖고 싶은 게 한이 백혀서 나도 모르게 숭헌 소문을 퍼뜨렸나 본데, 남덜 말같이 그러지는 않았다. 그것만은 믿어라. 자식을 갖고 싶은데 사내를 가까이하기가 겁이 나서 망설이고 망설이다 봉께 별난 소문이 돌게 되었나 보다. 이년 팔자에 새서방 얻고 자식까지 얻을 복이 있겠냐. 너만 내 제사를 맡아준다면, 그렇게 우리 둘이 약속만 헌다면 다시는 남정네 곁에 안 가마, 약속헐게, 장단두 안 치구……."

"좋아요. 그렇게 약속해요, 그럼!"

내가 단호하게 다짐을 주었는데도 그네는 나에게 오랫동안 긴 말을 했다. 어쨌든 제발로 혼자서 안방까지 찾아든 내가 기특해서였던지, 주먹만 한 단감으로 나를 묶어놓고 그네는 절절히 얘기를 엮어나갔다. 여덟 살 때 들었던 얘기라 하나하나 기억될 리는 만무하다. 지금 내가 정리해낼 수 있는 것은 가물가물한 그때의 기억에다, 자라면서 알게 된 여러 가지 정황과 추측을 덧붙인 것에 지나지 않는다. 그네가 병적으로 자식에 집착했던 이유는 무엇인가. 그러면서도 왜 재혼은 꿈에도 생각지 않았을까. 그네가 옛날에 했던 말들을 바탕으로 내가 정리할 수 있는 그네의 이향 내력은 이러하다. 그것은 곧 그네가 평생을 죄의식 속에 살다가 생각보다 일찍 죽음에 이르게 된 내력이기도 하다.

"삼팔선인지 시팔선인지 그놈이 웬수지."

그네는 이야기를 그런 쌍말로 시작했던 것 같다. 그런 쌍말 말고도 그네는 수없는 욕지거리와 허텅지거리를 어린 내 앞에서 내뱉었다.

"청년단인지 뭔지, 인간백정 같은 놈덜이 사람을 개구리 잡듯 패잡는지, 그놈덜 눈을 보믄 꼭 뭣에 썬 것 같았어. 것두 다 그놈에 삼팔선 때문이었지."

그네는 그네의 고향 장단군이 삼팔선에 의해 절단나면서부터 세상이 뒤집히고 사람들의 눈도 뒤집혔다고 말했다.

"첨엔 삼팔선을 그어놨다구 해서 소냄 대냄 강상멘까지 못 오르내릴 것두 읎었지. 즈덜이 아무리 금을 그어놨대두 그게 보이나 걸리나. 친정에

300

두 가구 추석 이튿날에는 화장사에 가서 불공덜두 드리구는 했으니깐
……우리 친정은 큰콩 나기로 팔도에 소문난 대냄멘 가곡리야."

난 그네의 이야기 따위엔 별 관심이 없었다. 맛있는 단감에 비해 그네
의 이야기는 너무 재미가 없었다. 저 혼자 온몸으로 부르르 부르르 진저리
쳐가며 그네는 끝없이 사람 잡는 이야기만 하고 있었던 것이다.

"그러던 게 점점 넘나드는 걸 금지이, 금지이라 하데. 마을엔 꾸역꾸역
군인덜이 몰려들기 시작하더만 전쟁 나기 이태 전부텀 장냄멘이니 진서
멘이니 개성 북쪽에선 총질덜을 서루 허기 시작했어……"

그런데 문제는 마을에 주둔하던 병사들이 삼팔선이 그어졌다는 쪽으로
몰려가기 시작하면서였다고 했다. 군인들이 빠져나가자 마을에는 청년단
인지, 어쨌든 끝에 '단' 자를 붙인 청년 무리들이 피바람을 일으키고 다녔
는데 이들한테 걸렸다 하면 누구도 살아남지 못했다면서 그네는 버릇처
럼 진저리를 쳤다.

"웬 사람을 그리도 많이 쥑였는지……그때 바다 건너 제주도에서는 남
정네가 다 죽었다는 소문이 들려오구, 하여튼 아랫녘 사람덜두 거반 다 죽
어간다는 말들이 마마병 떠돌듯 했으니깐. 청년단 놈들이 사람 잡는 꼴을
보니깐두루 그런 소문덜이 하나 거짓뿌렁 같지가 않았지. 이제 세상은 끝
나는가 부다, 이게 화탕지옥인가 부다, 그러고 있었지. 안 그러면 어쩔 수
있나……웃마을 뿕갱이와 내통했다구 강상멘 사람이믄 다 잡아가구, 한
식 맞춰 선산에 사초하느라 선을 넘어 댕겨왔다구 끌구 가구, 그런다구 뭐
라구 허믄 뭐라구 헌다구 끌구 가구, 안 가겠다구 버티믄 그 자리가 자기
집 안마당이든 콩밭이든 한길 가운데든 그대로 총을 놓아 쥑이구……끌
려가는 디까지 암말 않고 순순히 끌려가두 시체루 돌아오구……"

남편을 죽인 청년단장에게 그네가 한을 품었던 건 남편과의 정분이 남달리 자별해서가 아니었다고 한다.

　우리와 같은 강릉 두씨 성을 가진 그네의 남편 이야기는 지금 생각건대 그네가 직접 내게 한 것은 아니었던 것 같다. 내가 그네에게 달려가 앙칼지고 오달진 목소리를 지르고 단감을 얻어먹던 날도 그네는 남편에 대한 말까지는 나에게 하지 않았다.

　그네는 수없이 진저리를 쳐가며 그저 사람 때려잡는 얘기만 줄기차게 했었고, 나는 단감의 단맛을 탐닉하다 단물 묻은 손가락을 빨며 그네의 집을 빠져나왔으니까.

　그러니까 그네의 남편의 죽음에 대한 얘기는 그 후 크면서 이 사람 저 사람한테 조금씩 들어 축적된 것들일 게다.

　청년단장에게 이를 갈았던 것은 그네뿐만이 아니었다. 그들에게 목숨을 잃은 수많은 남정네의 아낙들은 하나같이 그에게 저주를 퍼부었다.

　"세상이 바뀌면 너를 찢어주마."

　"네놈의 씨를 받아서라두 죽여버리겠다!"

　장단 아주머니도 남편의 목숨을 앗아간 무리들의 수괴에 대해 끓어오르는 증오를 어쩌지 못했다. 그네는 다른 아낙들보다 그 강도가 더했다. 남편과의 자별함 때문이 아니었다. 오히려 남편과는 애틋한 정분 한번 나눌 여유조차 변변히 갖지도 못했다. 혼사를 치르자마자 한 달도 채우지 못하고 남편은 징용으로 끌려나가 버마 전선을 헤매다 돌아왔던 것이고, 돌아와 반년을 넘기기도 전에 변을 당했으니, 그네는 남편 앞에서 새색시로서의 수줍음과 쑥스러움만 타다 신랑을 잃어버린 꼴이 되어버리고 말았던 셈이었다.

그네가 청년단 수괴에 대해 남다른 증오를 가지고 있었던 건 그를 남달리 잘 알고 있었기 때문이었다. 그는 대남면 가곡리 밭부자 아들이며, 그네와는 이팔의 나이를 넘기면서부터 서로 수줍은 얼굴을 붉히며 길을 비켜가던 사이였다.

대남면 콩부자 밭부자인 부친이 삼팔선이 그어진 후로 공산당의 미움을 사서 감옥에서 옥사했다는 소문과 함께 그는 경비선을 넘었고, 장단면으로 흘러들어와 끔찍한 일들을 저지르기 시작했던 것이다.

도무지 그런 일을 해낼 수 없는 인물이라고 생각되는 사람이 그런 짓을 눈 하나 깜짝하지 않고 해치운다는 게 그네는 무서울 따름이었다. 뭣에 한 꺼풀 씌어도 단단히 씐 모양이라고 다들 여겼지만 누구 하나 그런 그를 동정하지 않았다. 그를 동정하기엔 그는 이미 너무 많은 사람을 파리 잡듯 죽였기 때문이었다.

고향이 삼팔 이북이라는 단순한 이유 때문에, 혹은 무슨 사건으로 경비선을 넘어갔다 왔다는 이유만으로 죽임을 당한 무수히 억울한 죽음들에 비하면, 그네의 남편의 죽음은 억울하긴 매한가지였으나 죽임을 당한 까닭은 비교적 명백한 편이었다.

"정권을 잡으려는 이승만의 짓이야. 반대세력을 공비로 몰아 사그리 죽여놓구 반쪽 땅덩어리를 차지해보겠다는 속셈이라구. 저놈들은 이승만의 깡패 군단이야, 이승만의 개라구!"

그네는 이미 남편의 무사함을 기대할 수 없을 정도였다. 외국 전선에서 귀국한 사람들에 대해선 그러지 않아도 붉은 물이 들었을까 봐 감시가 대단했던 터에 그런 말들을 미련하게 왜장치고 다녔으니 말이다.

그네는 한마을에서 자란 청년단장과의 안면에 기댈 수밖에 없었다. 설마 그가, 한동네 우물물을 먹고 자란 그가 남편이 좀 심한 말을 했기로서니 잡아다 죽이기야 하겠는가. 그러기야 할까. 그러나 그네의 남편은 보란 듯이 대낮에 팔을 꺾이어 단원들에 의해 끌려가버리고 말았다. 다른 사람들의 경우엔 대개 청년단으로 끌려간 지 일주일이면 영락없이 시체가 되어 돌아오곤 했다. 그러나 그네의 남편은 이 주일이 다 되도록 돌아오지 않았다.

시신이라도 찾을 심산으로 청년단을 찾아간 그네에게 단장은 사람 다른 목소리로 이기죽거렸다.

"흠, 그대의 남편은 소련과 북쪽 공산당의 사주를 받고 폭력 혁명을 기도하려 했던 악질 공비였어, 에 또 지금 그 조직을 캐내기 위해 신문 중이니 곧 만천하에 그대 남편의 죄상은 드러나고 말 거야, 곧……."

완전히 딴 사람으로 표변한 그에게 무슨 얘기부터 해야 할지 도무지 말이 목구멍을 넘어오지 않았다. 그네는 남편이 그때까지 살아 있었다는 사실이 신기하기만 했다.

"살려주오, 살려주오, 지발 덕분에 살려만 주오."

사람 달라진 그의 얼굴을 똑바로 쳐다보지도 못하고 그네는 그의 구두코만 열심히 바라보며 연신 허리를 굽실거렸다. 그런 그네에게 단장은 건조하고 심드렁한 목소리로 말했다.

"한번 나하고 올러볼 테야?"

그네는 그 말이 무슨 뜻인지 몰랐다. 몰라서 그게 무슨 말이냐는 투로 얼굴을 들어 그를 쳐다보았다. 그때 그네는 그의 능글맞은 웃음에서 그 말의 뜻을 환하게 읽을 수 있었다.

"그러면 살려주지."

역시 그의 말은 메마르고 심드렁했다. 갖고 있는 식은 감자라도 한 덩이 달라는 그런 식이었다.

그의 말이 결코 그네의 동의를 구하는 것이 아니었음을 그네는 곧장 알아차렸다. 손목에 가해지는 그의 악력(握力)에 그네는 절망의 나락 속으로 끝없이 까무러져갔다.

적어도 사흘 안에는 소식이 있을 거라는 다짐을 받고 돌아와 사흘을 지낸 저녁. 그네는 한 꾸러미의 식은 시신을 받았다. 집을 나갈 때에 비해 보름 만에 반으로 줄어든 남편의 육신은 먹물을 잔뜩 뒤집어쓴 물오징어처럼 온몸에 멍이 들어 있었다.

남편의 죄명은 남파 공비라는 것이었다. 말도 되지 않았다. 귀국 후 북쪽으로 넘어가 강동정치학원에서 유격훈련을 받고 남쪽의 공비를 지원하려는 목적하에 침투된 무장공비라는 얘기였다. 남편은 버마 전선에서 귀환하여, 담배 한 대 참 거리에 있는 논밭에 나간 일밖엔 없었다. 누구를 은밀히 만난다거나 밤에 나돌아다니는 일조차 없었다. 남파공비라는 것은 사람을 이미 죽여놓고 뒤집어씌운 어거지 죄명임이 분명했다. 저들은 백주에 죄 없는 사람을 마구 쳐죽이는 명백한 살인 집단이었다. 그러나 도리가 없었다. 남편이 늘 말했듯, 세상엔 이미 법이 없었다. 몽둥이와 총과 주먹과 발길이 법이었고 이치였다. 그것을 많이 가지고 휘두르는 자가 나라의 원수 자리를 차지하게 되어 있었다.

죽은 남편을 선산에 묻은 뒤 그네는 슬퍼할 겨를도 없이, 첫 삭망을 지내기도 전에 자신의 몸 안에 일고 있는 변화에 소스라치게 놀라야 했다. 혼사를 치른 남편과 함께 살면서도 없었던 일이라 처음엔 웬일일까 했다. 열네 살 때부터 시작된 달거리가 멈추기는 처음이었다. 혹간 그러는 수도 있다는 말을 들어보긴 했지만 그네의 달거리는 남편과의 잠자리가 계속 되던 때조차 한 번도 걸러본 적이 없었던 것이다. 그래서 그네는 달마다 경도를 보면서도 스스로 자신이 돌계집이 아닌가 은근히 죄스러웠던 것도 사실이었다. 시집에서나 남편이나 모른 척 지나주었기 때문에 그저 다행한 일이라고만 여겨왔을 뿐이었다.

콩부잣집 아들의 일그러진 얼굴에 밤마다 가위를 눌리기 시작했다. 손목에 가해지는 그의 악력을 무시로 느끼게 되면서 그네는 손을 뿌리쳐 터는 버릇이 생기기까지 하였다. 쌀을 씻다가, 혹은 고추밭을 매다가도 그네는 호미를 팽개치고 벌레를 털어내듯 손목을 털었다.

두세 달이 지나도록 달거리는 보이지 않았다. 말이 씨가 된다더니. 그놈의 씨를 받아서라도 죽여버리겠다던 마을 아낙들의 저주스런 원망이 그네에게서 현실로 나타난 셈이었다.

자신도 아이를 낳을 수 있다는 놀라움은, 그 놀라움이 시작되기도 전에 이미 불행과 죄의 씨앗이 먼저 싹트게 되었다는 사실로 인해 그네를 한없는 절망 속으로 떨어뜨리고 말았다.

무엇을 먹을 수 있을 것인가. 그네의 입속으로 들어가는 그 어떤 것도 그 싹을 키우는 영양분이 된다는 강박증은 그네를 모질고도 쓰라린 허기를 견딜 수밖에 없는 처지로까지 몰아가게 했다.

빈속이 뒤틀려오는 헛구역질을 견디면서 그네는 자꾸만 자꾸만 피마자 씨만 갈아 마셨다. 설사와 구토로 몸속의 온갖 것을 부시어내고도 그네는 마음이 놓이지 않았다.

아랫배에 묵지룩한 중량감을 느끼기 시작하면서부터는 온 산의 밤나무란 밤나무는 모조리 헤집고 다니면서 올챙이집을 거두어 끓여 목이 메도록 한 바가지씩 퍼먹어도 보았다.

생명을 지우겠다는 의지가 모질어질수록 그네는 밤마다 자신이 가지고 있는 잔인성에 새삼스레 진저리를 치며 외롭게 흐느꼈다. 먼저 간 남편이 그때처럼 원망스러운 적도 없었으리라.

기구한 팔자일수록 목숨이 질기다던가. 단장에게 그 일을 당하고 반년을 넘기면서부터는 그네는 거의 제정신이 아니었다.

어두워지기를 기다려 지붕을 기어오르는 게 일이었다. 두 발을 허공에 번쩍 치켜들고 엉덩이로 세차게 땅바닥을 내려때리는 일은 참혹스럽기 그지없었다. 무엇보다 견딜 수 없었던 건, 한 많은 제 목숨 하나는 스스로 어찌하지 못하는 나약함을 보이면서도 배냇것은 필사적으로 지우려 하는 몰염치함을 깨닫게 될 때였다. 도대체 사람 백정인 단장과 무엇이 다를 게 있단 말인가.

엉치뼈가 불에 덴 듯 화끈거리도록 밤새껏 엉덩방아를 찧어보아도 낙태는커녕 하혈 한 방울 내비치지 않았다.

속내를 모르는 마을 사람들은 그네의 불러온 배를 볼 적마다, 그나마 의지가지가 생긴 것에 대해 다행스럽다는 표정을 짓곤 했지만, 그네는 원수의 자식을 제 눈으로 보며 살 날을 생각하면 저절로 머리카락이 솟구칠 정도였다. 비록 씨는 원수의 것일망정 온전히 자신의 피를 모으고 열 달간 살을 나누어 가진 자식이라는 생각이 들 적마다 하늘의 이치가 새삼 고약하고 한없이 원망스러웠다.

그네가 철산리로 흘러들어올 때 자식이 딸리지 않았었다는 것으로 봐서 그네는 분명 자신이 낳은 자식을 어떻게 했을 것이었다. 그네는 자기 말로 그냥 죽여버렸노라고 비정하게 말하곤 했지만, 누구에게나 쉽게 납득이 가는 말이 될 수 없었다.

재혼을 하지 않는 이유에 대해서야 죽은 남편에 대한 사랑이 지극해서라든지 아니면 죄스러워서라든지, 어떤 말을 하든 다 말이 될 수 있겠지만 제 자식을 제가 죽였다는 건 아무래도 믿어지지 않았다. 아무리 원수의 자식이라도 그렇지, 자신의 피를 모아 열 달 이백팔십 일을 뱃속에서 키워온 핏덩이를 어떻게 자기 손으로 죽일 수 있단 말인가.

그러나 그네가 평소에 보였던 자식에 대한 지나친 집착과, 평생을 죄의식 속에서 헤어나지 못했던 사실로 미루어볼 때 그네의 말을 전혀 안 믿을 수도 없는 일이었다. 지 새끼 잡아먹은 죄 많은 년. 그네는 틈만 있으면 그 말이었다. 일이 고되다든가 누구에게 남편 없는 막된 것이라는 소리를 듣는다든가, 아니면 꿔준 돈을 받지 못할 때, 그리고 하다못해 무슨 재미난 일로 눈물이 나도록 웃어젖히다가도 웃음 끝에는 늘 '지 새끼 잡아먹은 죄 많은 년'이었다.

생전에 그네가 말하기를, 오십을 넘기며 남들보다 쉬 늙어가기 시작한 이유는 제 손으로 제 새끼를 죽인 모진 목숨에 대한 하늘의 늦벌이라 했다. 그러나 하늘의 벌은 아니더라도, 아이를 지우기 위해 그 고생을 했으니 자궁에 이상이 생기지 않을 수 없었겠다는 것, 그리고 급기야는 그 병으로 세상을 떠나고 만 것이 아니었겠느냐는 게 내가 그네의 죽음에 대해 갖고 있던 생각이었다.

그런데 그네의 죽음에 대해 좀 더 관심 있게 생각해볼 기회가 마침 내게 있었다. 그네가 세상을 떠나고 여러 달이 지나서였다. 데이비드 콩드라는 한 미국 학자의 연구저서를 읽다가 거기에 인용된 뉴욕 타임즈 1951년 이월 구일치의 기사 내용을 발견하게 되면서부터였다. ……삼사 일 전 네이팜탄이 마을을 습격했다. 한국전쟁을 전한 기사는 그렇게 계속되고 있었다.……폭탄은 매장할 시체조차 남기지 않고 모든 사람을 태워버렸다. 죽은 사람을 매장할 곳은 아무 데도 없었다.……마을과 밭에 있던 모든 주민들이 미처 피하지도 못하고 네이팜탄의 습격을 받고서 그대로 죽었다. ……자전거를 막 타려는 남자, 고아원에서 놀고 있던 오십 명의 어린이들……작은 부락이었는데, 거의 이백 명 가까이 죽었음이 틀림없었다……미국 공군은 이렇게 개전 초 십팔 개월 만에 북한 지역을 완전히 잿더미로 만들었다. 미 공군 사령관이 워싱턴에 보고한 내용은, 이제 북한 지역에는 공격할 그 어떤 목표도 남아 있지 않다라는 것이었다…….

네이팜탄이 월남전에서 처음으로 사용된 것이 아니라, 이차 세계대전의 산물이면서 한국전에서 그 위력을 증명하고 본격적으로 월남전에 사용케 된 병기라는 사실을 알게 되었을 때, 나는 그네의 몸을 감고 있던 끔찍한 흉터를 자연스럽게 떠올리게 됐고 그네의 아이도 바로 그 불길에 잃었던 것이 아닐까 생각하지 않을 수 없었다. 그네는 자기 손으로 자식을 죽였노라고 극구 우기고 있지만 믿을 수 없는 말이었다. 자신의 부주의에 의해 아이는 네이팜의 불길에 휩싸이고 자신만 살아남게 된 것에 대한 어미로서의 염치없음. 일이 그렇게 되자 죄의 씨앗인 아이한테 가졌던 평소의 원망과 살의가 주체할 수 없는 죄의식으로 증폭되어 그네를 괴롭히기 시작했을 것이라는 추측이 훨씬 그럴듯해 보였다.

마을 사람들의 좋지 않은 뒷소리를 들으면서까지 그네가 새로운 자식을 갖고 싶어 했던 까닭도 곰곰이 생각해보면 자식에 대한 단순한 집착 때문만은 아니지 않았을까. 나를 양아들로 삼아놓고도 끊임없이 자기가 원하는 자식 하나 갖고 싶어 했던 까닭은, 그렇게 함으로써 죄와 쓰라림으로 얼룩진 자신의 자궁을 정화할 수 있다고 믿었기 때문이 아니었을까. 그것이 곧 자신의 영혼까지도 정화할 수 있는 길이라고 생각했던 건 아니었을까.

죄의식이 유난히 기승을 부리는 날이면, 그네는 죄의 씨앗이 아닌 정녕 사랑의 씨앗으로서의 자식이 더욱더 그리워졌으리라. 그 그리움만큼 그네는 물허벅 장단을 휘몰아 치며,——쑤욱대머리 귀신형용 저억막 옥방에 찬자리에 생각나는 것은 니임뿐이라——라고 그네의 십팔번인 쑥대머리를 불러 젖혔을 것이다.

그렇다면 자궁을 떼어내는 큰 수술을 받은 후 급속히 쇠약해져 죽음에 이르게 된 것도, 단순히 수술 후유증으로 인한 기력 쇠퇴에 원인이 있었던 것이 아닐지도 몰랐다. 상실증. 그렇다. 자궁 제거 수술을 받고 나면 심한 상실감에 일정 기간 동안 정상적인 삶으로의 복귀가 불가능할지도 모른다고 강화병원 산부인과 염 박사가 말하지 않았던가. 그때 난 이미 나이 칠십에 가까운 노파가 설마 그런 상실감 따위로 고생하랴 싶었었다. 그런 상실감이라면 장단 아주머니와 함께 입원했던 여고생이나 젊은 부인들에게나 있을 법한 일이라고 생각했던 것이다. 자식을 낳을 수 없다는 허탈감. 여성으로서의 소중한 기능이 상실되었다는 절망감은 칠십 노파에게는 아무래도 어울리지 않는 증상이잖겠는가.

그러나 장단 아주머니에게는 자신의 죄스러움과 쓰라린 과거의 기억을 청산하기 위해서 반드시 자궁이 필요했던 것이다. 수술에 의해 그것이 송두리째 없어짐으로써 정화에 대한 막연한 기대마저 함께 사라져버린 것이 아니었겠는가. 그네의 삶을 지탱하던 죄의식, 자식에 대한 집착, 남편과 고향에 대한 그리움 따위가 자궁의 소멸과 함께 증발해버렸을 것이었다.

그네의 죽음에 대해 내가 부여하는 이러한 의미들에는 다소 억지스러운 구석이 없지는 않지만, 미친 듯이 삼포밭을 개간하던 그네의 생전의 억척스러움이랄지, 나에게 남긴 고향 장단의 부군 묘지 약도와 유언들로 볼 때 전혀 근거 없는 억지는 아니라고 생각한다.

부모님의 일방적인 약속에 의해 그네가 나의 양어머니가 된 데 대해 지금껏 썩 잘된 일이라고 생각해본 적이 없는 나지만, 제사를 모시는 걸 한 번도 거르지 않은 까닭은 나 나름대로 부여한 바로 그러한 의미들 때문이었다. 그네의 유산을 상속받는 문제를 떠나서 그네의 유혼을 위무해줄 필요를 나는 내가 부여한 그러한 의미들에서 찾을 수 있었던 것이다.

물론 아내는 내가 제사를 달가워하지 않으면서도 꼬박꼬박 기일과 명절을 지키는 이유를 잘 알지 못하고 있다. 제사 지내는 일과 고인에 관계된 이야기에는 예민한 반응을 보이곤 하는 아내여서 난 이러저러한 이유를 아내에게 설명할 기회를 아직 갖지 못했던 것이다.

장단 아주머니가 고향의 모습으로 개조하려고, 아니, 그보다 남편과 고향에 대한 옹골진 그리움을 조금이나마 잊어보려고, 또한 죄의식으로부터 잠시만이라도 달아나려고 미친 듯이 개간한 삼포밭. 그 즐비한 삼포밭들을 뒤로 하고 영구차는 마을 동편 둔덕을 막 넘으려 했다.

"이제야 가네 그려……나두 어서 죽어야지……."

장단 아주머니와 죽을 때까지 한 오두막에서 묵새기던 허리 굽은 노파가 지팡이로 땅을 찍으며 다가왔다. 노파의 눈은 눈물로 짓물러 있었다. 노파의 눈은 팔 년 전에도 그렇게 짓물러 있었다. 노파의 올해 나이는 아흔이라고 했다.

"빨리 죽어지지두 않구, 아주 귀찮아 죽겠어……."

노파의 등 뒤에는 마을 아낙들이 모여서서 떠나는 장단 아주머니를 지켜보고 있었다. 그들은 인삼을 가꾸느라 거칠어진 손들을 다소곳이 모아 쥐고 만감 어린 눈빛으로 장단 아주머니를 배웅했다.

시동을 건 영구차는 모질게 땅을 박차며 출발했다. 뒤차창 밖으론 봄볕을 반사해내는 삼포밭들이 줄줄이 멀어져갔다. 그것들은 고기비늘처럼 번쩍거렸다. 아낙네들의 치켜든 손은 아지랑이 속에 멀리 묻혀들면서 수초처럼 흔들렸다.

벽제를 경유하면서 작은 생일케이크 상자 크기로 줄어든 고인의 유해가 불광동을 지나 북쪽으로 난 길을 달리기 시작한 건 오후 두 시가 조금 넘어서였다. 앞으로 한 시간 못 미쳐 달리면 곧바로 민통선에 도착하게 된다는 팔촌 동생 형호의 말을 들으면서 난 은근히 긴장했다. 충청북도 영동에서 군대 생활을 한 나는 민통선이니 비무장지대니 하는 용어들에 대해 높고 견고한 철조망밖에 떠올릴 줄 몰랐다. 군대 갔다왔다고 하면 으레히 전방 철책선에서 저들의 벙커와 마주 보며 삼 년을 보낸 것으로 알고 있는 사람들이 많은데, 나는 사실 삼 년 동안 대공근무를 서면서도 한 번도 실탄을 휴대한 적이 없었다. 안전사고 예방이 사단의 목표였던 만큼 사단장은 개천에서 목욕하는 것조차 금지했다. 워낙 안전사고가 많은 군대라 언젠가부터 삼백육십오 일 무사고 부대에 대해서는 표창이 내려지기 시작했고, 아울러 사단장은 그 표창의 비중에 따라 진급 점수를 얻게 되었던 모양이다. 전투력 증강을 위한 혹독한 훈련은 교범이나 업무일지에나 기록될 사항이었다. 안전사고 예방이라는 사단 목표는 곧 무사안일이었다. 나는 대공초소의 보초근무를 서면서도 도스토예프스키를 읽었고 그러는 동안 우리의 사단장은 별 한 개를 더 따 달 수 있었던 것이다.

그러니 민통선이니 비무장지대니 하는 말들이 내게는 생소하진 않더라도 긴장케 하기엔 충분한 것이었다. 그곳은 실탄은 물론 수류탄과 크레모아까지 터뜨릴 만반의 준비를 하고 있는 데라지 않던가.

이쪽도 그렇지만 저쪽은 또 어떤가. 저쪽의 총포는 일제히 이쪽을 향해 하루 이십사 시간을 줄창 열려 있으면서 사정거리 안의 모든 움직이는 물체를 감시하고 있을 게 아닌가. 나와 나의 가족과 고향의 이웃들이 저들의 포대경 안에 온전히 포착되어지리란 상상을 하자 갑자기 밑이 졸밋거려오기 시작했다.

전 세계를 통틀어 가장 차갑게 얼어붙은 냉전의 벨트 안으로 들어간다는 생각을 하니 오래전에 달아나버린 겨울이 갑작스럽게 뒷걸음질을 치며 차창을 때리는 듯하였다.

그러나 창밖은 완연한 봄이었고, 내 생각들을 비웃는 듯 북쪽으로 갈수록 도로변에는 매운탕과 영양탕 고는 집들의 간판이 늘어날 뿐이었다. 즐비한 부대 간판, 삼엄한 경비병, 산중턱의 교통호와 토치카, 얼룩 페인트를 뒤집어쓴 장갑차의 질주 등의 을씨년스러운 전방 분위기를 자아내야 할 것들은 보이지 않고 아파트 분양 안내 간판과 민물장어 스테미너 음식 따위의 안내 광고탑만 불쑥불쑥 나타나곤 했다.

차 안에서도 긴장하고 있는 사람은 나 하나뿐인 것 같았다. 하긴 고향을 출발한 지 네 시간이 넘어가고 있었으니 어지간히 취할 때도 되긴 됐겠다.

"니 역할이 크다 이거야, 알겠어?"

재호 형님은 애송이 논픽션 작가인 형호에게 한참 전서부터 고향 발전 계획에 동참해야 한다는 지론을 펴고 있었다.

"제가 뭘 할 수 있겠습니까?"

형호는 더수기를 긁으면서, 자신이 아직 글로써 어떤 영향을 발휘할 수

없는 햇병아리 작가라는 사실을 알아주기를 바라는 듯한 눈치를 보였다

"할 거 많지. 우선 우리 마을을 관광지루 만든다 이거야. 내가 조선팔도 관광지란 관광명소는 죄 다녀봤지만 거 다 별거 아니드란 말이지. 거 왜 우리 동네두 전설 붙은 바위두 많구, 역사적인 사적두 많잖아? 각시바위, 돈대, 장군바위, 금박골 폭포 같은 것들 말야……."

차가 흔들릴 때마다 넘치려는 소주잔을 위태롭게 가누면서 재호 형님은 사뭇 진지한 음성으로 말했다.

재호 형님은 고향 동네가 서해와 접해 있으면서 좋은 산과 물을 가지고 있는 마을이란 사실에 오래전부터 탐을 내왔었다. 굴 양식과 조개 양식에 실패를 거듭해왔으면서도 형님은 농사나 지으라는 주위 사람들의 만류를 고집스럽게 뿌리치기 일쑤였다. 덕분에 그는 엄청난 빚더미에 올라앉아 있었고 남은 것이라곤 될 턱이 없는 바닷가의 다 헐어진 다방 하나뿐이었다. 재호 형님은 실패를 만회하려는 미련을 아직도 버리지 못하고 있었다. 형수님 말대로라면 그는 죽을 때까지도 그 팔자 도망을 못 할 거라는 거였다.

"그까짓 각시바위 돈대 따위루 관광지라뇨, 어림없시다."

마을 청년회장이 재호 형님의 말에 손사래를 치며 끼어들었다.

청년회장이라지만 그는 이미 사십줄에 접어든 중년이었다. 청년회장 할 청년이 없어서 십이 년 동안 만장일치로 장기집권을 할 수밖에 없었노라고 자랑 반 투정 반 떠들던 그는 내겐 무척 고역스런 대상이 아닐 수 없었다. 고향 선산에서부터 벽제 화장터까지 관을 운반하는 동안 그는 절차 절차 요소 요소마다 '기금'을 요구했다. 장의사 측의 '인정'이라는 팁 성격의 요구보다, 마을의 발전을 위해 공정하게 쓰여진다는 그 청년회 '기금'의 요구는 나로 하여금 뻗댈만 한 이유조차 원천적으로 없애버리는 고

약한 것이었다. 게다가 그의 억세고 능청스럽고 청산유수인 입심을 나로서는 도저히 감당해내기가 어려웠던 것이다. '기금'을 요구할 때는 형님들마저 내 편을 들어주지 않았다. 생각 같아서는 나 혼자 관을 울러 메고도 싶었다.

"어림없다니? 그 어림없다는 생각이 모든 일을 다 어림없게 맨드는 거라구 이 사람아."

재호 형님은 버럭 화를 냈다. 그러나 청년회장은 그런 재호 형님의 말투에 이력이 났다는 듯 그 특유의 능청스런 낯을 번들거리며 말했다.

"그 글쎄 형님은 너무 욕심이 많아요. 그러잖아두 우리 강화 사람덜의 생활 형편이 전국에서 최상위권이라구 협디다. 밤낮 농사에다 화문석에다 인삼에다 엉덩이 따실 날이 없는데 관광지가 되믄 뭘 허이꺄? 애덜이나 버리지……그리구 아니 헐 말루 우리 동네에 뭐 그리 볼 게 있시꺄?"

"저런 저런, 젊은 것들이 저 모양이니 고향이 발전을 허나 나라가 발전을 허나……저것들 말 들을 필요 없구 내 말만 잘 들어."

재호 형님은 청년회장을 외면하고 다시 형호에게로 고개를 돌렸다. 재호 형님은 이미 많이 취해 있었다. 충혈된 눈자위의 움직임이 자꾸 느려졌다.

"니가 전설이니 역사니 하는 걸 만들어내믄 된다 이말야. 그럴듯한 바위니 계곡이니 허는 건 얼마든지 있으니깐 거기다 이름허구 전설만 맹길어 붙이믄 되잖겠느냐는 거지. 글쟁이가 그깟것 하나 못 허냐? 그리구 이건 요즘 생각해낸 건데. 사람덜이 갈수록 이북을 보고 싶어 하드란 말야. 근데 사실이지 우리 동네서처럼 이북을 훤히 바라볼 수 있는 데가 남한에서 또 어디 있겠냐? 통일전망대? 임진각? 천만의 말씀. 내가 다 댕겨봤는데 산에 가리고 가려서 하나도 안 보여. 탁 트여서 한눈에 싹 들어오는 데는 역시 우리 동네뿐이드라 이거야. 그러니까 니가 기회 있을 때마다 잡지나 신문에다가 홍보를 해. 알았어?"

재호 형님의 말을 듣고 있던 어린 논픽션 작가 형호는 난해한 웃음을 웃으며 쓴 소주 한 잔을 삼켰다. 능력 밖의 일을 주문하는 재호 형님이 어이없어서였을까. 아니면 이북이 잘 바라다보이는 데다 이미 다방을 차려 놓은 재호 형님의 속셈을 그제야 알아차렸던 것일까.

임진각에 도달할 동안 차내 분위기는 장례의 분위기라기보단 여행 분위기라야 어울릴 정도였다. 청년회장은 청년회장대로 자신의 회원들과 술잔을 주고받으며 지난해 있었던 청문회 백담사 얘기와 읍내 해주집 젊은 주모 얘기를 중구난방으로 떠들어댔다.

육촌 팔촌 형님들은 선산 벌초 사초에 서울에 사는 형제들이 참여하지 않는 것을 가지고 성토하고 있었다.

한때 고대 소설을 많이 읽은 어머니는 형수들 앞에서 당신의 왕성한 기억력을 발휘하여 이성계의 역성혁명을 신나게 되새겼다. 가끔씩 아내가 어머니의 이야기에 끼어들어 아무도 알아듣지 못할 생뚱맞은 소리로 '그게 무슨 혁명이에요? 쿠데타지' 어쩌구 한마디씩 거들었으나, 워낙에 방대하고 줄기찬 어머니의 이야기보따리에 아내의 말은 무기력하게 묻혀버리기 일쑤였다.

초상(初喪)이 아닌 이장인데다 피붙이 하나 없는 장례에 슬프고 자시고 할 것도 없었다. 그래도 명색 장의차 안에서 노래까지야 할 수 없었던 것처럼, 상주인 나까지 들뜬 분위기에 동참할 수는 차마 없었다. 들뜬 분위기에 동참할 수 없었다기보단 장지인 비무장지대에 가까워올수록 점점 몸이 움츠러들었기 때문이라고 말하는 게 더 솔직한 표현일 것이다. 저들

316

은 장지에 가까워지든 말든 아무렇지도 않아 하는데 왜 나만 마음이 졸아드는 걸까.

우리가 탄 차는 관광버스가 즐비하게 늘어선 주차장을 지나 임진각 휴게소 건물 앞에 정차했다.

"봐라!"

버스에서 내려선 재호 형님이 형호의 어깨를 치면서 외쳤다. 그는 화사한 봄옷을 갈아입고 철조망 앞에서 해낙낙거리며 사진을 찍고 있는 관광객들을 가리켰다. 관광객들은 철조망 앞에만 있는 것이 아니었다. 망배단에도, 미군 참전기념비 둘레에도, 트루만 동상 앞에도, 버마 아웅산 순국지사 충혼비 앞에도, 김포공항 폭발사고 희생자 추모비(이게 왜 여기에 서 있는 것일까) 주위에도 바글바글했다. 보리음료 하나 마시는 데도 줄을 서야 했다. 휴게실 이층에는 신혼부부도 몇 있었다. 화장실, 기념품 판매장, 스넥코너란 스넥코너마다 사람들로 만원이었다.

"봐라. 이북 땅은 코빼기도 안 보이는데 이렇게 모이잖냐? 여기 비허믄 우리 동넨 끝내주는 데라구, 흐흐……."

형호는 재호 형님이 가리키는 손끝을 따라 임진각 휴게소 주위를 둘러보면서 버스 안에서 보였던 난해한 웃음을 다시 한 번 지어 보였다.

아이들은 녹아내리는 아이스크림을 핥아먹느라 어른들 발걸음을 따라잡지 못했다. 애인인 듯한 여인을 오른팔에 낀 이십대 중반의 한 청년은 미국산 철조망 너머로 임진강을 바라다보며 굵은 오징어발을 질경질경 씹고 있었다. 한 곳에서는 사진사와 신혼부부가 실랑이를 벌이고, 다른 곳에서는 잠바 차림의 만취한 아저씨가 온 지구를 삼킬 듯 입을 벌리고 토악질을 해댔다.

일반인 출입금지. 출입시에는 부대장의 허가를 받아야 한다는 팻말 뒤로 독개다리라고 불리는 임진강 철교가 보였다. 이곳이 그럼 민통선이란 말인가. 나는 망배단 위에 까치발을 하고 철교를 바라다보았다.

삼엄한 경고문구와는 달리 임진강 철교를 오가는 차량은 끊이지 않았다. 군내버스, 자가용 승용차, 용달트럭, 관광버스……웬만한 읍내 도로의 교통량은 될 법했다. 조금 있으면 또 한 대의 차량——유해를 실은 영구차가 저 독개다리를 넘어 임진강을 건너게 될 것이다.

"저게 자유의 다리예요?"

어느새 아내가 곁에 서 있었다.

"아니, 저건 서울과 평양을 잇던 임진강 철교고 자유의 다리는 바로 눈앞에 있는 이 허술한 가설 다리래."

팔십 미터 남짓한 퇴락한 다리가 자유의 다리라는 사실을 나도 방금 전 안내간판의 문구를 읽고 안 터였다.

"다 썩었구만, 곧 무너져내릴 것 같아요."

뭐가? 자유가? 난 그렇게 물으려다가 갑자기 입이 붙어버렸다. 어디선가 가까운 곳에서 연발 총소리가 하늘을 울렸기 때문이었다. 그것은 엠60 소사음이었다. 총성 끝에는 또 웅얼웅얼 저들의 대남 스피커음이 들려오기 시작했다. 분방한 관광객들, 자유롭게 철교를 넘나드는 차량을 바라보면서도 나는 온몸이 다시 얼어붙었다. 군에서 총도 실컷 쏴봤겠다, 어려서부터 대남 방송에 무감각했던 내가 왜 자꾸 움츠러드는 걸까. 선천적 강박증상일까. 무엇이 그토록 쉽게 나를 얼어붙도록 하는 것일까.

초병의 완수신호에 따라 영구차가 민통선의 철조망 문을 통과하면서부터 나는 거의 말조차 못 할 지경이었다. 삼십구 년 전만 하더라도 레일이 놓여 있었을 임진강 철교에는 수십 개의 두꺼운 송판이 깔려 있었다. 차량들은 그 위를 터덜터덜 지나갔다.

철교 앞에 차가 멈추면서 전투복 차림의 전투경찰과 헌병이 올라섰다.

"실……잠……겸!"

헌병은 딱딱 끊어지는 목소리로 그렇게 말했다. 내게는 그렇게 들렸다. 그러나 딱딱한 말처럼 그는 딱딱하진 않았다. 거수됐던 손을 내리자마자 그는 콧노래를 부르며 차량의 뒷자리까지 건성으로 다녀나갔다. 고구마처럼 생긴 그의 코에서 흘러나오던 소리는 요즘 춤 잘 춰서 유명해진 여가수의 신곡이었다.

"안녕, 다녀오십! 담다디 담……."

별 싱거운 검문도 다 보겠네. 나는 그가 차에서 내려서는 걸 바라보며 속으로 중얼거렸다. 싱거운 검문 덕택으로 마음이 한결 누그러지긴 했어도 오른편으로 보이는 하행선 철교의 살풍경한 잔해를 보자 다시 비감한 기분 같은 것이 들며 마음이 조여왔다.

"형, 오늘 큰일 하시네요. 덕분에 저두 DMZ에 들어가보게 됐어요."

형호가 소주잔과 소주병을 들고 내게로 다가왔다. 혼자 뒷좌석에 앉아 있는 내 모습이 그에겐 무척 쓸쓸해 보였을 게다.

"공연히 맘이 조여오는데. 설렘 같기두 하구 두려움 같기두 하구……."

엠60 소사음이 다시 들려왔다.

"저두 마찬가지예요. 하지만 곧 괜찮아지리란 생각이 들어요. 우리가 살면서 맘 졸이는 것 중에 쓸데없었던 것이 얼마나 많았어요. 새 신문이 나오구 청문회가 시작되구 할 때 얼마나 사람들이 걱정을 했어요. 근데 아무렇지두 않잖아요. 이틀이 지나니까 오래전부터 그랬던 것처럼 심상하게 받아들여졌잖아요."

"하긴 나두 내 생전에는 이 이장이 없을 줄로만 알았지⋯⋯."

"생각지 못한 것들이 우리 생전에 더 많이 이루어질지두 몰라요."

소주잔을 잡은 내 손이 가늘게 경련했다. 봄날 임진강 한가운데를 지나며 받은 소주잔이 유난히 투명했다. 난 그걸 한 방울도 흘리지 않기 위해 조심스럽게 입속으로 털어넣었다. 차고 상큼한 기운이 식도에 뻗쳤다.

형호와 함께 술을 나누면서도 난 몸이 쉽게 풀리지 않았다. 오래전에 있었던 도끼사건이 생뚱맞게 떠오르는가 하면, DMZ에는 지뢰가 고들빼기만큼이나 많이 묻혀 있다던 예비군 중대장의 말이 갑작스레 떠오르기도 했다.

다리를 건너자 또 한 개의 철조망이 버티고 서 있었다.

'간첩을 잡자'라는 붉은 글씨의 팻말 앞에서 우리 일행은 미리 대기하고 있던 두 명의 민정경찰을 태웠다. 장지까지 우리를 안내할 병사들이었다.

"인차부터 비무장지댄가?"

술을 마시던 재호 형님이 차 안으로 오르는 두 명의 민정경찰에게 소리를 질렀다.

"아니라예. 남방한계선은 쪼매 더 가야 된다 안 캅니꺼."

민정경찰 중의 하나는 경상도 사투리를 심하게 쓰고 있었다. 하사였다. 그의 심한 사투리에 가만있을 재호 형님이 아니었다.

"생긴 건 멀쩡해가지구 말이 어째 그래?"

차 안에는 한바탕 폭소가 터졌다.

"한잔할 테야?"

무안을 준 대가로 재호 형님은 경상도 사투리의 병사에게 잔을 내밀었다.

"근무시간인데예……."

"근무시간이니까 먹지."

"그라마 쪼매만 주이소."

"쪼매가 뭐야?"

"한 병이란 뜻이야!"

청년회장이 끼어들었다.

"어이, 거기두 일루 와 한잔하지."

청년회장은 문간에 서 있는 병사를 불렀다. 꾀죄죄 땟국이 흐르는 야전 잠바에는 붉은 작대기 하나가 달랑 그어져 있었다.

그는 얼른 술좌석에 끼어들지 못하고 하사의 눈치부터 살폈다.

"온나 먹그라."

하사의 말이 떨어지자 이병은 공연히 손바닥을 비비며 비척비척 한 자리를 차지하고 들었다.

"입대헌 지 얼마나 됐어?"

청년회장이 물었다.

"사 개월쨉니다."

"사회에서 뭣 하다 왔는데?"

"대학원 박사과정 밟다가 왔습니다."

이병은 병기 기름때가 묻은 손으로 김치를 한 움큼 쥐어 입에 넣었다.

"박사? 무슨 박사?"

"법학이에요."

"법?"

청년회장은 더 이상 묻지 않았다. 대신 재호 형님이 말끝을 받아줬었다.

"박사면 뭘 해. 군댄 짠밥인데……그럼 박 하사보다 어디 보자……김 이병 나이가 더 많겠네?"

재호 형님의 물음에 두 병사는 아무 대답도 하지 못하고 웃기만 했다. 두 병사는 술좌석에 하나가 되었고 형님들과 마을 청년회원들은 그들의 신형 국산 무기를 이리저리 쓰다듬으면서 성능을 묻곤 했다.

"도라산 팻말 앞인데 어디로 가야 되나?"

운전기사가 속도를 줄이면서 차가 나아가야 할 방향을 병사들에게 물었다. 하사는 주머니에서 종이쪽지를 꺼내쥐고 이리저리 방향을 맞추었다. 그것은 장단 아주머니가 내게 그려준 장지 약도의 복사본이었다.

"왼쪽으로 트이소."

"박 하사님, 땅굴 쪽 길이 아무래도 낫겠어요. 왼쪽은 길이 나쁘거든요."

"그러까. 그라마 오른쪽으로 가뿌소."

차량은 다시 속도를 냈다. 차 안이나 밖이나 완연한 봄빛이었다. 병사들은 다른 안주보다 사제 김치라며 맨김치를 꾸역꾸역 씹어삼켰다.

차는 왼쪽으로 도라산을 끼고 들판길을 달렸다. 논에 고여 있는 논물들이 하늘의 구름덩이를 반사해내고 있었다. 이따금씩 붉은 글씨로 '지뢰'라고 씌어진 노란 역삼각형의 팻말이 도라산 자락에 걸려 있는 게 보였다.

들판 중간중간에 도막도막 끊겨 흩어져 있는 녹슨 철로만 아니었어도 민통선 안의 풍경은 그대로 고향의 들녘이었다. 구왕구왕 들려오는 저들의 스피커 소리도 들판 가득 내려앉아 있는 자우룩한 봄기운을 흩트리진 못했다.

장지는 남방한계선을 들어서서 얼마 안 지난 곳에 있었다. 이미 두 개의 철조망을 지난 바 있는 나는 같은 형태의 남방한계선 철책을 넘으면서는 긴장이 조금 덜해진 기분이었다. 의외로 경계는 삼엄하지 않았다. 군사들은 모두 어디에 숨어 있는가.

"군사분계선은 어드멘가?"

차에서 내려서서 북쪽을 바라보며 재호 형님이 물었다.

"저 사천강 한가운데로 물과 함께 흐르고 있심더."

"저게 강이야?"

한 걸음에 훌쩍 뛰어넘을 수 있을 것 같은 작은 고랑이 좌우로 길게 늘어져 있는 게 보였다.

"저건 무슨 집인고?"

재호 형님은 고랑 너머의 시멘트 건물을 가리켰다.

"양수장하고 마 탁아소라 카데예."

"무슨 놈에 탁아솔 이런 데다 차려났나그래?"

재호 형님이 박 하사와 말을 주고받는 동안 마을 청년회 회장과 회원들은 벌써 땅을 부수며 흙을 긁어내고 있었다. 청년회원들도 회장과 마찬가지로 모두 사십줄에 다 이른 사람들이었다.

배불뚝이 지관은 부츳돌에 앉은 모양새를 하고 앉아 묘혈의 위치를 참견하고 있었다.

구덩이 속에서 큰 감자만 한 돌멩이를 솎아낼 때마다 저게 혹시 지뢰가 아닐까 공연한 마음이 들었다. 땅을 콕콕 내리찍는 삽질 소리에 난 내 오금이라도 찍히는 양 깜짝깜짝 놀라지 않을 수 없었다.

춘삼월 꽃동산에 화전놀이라도 온 것처럼 어머니와 형수들은 저만치 멀어져 앉아 연방 까르르 까르르 조심성 없이 웃어대며 떡이니 과일을 천연스럽게 먹고 있었다. 아내도 어느새 한 터우리가 되어 가끔씩 흰 이틀을 드러내고 웃는 모습이 보였다. 아내는 이미 고인의 묘소에 큰절을 해야 한다는 것 따위는 잊어버린 모양이었다.

오금을 저리며 땅 파는 모습을 지켜보고 있던 내가 도저히 저래서는 안되겠다며 달려간 곳은 말 못하는 벙어리에게였다. 늙은 청년회원 중의 하나인 벙어리는 수십 년 동안 뒤엉킨 분상 위의 잡초 덩굴을 제거하다 말고 느닷없이 두어 키는 훨씬 넘는 소나무를 붙안고 앉아 톱질을 시작했던 것이다.

안 돼요. 그런 뜻으로 나는 그의 코앞에다 손사래를 쳤다. 비무장지대의 돌 하나 나무 하나 맘대로 그래서는 안 된다고 나는 재차 그에게 설명을 했다. 내 수화가 적절치 않았던지 그는 다시 톱질을 계속했다. 나는 어쩔 수 없이 그의 손목을 붙들었다. 그러자 그는 천진한 웃음을 내게 보이며 꺽꺽거리는 음성과 손짓으로 뭔가를 열심히 말했다. 나무가 크면……그늘이 크고, 그늘이 크면……잔디가 죽는다, 무덤에는……잔디가 있어야 한다. 그래서……베어야 한다.

알아들을 만큼 설명을 했으니 난 하던 일을 계속하겠다는 식으로 그는 톱질을 재우쳤다. 막무가내였다. 이런 곳에서는 모든 일이 허락하에 이루어져야 한다는 사실을 그가 알 까닭이 없었다. 난 맘을 졸이며 두 병사 쪽을 바라보았다. 잘 몰라서 그러니 아무쪼록 이해해달라는 말을 미리 해야 하나 말아야 하나……재호 형님과 이야기를 주고받느라고 병사들은 아직 눈치를 채지 못한 모양이었다.

와찌직. 마침내 소나무가 질그릇 깨지는 소리를 내며 우듬지를 땅바닥에 꼰나박았다. 갑작스런 소리에 고개를 돌린 박 하사가 아무 일도 아니라는 듯 다시 고개를 돌려 재호 형님과 하던 애기를 계속했다. 조를 비비고 섰던 나는 갑자기 맥이 탁 풀렸다.

"크게 뚫어, 크게."

얼추 알맞은 깊이만큼 묘혈을 파들어간 모양이었다. 오래도록 사람의 발길이 닿지 않은 곳이라 토양이 기름졌다. 그래 땅을 파는 데 별 어려움이 없었다. 생일 케이크만 한 유해가 자리할 곳이라 넓게 파들어갈 필요는 없었다.

"밤마다 드나드셔얄 테니깐 크게 뚫으라구……."

무덤 속에도 낮밤이 있는가. 청년회장과 지관이 번갈아가며 구멍을 크게 뚫으라고 성화였다. 그들은 파내려간 묘벽에 팔뚝 굵기의 구멍을 내고 있었다. 물론 부군 쪽을 향해서였다. 상식적으로 생각하자면 두 영혼이 교통할 수 있도록 통로를 마련하는 것이었다. 지관의 말대로 '드나드셔야 할' 길이며 창(窓)이었던 것이다. 그런데 하필이면 '밤마다'일까. 밤이라는 말에서 느낄 수 있는 분위기는 묘한 것이었다. 거기다 자꾸 크게만 뚫으라는 데 익살과 주책이 있어 보였다. 밤만 되면 그만큼 뻔질나게 드나들며 만나라는 얘기가 아닌가. 고인들에 대한 그들의 익살은 계속됐다.

"그러시겨 그럼. 자! 저승에서는 자별을 함뿍 돋구리사구 이래 크게 뚫어드립니다. 모쪼록 아들 열두엇은 거두어 다복하게 사시기만 빌갔시다."

밤마다 드나들라느니, 자별을 함뿍 돋구어 아들 열두엇은 두라느니 하는 말에서 내가 직감적으로 떠올린 방정맞은 생각은, 그 통로가 영혼 자체가 드나드는 곳이 아닌, 혹시 신체의 중요한 일부분만 들락거리라고 뚫어놓는 것이 아닐까 하는 것이었다. 그러나 사실 그보다 나를 더 아연 참담케 했던 것은, 그 구멍을 보자 내 머릿속엔 다른 어떤 생각들보다도 먼저 저들이 요 어방에 파놓았다는 땅굴이 뜬금없이 떠올랐다는 것이었다.

이미 산역에는 슬픔의 빛이나 경건한 분위기 같은 것은 아예 사라져버리고 없었다. 형식적인 하관의 절차를 마치고, 축소된 칠성판을 든 내가 떨리는 음성으로 삼배를 드리며 어이어이 짧은 곡을 마친 다음부터는 아예 축제 분위기였다.

거뭇거뭇 기름진 흙에 횟가루를 섞으니 영락없는 커피믹스였다. 청년회원들은 회반죽 된 그 흙을 칠성판 위에 태질을 하며 뛰어들었다. 아무래도 달구노래를 부를 기세였다. 난 다시 두 병사 쪽을 바라보았다. 두 병사는 그때까지 재호 형님과 소주잔을 나누고 있었다.

"달구송 한번 해야지?"

"조오치!"

그들은 이곳이 비무장지대 안이라는 것과, 조금만 크게 소리쳐도 저들의 관측소에 적발되리라는 사실을 전혀 모르고 있는 듯했다. 게다가 합창이라니.

나는 다시 오금이 저려오기 시작했다. 나는 아무쪼록 조용히 이장을 마쳐주었으면 하는 생각만 간절했다. 그러나 청년회장의 석쉼한 선창에 따라 이미 회원들은 신나게 후렴구를 뽑으며 무덤을 다지기 시작했다.

사십 년 풍상에 섯거친 날에——어허라 다아알구

이제서 왔구나 님 찾아 왔구나——어허라 다아알구

배불뚝이 지관도 부춧돌에 앉은 모양새로 엉덩이를 들썩거리며 후렴을 따라 외웠다.

산천이 얼어서 모질게 얼어서——어허라 다아알구

늦게야 왔구나 이 봄에 왔구나——어허라 다아알구

잎이 돋기 시작한 진달래나무 곁에서 떡과 전을 차리며 도세도세 이야

326

기꽃을 피우던 형수들도 이쪽을 바라보며 웃었다. 그러나 두 병사는 아랑곳하지 않고 김치를 한입 가득 넣고 아구아구 씹고 있었다. 그들은 술을 별로 들지 않고 웬일로 김치만 게걸스레 퍼먹었다.

달구노래는 거침없이 산야로 흘러넘쳤다. 그 소리는 구왕구왕 들려오는 대남 방송을 만나기도 하고 이따금씩 울려오는 종류 미상의 폭음과도 만나면서 길게 지속됐다. 산과 들에 퍼지는 봄빛과 함께.

내 평생에는 적어도 없을 줄 알았던 이장이 겨우 예닐곱 시간 만에 모두 끝날 수 있었다는 게 허망스럽기조차 했다. 그 허망함은, 어떤 일을 해보지도 않고 겁부터 내는 나의 오래된 버릇을 다시 한 번 일깨우는 것이어서 낭패스럽기도 했다. 그러나 이러한 종류의 낭패스러움이라면 얼마든지 기껍게 받아들일 수 있을 것 같은 생각이 들었다.

봉분에 떼를 입힐 때는 나도 삽을 들고 여기저기서 잔디를 떼어 날랐다. 지뢰가 고들빼기만큼이나 많이 박혀 있다는 것도 별로 믿을 만한 말이 못 되는 것 같았다.

아내도 나의 허망함을 더하는 데 일조를 했다. 묘 앞에 사자옷을 바치고 절을 올리는 문제로 내심 긴장하고 있는 내 옆에서 아내는 곱다 못해 얄미울 정도로 천연스럽게 사배를 올렸던 것이다. 이럴 걸 가지고 아침엔 왜 그리 앙탈이었남. 사배를 마친 아내의 정수리를 그런 눈빛으로 내려다보는 나에게 아내는, 좀 그랬다고 남자가 맘 졸이고 있었느냐는 투의 짓궂은 미소를 날렸다.

장단 아주머니가 묻힌 곳에서 서너 걸음 떨어진 곳에 보였던 아주 작은 봉분에 대한 상념만 아니라면 남방한계선을 빠져나와 임진강 철교 위를 다시 지날 때의 내 기분은 대체로 홀가분했을 것이다.

다른 사람들은 미처 눈치 채지 못했을 것이다. 너무 오래된데다 잡초에 덮여 있어서 평지와 잘 구분이 되진 않던, 그러나 봉분은 분명한 봉분이었던 것을.

맷방석만 한 그 퇴괴된 봉분을 보았을 때 내 가슴을 치고 든 것은 숯덩어리로 까맣게 타버린 어린아이의 끔찍한 형상이었다. 장단 아주머니는 왜 약도에다 그 봉분은 표시하지 않았던 것일까. 어쨌든 그 작은 무덤은 내게 발견되자마자 내 가슴으로 이장이 된 셈이었달까, 명치 끝에 싫지 않은 무게로 자리잡음하게 되었다. 봄빛 밝은 임진강 철교 위를 지나오면서 난 나대로, 오늘 고인이 옮겨 누운 거리만큼이나 먼 거리로 나의 마음도 지금의 자리에서 옮겨 앉혀야 한다는 생각들을 다졌다. 분단이 없는 저들 고향 마을 일꾼들의 맘속 같은 곳으로.

"동생."

버스가 철교를 다 지나와 임진각 휴게소 앞에 막 머물렀을 때 마을 청년회장이 은밀히 나를 부르더니 느닷없이 주머니 속에다 한 움큼이나 되는 지폐를 쑤셔넣었다.

"이게 뭡니까?"

"암말 말고 받아둬. 장의사 사람덜이 뜯기 전에 선수쳐서 돈 나가는 걸 막느라구 내가 좀 짓궂게 굴었을 뿐이야. 하루 종일 내가 꼴두 보기 싫었을 테지, 허허……."

"그래두……."

"글쎄 암말 말라니깐. 마을에 초상이 나면 청년회원들이 나서서 이런 일을 종종 하지……장의사 횡포를 막는 길은 그뿐이거든……."

마을 발전 기금 운운하던 말들은 그럼 모두 거짓말이었다는 말인가. 청년회장에게서 돈을 받아든 나는 그걸 아버지께 드리기로 했다. 매일같이 서울 근교의 산을 돌며 약초를 해다가 경동시장에 내다 팔아 모은 것이 분명한 그 돈을 경황중에 덥석 받은 것이 못내 죄스러웠다.

그러나 아버지는 돈을 결코 되돌려받지 않겠다는 결연한 의지를 내게 보이며 극구 내 손을 뿌리쳤다.

"그건 이 아비의 마지막 도리라구 생각해라. 니 동의두 없이 장단 아주머니 사후 제사를 모시기루다 약속헌 데 대한 부모로서의 책임두 있구, 니가 장가 갈 때 돈 한푼 보태주지 못한 걸 이렇게라두 탕감을 허구 싶구나. 말하자면 넌 아직두, 그리구 앞으루두 영원히 내 자식을 수밖에 없다는 뜻이 아니겠냐?"

아버지에게 내밀었던 돈봉투를 다시 거두어들이기란 여간 머쓱한 일이 아니었다. 눈치 빠른 청년회장이 그런 내 속을 뚫어보고 잽싸게 큰 소리로 엉너리를 쳤다.

"이 사람 상주! 일꾼덜 커피 한 잔씩 안 돌릴 거야? 오늘 상주는 왜 이리 짠가그래, 이층으로 올라가자구, 자, 어서."

청년회장은 긴 팔을 홰홰 내둘러 사람들을 이층으로 몰았다.

어머니와 형수들과 섭슬린 아내는 해낙낙한 웃음을 웃으며 이미 휴게소 계단을 오르고 있었다.

해설

유년의 기억과 현실 체험 | 김종회(1990)

1

구효서는 1987년 이립(而立)의 나이로 《중앙일보》 신춘문예에 단편 〈마디〉가
당선됨으로써 문단에 나왔다. 모든 작가에게 두루 통용되는 것은 아니지만, 한 작
가의 첫 작품이 그의 문학적 행로를 지시하는 유의미한 이정표로 기능하는 경우
가 많이 있다. 이렇게 서두를 시작하는 이유는, 물론 구효서의 〈마디〉가 그와 같
은 구실을 충분히 수행하고 있기 때문이다.

3년간의 작품 제작 기간에 발표된 열한 편의 단편을 묶어 첫 창작집을 상재(上
梓)한 그에게, 이처럼 단정적인 촌평을 가하는 일이 어쩌면 섣부른 지레짐작의 소
이일지도 모른다. 설혹 그렇다 하더라도, 적어도 이 기간에 발표된 작품들의 전체
적인 형상은 어떤 일관된 얼개를 가지고 있음이 분명하고, 우리는 그 결정화된 서
사구조의 이모저모를 살펴봄으로써 구효서 소설의 본질적인 의미망을 확인할 수
있을 것으로 보인다.

전상국의 〈동행〉이나 김원일의 〈어둠의 혼〉이 그러했던 것처럼, 기실 그러한 정태적인 구조는 소설의 문학성과 관련하여 긍정적인 측면과 부정적인 측면을 함께 끌어안고 있다 할 터이다. 세계의 외압을 거역하는 자아의 대응방식이 동어반복의 발화법을 유지하고 있을 때, 처음에는 그것이 결이 고운 주물을 지속적으로 생산해내는 견고한 형틀의 역할을 수행할 수 있다. 그러나 형틀 자체의 감가상각이 마침내 교체의 시기를 예정하듯이, 얼마만큼의 주조가 이루어진 다음에는 그 외형을 변화시키는 일이 필요해진다. 한 유형의 작가로 남기를 원하지 않고, 끊임없이 새로운 세계에 도전함으로써 폭과 깊이를 가진 작품의 제작자가 되기 위해서, 실제로 작가들은 이 변화에의 요청을 적극적으로 수용한다.

구효서의 소설에 대해 말하기로 하면서 그 내용 증명과는 거리가 있어 보이는 구성 방법 논의를 앞세운 데는, 대체로 다음과 같은 두 가지의 사유가 있다. 첫째로 그가 사용하고 있는 스토리의 이중구조가 매우 선명하고 그 구조를 통해 여러 편의 수준작을 만들어낸 만큼, 이제 과감하게 용기의 교체를 시도할 때가 되지 않았는가 하는 점이다. 둘째로 지금까지의 그의 소설이 보여준 단단한 성과로 미루어볼 때, 그에게는 초기의 정형화된 울타리를 밀어내고 보다 광활한 개척지로 나아갈 힘이 있다고 믿어진다는 점이다.

그렇다면 그의 소설이 확보하고 있는 성과가 무엇이며 그것이 어떤 모양으로 짜여져 있고, 또 반복적인 형태를 나타내고 있다면 어떻게 그러하단 말인가. 이를 해명하는 통로를 찾기 위하여, 앞서 언급한 데뷔작 〈마디〉로 돌아가보자.

2

〈마디〉에서 우리가 처음으로 마주치게 되는 것은, 현실의 중압감을 이기지 못하고 비틀거리거나 파멸하는 비극적인 인물들이다. '나'의 캐릭터를 중심으로 하여 두 가닥의 지류로 교차해 흐르고 있는 이들의 삶은, 6·25의 피해자인 어머니와 광주항쟁의 피해자인 '꽃바람'이라는 여자의 숨겨진 과거사로 대표된다.

어머니는 하나밖에 없는 아들인 '나'에게조차 그늘진 과거를 말해주지 않는다. 남편이었던 고 순경이 젊은 목숨을 청태산에 묻게 된 사정을 굳이 숨기고 있는 것은, 아들이 남편의 혈육이라는 확신을 가질 수 없기 때문이다. 그녀가 "자상하고 인정이 많다는 주위의 평판이 무색해질 만큼 막무가내"로 일 년에 두어 차례 증발해버리듯 집을 비우는 것은, 고향의 뱀골만신을 찾아가 정례적으로 고통스러운 삶의 카타르시스를 행하고 돌아오기 위함이었음이 밝혀진다.

아들인 '나'는 어머니를 찾아서, 또는 어머니의 행적을 검증하기 위하여 고향을 찾아가며, 거기서 소설의 문면에 확실히 드러나지는 않지만 1980년의 광주에서 겪은 일 때문에 실성해버린 '꽃바람'이란 여자를 만나고, 어느 날 충동적으로 그녀를 범하게 된다. 낯선 사람을 보면 견디지 못하고 그 낯선 사람에게 일을 당하고 나서야 비로소 석연해질 수 있도록 정치되어 있는 그녀의 의식상태가 주의 깊게 기술되어 있다. 그녀를 다시 만난 주인공이 당혹스러운 것은, 그녀가 데리고 있는 여섯 살 난 아들이 자신의 혈육일지도 모른다는 의구심 때문이다.

대략적으로 살펴본 이 소설의 줄거리에 기대어보면, '나'의 입지점을 교차 중심으로 하여 두 가닥의 비극적인 삶이 통시적으로 또는 공시적으로 상관되어 있음을 알아차릴 수 있다. 두 여자는 강도 높은 피해망상증에 사로잡혀 있고, 그 배면에는 일그러진 가족사의 질서가 잠복해 있다. 어머니와 '꽃바람'의 비극이 닮아 있다면 '나'와 '아이' 역시 공통된 운명의 닮은꼴일 수밖에 없다. 그리고 그러한 고통스러움의 실체는 주인공의 유년체험과 현실 체험이라는 두 줄기의 동력선이 맞부딪침으로써 드러나며, 그것이 양성화되는 공간은 공동체적 기억이 보존되어 있는 고향 마을이다.

지금까지 우리가 살펴본 〈마디〉의 여러 항목들은, 그 다음의 구효서 소설에 반복해서 등장하는 형태소들을 거의 모두 포괄하고 있다. 암울하고 비극적인 채색의 세계관, 현실적인 삶의 어려움을 감당하지 못하는 인물, 훼손된 가족사의 배경이 되는 유년 및 고향 체험과 부유(浮遊)하는 현실 체험의 접맥, 그리고 이 두 흐름을 한 인물을 중심으로 교차시킴으로써 전체적인 제어력을 획득하는 스토리의 이중구조 등이 그 구체적 절목이 된다. 더 부연하자면, 단단하고 재치 있는 문장이나 이런저런 모양으로 펼쳐놓은 담화들을 깔끔하게 정리하는 마무리 등도, 〈마디〉에서부터 그 단초를 짐작해볼 수 있는 그의 재능에 속한다 할 것이다.

궁극적으로 구효서는, 이러한 경과 과정을 통하여 동시대 사람들의 삶이 그 밑바닥에 내장하고 있는 아픔과 고통스러움의 정체를 예리하게 들추어내고 있다. 아울러 그 들추어냄의 태도가 목소리만 큰 허장성세의 길로 나아가지 않고, 선택된 사건을 세미하고 다각적으로 가늠해보는 내밀한 검증의 경로를 따라간다. 따라서 과도한 형식실험이나 의미해체를 통한 충격적인 처방은 지금까지 그의 소설과 거리가 멀다. 하르트만이 그의 최후의 저서 《미학》에서 '사실주의는 예술의 건전한 경향'이라고 지적한 것은, 구효서의 소설적 경각심과 곧바로 소통될 수 있을 것으로 여겨진다.

3

좋은 소설가들의 처녀작이 항용 그러하듯이, 어떻게 보면 〈마디〉에는 단편 분량으로서는 너무 많은 이야기들이 들어 있다. 이 말은 〈마디〉가 그의 소설 가운데서 가장 먼저 논의되어야 할 작품이 아니라는 시각과도 다르지 않다. 〈마디〉에서 볼 수 있는 정제된 방법에 의지하여, 그는 점차적으로 보다 축약된 서사성과 매끄러운 짜임새를 가진 단편들을 써나갔다. 이제는 그 다음의 작품들을 살펴볼 차례이다.

〈공무도하가〉에는 세 사람의 주요한 인물이 나온다. 화자인 《월간문예》 편집부의 주대섭 기자, 그의 단골 카페 '하가'의 여주인 성애, 그리고 그녀의 애인이며 운동권 청년연합의 일을 하고 있는 박형(朴亨)이 그들. 박형이 죽었다는 소식이 알려지면서 들머리가 열린 이 작품 속에서, 화자인 '나'는 당초 박형에 대해 부정적인 눈길을 보내고 있다. 성애에 대해 가지고 있는 연민의 감정과 박형의 일에 대한 공감의 결여가 그 원인이다. 박형의 주변이 조금씩 밝혀지면서, '나'는 전과 같이 그를 박형이라 부르지만 심중으로는 '형(亨) 자에다 형(兄) 자를 바꿔 끼우고' 있다.

대학 교정의 장례식에서 다시금 성애의 순애보를, 그리고 그의 죽음을 애도하며 그것을 행동력으로 결집하는 인파를 목도하면서 '나'에게 다가오는 것은 청신한 감동이다. 작가는 '나'의 변화를 구체적으로 진술하지 않았지만, "남의 장례식에 가는 것마저도 일일이 어머니에게 그 여부를 묻고서야 간신히 결정을 내리는" 무기력한 소시민성에 일대 반성의 거점이 마련될 듯하다. '나'와 박형의 삶의 모습을 극단적으로 대비시키지 않고서도, 두 의식의 변별적 성격과 통합 가능성을 무리 없이 펼쳐 보이는 소설의 행보가 미더운 뒷맛을 남긴다. 이러한 대립적 구도는 〈마디〉에서 보이던 '잘 만들어진 작품'에의 강박감이 어느 정도 소거된 현상이라고도 할 수 있겠다.

〈산길〉은 '오르며'와 '내려가며'라는 두 개의 단락으로 구성되어 있다. 대학 제적생인 '나'는 날마다 관악산에 오르는데, 처음에 "자책의 도피처"이던 산이 "소생을 위한 다짐의 산책로"로, 다시 "세상을 한눈에 바라볼 수 있는 훌륭한 망루"로 바뀌어간다. 이 작품에서는 산을 오르는 단락과 내려가는 단락이 분명한 두 가지 형태의 구분점을 가지고 있다. 전자는 유년과 고향 체험에 대한 회상이요 후자는 현실 체험의 구체적인 모습이다. 이것은 곧 우리가 〈마디〉에서 보았던 이중구조의 연장선상에 위치한다.

'나'는, 관악산을 오르며 자연스럽게 옛날을 떠올릴 수 있었던 것이 아마도 이월이라는 계절이 겨우 지게를 배우고 거의 매일같이 산에 올라 나무를 해야 했던 유년의 시기와 맞아떨어졌기 때문인지도 모른다고 말함으로써, 자연스럽게 현실을 과거의 공간 속으로 끌고 들어간다. 하사관 출신 곰배팔이 산감이 사람의 간을 내어먹는다는 용천뱅이만큼이나 무서운 존재였던 시절에, 그에게 고스란히 나뭇짐을 빼앗기고 산을 내려오면서 아무 말도 하지 못하던 기억은, 주인공이 그의 삶 초두에서부터 경험한 각박하고 불합리한 세계의 원체험으로 남아 있다. 그러한 세계의 어긋남이 지금에 와서 치유되어 있을까? 아니다. 만약 그러하다면 구효서는 이 소설을 쓰지 못했을지도 모를 일이다.

산을 내려오면서 '나'는 야학교사 노릇할 때의 제자 유재호를 만난다. '나'와 동료들의 지도로 근로학교 교육을 받았고 성급하게 노동투쟁을 벌였다가 실직된 그는, 부정적인 세계의 진면목을 증언하는 첨병으로 하산 길의 '나'와 마주 선다. 그와 산길을 내려오면서 교도소의 차갑고 어두운 벽에 대해 말하고 또 곰배팔이 산감 얘기를 들려주면서 '나'는 그와 함께 웃음을 주고받는다. 구로공단의 짙게 깔린 매연 위로 유년의 이월 하늘이 아직도 시리게 떠 있지만, 여기에는 훈훈한 이해와 공감의 온기가 있다. '나'에게 있어 관악산의 산길은 범상한 인생 여정의 한 부분이 아니며, 과거와 현재의 통증을 함께 이어주면서 새로운 기력을 섭생하게 하는 힘의 근거지이다.

〈이장〉은 장단 아주머니라는 먼 친척의 양자로 들어가, 재산을 물려받은 대신 사후(死後)의 제사를 책임 맡기로 한 주인공이, 양어머니의 묘를 이장하면서 상주의 역할을 감당해내는 이야기를 그리고 있다. '나'는 이 일을 전혀 예상하지 못했고 그러기에 매우 달갑지 않은 귀향을 하게 되며, 교회에 열심인 아내의 경우에는 마지못해 동행을 하면서도 도무지 불만스러워 '나'만 갖고 호달군다. 이장의 제례는 종가사람들의 도움으로 예정대로 진행된다. 작가는 그 과정을 통해 '나'의 유년시절 기억과 주변인물들이 전하는 정보를 조합하여 양어머니의 참담한 생애를 차츰차츰 밝은 햇빛 아래로 끌어낸다. 6·25의 비극이 한 개인의 삶에 가할 수 있는 최대치의 고통을 너울처럼 둘러쓰고 살아온 그녀의 내면을 '나'는 끝내 외면할 수 없다.

단순히 망자의 심경을 헤아리는 당위적 결말만이 강조되었다면 자칫 도식적인 사건구조에 머물렀을 법한 스토리를, 작가는 부모와 고향 친척들의 따뜻한 마음씀이라는 부대조건의 조력으로 든든한 받침대 위에 올려놓는다. 불평투성이였던 아내가 마치 화전놀이라도 나온 듯 어머니와 형수들과 '섭슬리는' 모습으로 무리 없이 전화되는 것도 그 때문이다. 우리가 앞서 〈마디〉에서 살펴본, 자신의 과거를 재확인하는 어머니의 고향 행차가 자학이 아니라 정화였던 것처럼, 물허벅 장단을 맞추며 남은 세상을 기구하게 살다 간 장단 아주머니는 다른 사람들이 모르는 자기위안의 장치를 여러 개 만들어두었다. 아이를 가져보려는 욕망, 인삼 재배를 가르침으로써 고향마을을 재현해보려는 노력, 죽은 아이를 묻은 곳의 지도를 이장 예정지로 남겨놓은 면밀한 계획, 사후의 제사를 위한 양자 입적의 결행 등이 그것이다.

그 모든 내막을 알아차린 '나'의 감응력은 곧바로 독자들의 가슴에 와 닿는다. 이토록 한 맺힌 삶이 있고 이토록 눈물겨운 집념의 축조가 있다니! 자못 과장되어 보일 수도 있는 이러한 사연들을 스토리의 전개에 따라 거부감 없이 받아들일 수 있도록 한 주밀한 소설 쓰기의 성과는, 당연히 이 작가의 몫이다. 더불어 냉엄한 세계와 치열하게 맞서는 자아의 고투를 바라보면서 가슴 저리는 공명을 체험하는 일은, 좋은 소설의 향수자로서 우리에게 남겨지는 소중한 수확이라 할 것이다. 이와 같은 측면에서 〈이장〉은 〈마디〉의 구조적 형틀을 그대로 이어받고 있으면서도 더욱 확장된 서사성의 지평을 일구어놓은 셈이다.

〈부자의 강〉과 〈부적〉은 그 내면 풍경은 서로 다르지만 근본적으로 동일한 패턴의 접근방식을 가지고 있다. 지금까지 검토한 소설들이 대개 주인공과 어머니의 관계를 주요한 모티프로 설정한 반면, 이 두 작품은 아버지와 아들이 서로 상이한 환경조건에 놓여 있으되 실상은 동일한 모형의 피해자라는 대칭적 관점을 부각시키고 있다. 물론 아버지의 과거사와 아들의 현실 체험이 대비되는 이중구조 아래에 있음은 우리의 전반적인 논의와 마찬가지이다.

〈부자의 강〉의 아버지는 강화 앞바다에 배를 부리는 선주인데, 휴전선이 그어지는 바람에 생업을 잃고 그를 마을잔치의 주역이 되게 했던 '시선뱃놀이'도 포기할 수밖에 없었다. 아들인 '동묵이 아저씨'는 옹골진 뱃사람으로 자라 연평도와 백령도까지 조업을 다녔는데, 어느 날 납북되고 만다. 오랜 세월이 흐른 후에 돌아온 그의 모습은 죄수의 그것과 다를 바 없다. 이미 오래전에 끝난 전쟁의 망령이 부자 2대에 걸쳐 여전히 그악스럽게 뿌리를 남기고 있음을 볼 수 있다.

〈부적〉의 아버지와 아들은 가난의 대물림이라는 지극히 사실적인 원인 행위에 얽혀서 대단히 날카로운 반항 심리를 가꾸고 있다. 아버지가 유년시절에 친구의 연필깎이를 훔쳤던 것처럼 아들 경철이도 친구의 운동화를 망쳐놓는다. 그러나 아버지를 무턱대고 야단만 치던 옛날의 선생님과 전교조 교사로서 단식투쟁에 돌입한, 그러면서 경철이의 행동은 자기에게 가장 큰 책임이 있다고 말하는 지금의 선생님은 천양지차가 있다. 이러한 선생님의 행위 변화는, 이 작가가 곤고한 현실적인 삶 속에서 놓치지 않고 붙들고 있는 소망스러운 사회의 단초를 반영한다.

아버지는 진심으로 경철의 선생님에게 "설렁탕이라도 한 그릇" 대접하고 싶어진다. 판도라의 상자 밑바닥에 남은 마지막 희망과 같은 이러한 인간적 유대감의 회복은, 〈부자의 강〉에서 사회상의 변화와 궤를 같이하여 동묵이 아저씨가 건강한 삶의 활력을 되찾는 결말과도 같은 맥락으로 잇대어져 있다. 계속해서 그를 감시하던 지프차의 내왕이 점차 뜸해지면서 화자가 보기에 "세상은 비로소 화해와 화합의 시대로 들어선 모양"이라면, 교육현장의 변화 역시 시대의 탈바꿈과 함께 가능한 형국이다. 작가는 세상의 외곽이 변하면서 비로소 사람들의 내면적 삶에 덧씌워진 멍에가 걷히고 있음을 말하고 있다.

마지막으로 〈노을은 다시 뜨는가〉를 검증해보기로 하자. 이 작품 역시 노사분쟁의 출근투쟁 끝에 사표를 던진 한 실업자의 고향행과 유년체험이라는 바탕 위에 현실적인 삶의 고난을 정초하고 있는데, 흥미로운 것은 이 과정 속에 고향에 있는 보석사의 복원각에 얽힌 설화를 십분 활용하고 있다는 점이다. 마치 김동리가 쓴 〈등신불〉의 문맥과도 유사한 '소신공양'의 격렬한 스토리를 차용해와서, "저 피바다 속의 중생을 어찌 염력으로만 구제할 수 있으리오"라는 강도 높은 레토릭을 구사하기에 이른다. 지금껏 추적해온 구효서의 세계에서는 이처럼 높은 목청의 단정적 언사가 드물었다는 사실에, 그리고 이 작품이 이 창작집에 실린 소설 가운데 맨 마지막에 발표된 것이라는 사실에 비추어볼 때, 그가 세워놓고 있는 세계인식의 안테나에 보다 직접적인 현실의 전파가 걸리고 있는 것이 아닌가라는 생각도 해봄직하다.

4

이제까지 우리는 구효서의 소설이 가지고 있는 구성방식의 패러다임을 전제해 놓고, 이를 작품의 발표 순서에 따라 순차적으로 점검해보았다. 과거와 현실의 두 서사구조가 직조물의 씨줄과 날줄처럼 이중적으로 짜이면서, 고향·유년 체험과 현실 체험의 대립적 형상화가 매우 독특한 방식으로 시도되고 있음을 작품의 실제를 통해 지적해보았다. 공동체적 삶의 기억이 보존되어 있는 공간으로서의 고향은 많은 작가들에게 관심의 표적이 되어왔다.

구효서의 경우 그곳에 현실의 파고를 잠재울 수 있는 실마리로서 과거의 상흔이 숨어 있고 그것이 무조건 덮어둘 일이 아니라 다시 발굴하여 그 의미를 성찰해 보아야 하는 대상이라는 면모에서는 전상국 소설의 고향 의식과 유사하다. 또한 그것에 대한 무의식적인 거부감에서 점진적으로 따뜻한 온정의 불씨를 되살려간 다는 면모에서는 이청준 소설의 고향 의식에 견주어볼 수 있다. 주로 '나'라는 주인공의 사고와 행위를 통해 체험적 사실의 작품화에 임하고 있는 사소설적 창작법은, 그의 세계가 공연히 판만 크게 벌이는 겉치레의 추수주의로 전락할 위험성을 방호해준다.

그가 이 창작집의 서문에서 언급하고 있는 바와 같이, 소설이 '잘만 하면 세상을 구제할 수도 있으리라는 매력적인 요소'를 가질 수 있음은, 결코 허망한 구두선(口頭禪)에 그치는 개념이 아니다. 단단하고 사실적인 소설 작법이 현실적인 삶의 아픔을 드러내고 그것을 치유할 방안을 예시할 때, 우리는 이 험한 세상을 살면서 왜 수준 있는 작품읽기를 게을리 할 수 없는가를 깨우치게 된다. 설익은 과일을 거두어들이듯 이념의 정당성과 실천의 당위성만을 성급하게 추종하다가는, 소설이 내포하고 있는 고유의 가치와 미덕을 놓쳐버릴 수도 있다. 작품이 된 다음에 그것을 발판으로 메시지의 명료함이 제 기능을 발휘할 수 있지 않겠는가.

우리가 보기에, 구효서는 3년이란 짧은 세월에 그러한 소설의 발판을 확고하게 마련해놓았다. 그는 이제 이 기반 위에서 새로운 그의 집을 지어나가게 될 터이다. 그의 건축물에 지금까지와는 다른 어떤 재료와 공법이 도입될지, 어떤 채색으로 그 외양이 단장될지, 그리하여 마침내 어떤 명호(名號)를 새긴 현판을 내어걸지 우리는 모른다. 궁극적으로 완성된 건축물의 형상에 관해서는 작가 자신도 분명한 설계도를 가지고 있지 않을지도 모른다. 이 의문에 대한 답변은 앞으로 그의 작품들을 통해 주어지게 될 것이다. 그의 다음 작품을 기다려보기로 하자.

환상통의 윤리 | 강유정(2007)

1. 타인의 고통을 앓다

소설은 고통의 기록이다. 너무 오래, 많이 들어 진부한 말이다. 고통은 추억의 형태로 개인의 내밀한 곳에 침잠해있다. 누구에게도 말할 수 없는 비밀, 자신도 모르는 정신적 외상의 형태로 고통은 내면화된다. 소설은 으레 그 고통에 예민한 시선을 둔다. 그런데 고통이 특정한 개인의 것이라고만 할 수 없을 때, 그 외연이 넓어진다. 혹독한 역사를 거친 개인의 고통이 서로 닮을 수밖에 없는 까닭도 여기에 있다. 험악한 역사는 개인을 허용하지 않는다. 끝없이 갈라지는 미로처럼 셀 수 없는 경우의 수가 '인생'이지만 험난한 역사적 사건은 그 다양성을 사상해버린다. 전쟁, 혁명, 분단과 같은 큰 사건을 100년도 안 되는 시기 동안 모두 경험한 우리에게도 마찬가지다. 일제 강점기, 한국 전쟁 그 이후의 냉전 시국은 개인의 삶을 허용하지 않았다. 모든 고백은 호소가 되고 과거에 대한 추억은 역사의 반성이 된다. 이에 타인의 고통은 나의 역사가 되고, 나의 추억은 역사적 사건과 함께 희석된다. 불행한 역사 속에 타자성은 휘발되고 만다.

구효서의 첫 번째 작품집 《노을은 다시 뜨는가》는 이런 의미에서 고통의 기록이다. 이 소설집에는 아픈 자들 투성이다. 남편과 아이, 고향을 잃어버린 여자(〈이장〉), 나무에 스스로 목을 맨 승려(〈노을은 다시 뜨는가〉), 남편을 잃고 호된 시어머니와 함께 사는 여자(〈가시나무새〉), 직장에서 쫓겨난 남자(〈산길〉), 납북당한 자(〈부자의 강〉), 슬픔이라는 광기에 빠진 여자들(〈마디〉) 등 작품집은 아픈 자들에 의해 점령당했다 해도 무방하다. 흥미로운 것은 그 고통이 모두 화자가 아닌 화자가 바라보는 '남의 것'이라는 사실이다.

구효서의 《노을은 다시 뜨는가》는 타인의 고통으로 가득하지만 그것은 전경화된 풍경이 아니다. 소설집 속의 인물들은 6·25, 5·18과 같은 숫자로 기록된 역사의 먼 곳에 존재하지만 그것을 바라보는 관찰자가 아닌 소실점으로 기능한다. 벨라스케스의 《시녀들》 속 시선의 응집점이 캔버스 밖에 있듯이 당대 역사적 사건 바깥의 화자는 시선을 통해 과거 속에 현현한다. 그는 현장에 부재하지만 현장의 당사자가 된다. 부재의 현현이라는 역설을 통해 과거라는 이름으로 고립된 역사의 현장에 다가간다. 작가 구효서는 환상의 소설점으로 스스로를 기입한다.

그래서인지 상처가 된 역사의 소실점으로서 구효서의 소설 속 인물들은 타인의 고통을 내 안으로 받아들이기 위해 전전긍긍한다. 개인의 역사화가 아닌 역사의 개인적 흡입인 셈이다. 현장에 부재했던 알리바이라는 증명 원리는 죄책감이 되어 현재의 나를 단속한다. 부재는 과거와 나의 불연속을 강조할 뿐 무관함을 보장해주지 않기 때문이다. 불연속적 환원의 아이러니를 끊어 내 빈 곳을 복원해내는 '나'는 그 고통의 현장을 이야기로 재구성한다. 구효서에게 소설이 그렇다. 구효서의 소설 속 인물들은 남의 고통이 내 것이 아니라는 사실에 더 아파하고 자책한다. 대속이라도 하듯 그는 타인의 고통을 바라보며 아픔을 공유하고자 한다. 이로 인해 어제보다 오늘이 먼저고 오늘보다 내일이 먼저 오는 역설의 세계가 완성된다. 어제 때문에 오늘이 불행한 것이 아니라 내일의 '그'가 오늘을 도외시하기에 어제는 불행해진다. 이제는 화석이 되어버린 한국 근현대사의 고통을 내 것으로 삼는 원리가 바로 이것이다. 역사의 고통을 연역적으로 재조형하는 작가, 그가 바로 구효서다.

2. 역사라는 환상통

작가 구효서가 앓고 있는 타인의 고통은 환상통이라 부를 수 있다. 잘려나간 사지가 여전히 있는 것처럼 느껴 고통을 호소하는 환상통처럼 구효서는 더 이상 자신의 삶이 아닌 것 때문에 아파한다. 이는 한편 무심한 시선 속에 서로 무관한 듯 놓여 있는 타자의 삶을 내 삶인 양 여기는 태도이기도 하다. 손택은 언젠가 고통은 그저 타인의 것일 뿐 우리의 것이 될 수는 없다고 말한 바 있다. 그래서 고통은 스펙터클이 되어 전시된다. 참혹하게 일그러진 얼굴, 무참히 망가진 타인의 슬픔은 나에게 전도된 즐거움으로 다가온다. 고통에도 향유가 있기 때문이다. 그것은 내 것이 아니기에 향유를 넘어 쾌락으로 침잠해온다. '우리의 고통'이란 있을 수 없다는 역설 속에서 타인의 고통은 자아의 안전함을 확인하는 신경증적 알리바이로 작용한다.

타인의 고통에 우리의 감정이란 없다. 거기에는 '진짜' 우리의 감정이 없다. 타인의 고통이 윤리의 문제와 맞닿는 것도 이 때문이다. 타인의 고통이 '우리'의 고통으로 심화되는 것, 그것이 바로 윤리의 경계다. 구효서의 첫 번째 작품집 《노을은 다시 뜨는가》를 다시 눈여겨보게 되는 까닭도 여기에 있다. 구효서의 소설

속에 내재해 있는 고통의 호소는 포즈pose가 아닌 윤리적 환부로 다가온다. 데뷔작 〈마디〉는 이런 윤리가 어떤 것인지 잘 보여준다.

어머니의 유해를 묻기 위해 고향에 갔던 남자는 그곳에서 한 여자와 재회한다. 재회라는 표현은 옳지 않다. 육 년 전 종잡을 수 없는 어머니를 추적해 찾아간 그녀의 고향에서 만난 광인, 그녀는 바로 그 미친 여자였으니 말이다. 주목해야 할 것은 어머니와 '그' 그리고 여자 사이에 놓여 있는 보이지 않는 끈이다. 어머니는 한국 전쟁 때 남편을 잃고 인민군에게 겁탈을 당한다. 태어난 아이인 그가 죽은 남편을 닮지 않았다는 사실은 평생 어머니의 가슴에 화인을 남긴다. 어머니가 이 고통을 대오름으로 풀어내기 위해 무당을 찾아 헤맬 때, 남자는 어머니를 찾아 고향에 내려온다. 그는 그곳에서 1980년 광주 어디에선가 정신을 잃고 돌아왔다는 '꽃바람'이라는 여자를 만나게 된다. 비가 무섭게 내리는 날 남자는 여자를 강간한다. 그리고 육 년 후 아무리 봐도 자신과 닮은 그녀의 아이와 마주치게 된다.

〈마디〉를 관통하고 있는 통증은 어머니와 꽃바람의 삶이 데칼코마니처럼 대칭된다는 데서 비롯된다. 그리고 이 보이지 않는 유사성은 나라는 고리로 인해 환상통으로 완성된다. 자신이 경험하지도 못했던 먼 과거의 상처와 고통은 그를 매개로 현재화된다. 잘려나간 과거라는 사지에 남아 있던 통증이 반복되는 역사의 신경선을 타고 현재의 고통으로 재현된다.

이러한 고통은 〈부적〉, 〈부자의 강〉, 〈이장〉, 〈산길〉 등의 작품에서도 지속된다. 가난했던 어린 시절의 상처는 그것을 모르는 아들의 유전 형질에 새겨진 채 현재화된다(〈부적〉). 산 위의 땔감마저 독점하던 친일파 지주의 횡포는 실패한 노동운동의 흔적과 연계되고(〈산길〉), 한국 전쟁 통에 남편과 아이를 잃은 장단 아주머니의 개인사는 나의 상처가 되어 돌아온다(〈이장〉). 대략의 이야기에서 짐작하다시피, 〈노을은 다시 뜨는가〉에서 호소되는 고통은 개인의 아픔이지만 개인의 것이라고 할 수만은 없는 것들이다.

구효서가 조감하는 환부는 철저하게 개인의 살 속 깊은 곳에 파고든 것들이다. 문제는 개인의 삶을 정상궤도에서 밀어내 상처투성이로 만드는 것이 바로 역사적 사건이라는 사실이다. 장단 아주머니, 어머니, 꽃바람, 고문관과 같은 이들의 삶이 노정한 처참한 일대기는 역사의 흐름과 궤를 같이한다. 그러나 섣불리 이 고통을 일컬어 격동의 시대가 안겨준 역사의 상처라고 말할 수는 없다.

역설적이게도 역사는 개인의 삶을 무화시킨다. 여기서의 무화란 개체의 특수한 삶의 궤적을 지우고 역사라는 기록의 뜰망에 거둬진 추상을 의미한다. 역사는 개인을 우연적 존재로 강등하고 그 구체적 질감을 엄살로 사소하게 만든다. 구효서는 바로 이 지점, 엄살로 치부된 개인의 삶을 들여다본다. 중요한 것은 작가가 이 엄살과 상처를 들여다보는 시선의 위치다. 작가는 그들의 삶을 내 것인 양 전유하는 것이 아니라 그들의 삶을 멀찌감치 떨어져 바라본다. 작가 구효서가 지닌 고통에 대한 윤리는 여기서 비롯한다.

이를테면 〈이장〉은 타자의 고통을 대하는 또 다른 타자의 윤리가 어떤 것인지 잘 보여준다. 혈연상 아무런 연관이 없는 장단 아주머니는 화자인 '나'를 양자로 삼는다. 나는 장단 아주머니 덕분에 20평형대의 아파트를 유산으로 물려받는다. 그러나 유산이 기쁜 것이기는 하지만 그에 따르는 의무가 거추장스러운 것임을 부인할 수 없다. 혈연관계 없는 자의 제사를 모시는 일이나 친어머니가 멀쩡히 살아 있음에도 다른 여자에게 어머니의 예를 다해야 하는 것도 그렇다. 그런데 이 돌아가신 호적상 어머니의 이장 문제가 거론된다. 갑작스럽게 법률상의 아들이 필요해진 것이다. 그는 아들의 의무를 다하기 위해 장단 아주머니의 유해 근처로 간다. 그리고 그는 이제 썩어 없어진 그네의 살 앞에서 회복할 수 없었던 상처의 근간과 조우한다. 이해할 수 없었던 그네의 삶과 행적이 이야기를 통해 복원된 셈이다.

그러나 그네가 평소에 보였던 자식에 대한 지나친 집착과, 평생을 죄의식 속에서 헤어나지 못했던 사실로 미루어볼 때 그네의 말을 전혀 안 믿을 수도 없는 일이었다. 지 새끼 잡아먹은 죄 많은 년. 그네는 틈만 있으면 그 말이었다. 일이 고되다든가 누구에게 남편 없는 막된 것이라는 소리를 듣는다든가, 아니면 꿔준 돈을 받지 못할 때, 그리고 하다못해 무슨 재미난 일로 눈물이 나도록 웃어젖히다가도 웃음 끝에는 늘 '지 새끼 잡아먹은 죄 많은 년'이었다. (〈이장〉, 308쪽)

전쟁 중에 남편을 잃고 적군의 아이를 가지게 된 장단 아주머니는 네이팜 불길 속에 아이를 버렸다는 자책감을 지니고 살았다. 이장한 묘소가 아이의 것임이 분명한 작은 봉분 옆임은 이를 분명히 해준다. 그것이 죽은 아이의 봉분이든 아니든 실상 그렇게 중요한 문제가 아니다. 중요한 사실은 유산을 줄 인척 정도로만 알고 있던 장단 아주머니를 이해하는 나의 시선이다. 멀찌감치 혈육도, 친지도 아닌 타인으로만 알고 지내던 장단 아주머니에 대해 나는 그럴듯한 해석을 내리게 된다. 중요한 것은 작은 봉분과 이장된 묘의 관계가 아니라 이미 매장된 과거를 해석하는 나의 시선이라는 뜻이다. 그 해석은 남겨진 역사를 피와 살을 지닌 한 사람의 삶으로 구체화한다는 점에서 객관적 사실성을 넘어선다. 그리고 사실성을 넘어선 해석에서 윤리는 빚어진다.

구효서는 자신이 부재 중이었던 한 시기에 대해 수치와 부끄러움을 토로한다. 부재는 핑계가 아닌 더 큰 책임감으로 침전된다. 〈노을은 다시 뜨는가〉를 관통하는 정서는 희미한 과거의 사실이 끊임없이 현재화되는 환상통의 윤리다. 그와 무관하다고 할 수 있을 먼 과거에 대한 수치심은 여기서 비롯된다. 먼 과거에 놓여 있는 자신의 현재와 공존할 수 없는 과거는 수치심을 통해 원환적 관계로 현재화 된다. 침전된 과거를 교정할 수 없는 역사로 부르지 않고 책임감을 호소할 때 타 인의 고통은 우리의 고통으로 육박해온다. 구효서의 소설집 《노을은 언제 뜨는 가》가 타인의 고통을 향유하는 방식이 그렇다.

3. 수치의 윤리

구효서가 타인의 고통을 우리의 아픔으로 끌어안는 윤리는 수치심으로 구체화 된다. 육 년 전 한 여자에게 가했던 폭력의 기록인 〈마디〉를 비롯하여 양어머니에 대한 몰이해에 대한 반성인 〈이장〉은 모두 부끄러움의 고백으로 시작한다. 한편 〈고문관〉은 고문관으로 불렸던 일병을 추억함으로써 현재의 비루함을 조감해내 고, 〈산〉은 해고를 당한 야학 제자에게 아무것도 해줄 것 없는 스스로에 대한 부 끄러움을 토로하고 있다. 이를테면 《노을은 다시 뜨는가》에 수록된 모든 작품은 '부끄러움'이라는 정서 안에서 공명한다.

중요한 것은 이 수치심이 비단 과거에 자신이 저지른 비행에 국한되지 않는다 는 사실이다. 수치심과 부끄러움은 구효서가 자신과 무관했던 과거를 현재화하는 윤리이자 방법이다. 그들이 호소하는 수치심은 개인적 실수나 비행이라기보다 개 인으로 살아갈 수밖에 없는 자신에 대한 반성에 가깝다. 자신이 이해하지 못했거 나 오해했던 대상들을 현재의 시점에서 되돌아봄으로써 그들은 자신의 삶에 결락 되어 있던 어떤 시선을 깨닫게 된다. 존재감은 그를 부끄럽게 했던 기억으로 구체 화된다.

그 시선은 바로 역사라는 커다란 공통분모에 대한 지각으로 연계된다. 나와 무관하게만 여겨졌던 '그네들의 삶'이 결국 시간과 공간을 공유한 역사적 공통 감각이었음을 깨달았을 때, 그들은 부끄러움을 호소한다. 1987년 5월, 이해할 수 없는 기인이었던 한 남자를 '형'으로 존경하게 된 《공무도하가》의 이별도 수치 속에서 완성된다. 평소에 사모하던 여자의 애인이 된 남자, 게다가 그녀를 빠져들게 한 원인이 운동권의 정의라는 점에서 열패감에 시달리던 남자는 형의 죽음에 이르러서야 그를 형으로 받아들이게 된다. 개인만을 알고 살아온 자가 타인을 통해 역사를 발견하는 것이다. 수치심이 타자의 고통을 이끌어내는 윤리로 심화되는 순간 부끄러움은 구효서 소설의 근간을 입체화한다.

> 나는 왜 군수 집만 그렇게 큰 땅덩어리와 산덩어리를 가지게 되었던 것인지 알 수 없었다. 이른바 군수 집이라고 불리는 집안이 말 그대로 현역 군수의 집안이었다면 그 아득히 높고 지엄함으로 보아 그만한 땅덩어리를 가지고 있다는 게 무조건 당연한 것으로 여겼을지도 모른다. 그러나 그 집이 군수 집이었다는 건 이십 년도 훨씬 지난 옛날 일정 때의 얘기였던 것이다. 군수 집이라고 불리는 건, 조 구장을 그때까지도 구장이라고 불렀던 것처럼 그저 전직의 직함을 그대로 사용하는 것에 지나지 않았다. 군수 시절에 군내에서 가장 비옥한 창후리 땅을 모조리 사들였는지 빼앗았는지는 모르지만 하여튼 군수집은 50년대 토지개혁을 거치면서도 재주 좋게 자신의 땅을 지킬 수 있었다는 거였다. (〈산길〉, 159쪽)

일정 시대 군수였던 집안은 해방이 되고 한국 전쟁을 거쳐서도 여전히 커다란 땅과 산을 차지하고 있다. 역사의 기회비용은 가난하고 힘없는 자들의 대가로만 치러진다. 과거는 관악산에서 만난 한 청년의 현재에 그늘을 드리운다. 야학에서 배운 지식을 바탕으로 노조를 꾸렸던 청년은 유일한 생계수단인 회사에서 쫓겨난다. 재취업 역시 불투명하다. 관악산이라는 현재의 공간은 불온한 과거와 불안한 미래의 매개로 구체화된다. 무관한 이 두 사건이 '나'의 추억을 통해 교류하지만 실상 청년의 미래는 과거의 아물지 않은 상처의 덧남이라고 할 수 있다. 나는 과거의 기억이 어떤 의미인지 알 수 없었다는 것, 그리고 청년의 현재에 대해 잘 모른다는 데 대해 수치심을 느낀다. 자신이 아무런 잘못이 없다는 것 자체가 수치와 부끄러움으로 내재화되는 것이다.

수치심은 고문관이라고 놀렸던 군대 후임병에 대한 추억에서도 발견된다. 이런 식이다. "군 생활이 부끄러울 건 하나도 없었다. 지금의 생활이 그렇게 느껴진다는 것뿐이다. 묘하게도, 부끄럽지 않던 군 시절이 회상되면 될수록 작금의 내가 한없이 부끄러워졌다." 세상 모든 일에 서투르지만 부당한 요구에만은 굴복하지 않았던 후임병과 달리 자신은 모든 불의 앞에서 나약하다. 이들이 겪는 수치와 곤란은 소시민으로 전락한 채 하루하루의 삶에 연연하는 보통 사람들의 심경이라고 할 수 있다. 그들은 "지하도 층계를 내려설 때마다……심한 열패감에 젖"고, 실업의 한낮을 비추는 "아침 햇살"을 부끄러워한다. 구효서의 소설 가운데 부끄러움은 수사학의 차원을 넘어 윤리이자 주제의식이다.

구효서의 첫 번째 소설집에서 발견되는 부끄러움이나 수치가 윤리라 호명될 수 있는 이유는 여기에 있다. 구효서는 부끄러움과 수치를 통해 현재를 반영하고 미래를 수정한다. 수치를 통해 봉합된 현실은 누설되고, 역사라는 상처는 근원으로 재조명된다. 과거를 현재화하는 소설의 오래된 잠언이 구효서의 소설에서는 수치를 통해 실현된다. 알리바이를 통한 존재 증명이라는 역설을 통해 수치에도 역사가 생성되는 것이다. 그것은 한편 과거를 돌아보는 수치의 윤리가 결국 미래를 향한 것임을 알게 해준다.

4. 미래의 책임

타자의 고통은 '이야기'를 함으로써 노출된다. 타자의 고통을 이야기하기 꺼리는 것은 그것으로 인해 노출되는 것이 곧 부박한 현재이기 때문이다. 타자의 고통은 무관했던 나의 연루를 증명한다. 이야기를 통해 복원된 상처가 결국 나의 내면으로 되돌아올 수밖에 없는 것이다. 구효서는 이 수치와 부끄러움을 통해 현재의 나를 드러낸다. 드러난 현재의 '나'는 나약하고 기회주의적이며 고루한 편견에 사로잡힌 시시한 인간이다. 이러한 나의 현재는 과거와 무관하지 않다. 타자의 고통에 대한 공감과 수치심은 결국 그들의 삶이 우리의 현재와 이어져 있다는 반성을 추동한다.

자신이 놓인 상황을 객관적 위치에 두고 되돌아보는 것을 반성이라고 할 때, 반성은 소루한 소시민이 역사와 만나는 임계점이라고 할 수 있다. 타자의 고통을 통해 그들이 깨닫는 것은 결국 우리 모두가 역사라는 폭력 앞에 놓인 우연한 존재들이라는 사실이다. 우연한 존재들의 나약함은 반복되는 역사의 상처를 통해 재현된다. 이해할 수 없었던 개인들이 역사의 상처를 통해 객관적 이해의 대상으로 전경화되는 것이다.

구효서의 《노을은 다시 뜨는가》는 결국 역사로 인해 상처 입은 개인의 삶을 그린 작품집이라고 할 수 있다. 상처 없이 통증만 남아 있는 동시대의 소설의 형편에서 구효서의 소설이 재조명되는 맥락은 여기에 있다. 구체적 아픔을 가지고 역사와 유비하는 구효서의 상상력은 소설에 있어서 '현재'란 무엇이 되어야 하는가에 대해 시사하는 바가 크다. 마치 엄살을 부리고 있는 듯한 구효서의 인물들은 역사적 주체가 되지 못한 소시민의 삶에 끊임없는 반성을 요구한다. 경험하지 못한 폭력의 시기가 죄책감이 되어 돌아오고 부채로서 각질화된다. 이 촌스러운 윤리 감각은 현재의 소설이 결여하고 있는 완강한 현실에 대한 시선이기도 하다.

과거와의 단절을 통해 현재를 개념idea 속에서 조감하고자 하는 노력들이 최근 소설의 일탈 지점이라면 구효서의 첫 소설집은 정반대 지점에 놓여 있다. 그는 개념조차 현상 속에 조형하고자 한다. 환상이나 상상은 원근법 속에 소실될 현실이 아니라 다만 개념적 추상에 불과하다. 회복되지 않은 과거의 상처 앞에서 추상적 미래는 사치에 불과하다. 17년 전 1990년에 씌어진 작품집의 정서가 환상통처럼 아파오는 것도 이 때문이다. 이제 문학은 그리고 소설은 잘린 육체에 대한 고통을 호소하지 않는다. 소설의 미래란 과거를 돌아봄에 있다는 작가의 조언이 새삼스러워지는 것도 이 때문이다. 매년 굿판을 찾아가 뭇매를 맞아 과거와 대면했던 〈마디〉의 어머니는 그래서인지 소설가의 아픈 운명처럼 받아들여진다. 끊어진 인연 속에 은닉된 진실을 복원하는 것, 그것이 구효서의 작가적 선언일 것이다. 선언 속에 미래의 윤리는 현현하고 사라진 육신 위에 통증은 각인된다. 육체가 사라져도 통증은 남는 법이다.

구효서 소설집

노을은 다시뜨는가

초판 1쇄 펴낸날 | 2007년 6월 15일

지은이 | 구효서
펴낸이 | 김직승
펴낸곳 | 책세상

주소 | 서울시 마포구 신수동 68-7 대영빌딩
전화 | 704-1251(영업부) 3273-1221(편집부)
팩스 | 719-1258
이메일 | world8@chol.com
홈페이지 | www.bkworld.co.kr
등록 1975. 5. 21 제1-517호

ISBN 978-89-7013-636-3 04810
       978-89-7013-633-2 (세트)